NÃO ME ABANDONE JAMAIS

KAZUO ISHIGURO

Não me abandone jamais

Tradução
Beth Vieira

2ª edição
11ª reimpressão

PRÊMIO NOBEL
COMPANHIA DAS LETRAS

Copyright © 2005 by Kazuo Ishiguro
Proibida a venda em Portugal

Grafia atualizada segundo o Acordo Ortográfico da Língua Portuguesa de 1990, que entrou em vigor no Brasil em 2009.

Título original
Never Let Me Go

Capa
Alceu Chiesorin Nunes

Ilustração da capa
Pedro De Kastro

Preparação
Mirtes Leal

Revisão
Otacílio Nunes
Carmen T. S. Costa

Atualização ortográfica
Márcia Moura

Dados Internacionais de Catalogação na Publicação (CIP)
(Câmara Brasileira do Livro, SP, Brasil)

Ishiguro, Kazuo
    Não me abandone jamais / Kazuo Ishiguro ; tradução Beth Vieira. —
2ª ed. — São Paulo : Companhia das Letras, 2016.

    Título original: Never Let Me Go
    ISBN 978-85-359-2655-2

    1. Ficção inglesa — Escritores japoneses I. Título.

05-7210   CDD-823.91

Índice para catálogo sistemático:
1. Ficção : Literatura japonesa em inglês   823.91

[2022]
Todos os direitos desta edição reservados à
EDITORA SCHWARCZ S.A.
Rua Bandeira Paulista, 702, cj. 32
04532-002 — São Paulo — SP
Telefone: (11) 3707-3500
www.companhiadasletras.com.br
www.blogdacompanhia.com.br
facebook.com/companhiadasletras
instagram.com/companhiadasletras
twitter.com/cialetras

Para Lorna e Naomi

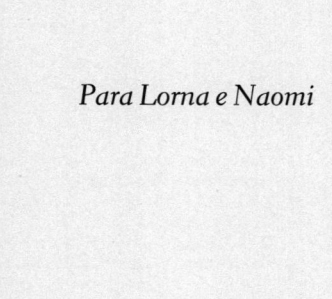

Inglaterra, final dos anos 90

PRIMEIRA PARTE

1.

Me chamo Kathy H. Tenho trinta e um anos e sou cuidadora há mais de onze. Tempo demais, eu sei, mas eles querem que eu fique mais oito meses, até o fim do ano. O que dará quase exatos doze anos de serviço. Sei que o fato de ser cuidadora há tanto tempo não significa necessariamente que meu trabalho seja considerado fantástico. Houve alguns ótimos cuidadores que receberam ordem de parar depois de dois ou três anos apenas. E eu conheço pelo menos um que ficou os catorze anos completos, apesar de ter sido um desperdício total de espaço. Portanto, minha intenção aqui não é me vangloriar. Mas não resta a menor dúvida de que eles estão satisfeitos comigo e de modo geral não tenho do que me queixar. Meus doadores sempre foram muito melhores do que eu esperava. Todos se recuperaram com uma rapidez impressionante e quase nenhum chegou a ser classificado como "agitado", nem mesmo antes da quarta doação. Muito bem, talvez eu *esteja* me vangloriando um pouco agora, admito. É que significa um bocado para mim poder dar conta direito do trabalho, sobretudo essa parte dos doadores continuarem "calmos". Desenvolvi uma espécie de instinto em relação a eles. Sei quando devo permanecer por perto oferecendo consolo e quando é melhor deixá-los em paz; quando escutar o que têm para falar e quando tão somente encolher ombros e dizer-lhes que não se entreguem ao desânimo.

De todo modo, não estou reivindicando nada de muito grandioso para mim. Conheço cuidadores que trabalham tão bem quanto eu e que não recebem nem a metade dos créditos. Se você for um deles, entendo o motivo de possíveis ressentimentos — em relação a meu conjugado, meu carro e, acima de tudo, ao fato de eu mesma escolher os que vão ficar sob meus cuidados. Sem falar que sou de Hailsham — o que por si só muitas vezes é suficiente para deixar as pessoas de mau humor. Elas dizem, a Kathy H.? Ela escolhe o pessoal a dedo, e sempre da turma dela: gente de Hailsham ou de algum outro estabelecimento igualmente privilegiado. Não é à toa que ela tem uma ficha excelente. Nem sei quantas vezes já escutei isso, e posso imaginar que você ouviu muitas mais, de modo que talvez haja um fundo de verdade aí. Mas não fui a primeira a poder escolher, e duvido que seja a última. De qualquer forma, já fiz minha parte, cuidando de doadores trazidos de tudo quanto foi lugar. Até eu terminar meu serviço, não se esqueça, terei completado doze anos, e só nos últimos seis é que eles me deixaram escolher.

E por que não me deixariam? Cuidadores não são máquinas. Nós tentamos fazer o melhor possível para cada um dos doadores, mas no fim o serviço é exaustivo. Paciência e energia têm limite, e isso vale para todo mundo. De modo que quando surge a oportunidade de escolher, claro que você vai optar por pessoas semelhantes a você. Isso é natural. Eu não teria tido a menor condição de continuar fazendo o que faço durante tanto tempo se porventura deixasse de nutrir sentimentos pelos meus doadores em cada uma das etapas percorridas. Além do mais, se eu não tivesse obtido permissão de escolher, não poderia ter me reaproximado de Ruth e Tommy depois de tantos anos, não é mesmo?

Nos dias que correm, claro, há cada vez menos doadores conhecidos, o que significa que na prática não tenho escolhido tanto assim. E, como eu sempre digo, quanto menos ligação existe com o doador, mais difícil fica fazer o serviço; portanto, mesmo que eu sinta falta de ser cuidadora, acho correto dar finalmente por encerradas minhas atividades no final do ano.

Ruth, por falar nisso, foi apenas a terceira ou quarta doadora que pude escolher. Já havia uma cuidadora designada para ela, na época, e lembro-me que foi preciso uma certa dose de coragem de minha parte. Mas no fim dei um jeito, e assim que a vi de novo, naquele centro de recuperação de Dover, nossas diferenças — ainda que não tivessem exatamente sumido do mapa — não me pareceram nem de longe tão importantes quanto tudo o mais: o fato de termos crescido juntas em Hailsham, o sabermos e nos lembrarmos de coisas que ninguém mais sabia ou das quais ninguém mais se lembrava. Foi dessa época em diante, imagino, que comecei a buscar nos doadores pessoas conhecidas no passado e, sempre que possível, de Hailsham.

Houve épocas, no decorrer desses anos todos, em que tentei esquecer Hailsham e me convencer de que não seria bom ficar olhando tanto para trás. Porém num determinado momento simplesmente parei de resistir. E isso teve a ver com um doador em particular, de quem tomei conta certa feita, no meu terceiro ano como cuidadora; com a reação dele quando comentei que era de Hailsham. Ele tinha acabado de sair da terceira doação, que não dera muito certo, e já devia saber que não iria se safar. Embora mal conseguisse respirar, me olhou e disse: "Hailsham. Aposto como era um lugar lindo". Na manhã seguinte, batendo um papinho na tentativa de distraí-lo daquilo tudo, perguntei de onde *ele* era; o doador mencionou algum lugar em Dorset e sua expressão, por baixo da pele manchada, passou a um tipo bem diferente de esgar. Foi então que caí em mim e percebi a vontade imensa que ele tinha de não se lembrar de nada. Tudo o que ele queria era que eu falasse de Hailsham.

Portanto, durante os cinco ou seis dias que se seguiram, contei-lhe tudo o que ele quis saber, enquanto, do leito, ele me ouvia fascinado, com um leve sorriso nos lábios. Falei dos nossos guardiões, das caixas com as coleções que eram guardadas debaixo da cama, do futebol, das partidas de *rounders*, do caminho estreito que contornava todos os cantos e recantos externos do casarão, do lago com os marrecos, da comida, da vista que tínhamos das janelas da Sala de Arte pela manhã, com os campos cobertos de bruma. Às vezes ele me fazia repetir vezes sem conta a mesma coisa; algo que eu mencionara no dia anterior voltava a ser alvo de perguntas, como se ele nunca tivesse escutado uma única palavra sobre o assunto. "Vocês tinham um pavilhão de esportes?" "Quem era seu guardião predileto?" De início, pensei que fosse apenas efeito dos remédios, mas depois me dei conta de que ele estava bem lúcido. Mais do que ouvir falar de Hailsham, ele queria se *lembrar* de Hailsham como se Hailsham tivesse pertencido a sua própria infância. Sabia que estava perto de concluir, de modo que me fazia descrever as coisas de forma que elas penetrassem de fato em sua lembrança. A intenção dele, talvez — durante as noites insones devido aos remédios, à dor e à exaustão —, era tornar indistintos os contornos que separavam as minhas memórias das suas. Só então compreendi, compreendi de fato, quanta sorte tivéramos — Tommy, Ruth, eu, na verdade todos nós.

Ainda hoje, dirigindo pelas estradas do interior, vejo coisas que me fazem lembrar de Hailsham. Às vezes, passando por um trecho sob neblina ou descendo a encosta de algum vale, ao divisar parte de um casarão ao longe, e até mesmo quando vislumbro o desenho formado por um grupo de choupos plantados no alto de um morro, logo me ocorre pensar: "Talvez seja ali! Achei o lugar! Aquilo *é* Hailsham, só pode ser!". Depois percebo que é impossível e sigo adiante, com os pensamentos vagando por outras paragens. Em especial, há os pavilhões. Vejo-os por todo o interior, sempre erguidos ao lado de um campo de esportes — pequenas construções pré-fabricadas, pintadas de branco, com uma fileira de janelas numa altura absurda, bem lá em cima, enfiadas quase debaixo dos beirais. Acho que eles devem ter construído um monte desses pavilhões nos anos 50 e 60, época em que muito provavelmente também construíram o nosso. Toda vez que passo perto de um, olho comprido para ele durante o tempo que for possível, e qualquer dia ainda vou causar um acidente por causa disso, mas não consigo evitar. Não faz muito tempo, eu rodava por um trecho deserto de Worcestershire e vi um, ao lado de um campo de críquete, tão parecido com o nosso em Hailsham que cheguei até a fazer o retorno e voltar para dar uma segunda olhada.

Adorávamos nosso pavilhão de esportes, talvez porque nos trouxesse à mente aquelas deliciosas casinhas que apareciam em tudo quanto era livro ilustrado, quando éramos crianças. Lembro-me de nós, ainda nos anos Júnior, implorando aos guardiões para que dessem a aula seguinte lá, e não na sala habitual. Mais tarde, quando cursávamos o Sênior 2 — quando tínhamos doze para treze anos —, o pavilhão se tornou nosso esconderijo predileto, nosso e dos nossos amigos mais íntimos, quando queríamos fugir de tudo e de todos em Hailsham.

O pavilhão era suficientemente grande para abrigar dois grupos distintos sem que um incomodasse o outro — no verão, um terceiro grupo podia ficar na varanda. Mas o ideal é que você e seus amigos ficassem com o lugar só para si, de modo que era muito frequente haver discussões e empurra-empurra. Os guardiões viviam nos dizendo para agirmos com civilidade a respeito, mas na prática era preciso contar com personalidades fortes no grupo para ter alguma chance de conseguir exclusividade no pavilhão durante um recreio ou um período livre. Eu própria não era do tipo franzino, mas desconfio que foi de fato graças a Ruth que conseguimos nos reunir lá com a frequência com que nos reuníamos.

Em geral não fazíamos mais que nos aboletar nas cadeiras e nos bancos — éramos cinco, seis quando Jenny B. ia junto — e bisbilhotar sobre a vida alheia. Havia um tipo de papo que só tinha possibilidade de acontecer quando estávamos escondidas lá no pavilhão; só então podíamos conversar sobre alguma coisa que estivesse nos preocupando, assim como também podíamos acabar às gargalhadas ou num arranca-rabo danado. Na maior parte das vezes, era uma forma de descontrair um pouco, ao lado das amigas do peito.

Nessa determinada tarde à qual me refiro agora, estávamos em pé sobre banquinhos e bancos, amontoadas em volta das janelas altíssimas. Isso nos dava uma visão muito boa do Campo de Esportes Norte, onde cerca de doze meninos, do nosso ano e do Sênior 3, se preparavam para jogar futebol. O tempo estava claro, mas devia ter chovido pouco antes, porque me lembro da luz do sol cintilando na superfície da relva enlameada.

Alguém comentou que não devíamos espiar daquela maneira assim tão óbvia, mas nós mal recuamos da janela. E então Ruth falou: "Ele não desconfia de nada. Olha só para ele. Ele de fato não desconfia de nada".

Quando Ruth disse isso, olhei para ela em busca de algum sinal de reprovação ao que os meninos iriam fazer com Tommy. Mas no segundo seguinte Ruth deu uma risadinha e falou: "Idiota!".

Percebi então que para Ruth e para as outras qualquer coisa

que os meninos resolvessem fazer não nos dizia respeito em absoluto; nossa aprovação não vinha ao caso. Estávamos reunidas em volta das janelas naquele momento não porque ansiássemos por ver Tommy ser humilhado de novo, e sim porque simplesmente tínhamos ouvido falar do complô mais recente e sentíamos uma leve curiosidade de acompanhar sua concretização. Naquele tempo, acredito que os assuntos particulares dos meninos mal arranhavam a superfície das nossas preocupações. Para Ruth e para as outras, a distância entre eles e nós era enorme, e é bem provável que eu visse as coisas sob esse mesmo prisma.

Ou talvez essa minha lembrança esteja meio equivocada. Pode ser que já na época, ao ver Tommy correndo pelo campo com aquela sua indisfarçável expressão de deleite no rosto por ter sido aceito de volta, prestes a participar do jogo em que era tão bom, eu tenha sentido uma pequena pontada de dor. O fato é que me lembro muito bem de ter reparado na camisa que ele usava, comprada no Bazar do mês anterior, uma polo azul-clara da qual tinha o maior orgulho. Lembro-me de ter pensado: "O Tommy é muito burro mesmo, vindo jogar futebol com ela. Vai ficar imprestável, e aí então como é que ele vai se sentir?". Em voz alta, eu disse, para ninguém em especial: "O Tommy está com aquela camisa. A polo preferida dele".

Não creio que alguém tenha me escutado, porque estavam todas rindo de Laura — a grande palhaça do grupo —, que imitava, uma após a outra, as expressões que surgiam no rosto de Tommy enquanto ele corria, gesticulava, gritava, chutava. Os outros meninos todos se movimentavam pelo campo naquele ritmo propositadamente lânguido de quem está fazendo o aquecimento, mas Tommy, na sua emoção, parecia já estar em plena partida. E eu então disse, um pouco mais alto que da última vez: "Ele vai ficar tão chateado se estragar aquela camisa". Dessa vez, Ruth me ouviu, mas deve ter pensado que eu estava fazendo algum tipo de piada, porque riu de um jeito meio forçado e logo em seguida fez algum gracejo.

Àquela altura os meninos já haviam parado de chutar a bola e estavam todos reunidos, imóveis no campo enlameado, com o peito arfando para cima e para baixo, suavemente, enquanto esperavam o início da escalação. Os dois capitães que surgiram eram do Sênior 3, embora todo mundo soubesse que Tommy jogava melhor do que qualquer um deles. Em seguida foi feita a primeira escolha e o vencedor encarou o grupo.

"Olha só para ele", falou alguém atrás de mim. "Ele tinha certeza absoluta de que ia ser o primeiro escolhido. Olha só para ele!"

De fato, *havia* algo de cômico na expressão de Tommy naquele momento, algo que fazia você pensar, bem, de fato, se ele vai se comportar de forma assim tão tola então bem-feito, ele merece o que está por vir. Os outros meninos fingiam não estar dando a mínima para o processo de escolha, fingiam não se incomodar com os respectivos lugares na escalação dos times. Alguns conversavam baixinho com os colegas, outros reajustavam o laço dos cadarços e alguns apenas fitavam os pés, amassando o barro. Tommy, porém, olhava ansiosamente para o menino do Sênior 3 como se seu nome já tivesse sido chamado.

Laura continuou seu teatro durante toda a escalação, imitando as diferentes expressões que passavam pelo rosto de Tommy: a animada ansiedade do início; a preocupação aturdida depois de quatro escolhas sem que seu nome tivesse sido chamado; a mágoa e o pânico quando começou a desconfiar do que estava de fato acontecendo. Eu porém não via muito bem o que Laura fazia porque estava vigiando Tommy; só sei das palhaçadas dela porque as outras não paravam de rir e de incentivá-la a prosseguir. E então, depois de Tommy ter sido largado sozinho em campo, enquanto os outros meninos disfarçavam a risada, ouvi Ruth dizer:

"Chegou a hora. Segurem firme. Sete segundos. Sete, seis, cinco..."

Ela nem precisou terminar. Tommy explodiu num berreiro infernal e os meninos, que já então riam abertamente, começaram a correr na direção do Campo de Esportes Sul. Tommy deu alguns passos atrás do bando — difícil dizer se o instinto lhe dissera para ceder ao ímpeto e sair em perseguição raivosa ou se havia entrado em pânico por ter sido deixado para trás. De um modo ou de outro, estacou logo em seguida e ficou ali fuzilando os jogadores com olhares irados, o rosto escarlate. Depois começou a berrar e xingar — uma barafunda incoerente de palavrões e insultos.

Já tínhamos assistido a suficientes acessos de Tommy, àquela altura, de modo que descemos dos nossos banquinhos e nos espalhamos pelo salão. Tentamos conversar sobre outras coisas, mas Tommy não parava de fazer escarcéu lá fora e, apesar do esforço inicial para ignorá-lo, com algumas reviradas de olho, ao fim e ao cabo — é provável que bem uns dez minutos depois de descermos dos banquinhos —, estávamos de volta às janelas.

Não dava mais para ver os outros meninos e os comentários de Tommy já não eram endereçados a ninguém em particular. Ele se limitava a rugir e agitar os braços para lá e para cá, para o céu, para o vento, para o mourão de cerca mais próximo. Laura disse que talvez estivesse "ensaiando seu Shakespeare". Uma outra chamou a atenção para o jeito como ele erguia um pé do chão, apontando-o para fora, "feito um cachorro fazendo xixi". Na verdade, eu já tinha reparado nesse movimento dele, mas o que me preocupava era que toda vez que ele batia o pé no chão respingava barro na canela. Pensei outra vez em sua preciosa camisa, mas havia uma boa distância entre nós e não dava para eu ver se ela também estava muito salpicada de barro.

"Imagino que seja meio cruel", Ruth disse, "o jeito como eles provocam o Tommy. Mas a culpa é toda dele. Se aprendesse a manter a calma, todo mundo deixaria ele sossegado."

"Eles continuariam a provocá-lo do mesmo jeito", disse Hannah. "O Graham K. é tão enfezado quanto o Tommy, mas isso só faz as pessoas tomarem o maior cuidado ao lidar com ele. As pessoas pegam tanto no pé do Tommy porque ele é um vadio."

Logo depois estavam falando todas ao mesmo tempo, comentando que Tommy nunca nem tentava ser criativo, que ele não apresentara nada para a Permuta de Primavera. Desconfio que, àquela altura, a verdade é que todas nós torcíamos em segredo para que algum guardião aparecesse e tirasse Tommy dali. Embora não tivéssemos participado daquele último plano para irritar Tommy, *havíamos* ocupado nossos assentos na primeira fila da arena e estávamos começando a nos sentir culpadas. Entretanto não houve nem sinal de guardião, de modo que continuamos a desfiar motivos para explicar por que Tommy merecia tudo o que lhe acontecia. Porém na hora em que Ruth olhou o relógio e disse que, embora ainda restasse um tempinho, seria melhor voltarmos, ninguém levantou objeções.

Tommy continuava a plenos pulmões quando saímos de lá. O casarão ficava à esquerda e, uma vez que ele se achava parado no meio do campo, bem na nossa frente, não havia necessidade de passar perto. Mesmo porque ele estava de costas e, pelo visto, nem se dera conta da nossa presença. Eu, porém, enquanto minhas amigas seguiam contornando o campo de esportes, fui me desviando na direção dele. Sabia que elas ficariam intrigadas, mas continuei indo — mesmo quando escutei a voz de Ruth me dizendo, num cochicho urgente, que voltasse.

Desconfio que Tommy não estava acostumado a ser interrompido durante seus acessos, porque a primeira reação dele quando me aproximei foi olhar fixamente para mim durante um segundo antes de retomar o berreiro. *Era* como se estivesse interpretando alguma coisa de Shakespeare e eu tivesse entrado no palco durante a apresentação. Mesmo quando falei: "Tommy, sua camisa boa. Você vai estragar ela toda", não obtive o menor sinal de que havia me escutado.

De modo que estendi a mão para tocar seu braço. Mais tarde as outras meninas diriam que ele tinha feito de propósito, mas eu tinha certeza absoluta de que não fora por querer. Seus braços continuavam se agitando para lá e para cá e não havia como ele saber que eu iria tocá-lo. De todo modo, ao erguer o braço, ele empurrou minha mão para o lado e me atingiu na lateral do rosto. Não doeu nada, mas deixei escapar uma exclamação de surpresa, assim como a maioria das meninas.

Foi nesse momento que Tommy finalmente se deu conta de mim, das outras meninas, de si mesmo, do fato de estar ali no meio do campo se comportando daquela maneira, e me olhou com uma expressão meio idiota no rosto.

"Tommy", eu disse, com bastante severidade. "Tem barro na sua camisa toda."

"E daí?", ele resmungou. Mas, mesmo enquanto pronunciava isso, baixou os olhos, reparou nos salpicos marrons e por pouco não soltou um grito de alarme. Foi então que reparei na expressão de surpresa estampada em seu rosto por eu saber de seus sentimentos pela camisa polo.

"Não fique preocupado com o barro", eu disse, antes que o silêncio se tornasse humilhante demais para ele. "Isso sai. Se não conseguir tirar você mesmo, leve para Miss Jody."

Ele continuou examinando a camisa, depois disse, mal--humorado: "Além do mais, isso não é da sua conta."

A impressão que eu tive foi que Tommy se arrependeu na hora desse último comentário. Ele me olhou todo encabulado, como se esperasse de mim alguma palavra de conforto. Mas eu já tivera uma dose mais que suficiente de Tommy para um só dia, sobretudo com as meninas me vigiando, e — e até onde me era dado saber — com uma quantidade bem maior de gente me espiando das janelas do casarão. De modo que dei as costas com um gesto de pouco-caso e fui para perto de minhas amigas.

Ruth pôs o braço em volta dos meus ombros quando nos afastamos. "Pelo menos você conseguiu fazer com que ele baixasse a bola. Você está bem? Criatura mais louca."

2.

Isso foi há muito tempo e posso ter me enganado quanto a alguns detalhes; mas, pelas minhas lembranças, ter me aproximado de Tommy naquela tarde fazia parte de uma fase transitória — algo a ver com uma compulsão a estabelecer desafios para mim mesma — que eu mais ou menos já havia deixado de lado quando ele me abordou, alguns dias depois.

Não sei como eram as coisas onde você esteve, mas em Hailsham tínhamos de passar por algum tipo de exame médico quase toda semana — em geral na Sala 18, lá no último andar — com a severíssima enfermeira Trisha, ou Cara de Corvo, como nós a chamávamos. Naquela manhã ensolarada, subíamos em batalhão a escada central para sermos examinados por ela enquanto uma outra leva, que acabara de passar pelo exame médico, vinha descendo. De modo que a escadaria inteira ressoava de ecos; eu subia os degraus de cabeça baixa, seguindo logo atrás dos calcanhares da pessoa em frente, quando uma voz bem pertinho de mim falou: "Kath!".

Tommy, que estava na fornada que voltava do exame, tinha

parado bem no meio da escada com um sorriso enorme no rosto que me deixou imediatamente irritada. Pode ser que anos antes, ao topar com alguém que tivéssemos prazer em rever, pudéssemos exibir uma expressão semelhante à estampada no rosto de Tommy. Mas estávamos com treze anos e ele era um menino cruzando com uma menina numa situação pública ao extremo. Minha vontade foi dizer: "Ei, Tommy, por que você não cresce, hein?". Mas me contive, e em vez disso falei: "Tommy, você está atrapalhando todo mundo. E eu também".

Ele deu uma olhada para o alto, e, de fato, um lanço acima as pessoas já estavam tendo de parar na escada. Por um segundo Tommy deu a impressão de que iria entrar em pânico, depois se espremeu bem junto à parede, perto de mim, de modo a permitir a passagem apertada dos outros que vinham atrás. E então disse:

"Kath, andei procurando você por toda parte. Eu queria pedir desculpas. Quer dizer, eu sinto muito, de verdade. Sério mesmo, não era minha intenção bater em você naquele dia. Nunca me passaria pela cabeça bater em menina, mas, mesmo que isso acontecesse algum dia, eu jamais bateria em *você*. Desculpe. De verdade."

"Tudo bem. Foi um acidente, mais nada." Fiz um meneio de cabeça e ensaiei continuar meu caminho. Tommy, porém, disse, todo animado:

"A camisa está em ordem agora. Saiu tudo."

"Que bom."

"Não doeu, doeu? Quando eu bati em você?"

"Claro que doeu. Fraturei o crânio. Tive concussão, o diabo. Acho que até a Cara de Corvo é capaz de notar. Quer dizer, isso se eu conseguir chegar lá."

"Não brinca com isso, Kath. Então, sem rancores? Você me desculpa? Sinto muito, mesmo."

Acabei abrindo um sorriso e dizendo, sem ironia nenhuma:

"Olha só, Tommy, foi um acidente e já está cem por cento esquecido. Eu não fiquei com nenhuma raiva de você, nem um pouquinho".

Ele continuava com expressão de incerteza no rosto, mas alguns alunos mais velhos já estavam começando a empurrá-lo, mandando que se mexesse. Ele sorriu rápido para mim, me deu uma palmadinha no ombro, como se eu fosse um menino mais novo, talvez, e seguiu o fluxo. E depois, quando comecei a subir, escutei-o gritar lá de baixo: "A gente se vê, Kath!".

Para mim, a ocasião fora um tanto embaraçosa, mas não levou a provocações nem fofocas; e tenho de admitir que, se não fosse por aquele encontro na escada, é bastante improvável que eu tivesse me interessado tanto quanto me interessei pelos problemas de Tommy durante as muitas semanas seguintes.

Cheguei a presenciar alguns incidentes. Mas na maioria das vezes só ficava sabendo sobre eles através de terceiros, e, sempre que isso acontecia, interrogava a pessoa até obter um relato mais ou menos completo. Houve novos acessos de raiva, como aquele em que Tommy supostamente derrubou duas carteiras no chão, na Sala 14, e esparramou todo o conteúdo delas pelo assoalho da classe; os outros alunos fugiram para o corredor e ergueram barricadas na porta para que ele não conseguisse sair. Numa outra ocasião, o professor Christopher foi obrigado a imobilizar os braços de Tommy para impedir que ele atacasse Reggie D. durante um treino de futebol. Além disso, todo mundo testemunhou o fato de que, quando os meninos do Sênior 2 saíam para correr, Tommy era o único que não tinha parceiro. Ele era um bom corredor e costumava abrir muito depressa uma distância de dez, quinze metros dos demais, talvez esperando que isso disfarçasse o fato de ninguém querer correr com ele. E quase todos os dias havia rumores sobre alguma diabrura feita contra ele. Grande parte era o de sempre — objetos estranhos em cima da cama dele, uma minhoca nos cereais matinais e por aí afora —, mas algumas brincadeiras demonstravam maldade excessiva. Como aquela vez em que alguém limpou a privada com a escova de dentes de Tommy e ele a usou — com as cerdas cheias de merda. O engraçado é que com o porte e a força que ele tinha — e suponho que também por seu temperamento — ninguém o intimidava fisicamente, mas, pelo que me lembro, ao menos duas vezes por mês acontecia um incidente. Eu achava que mais cedo ou mais tarde alguém começaria a dizer que a coisa havia ido longe demais, mas que nada, as peças continuavam a ser pregadas e ninguém dizia coisa nenhuma.

    Eu mesma tentei tocar no assunto uma vez, isso no dormitório, depois do apagar das luzes. No Sênior éramos só seis em cada quarto, de modo que havia apenas nosso grupinho dormindo lá e, em geral, tínhamos nossas conversas mais íntimas deitadas no escuro, pouco antes de pegar no sono. Ali podíamos falar de coisas que jamais mencionaríamos em outro lugar, nem mesmo no pavilhão. De modo que uma noite toquei no assunto de Tommy. Não falei muita coisa; apenas resumi tudo o que vinha acontecendo com ele e disse que não achava muito justo aquilo. Depois que terminei de falar, fez-se um silêncio meio engraçado, que ficou reverberando no escuro, e percebi então que todas aguardavam a resposta de Ruth — que era o que em geral acontecia sempre que surgia um assunto mais espinhoso. Continuei esperando até que ouvi um suspiro vindo do lado onde Ruth dormia e ela disse:

    "Você tem uma certa razão, Kathy. Não é legal. Mas se ele quer que isso pare vai ter de mudar de atitude. Ele não tinha nenhuma peça para a Permuta de Primavera. E será que vai ter alguma coisa para o mês que vem? Aposto que não."

    É melhor eu explicar um pouco a respeito dessas nossas Permutas em Hailsham. Quatro vezes por ano — primavera, verão, outono e inverno — realizávamos uma espécie de grande exposição-com-vendas de tudo quanto tivéssemos criado nos três meses seguintes à Permuta anterior. Pinturas, desenhos, cerâmicas; tudo quanto é tipo de "escultura" feita com qualquer que fosse a grande febre do momento — latas amassadas, talvez, ou tampinhas de garrafa grudadas em cartolina. Para cada contribuição recebíamos um certo número de Vales-Permuta — os guardiões decidiam quantos uma determinada obra-prima merecia — e depois, no dia, você comparecia com os vales e "comprava" as coisas de que gostava. A regra era que só era permitido adquirir trabalhos feitos pelos alunos do próprio ano da gente, mas ainda assim tínhamos um amplo leque de opções, já que a maioria de nós conseguia ser de uma fecundidade extraordinária em três meses.

Olhando em retrospecto, entendo por que as Permutas se tornaram tão importantes para nós. Para começo de conversa, e excetuados os Bazares — mas sobre isso, que é uma outra história, volto a falar mais tarde —, as Permutas eram o único meio de formarmos nossas coleções particulares. Se você por exemplo quisesse decorar as paredes em volta de sua cama, ou se estivesse atrás de alguma coisa para carregar na sacola e colocar sobre a carteira em cada sala de aula, uma Permuta era o lugar certo para encontrar o objeto procurado. Agora também entendo o efeito mais sutil que as Permutas exercem sobre todos nós. Pensando um pouco melhor a respeito, o fato de dependermos uns dos outros para a produção daquilo que poderia se tornar o seu ou o meu tesouro particular — é claro que isso influenciava os relacionamentos. A história de Tommy era bem típica. Na maior parte do tempo, tanto a maneira como a pessoa era vista em Hailsham como o grau de apreço e respeito que lhe dedicavam tinham relação direta com o quanto você era bom em "criar".

Ruth e eu relembramos isso tudo diversas vezes, alguns anos atrás, quando cuidei dela no centro de recuperação de Dover.

"É tudo parte do que fez de Hailsham um lugar tão especial", ela me disse uma vez. "A forma como éramos incentivados a valorizar o trabalho uns dos outros."

"É verdade", falei. "Mas às vezes, quando penso naquelas Permutas, agora, uma boa parte me parece um tanto esquisita. A poesia, por exemplo. Lembro que podíamos entregar poemas em vez de um desenho ou uma pintura. E o mais estranho é que todos nós achávamos isso ótimo, achávamos que fazia sentido."

"E por que não faria? A poesia é importante."

"Mas nós estamos falando de coisas escritas por crianças de nove anos de idade, versinhos engraçados cheios de erros de ortografia anotados em cadernos de escola. Gastávamos nossos preciosos vales em cadernos cheios daquelas bobagens, em vez de comprar alguma coisa realmente bonita para pôr ao lado da cama. Se tínhamos tanto interesse pela poesia dos outros, por que não pedíamos o caderno da pessoa emprestado e copiávamos tudo numa tarde de chuva? Mas você se lembra bem de como era. Chegava o dia de uma Permuta e lá ficávamos nós, nos digladiando pelos poemas da Susie K. e por aquelas girafas que a Jackie fazia."

"As girafas da Jackie", Ruth disse com uma risada. "Eram tão lindas. Eu tive uma."

Estávamos batendo esse papo num belo fim de tarde de verão, sentadas na pequena sacada do quarto de recuperação de Ruth. Ela fizera sua primeira doação havia alguns meses e, como o pior já tivesse passado, eu planejava minhas visitas de final de tarde de modo a podermos ficar uma meia hora ao ar livre, vendo o sol baixar sobre os telhados. Dava para ver uma porção de antenas e pequenas parabólicas; muito de vez em quando, bem lá ao longe, divisávamos uma linha cintilante de mar. Eu levava água mineral e biscoitos e ali ficávamos, conversando sobre tudo o que nos vinha à cabeça. O centro onde Ruth estava naquela época era um dos meus prediletos, e eu até que não me incomodava se acabasse dando com os costados por lá. Os quartos de recuperação, embora pequenos, são muito bem planejados e confortáveis. Tudo — as paredes, o chão — foi revestido de azulejos brancos, que o centro mantém tão limpos e brilhantes que ao entrar pela primeira vez é como se você tivesse entrado numa sala de espelhos. Claro que a pessoa não chega a ver seu reflexo repetido um monte de vezes, mas é quase como se fosse possível. Toda vez que você ergue um braço ou quando alguém se senta na cama, você sente esse movimento pálido de repetição ao redor, em cada azulejo. Bom, mas como eu ia dizendo, o quarto de Ruth naquele centro também tinha grandes painéis de vidro de correr, de modo que era muito fácil para ela ver lá fora, ainda que estivesse na cama. Mesmo com a cabeça sobre o travesseiro ela via uma grande porção do céu e, se estivesse quente o suficiente, podia tomar quanto ar fresco quisesse simplesmente indo até a sacada. Eu adorava visitá-la ali, adorava aquelas conversas sinuosas que mantivemos durante todo o verão e o começo do outono, sentadas na sacada, falando de Hailsham, do Casario, de tudo o que nos viesse à mente.

"O que estou querendo dizer", continuei, "é que quando tínhamos aquela idade, quando tínhamos, digamos, onze anos, na verdade não estávamos nem um pouco interessadas nas poesias umas das outras. Mas você se lembra? Alguém como Christy, por exemplo? Christy tinha fama de ser ótima em poesia e todas nós a respeitávamos por isso. Até mesmo você, Ruth, nunca ousou bancar a mandona com ela. Tudo porque achávamos que ela era ótima em poesia. Mas não sabíamos patavina sobre poesia. Não ligávamos para a coisa. É estranho."

Mas Ruth não entendeu meu argumento — ou talvez estivesse tentando evitá-lo de propósito. Talvez estivesse decidida a lembrar-se de nós todos como criaturas bem mais sofisticadas do que de fato éramos. Ou talvez pressentisse aonde minha conversa queria chegar e não quisesse que seguíssemos por aquele caminho. Fosse como fosse, soltou um suspiro e disse:

"Achávamos os poemas da Christy tão bons. O que será que acharíamos deles hoje em dia? Seria ótimo se tivéssemos alguns aqui conosco, eu adoraria ver nossa reação agora." Depois deu risada e disse: "Eu ainda *tenho* algumas poesias escritas pelo Peter B. Mas isso foi bem mais tarde, já estávamos no Sênior 4. Eu devia ter uma queda por ele. Não imagino por que outro motivo compraria seus poemas. São todos histericamente tolos. Ele se levava tão a sério. Mas a Christy era muito boa, lembro que era mesmo. Engraçado, ela perdeu totalmente o gosto pela poesia quando começou a pintar. E não era nem de longe tão boa com os pincéis".

Mas voltando a Tommy. O que Ruth disse aquela vez no dormitório, depois do apagar das luzes — que Tommy estava colhendo o que ele próprio plantara —, provavelmente resumia o que a maior parte das pessoas em Hailsham pensava dele na época. Mas foi quando ela disse o que disse que me ocorreu, ali deitada na cama, que toda aquela ideia de ele não se esforçar de propósito era uma coisa que circulava desde a época em que estávamos no Júnior. E então, com um certo calafrio na espinha, me dei conta de que Tommy vinha passando por aquilo tudo fazia anos e anos, e não umas poucas semanas ou meses.

Tommy e eu conversamos sobre isso não faz muito tempo e a versão que ele me deu do início de suas dificuldades confirmou as conclusões a que eu chegara muito antes. Segundo ele, os problemas começaram durante uma aula de arte de Miss Geraldine. Até aquela tarde, pelo que ele me disse, sempre gostara de pintar. Só que nessa aula específica sua aquarela — um elefante parado no meio de um capim alto — desencadeou todo um processo de ressentimentos. Ele fizera aquilo, segundo me explicou, como uma espécie de brincadeira. Eu o apertei bastante sobre esse ponto e desconfio que a verdade é que foi tudo como são muitas outras coisas naquela idade: você não tem um motivo muito claro, simplesmente vai e faz. Faz porque espera que os colegas achem graça, ou para ver se causa alguma comoção. E quando lhe pedem para explicar, depois, nada parece fazer muito sentido. Todos nós já passamos por algo parecido. Tommy não pôs o ocorrido exatamente nesses termos, mas tenho certeza de que foi o que houve.

De todo modo, ele desenhou um elefante exatamente como um menino três anos mais novo faria. Não levou mais do que vinte minutos para executá-lo e provocou risadas, sem dúvida, embora não do tipo que esperava. Ainda assim, o exercício poderia não ter resultado em nada mais grave — e esta é uma ironia e tanto, imagino — se por acaso a professora de arte aquele dia não fosse Miss Geraldine.

Miss Geraldine era a guardiã favorita de todo mundo, quando estávamos com aquela idade. Era delicada, falava baixinho e sempre nos consolava quando precisávamos de um alento, mesmo depois de alguma coisa errada que tivéssemos feito ou de um pito de outro guardião. Se por acaso se visse obrigada a repreender alguém, passava dias e dias, depois da bronca, dando toda a atenção possível ao aluno ou aluna, como se estivesse lhe devendo alguma coisa. Foi uma falta de sorte muito grande, para Tommy, ter Miss Geraldine à frente da classe naquele dia, e não, digamos, o professor Robert ou a própria Miss Emily — a guardiã-chefe —, que era quem em geral se encarregava das aulas de arte. Caso tivesse sido um desses dois, Tommy teria escutado um pequeno sermão, teria dado seu sorrisinho dengoso, e o máximo que os outros poderiam pensar é que ele fizera uma piadinha muito ruim. Talvez alguns alunos o tivessem considerado até um perfeito palhaço. Miss Geraldine, porém, sendo Miss Geraldine, não seguiu essa trilha. Ao contrário, fez o possível para olhar a aquarela com bondade e compreensão. E, provavelmente adivinhando que Tommy corria o risco de ser criticado pelos outros, exagerou para o lado oposto, inclusive descobrindo coisas para elogiar e apontar à classe. Foi assim que teve início o ressentimento.

"Depois que saímos da sala", Tommy se lembrou, "comecei a ouvir os primeiros comentários. E ninguém quis nem saber se eu estava escutando ou não."

Meu palpite é que Tommy já desconfiava que não estava se saindo a contento mesmo antes daquele elefante — devia achar sua arte, sobretudo a pintura, muito parecida com a de alunos bem mais novos — e andava encobrindo isso da melhor maneira possível, fazendo desenhos deliberadamente infantis. Mas depois do elefante as coisas vieram à tona e todo mundo passou a vigiá-lo para ver o que faria em seguida. Parece que ele até se esforçou por uns tempos, mas nem bem começava alguma coisa já pipocavam zombarias e risinhos à volta toda. Na verdade, quanto mais ele se esforçava, mais risível ficava seu empenho. Não demorou muito para que voltasse à atitude original de defesa e começasse de novo a produzir trabalhos que pareciam propositalmente infantis, trabalhos que diziam que ele não estava nem aí com nada. E desse momento em diante essa sua atitude foi se intensificando.

Durante um certo tempo, o sofrimento se restringiu às aulas de arte — se bem que havia um número suficiente delas; tínhamos um bocado de arte quando estávamos no Júnior. Mas depois a situação foi se agravando. Ele começou a ficar fora dos jogos, os meninos não queriam mais sentar-se ao lado dele nas refeições e fingiam não escutar uma palavra do que ele dizia no dormitório, depois que as luzes eram apagadas. No começo as provocações não eram tão insistentes. Passavam-se meses sem que nada ocorresse, Tommy chegava a pensar que a animosidade havia desaparecido, mas aí alguma coisa que ele ou um de seus inimigos, como Arthur H., aprontavam punha todo o processo em marcha de novo.

Não sei ao certo quando teriam principiado os grandes acessos de raiva. Até onde me lembro, Tommy sempre foi conhecido pelo mau gênio, mesmo na época em que estávamos no Infante, mas ele me assegurou que os acessos só começaram depois que as implicâncias pioraram. De todo modo, foram aqueles acessos de raiva que acabaram dando corda em todo mundo, agravando as coisas, e, por volta da época de que falo — durante o verão do nosso Sênior 2, quando tínhamos treze anos —, as perseguições a Tommy atingiram o auge.

De repente as perseguições pararam. Não foi da noite para o dia, mas foi rápido. Como já falei, eu vigiava a situação bem de perto, na época, de modo que vi os sinais antes da grande maioria. Houve um período — talvez de um mês, quem sabe até mais — em que as zombarias ocorreram com bastante constância, porém Tommy não perdeu a cabeça. Às vezes eu via que ele estava prestes a se descontrolar, mas de algum modo conseguia se conter; outras vezes, limitava-se a dar de ombros ou reagia como se não tivesse notado coisa alguma. De início essas reações provocaram decepção; talvez as pessoas estivessem se sentindo até ressentidas, como se Tommy as tivesse deixado na mão. Depois, pouco a pouco, foram se entediando, as troças foram se abrandando, até que um dia me dei conta de que fazia mais de uma semana que ninguém o arreliava.

Isso não teria sido necessariamente significativo em si, mas percebi outras mudanças. Pequenas coisas, como por exemplo Alexander J. e Peter N. atravessando o pátio junto com Tommy, indo para o campo de esportes, os três conversando com toda a naturalidade; ou então uma sutil porém nítida diferença no tom de voz das pessoas quando o nome de Tommy era mencionado. Até que, certa vez, lá pelo final de um recreio à tarde, houve algo significativo. Estávamos sentadas na grama bem perto do Campo de Esportes Sul enquanto os meninos, para variar, jogavam futebol; eu participava da conversa, mas sem desgrudar o olho de Tommy, que, como eu já percebera, era a figura central da partida. Num determinado momento ele levou uma rasteira e, levantando-se do chão, posicionou a bola no gramado para bater a falta. Enquanto os meninos se espalhavam no campo tentando antecipar a jogada, Arthur H. — um de seus mais acirrados perseguidores —, que estava uns poucos metros atrás, começou a imitá-lo produzindo uma versão aparvalhada da maneira como Tommy se imobilizara diante da bola, de mãos nos quadris. Observei a cena com toda a atenção, mas nenhum outro menino encarou a palhaçada. Todos devem ter visto a encenação, já que todos estavam olhando para Tommy, esperando pelo chute, e Arthur se enfiara bem atrás dele — porém ninguém se interessou. Tommy levou a bola adiante pelo gramado, o jogo prosseguiu e Arthur H. não tentou mais nenhuma gracinha.

    Eu me sentia satisfeita com o andamento da situação, mas também um tanto aturdida. Não houvera nenhuma mudança real no trabalho de Tommy — a reputação dele para "criatividade" continuava tão ruim quanto sempre fora. Deu para perceber que o fim dos acessos de raiva fora de grande ajuda, mas o que parecia ser o fator-chave da reviravolta era mais difícil de precisar. Havia algo no próprio Tommy — a maneira como ele se comportava, a forma como olhava as pessoas de frente e conversava daquele seu jeito franco, afável — que estava diferente de antes e que, por sua vez, mudara a atitude daqueles que viviam a sua volta. Mas o que provocara a reviravolta não estava muito claro.

    Sem entender direito, resolvi sondá-lo mais um pouco tão logo pudéssemos nos encontrar para conversar só nós dois. A oportunidade não demorou a surgir, num dia em que eu estava na fila do almoço e ele alguns lugares à minha frente.

Imagino que isso vá soar meio esquisito, mas em Hailsham a fila do almoço *era* um dos melhores lugares para se ter uma conversa privada. E isso devido à acústica do Grande Salão; o zunzum generalizado, somado ao pé-direito alto, significava que havia uma boa chance de ninguém escutar o que você estava dizendo, desde que você mantivesse a voz baixa, ficasse pertinho do interlocutor e se certificasse de que os vizinhos de fila estavam entretidos em suas próprias conversas. De todo modo, não tínhamos muitas opções, para falar a verdade. Os locais "sossegados" eram quase sempre os piores, porque sempre existia a possibilidade de passar alguém por perto. E assim que você deixava transparecer que estava tentando dar uma fugida para ter uma conversa privada, a escola inteira parecia pressentir em poucos minutos o que estava ocorrendo, e aí você não tinha a menor chance.

De modo que quando vi Tommy alguns lugares à frente, acenei — já que, segundo as regras, ninguém podia furar a fila e passar na frente dos outros, mas podia perfeitamente retroceder e voltar alguns lugares. Ele veio me fazer companhia com um sorriso encantado no rosto e ficamos os dois parados por alguns instantes sem dizer muita coisa — não porque estivéssemos sem jeito, mas porque estávamos esperando que o interesse despertado pelo recuo na fila esmorecesse. Depois eu disse a ele:

"Você me parece bem mais feliz, ultimamente, Tommy. As coisas pelo visto melhoraram bastante para o seu lado."

"Você repara em tudo, não é mesmo, Kath?" Tommy me disse isso sem o menor vestígio de sarcasmo. "É, pois é, está tudo indo bem. Estou me virando legal."

"Mas o que foi que houve? Você encontrou Deus ou coisa parecida?"

"Deus?" Tommy pareceu meio perdido por alguns segundos. Depois riu e disse: "Ah, entendo. Você está falando de eu não ficar mais... de não ficar mais tão bravo".

"Não só disso, Tommy. Você inverteu a situação toda. Andei acompanhando de perto. Por isso pergunto."

Tommy deu de ombros. "Cresci um pouco, imagino. E talvez todo mundo também tenha crescido um pouco. Não dá para ficar batendo na mesma tecla o tempo todo. Fica chato."

Não falei nada, mas continuei olhando bem nos olhos dele, até que Tommy soltou mais uma risada curta e disse: "Kath, você é tão xereta. Está bem, imagino que tenha *mesmo* havido algo. Algo que aconteceu. Se você quiser, lhe conto tudo".

"Bom, então conte."

"Vou contar, Kath, mas prometa que não vai espalhar por aí, certo? Uns dois meses atrás, tive uma conversa com a Miss Lucy. E depois disso passei a me sentir muito melhor. É difícil de explicar. Mas ela me disse uma coisa e tudo começou a parecer bem melhor depois."

"E o que foi que ela disse?"

"Bom... O problema é que talvez pareça meio estranho. No começo achei muito estranho. O que ela falou foi que se eu não quisesse ser criativo, se realmente não tinha vontade de ser criativo, então sem problemas, tudo bem. Não há nada de errado com isso, ela falou."

"Foi isso que ela falou?"

Tommy confirmou com a cabeça, mas eu já estava reagindo.

"Isso é puro papo furado, Tommy. Se você agora resolveu fazer esses joguinhos bestas, lavo minhas mãos."

Eu estava genuinamente brava porque, para mim, ele estava mentindo bem no momento em que eu merecia toda a sua confiança. Vendo uma menina conhecida alguns lugares atrás, fui conversar com ela e larguei Tommy sozinho. Percebi que ele tinha ficado surpreso e desconcertado, mas depois de tantos meses me preocupando com os problemas dele eu me sentia traída, e pouco me importava o estado em que o deixara. Conversei com minha amiga — acho que era Matilda — o mais animadamente que pude e mal olhei para o lado de Tommy durante o resto do tempo em que ficamos na fila.

Mas na hora em que eu estava levando meu prato para a mesa ele se aproximou por trás e me disse, com voz apressada:

"Kath, eu não estava tentando enganar você, se é isso que você está imaginando. O que aconteceu foi aquilo mesmo. Eu lhe conto tudo, se você me der uma chance."

"Não fale besteira, Tommy."

"Kath, vou lhe contar tudinho. Vou para o lago logo depois do almoço. Se você for até lá, lhe conto."

Lancei um olhar de censura para ele e me afastei sem responder, mas já então, imagino, havia começado a cogitar sobre a possibilidade de que ele não estivesse, no fim das contas, inventando a história com Miss Lucy. E quando me sentei com minhas amigas já estava começando a imaginar uma forma de ir até o lago sem despertar curiosidade em ninguém.

3.

O lago ficava ao sul do casarão. Para ir até lá, o melhor caminho era sair pela porta dos fundos e descer uma alameda estreita, sinuosa, empurrando para o lado o emaranhado de samambaias que, no outono, ainda obstruíam a passagem. Ou então, caso não houvesse nenhum guardião por perto, cortar caminho pelo canteiro de ruibarbo. De um jeito ou de outro, desembocando no lago você deparava com uma atmosfera tranquila, cheia de marrecos, juncos e plantas aquáticas. No entanto, o lago não era um bom lugar para uma conversa discreta — não chegava nem aos pés da fila do almoço. Primeiro porque quem ia para lá ficava bem visível para todo mundo que estivesse na casa. E era sempre difícil prever como o som viajaria pela água; se alguém quisesse bisbilhotar conversa alheia, nada mais fácil do que seguir pela trilha que contornava o lago até achar um bom esconderijo entre as moitas, do lado oposto. Mas, como tinha sido eu quem interrompera a conversa na fila do almoço, era preciso me conformar com a situação. Outubro já ia adiantado àquela altura, mas fazia sol e resolvi que seria perfeitamente possível fingir que resolvera dar uma volta e por puro acaso cruzara com Tommy no lago.

Talvez por estar tão ansiosa para manter essa impressão — mesmo sem saber se havia ou não alguém me vigiando de fato — não esbocei a menor intenção de sentar-me quando topei com ele acomodado numa grande pedra achatada, não muito longe da beira da água. Devia ser uma sexta-feira, ou um fim de semana, porque lembro que estávamos vestidos com nossas próprias roupas. Não me recordo direito da roupa de Tommy — ele devia estar com uma daquelas camisetas de futebol esfarrapadas que usava mesmo depois que o tempo esfriava —, mas sem sombra de dúvida eu estava com o agasalho marrom, o que tinha um zíper na frente, comprado num Bazar quando eu estava no Sênior 1. Dei a volta e parei de costas para o lago, de frente para a casa, para poder ver se havia gente se amontoando nas janelas. Em seguida, durante alguns minutos, falamos sobre uma coisa ou outra, sem nenhum objetivo, como se o assunto da fila do almoço não tivesse ocorrido. Não sei se minha atitude era para impressionar Tommy ou se era dirigida a algum possível observador distante; o fato é que mantive a atitude de quem está de passagem e a certa altura fiz até menção de seguir em frente. Vi uma espécie de pânico passar pelo rosto de Tommy nesse momento, e na mesma hora arrependi-me de tê-lo aborrecido, ainda que não tivesse sido de propósito. De modo que então perguntei, como se acabasse de me lembrar:

"Falando nisso, o que era mesmo que você estava me contando agora há pouco? Sobre uma coisa que a Miss Lucy disse para você?"

"Ah..." Tommy fitou o lago sem olhar para mim, fingindo ele também que esquecera por completo o assunto.

Dos guardiões todos de Hailsham, Miss Lucy era a mais esportiva, se bem que, pelo físico, ninguém daria nada por ela.

Tinha um corpo atarracado, lembrava um pouco um buldogue, e um cabelo preto muito esquisito, que, quando crescia, crescia só para cima, de modo que nunca lhe cobria as orelhas, nem o pescoço carnudo. Mas a verdade é que ela era uma mulher de fato forte e em forma e, mesmo depois de mais adultos, poucos de nós — inclusive os meninos — conseguiam alcançá-la numa pista de corrida. Era excelente jogadora de hóquei e num campo de futebol não fazia feio nem mesmo numa partida com os meninos do Sênior. Lembro que uma vez James B. tentou dar uma rasteira nela quando ela passou levando a bola, e que foi ele quem voou pelos ares. Na época do Júnior, ela nunca foi uma Miss Geraldine, a quem recorríamos sempre que nos sentíamos perturbados. Para falar a verdade, Miss Lucy não costumava conversar muito conosco quando éramos pequenos. Somente depois que passamos para o Sênior começamos a dar valor àquele seu estilo meio ríspido.

"Você estava me contando uma coisa", eu disse para Tommy. "Uma coisa sobre a Miss Lucy ter lhe dito que tudo bem não ser criativo."

"De fato, ela disse uma coisa do tipo. Disse para eu não me preocupar. Não ligar para o que os outros dizem de mim. Já deve fazer uns dois meses, agora. Ou até mais."

Lá longe, na casa, alguns alunos do Júnior estavam parados nas janelas do andar de cima olhando para nós. Eu porém já desistira de fingir e estava agachada na frente de Tommy.

"Tommy, foi muito esquisito ela ter dito isso. Tem certeza de que entendeu direito?"

"Claro que entendi direito." A voz dele baixou de repente. "Ela não disse isso uma vez só, não. Estávamos na sala dela e ela me fez a maior preleção a respeito."

Tommy me explicou que quando Miss Lucy o chamara para ir até seu gabinete, depois da aula de Apreciação da Arte, ele fora esperando, no máximo, outro sermão sobre a necessidade de se esforçar mais — o tipo de discurso que vários outros guardiões já lhe tinham feito, inclusive ela. Mas enquanto caminhavam do casarão para as Laranjeiras — onde os guardiões tinham seus aposentos particulares — Tommy começou a perceber que se tratava de algo diferente. Depois, assim que se viu sentado na espreguiçadeira de Miss Lucy — que permaneceu de pé, ao lado da janela —, ela lhe pedira que contasse com suas próprias palavras, desde o princípio, o que estava havendo. Tommy se pusera então a relatar tudo. Mas antes que chegasse à metade da história ela o interrompera e começara a falar. Conhecia uma porção de alunos que durante um tempão haviam tido muita dificuldade em ser criativos: pintura, desenho, poesia, nada dava certo para eles, e isso durante muitos e muitos anos, contou ela. Aí, um belo dia, viravam uma página e desabrochavam. Era muito possível que Tommy fosse um deles.

Tommy já ouvira aquilo tudo antes, mas alguma coisa no jeito de Miss Lucy o mantivera alerta, prestando atenção em tudo.

"Dava para ver", ele me contou, "que a conversa estava tomando outro rumo. Um rumo diferente."

E, de fato, logo em seguida ela estava dizendo coisas que Tommy teve dificuldade para acompanhar. Porém essas coisas foram repetidas tantas vezes que no fim ele começou a compreender. Se Tommy de fato houvesse se empenhado de coração, segundo ela, e se assim mesmo tivesse percebido que não conseguia ser muito criativo, então tudo bem, não tinha importância e ele não deveria se preocupar a respeito. Era errado, da parte de qualquer pessoa, aluno ou guardião, puni-lo por isso, ou pressioná-lo dessa ou daquela forma. Simplesmente não era culpa dele. E quando Tommy reagira dizendo que era muito fácil para ela dizer essas coisas, mas que no fundo todo mundo *achava* que a culpa era dele, ela soltara um suspiro e olhara para fora da janela. Depois dissera:

"Talvez não ajude em nada. Mas veja se não se esquece do seguinte. Existe pelo menos uma pessoa aqui em Hailsham que não acredita que seja culpa sua. Pelo menos uma pessoa que acredita que você é um ótimo aluno, tão bom quanto os melhores alunos que ela já teve, independentemente de quão criativo você seja."

"Tem certeza de que não foi uma brincadeira dela?", perguntei a Tommy. "Ou uma forma inteligente de lhe dar uma bronca?"

"Com toda a certeza não foi nem uma coisa nem outra. Em todo caso..." Pela primeira vez ele pareceu preocupado com a possibilidade de que alguém estivesse escutando, e espiou por cima do ombro a casa ao longe. Os meninos do Júnior que antes se amontoavam nas janelas haviam perdido o interesse e sumido; algumas meninas do nosso ano caminhavam para o pavilhão, mas ainda estavam a uma boa distância. Tommy voltou-se de novo para mim e disse, quase num sussurro:

"Seja como for, quando ela disse isso, estava *tremendo*."

"Como assim, tremendo?"

"Tremendo. De raiva. Deu para perceber. Estava furiosa. Mas furiosa lá no fundo de si mesma."

"Com quem?"

"Eu não saberia dizer. De todo modo não era comigo, ainda bem!" Ele deu risada, depois ficou sério de novo. "Não sei com quem ela estava brava. Mas que estava brava, isso estava."

Levantei-me outra vez porque a barriga da perna estava doendo. "É muito esquisito, Tommy."

"O engraçado é que essa conversa com ela acabou me ajudando. Ajudando muito. Quando você falou, na hora do almoço, que as coisas pareciam estar melhores para o meu lado... bom, foi por causa disso. Porque depois, pensando no que ela havia me dito, percebi que ela estava certa, que não era culpa minha. Tudo bem que eu não tinha lidado direito com a situação. Mas, lá no fundo, a culpa não era minha. Foi isso que fez toda a diferença. Agora, sempre que me sinto meio vacilante a respeito e encontro Miss Lucy numa caminhada ou na aula, mesmo que ela não faça menção a nossa conversa, dou uma olhada para ela; e ela às vezes me vê e acena de leve. Não preciso de mais nada, só disso. Você me perguntou antes se alguma coisa tinha acontecido. Bom, foi isso que aconteceu. Mas Kath, olhe só, não diga uma palavra do que lhe contei aqui para ninguém."

Fiz que sim com a cabeça, mas perguntei: "Foi ela que fez você prometer isso?".

"Não, não, ela não me fez prometer nada. Mas não quero que você dê um pio sobre esse assunto. Você tem que me prometer."

"Certo." As meninas que estavam indo para o pavilhão haviam me visto e acenavam, chamando por mim. Acenei de volta e disse para Tommy: "É melhor eu ir, agora. Podemos falar mais a respeito disso daqui a uns tempos".

Tommy, porém, ignorou o que eu dissera. "Tem mais uma coisa", ele continuou. "Uma coisa que ela disse e que não consegui entender direito. Eu ia lhe perguntar a respeito. Ela disse que não estão nos esclarecendo o suficiente, uma coisa assim."

"Esclarecendo o suficiente? Quer dizer que ela acha que a gente devia estudar ainda mais do que já estuda?"

"Não, não creio que ela estivesse falando nesse sentido. O que ela estava falando tinha a ver, você sabe, *conosco*. Com o que vai acontecer conosco um dia. Doações e essa coisa toda."

"Mas nós *fomos* esclarecidos a respeito disso tudo", falei. "O que será que ela quis dizer? Será que ela acha que há coisas que ainda não nos contaram?"

Tommy pensou durante alguns momentos, depois sacudiu a

cabeça. "Não, acho que não foi esse o sentido. Ela apenas acha que não estão nos esclarecendo o suficiente a respeito. E falou que andava pensando seriamente em conversar conosco sobre isso."

"Sobre o quê, exatamente?"

"Não tenho certeza. Vai ver eu entendi tudo errado, Kath, não sei dizer. Vai ver ela estava falando de uma coisa completamente diferente, outra coisa qualquer referente à falta de criatividade. Não entendi mesmo."

Tommy me olhava como se esperasse obter uma resposta de mim. Continuei pensando por alguns segundos, depois disse:

"Tommy, agora veja se se lembra direitinho de tudo. Você disse que ela ficou brava..."

"Bom, ao menos foi a impressão que eu tive. Ela não ergueu a voz, mas estava tremendo."

"Bom, está certo. Vamos supor que ela estivesse brava. Foi quando ela ficou brava que começou a falar sobre esse outro assunto? Sobre não nos esclarecerem o suficiente a respeito de doações e por aí afora?"

"Imagino que foi..."

"Agora pense, Tommy, pense bem. Por que ela tocou nesse assunto? Ela estava falando a seu respeito e a respeito de você não ser criativo. De repente, começou a falar sobre uma outra coisa. Qual é a ligação? Por que ela tocou na questão das doações? O que isso tem a ver com você ser criativo ou não?"

"Sei lá. Deve ter havido alguma razão, imagino. Quem sabe uma coisa puxou a outra. Kath, agora quem está ficando preocupada com isso é você."

Dei risada porque ele tinha razão: até aquele momento eu estivera de cenho franzido, mergulhada em pensamentos. A verdade era que minha mente estava indo em várias direções ao mesmo tempo. E o que Tommy me contara da conversa com Miss Lucy me fizera lembrar de algo, talvez de toda uma série de pequenos incidentes ocorridos no passado, todos relacionados com ela, que haviam me deixado muito intrigada na época.

"É só que..." Calei-me e suspirei. "Não consigo formular direito a coisa nem para mim mesma. Mas isso tudo que você falou meio que se encaixa com uma porção de outros incidentes que me deixam cismada. Não consigo tirar isso da cabeça. Por exemplo quando Madame vem e leva nossos melhores trabalhos de pintura. Para que serve isso, exatamente?"

"É para a Galeria."

"Mas o que *é* essa galeria? Toda hora ela aparece e leva nossos melhores trabalhos. Já deve ter uma montanha deles, a esta altura. Uma vez eu perguntei a Miss Geraldine há quanto tempo Madame vem aqui e ela me disse que desde que Hailsham existe. O que *é* essa galeria? E por que ela tem uma galeria com coisas produzidas por nós?"

"Vai ver ela vende. Aí fora eles vendem de tudo."

Sacudi a cabeça. "Não pode ser isso. Acho que está mais relacionado com o que Miss Lucy disse a você. Sobre nós, sobre o dia em que vamos começar a fazer doações. Não sei por quê, mas já faz algum tempo que tenho essa sensação de que está tudo relacionado, se bem que não consigo atinar como. Agora preciso ir andando, Tommy. Por enquanto, a gente não conta nada para ninguém disso tudo."

"Combinado. E não comente com ninguém essa história sobre Miss Lucy."

"Mas você me conta, se ela vier falar com você de novo sobre o assunto?"

Tommy fez que sim com a cabeça, depois deu uma olhada em volta. "É, também acho melhor você ir andando, Kath. Alguém vai acabar escutando a gente."

A galeria em questão era uma coisa com a qual havíamos nascido e crescido. Todos falavam dela como se existisse de fato, embora na verdade ninguém soubesse ao certo. Eu não era exceção à regra e, assim como todo mundo em Hailsham, não saberia dizer quando ouvira falar nela pela primeira vez. Mas duvido que tenha sido por intermédio dos guardiões: eles nunca mencionavam a Galeria e, além disso, havia uma regra tácita que nos proibia de tocar no assunto na frente deles.

Imagino, agora, que se tratasse de uma daquelas regras transmitidas de uma geração à outra de alunos de Hailsham. Lembro-me de uma vez, eu não podia ter mais do que cinco ou seis anos, em que estava sentada a uma mesinha baixa ao lado de Amanda C., nossas mãos grudentas de massinha de modelar. Não sei se havia mais alguma criança conosco, nem quem era o guardião naquele dia. Só me lembro de Amanda C. — que era um ano mais velha que eu — olhando para o que eu estava fazendo e exclamando: "Isso está ficando muito, muito bom, Kathy! Nossa, está ficando *super* bom! Aposto como vai acabar indo para a Galeria!".

Eu já devia saber sobre a Galeria, na época, porque me lembro da emoção e do orgulho que senti quando ela disse aquilo — e de, no momento seguinte, pensar com meus botões: "Mas que ridículo. Nenhuma de nós é boa que chegue para a Galeria, pelo menos não ainda".

Os anos foram passando e continuamos a falar sobre a Galeria. Quando alguém queria elogiar um trabalho, dizia: "Isso está tão bom que dá para ir para a Galeria". E depois que descobrimos a ironia, sempre que topávamos com um trabalho ridiculamente ruim, exclamávamos: "Mas é claro! Este aqui vai direto para a Galeria!".

Mas será que acreditávamos de fato na Galeria? Hoje em dia não tenho tanta certeza assim. Como já falei, nunca mencionávamos a galeria diante dos guardiões e, pensando nisso agora, me parece que essa era uma regra imposta por nós mesmos, e não por eles. Por exemplo, lembro-me de uma ocasião quando tínhamos uns onze anos. Estávamos na Sala 7, numa manhã ensolarada de inverno. Havíamos acabado de ter uma aula com o professor Roger e nosso grupinho ainda estava na sala, conversando com ele. Continuávamos cada qual em sua carteira e não me lembro sobre o que conversávamos, mas o professor Roger, como de hábito, nos fazia rir muito, o tempo todo. A certa altura, em meio a muita risada, Carole H. disse: "É capaz até de ser escolhido para a Galeria!". No mesmo instante tapou a boca com a mão e soltou um "opa!"; a atmosfera continuou leve, mas todos nós sabíamos, inclusive o professor Roger, que ela cometera uma gafe. Não se tratava exatamente de um desastre. Equivalia, mais ou menos, a algum aluno soltar um palavrão ou usar o apelido de um guardião ou guardiã na frente da pessoa. O professor Roger sorriu com indulgência, como se dissesse: "Vamos deixar passar, vamos fingir que isso nunca foi dito", e continuamos como antes.

Porém, se para nós a Galeria continuava sendo um reino envolto em brumas, por outro lado havia um fato suficientemente sólido: as visitas que Madame nos fazia duas e até três ou quatro vezes por ano para selecionar nossos melhores trabalhos. Nós a chamávamos de "Madame" porque ela era francesa ou belga — havia uma disputa sobre se seria uma coisa ou outra — e porque era assim que os guardiões a chamavam. Era uma mulher alta, estreita, de cabelo curto, com toda certeza ainda bem jovem, se bem que na época não a víssemos assim. Estava sempre com um tailleur cinza muito bem cortado e, ao contrário dos jardineiros, ao contrário dos motoristas que nos levavam os suprimentos — ao contrário de praticamente qualquer outra pessoa vinda de fora —, não conversava conosco e nos mantinha à distância com seu olhar gelado. Durante muitos anos nós a vimos como alguém cheio de "empáfia", mas aí, uma noite, lá pelas oito horas, Ruth surgiu com outra teoria.

"Ela tem é medo de nós", declarou.

Estávamos deitadas no dormitório escuro. No Júnior éramos quinze em cada quarto, de modo que não costumávamos travar aquelas longas conversas íntimas que depois manteríamos nos dormitórios do Sênior. Mas a maioria das que depois se tornaram o nosso "grupo" tinha a cama perto uma da outra e já estávamos adquirindo o hábito de conversar à noite.

"O que você quer dizer com medo de nós?", alguém perguntou. "Como é que ela pode ter medo de nós? O que é que a gente poderia fazer para ela?"

"Sei lá", disse Ruth. "Mas tenho certeza absoluta de que ela tem medo. Eu costumava achar que era só arrogância, mas é outra coisa, agora tenho certeza disso. Madame tem medo de nós."

Discutimos a respeito do assunto várias vezes, nos dias que se seguiram. A maioria de nós não concordava com Ruth, o que, aliás, só a tornava mais decidida a provar que tinha razão. De modo que no fim bolamos um plano para testar a teoria dela na primeira visita que Madame fizesse a Hailsham.

Embora as visitas de Madame nunca fossem anunciadas, era sempre muito óbvio o dia em que ela iria aparecer. Os preparativos para sua chegada começavam semanas antes, com todos os guardiões examinando nosso trabalho — pinturas, esboços, cerâmicas, redações e poemas. Isso em geral durava umas duas semanas, no final das quais quatro ou cinco itens de cada série, do Júnior e do Sênior, iam parar na sala de bilhar. A sala de bilhar ficava fechada durante esse período, mas subindo na mureta do terraço externo dava para ver, pelas vidraças das janelas, como a quantidade de coisas ia aumentando cada vez mais. Quando os guardiões começavam a espalhá-las com todo o cuidado sobre as mesas e os cavaletes, como uma versão em miniatura de uma de nossas Permutas, então podíamos ter certeza de que Madame chegaria dentro de um ou dois dias.

Naquele outono a que me refiro, precisávamos saber não só

o dia como também o momento exato em que Madame iria aparecer, já que em geral ela não ficava mais do que uma hora ou duas na escola. De modo que assim que vimos as coisas sendo expostas na sala de bilhar decidimos que o melhor seria nos revezarmos na guarda.

Essa era uma tarefa bastante facilitada pela disposição do terreno. Hailsham ficava numa baixada cercada de prados por todos os lados. O que significava que de quase todas as janelas das salas de aula do casarão — e até mesmo das janelas do pavilhão — tínhamos uma visão muito boa da estradinha comprida e estreita que descia o vale até chegar ao portão principal. O portão propriamente dito estava a uma distância razoável da casa, e qualquer veículo que se dirigisse para lá teria de pegar a alameda de cascalho e cruzar os arbustos e canteiros de flores até finalmente chegar ao pátio dianteiro. Muitas vezes passavam-se dias sem que víssemos um único carro descer a estrada estreita, e mesmo assim os que o faziam em geral eram caminhonetes ou caminhões trazendo provisões, jardineiros ou operários. Um automóvel era coisa raríssima, e a visão de um deles ao longe muitas vezes bastava para causar pandemônio na sala de aula.

Na tarde em que o carro de Madame foi visto atravessando a pradaria fazia sol, ventava e algumas nuvens de tempestade começavam a se acumular no alto. Estávamos na Sala 9 — no primeiro andar, na frente da casa —, e quando a notícia correu, o pobre professor Frank, que tentava nos ensinar a soletrar, não entendeu por que de repente ficamos tão inquietas.

O plano que havíamos inventado para testar a teoria de Ruth era simplíssimo: nós — todas as seis estavam participando — iríamos esperar por Madame em algum lugar, depois iríamos "enxamear" em volta dela, todas ao mesmo tempo. Claro que iríamos nos comportar de maneira perfeitamente civilizada e seguiríamos nosso caminho, mas se conseguíssemos sincronizar tudo muito bem, e se ela fosse apanhada de surpresa, então veríamos — Ruth insistia — que ela de fato tinha medo de nós.

Nossa maior preocupação era não ter a oportunidade de pôr nosso plano em prática durante o curto período em que ela ficava na escola. Mas bem quando a aula do professor Frank terminava, vimos Madame, bem abaixo de nós, no pátio, estacionar o carro. Fizemos uma rápida conferência no patamar da escada, depois descemos junto com o resto da classe e demos um tempo perto da soleira da porta principal. Dava para enxergar o pátio ensolarado, onde Madame continuava sentada ao volante, mexendo numa pasta. No fim ela saltou do carro e veio na nossa direção, vestindo o tailleur cinza de sempre, segurando a pasta bem firme junto ao corpo com as duas mãos. A um sinal de Ruth, avançamos juntas, as seis, direto para ela, mas como se estivéssemos todas numa espécie de sonho. Apenas quando ela estacou, muito rígida, murmuramos, uma a uma: "Com licença, senhorita", e nos separamos.

Nunca vou esquecer a estranha mudança que se operou em nós no instante seguinte. Até aquela altura, a história toda sobre Madame fora, se não exatamente uma piada, um assunto muito particular nosso, que queríamos resolver entre nós. Não tínhamos pensado muito sobre como ela mesma, ou qualquer outra pessoa, entraria na história. O que quero dizer é que até aquele ponto tudo fora uma questão sem maiores compromissos temperada com uma pitada de ousadia. Não que Madame tivesse reagido com uma atitude diferente da que havíamos previsto: ela limitou-se a estacar e esperar que passássemos. Não gritou nem deixou escapar o menor som. Mas nossa ansiedade para captar as reações dela era tremenda, e é muito provável que tenha sido isso o que exerceu efeito tão poderoso. Quando ela estacou, dei uma olhada rápida para o rosto dela — como fizeram as outras, tenho certeza. E ainda hoje posso ver o tremor que Madame parecia tentar reprimir, o pavor real que sentia diante da possibilidade de que alguma de nós roçasse nela sem querer. E, embora tenhamos continuado nosso caminho, todas nós sentimos a mesma coisa; foi como se tivéssemos saído do sol e entrado direto numa sombra gelada. Ruth tinha razão: Madame *tinha* medo de nós. Mas tinha medo de nós da mesma forma como alguém tem medo de aranha. Não estávamos preparadas para aquilo. Jamais nos passara pela cabeça perguntar-nos como *nós mesmas* nos sentiríamos sendo vistas daquela forma — como aranhas.

Quando acabamos de atravessar o pátio e chegamos ao gramado já éramos um grupo bem diferente daquele que esperara com tanta animação que Madame saltasse do carro. Hannah parecia a ponto de cair no choro. Até Ruth dava a impressão de estar de fato abalada. Nesse momento uma de nós — acho que foi a Laura — disse:

"Se ela não gosta de nós, então para que quer nosso trabalho? Por que ela não nos deixa em paz e pronto? Aliás, quem disse para ela vir aqui?"

Ninguém respondeu, e continuamos avançando na direção do pavilhão sem trocar nem mais uma palavra sobre o acontecido.

Olhando em retrospecto, agora, percebo que estávamos bem naquela idade em que sabíamos algumas poucas coisas sobre nós mesmas — quem éramos, e que éramos diferentes dos nossos guardiões, das pessoas de fora — mas ainda não havíamos compreendido o que aquilo significava. Tenho certeza de que em algum momento da sua infância você também passou por uma experiência semelhante à que tivemos naquele dia; se não semelhante nos detalhes, pelo menos por dentro, nos sentimentos. Porque no fundo não importa quão bem seus guardiões tentem prepará-lo: todas as conversas, todos os vídeos, debates, avisos, nada disso consegue, de fato, deixar as coisas bem claras, transparentes. Não quando você tem oito anos de idade e vive num lugar como Hailsham; não quando você tem guardiões como nós tínhamos; não quando os jardineiros e o pessoal das entregas brinca, ri e chama você de "meu bem".

Ainda assim, um pouco deve penetrar em algum cantinho. Só pode ser, porque na hora em que surge um momento como aquele, uma parte de você já está esperando. Talvez desde os cinco ou seis anos houvesse um murmúrio no fundo de sua cabeça dizendo: "Um dia, talvez não muito distante, você vai saber qual é a sensação". E assim é que você já está na expectativa, mesmo que não saiba bem disso. Está à espera do momento de dar-se conta de que de fato é diferente deles; de que existem pessoas lá fora, como Madame, que não odeiam você, nem lhe desejam nenhum mal, mas que ainda assim estremecem só de pensar em você — de lembrar como você veio a este mundo e por quê —, e que sentem pavor diante da simples possibilidade de que sua mão roce a mão deles. É um momento gélido, esse, o da primeira vez em que você se vê através dos olhos de uma pessoa assim. É como passar diante de um espelho pelo qual passamos todos os dias de nossas vidas e de repente perceber que ele reflete outra coisa, uma coisa estranha e perturbadora.

4.

No fim deste ano terei deixado de ser cuidadora e, muito embora haja tirado grande proveito do meu trabalho, devo admitir que vou achar muito bom poder descansar — parar, pensar e lembrar. Estou segura de que em parte se deve a isso, à preparação para a mudança de ritmo, essa necessidade premente que venho sentindo de organizar todas as antigas lembranças. O que eu desejava, no fundo, imagino, era esclarecer tudo o que aconteceu entre mim, Tommy e Ruth depois que crescemos e saímos de Hailsham. Mas agora percebo que boa parte do que houve depois foi decorrência dos anos que passamos em Hailsham, e é por esse motivo que desejo, primeiro, reviver essas primeiras memórias com todo o cuidado. Vamos pegar essa curiosidade toda em torno de Madame, por exemplo. Num certo nível, tudo não passava de um bando de crianças buscando uma diversão. Mas num outro, como você verá, era o início de um processo que continuou crescendo sem parar no decorrer dos anos, até que passou a dominar nossas vidas.

Depois daquele dia, qualquer menção a Madame se tornou

não exatamente tabu, mas coisa raríssima entre nós. Comportamento esse que se alastrou velozmente para além de nosso pequeno grupo, alcançando a bem dizer todos os alunos da nossa série. Continuávamos, eu diria, tão curiosos quanto sempre havíamos sido a respeito dela, mas pressentíamos que esmiuçar mais — para saber o que ela fazia com nosso trabalho, se havia de fato uma Galeria — nos levaria a um território para o qual ainda não estávamos preparados.

O assunto da Galeria, entretanto, ainda vinha à tona muito de vez em quando, de modo que no momento em que, alguns anos mais tarde, Tommy começou a me contar, à beira do lago, sobre sua estranha conversa com Miss Lucy, algo me cutucou a memória. Foi só depois que o deixei ali sentado na pedra e fui me juntar às minhas amigas que a lembrança aflorou em minha mente.

Uma coisa que Miss Lucy nos dissera certa vez, durante uma aula. E eu me lembrara dela porque na época ficara muito intrigada com o comentário, e também porque fora uma das raríssimas ocasiões em que se fizera uma menção tão clara à Galeria na frente de um guardião.

Estávamos bem no meio do que mais tarde acabou recebendo o nome de "polêmica dos vales". Tommy e eu conversamos sobre essa polêmica dos vales alguns anos atrás, e de início não chegamos a um acordo sobre quando teria sido. Eu dizia que na época tínhamos dez anos; ele achava que fora depois, mas no fim acabou concordando comigo. Tenho certeza quase absoluta de que estou com a razão: estávamos no Júnior 4 — um bom tempinho depois daquele incidente com Madame, mas ainda três anos antes de nossa conversa à beira do lago.

A polêmica dos vales foi, a meu ver, apenas parte do processo que foi nos tornando mais aquisitivos com o passar do tempo. Durante anos — acho que já falei isso — achamos que ter algum trabalho escolhido para a sala de bilhar, independentemente de ele depois ser ou não levado por Madame, era um tremendo triunfo. Mas ao completarmos dez anos de idade já adotáramos uma atitude mais ambivalente a respeito. As Permutas, com seu sistema de vales substituindo a moeda corrente, nos deram um olho excelente para pôr preço em qualquer coisa que produzíssemos. Estávamos preocupados com camisetas, com a decoração em volta das camas, com itens para personalizar nossas escrivaninhas. E, claro, tínhamos de pensar em nossas "coleções".

Não sei se onde você esteve era costume fazer "coleções". Toda vez que antigos alunos de Hailsham se cruzam, é batata que em algum momento falem com nostalgia das velhas coleções. Na época, evidentemente, não lhes dávamos nenhum valor especial. Todos tínhamos uma caixa de madeira com nosso nome escrito guardada debaixo da cama com todas as nossas posses dentro — objetos adquiridos durante os Bazares e Permutas. Lembro-me de um ou dois alunos que não se importavam muito com suas coleções, mas a maioria de nós tomava um cuidado danado, e era um tal de tirar coisas lá de dentro para mostrar e depois guardar de volta com o maior carinho...

A questão é que, até completarmos dez anos, toda aquela noção de que era uma imensa honra ter alguma coisa nossa levada por Madame passou a colidir com o sentimento de que, com isso, estávamos perdendo nossos bens mais negociáveis. E esse choque chegou ao auge durante a polêmica do vale.

Começou com vários alunos, sobretudo os meninos, resmungando que deveríamos receber vales para compensar o que Madame levava. Uma porção de gente concordou com isso, mas outros se indignaram com a ideia. As discussões prosseguiram durante um certo tempo até que um belo dia Roy J. — que estava um ano na nossa frente e tinha um monte de coisas escolhidas por Madame — resolveu ir falar com Miss Emily a respeito.

Miss Emily, a guardiã-diretora de Hailsham, tinha mais idade que os outros guardiões. Não era uma mulher especialmente alta, mas alguma coisa em sua postura, na maneira como andava, sempre muito ereta e de cabeça erguida, fazia as pessoas pensarem que era. Usava o cabelo prateado preso na nuca, mas nunca deixava de ter vários fios soltos flutuando em volta da cabeça. Isso teria me deixado maluca, mas Miss Emily nem tomava conhecimento, como se aqueles cabelos não fossem dignos de nota. Invariavelmente, quando o dia chegava ao fim ela já havia virado um espetáculo curioso, com mechinhas flutuando para tudo quanto era lado e sem dar-se ao trabalho de afastá-las do rosto enquanto falava com a gente naquela sua voz baixa e ponderada. Todo mundo tinha um medo danado dela e ninguém de nós a via da mesma forma como víamos os outros guardiões. Mas nós a considerávamos uma pessoa justa e respeitávamos suas decisões; aliás, desde o Júnior, muito provavelmente todos reconheciam que, por mais assustadora que ela fosse, era a presença dela que nos dava aquela sensação de segurança em Hailsham.

Era preciso um bocado de coragem para ir até o gabinete de Miss Emily sem ser chamado; e fazer o tipo de demanda que Roy pretendia fazer nos pareceu suicídio. No entanto ele não levou a corrida que todos esperávamos e, nos dias que se seguiram, houve quem dissesse ter ouvido guardiões conversando — até mesmo discutindo — a respeito da questão dos vales. No fim, anunciaram que *íamos* receber vales, mas não muitos, porque se tratava "reconhecidamente de uma grande honra" ter algum trabalho selecionado por Madame. A decisão não caiu bem nem num campo nem no outro, e as discussões continuaram a fervilhar.

Foi nessas circunstâncias que Polly T. fez a pergunta a Miss Lucy, naquela manhã. Estávamos na biblioteca, em volta da grande mesa de carvalho. Lembro-me que havia uma acha queimando na lareira e que estávamos fazendo a leitura de uma peça. A certa altura, uma das falas levara Laura a soltar uma piadinha qualquer a respeito do negócio dos vales e todas nós rimos, inclusive Miss Lucy. Depois Miss Lucy dissera que já que estava todo mundo falando do assunto em Hailsham, o melhor seria deixar de lado a leitura da peça e passar o resto da aula trocando opiniões sobre os vales. E era isso que estávamos fazendo quando Polly perguntou, assim sem mais nem menos: "Professora, por que Madame leva nossas coisas embora?".

Ninguém abriu a boca. Era muito raro Miss Lucy se irritar, mas quando ela se enervava não deixava margem para dúvidas, de modo que por alguns instantes achamos que Polly estava perdida. Mas logo depois percebemos que ela não estava brava, estava apenas pensando. Lembro que fiquei furiosa com Polly por ter violado de forma tão cretina nosso código tácito, mas, ao mesmo tempo, de ter me sentido tremendamente emocionada esperando a resposta que viria de Miss Lucy. E ficou óbvio que eu não era a única que passava por esse conflito de emoções: quase todo mundo fuzilou Polly com os olhos antes de se virar para Miss Lucy numa ansiedade imensa— o que, pensando bem agora, foi uma grande injustiça para com a coitada da Polly. Depois do que nos pareceu um tempo enorme, ela disse:

"Tudo que posso dizer a vocês hoje é que é por uma boa causa. Por um motivo muito importante. Mas se tentasse explicar neste momento, creio que vocês não entenderiam. Um dia, espero, tudo será devidamente esclarecido."

Não fizemos pressão. A atmosfera em volta da mesa era de profundo constrangimento e, por mais curiosos que estivéssemos para saber mais, o que nós queríamos acima de tudo era escapar daquele território traiçoeiro. De modo que ficamos todos aliviados quando, instantes depois, retomamos as discussões — de maneira um tanto artificial, talvez — a respeito dos vales. Entretanto as palavras de Miss Lucy me intrigaram e continuei pensando nelas, aqui e ali, durante alguns dias. Foi por esse motivo que naquela tarde, à beira do lago, quando Tommy me contou da conversa travada com Miss Lucy, e que ela lhe dissera que não estavam nos "esclarecendo o suficiente" a respeito de certas coisas, a lembrança do episódio na biblioteca — junto com talvez um ou dois parecidos — começou a me espicaçar a memória.

Enquanto estamos falando no assunto dos vales, eu gostaria de dizer algumas palavras sobre os Bazares, já mencionados algumas vezes. Os Bazares eram importantes para nós porque constituíam nosso único meio de conseguir coisas de fora. A camisa polo de Tommy, por exemplo, viera de um Bazar. Neles comprávamos nossas roupas, nossos brinquedos, os objetos especiais que não haviam sido feitos por nenhum aluno.

Uma vez por mês, quando o furgão branco apontava na longa ladeira, Hailsham inteira palpitava de emoção. Até o veículo estacionar no pátio já havia um bando esperando — sobretudo de alunos do Júnior, porque depois dos doze ou treze anos não pegava bem mostrar-se emocionado de modo tão óbvio. Mas a verdade é que todos estávamos.

Vendo agora, é engraçado pensar em toda aquela nossa agitação, porque, em geral, os Bazares eram uma imensa decepção. Não havia nada, nunca, que fosse ao menos ligeiramente especial, e gastávamos nossos vales apenas substituindo coisas que estavam gastas ou quebradas por outras do mesmo gênero. Mas o fato, imagino, era que no passado todos nós havíamos encontrado alguma coisa para adquirir num Bazar, algo que se tornara especial: uma jaqueta, um relógio, uma tesoura sem ponta que nunca usávamos mas que mantínhamos com o maior orgulho perto da cama. Todos descobríramos algum artigo singular num momento ou noutro, de modo que, por mais que tentássemos fingir o contrário, não conseguíamos de jeito nenhum nos desvencilhar dos antigos sentimentos de esperança e ansiedade.

Na verdade, havia sim um motivo para rondar o furgão enquanto ele estava sendo descarregado. E o melhor a fazer — se você fosse do Júnior — era seguir para lá e para cá os dois homens de macacão que levavam as caixas de papelão até o almoxarifado e perguntar o que havia lá dentro. "Muita coisa boa, meu bem", era a resposta de praxe. Então, se você continuasse perguntando: "Mas está *de arrasar*, desta vez?", mais cedo ou mais tarde eles abriam um sorriso e diziam: "Ah, eu diria que sim, meu bem. Desta vez está de arrasar", provocando com isso uma ovação animada.

As caixas em geral chegavam abertas, de modo que dava para enxergar uma miscelânea de objetos na superfície, e, às vezes, ainda que não devessem, os homens nos deixavam remover alguns itens para dar uma olhada melhor. E era por esse motivo que até a hora do Bazar propriamente dito, mais ou menos uma semana depois da entrega, os boatos já corriam soltos — talvez sobre um certo abrigo de ginástica, talvez sobre um gravador de fita cassete —, e sempre que surgia algum problema era porque mais de um aluno tinha cismado com o mesmo objeto.

A atmosfera dos Bazares era completamente diferente da serenidade reinante durante nossas Permutas. Eles aconteciam no Refeitório e eram muito concorridos e barulhentos. Na verdade o empurra-empurra e os berros faziam parte do divertimento e, na maioria das vezes, permaneciam no terreno do inofensivo. Exceto, como eu já disse, uma vez ou outra, quando as coisas escapavam ao controle e os alunos agarravam, puxavam e às vezes partiam para as vias de fato. Então os monitores ameaçavam fechar tudo, e Hailsham inteira tinha de enfrentar um sermão de Miss Emily na manhã seguinte, durante a assembleia.

Em Hailsham, o dia sempre começava com uma assembleia, em geral bem rápida — alguns avisos e quem sabe uma poesia lida em voz alta por um aluno. Miss Emily não falava muita coisa; limitava-se a permanecer sentada no palco, muito rígida, meneando a cabeça para o que quer que estivesse sendo dito e, de vez em quando, lançando um olhar gélido para algum sussurro na audiência. Mas, depois de algum Bazar mais atabalhoado, era tudo bem diferente pela manhã. Ela nos mandava sentar no chão — em geral assistíamos às assembleias em pé — e não havia nenhum aviso, nenhuma leitura, apenas Miss Emily falando conosco durante vinte, trinta minutos, às vezes até mais que isso. Era muito raro ela erguer a voz, mas havia alguma coisa inflexível nela, nessas ocasiões, uma rigidez de aço, e nenhum de nós, nem mesmo o pessoal do Sênior 5, ousava dar um pio.

Havia uma sensação muito forte de que tínhamos, de alguma forma coletiva, deixado Miss Emily na mão, mas, por mais que tentássemos, não conseguíamos acompanhar aquelas palestras. Em parte por causa da linguagem que ela usava. "Indignos de privilégios" e "mau uso das oportunidades": essas eram duas frases constantes das quais Ruth e eu nos lembramos, quando começamos a rememorar tudo, em seu quarto no centro de Dover. O tom geral era bastante claro: éramos, todos nós, muito especiais, sendo alunos de Hailsham, e justamente por esse motivo a decepção era maior quando nos comportávamos mal. Para além dessa ideia, no entanto, as coisas se tornavam nebulosas. Às vezes ela estava falando com toda a intensidade possível e de repente interrompia o discurso com algo do tipo: "O que será? O que será? O que é isso que frustra nossos esforços?". Em seguida continuava lá parada em cima do palco, de olhos fechados e fisionomia franzida, como se estivesse tentando decifrar a resposta. E, embora todos nós nos sentíssemos atônitos e sem graça, ficávamos lá sentados, torcendo para que ela fizesse a necessária descoberta mental. Às vezes, depois disso, ela retomava o sermão com um suspiro delicado — sinal de que seríamos perdoados — ou, com a mesma facilidade, explodia o silêncio com um: "Mas eu não serei coagida! Ah, não! Assim como Hailsham também não o será!".

Quando estávamos rememorando esses longos discursos, Ruth comentou que era muito estranho que fossem tão obscuros, uma vez que Miss Emily, em sala de aula, era claríssima. Quando falei que às vezes eu via a diretora vagando por Hailsham mergulhada em devaneios, falando sozinha, Ruth se ofendeu e me respondeu o seguinte:

"Ela nunca fez uma coisa dessas! Hailsham jamais teria sido o que foi se sua diretora fosse pinel da cabeça. Miss Emily tinha um intelecto capaz de fazer picadinho de uma tora de madeira."

Não discuti com ela. Sem dúvida a mente de Miss Emily se mostrava tremendamente afiada, em determinados momentos. Por exemplo, se você estivesse em algum lugar onde não deveria estar, fosse no casarão ou lá fora, e de repente ouvisse alguém se aproximando, sempre havia onde se esconder. Hailsham era cheia de esconderijos, dentro e fora de casa: armários, reentrâncias, moitas, arbustos. Mas à aproximação de Miss Emily você sentia um baque no coração porque ela iria descobrir o enconderijo. Era como se ela tivesse algum sentido a mais. Você podia entrar em um armário, fechar bem a porta e ficar lá dentro sem mexer um músculo que os passos de Miss Emily paravam bem na frente e a voz dela dizia: "Muito bem. Pode ir saindo daí já".

Foi o que aconteceu com Sylvie C. um dia, no patamar do segundo andar, e daquela vez Miss Emily se deixou levar por um de seus ataques de fúria. Não que ela berrasse, como fazia Miss Lucy sempre que ficava brava com alguém, mas a braveza dela era mais assustadora que a das outras. Seus olhos se estreitavam e ela cochichava sem parar consigo mesma, como se estivesse discutindo com um colega invisível qual punição seria suficientemente terrível para o infrator. A forma como ela agia deixava metade de você morrendo de vontade de ouvir o veredicto e a outra metade apavorada só de pensar em escutá-lo. Mas, em geral, com Miss Emily nunca acontecia nada de muito terrível. Dificilmente ela punha alguém na detenção, passava alguma tarefa ou suspendia privilégios. Mesmo assim, a sensação de saber que havíamos caído em seu conceito era pavorosa, e na hora só pensávamos em fazer algo para nos redimir.

Porém o fato é que, com Miss Emily, não havia como prever. Sylvie ouvira um baita de um sermão, mas quando Laura fora apanhada correndo pelo canteiro de ruibarbo, Miss Emily dissera apenas: "Aqui não é lugar, menina. Chispa já", e se fora.

E teve também o dia em que achei que estava de fato bem encrencada. A trilhazinha que contornava os fundos do casarão era uma das minhas prediletas. Ela percorria todos os cantos, todos os puxados da casa; você tinha de se espremer entre as moitas, atravessar arcos cobertos de hera e um portão enferrujado. E o tempo todo dava para espiar o que se passava lá dentro através das janelas, várias janelas, uma atrás da outra. Desconfio que um dos motivos de eu adorar aquela trilha era nunca saber com certeza se estava ou não violando alguma regra. Eu sabia que não era permitido passar por ali nos horários de aula. Mas nos fins de semana ou no fim da tarde, nunca ficou muito claro se era proibido ou não. Pelas dúvidas, a maioria dos alunos evitava o local, e essa sensação de estar distante de tudo e de todos talvez fosse outra razão da minha preferência.

Mas, como eu ia dizendo, eu estava dando o tal pequeno passeio num fim de tarde ensolarado. Acho que estava no Sênior 3. Como de hábito, espiava para dentro das salas vazias à medida que passava e, de repente, me vi olhando para uma classe com Miss Emily na frente. Ela estava sozinha, andando para cima e para baixo bem devagar, falando baixo, apontando e dirigindo comentários para uma plateia invisível. Deduzi que estivesse ensaiando uma aula ou, quem sabe, uma daquelas palestras que dava durante as assembleias, e já ia seguir em frente antes que ela me visse quando ela se virou e me olhou direto nos olhos. Fiquei paralisada, imaginando que tivesse entrado numa fria, mas logo em seguida reparei que ela continuava agindo como antes, com a diferença de que passara a dirigir seu discurso para mim. Depois, com a maior naturalidade, desviou os olhos e fixou-se num aluno imaginário numa outra parte da sala. Saí de mansinho pela trilha e durante uns dois dias depois desse incidente tive um medo danado do que Miss Emily iria me dizer quando me visse. Mas ela jamais tocou no assunto.

Mas não é sobre isso que eu quero falar. O que eu quero, agora, é lembrar algumas coisas sobre Ruth, sobre como nos conhecemos e nos tornamos amigas, sobre nossos primeiros tempos juntas. Porque cada vez mais, nos dias que correm, enquanto rodo pelo interior durante longas tardes ou então quando me sento diante do janelão de algum posto de serviço numa estrada qualquer para tomar um café, me pego pensando nela de novo.

Ruth não foi alguém com quem fiz amizade logo de cara. Lembro-me, aos cinco ou seis anos, de atividades com Hannah e com Laura, mas não com Ruth. Dessa primeira fase da vida guardo apenas uma única lembrança, vaga, dela.

Estou brincando num quadrado de areia. Há várias outras crianças junto comigo, o quadrado está lotado e estamos ficando irritadas umas com as outras. Estamos ao ar livre, sob um sol quente, de modo que é bem provável que se tratasse do quadrado de areia do recreio do Infante, ou, quem sabe, da areia do final da pista de salto em distância do Campo de Esportes Norte. Uma coisa é certa: faz calor, sinto sede e não estou contente com aquela gente toda no quadrado. E nisso vejo Ruth parada por ali, não na areia, junto conosco, mas a alguns centímetros de distância.

Está muito brava com duas meninas em algum lugar atrás de mim, é por causa de algum episódio que aconteceu antes, e lá está ela, furiosa com as duas. Meu palpite é de que a conhecia só muito superficialmente naquela altura. Mas ela já devia ter me causado alguma impressão, porque me lembro de ter continuado a fazer o que estava fazendo na areia, muito compenetrada, em pânico com a ideia de que ela dirigisse sua raiva contra mim. Eu não disse uma palavra, mas estava louca para que ela percebesse que eu não estava com as meninas atrás de mim e não tinha tomado parte no que a deixara tão brava, fosse o que fosse.

E essa é toda a lembrança que tenho da Ruth daqueles primeiros tempos. Éramos da mesma série, de modo que devemos ter nos visto bastante, mas, além do incidente no quadrado de areia, não me lembro de ter tido o menor contato com ela até passarmos para o Júnior, dois anos mais tarde, quando estávamos com sete para oito anos.

O Campo de Esportes Sul era o mais usado pelas séries do Júnior, e foi ali, no canto dos choupos, que ela se aproximou de mim, durante uma folga de almoço, mediu-me de cima a baixo, depois perguntou:

"Quer andar no meu cavalo?"

Naquele momento eu estava no meio de uma brincadeira com duas ou três meninas, mas ficou muito claro que Ruth se dirigia apenas a mim. Fato que me deixou absolutamente encantada, mas fiz questão de fingir que pesava os prós e os contras antes de dar uma resposta.

"Bom, mas como é o nome do seu cavalo?"

Ruth se aproximou mais. "Meu *melhor* cavalo", ela disse, "é o Trovão. Não posso deixar você andar *nele*. Ele é muito perigoso. Mas você pode andar no Amoreira, desde que não use o chicotinho nele. Ou, se quiser, pode andar num outro qualquer." Ela então desfiou vários outros nomes dos quais não me recordo. Em seguida perguntou: "Você tem algum cavalo seu?".

Olhei para ela e pensei bem antes de responder. "Não. Não tenho nenhum cavalo."

"Nem unzinho?"

"Não."

"Está bem. Vou deixar você andar no Amoreira e se você gostar dele, dou ele para você. Mas não pode usar o chicotinho. E tem de vir *agora*."

Minhas amigas já haviam perdido o interesse em mim e continuaram a fazer o que estavam fazendo antes. De modo que dei de ombros e me afastei com Ruth.

O campo estava lotado de crianças brincando, algumas bem maiores que nós, mas ela abriu caminho entre todas, muito decidida, sempre um passo ou dois a minha frente. Quando estávamos quase junto da cerca de arame que nos separava da horta, ela se virou e disse:

"Muito bem, vamos andar neles aqui. Você vai com o Amoreira."

Aceitei as rédeas invisíveis que ela me estendeu e lá fomos nós, cavalgando para cima e para baixo ao longo da cerca, às vezes no cânter, às vezes a galope. Tinha sido correta minha decisão de dizer a Ruth que não possuía nenhum cavalo porque, depois de andar um certo tempo com o Amoreira, ela me deixou experimentar seus vários outros animais, um por um, berrando toda sorte de instruções sobre como lidar com as manias de cada cavalo.

"Eu falei para você! Você tem que se debruçar mesmo, para andar no Narciso! Muito mais do que isso! Ele não gosta quando você monta *retinha*!"

Devo ter me saído até que razoavelmente bem, porque no fim ela me deixou andar no Trovão, seu favorito. Não sei quanto tempo passamos às voltas com os cavalos dela, naquele dia: minha impressão foi de que passamos um bom tempo brincando, totalmente absortas. No entanto, de repente, sem nenhum motivo visível, ela interrompeu a brincadeira alegando que eu estava cansando os cavalos de propósito e que teria de levá-los todos de volta para o estábulo. Apontou para um trecho da cerca, e comecei a levar os cavalos para lá enquanto ela parecia ficar cada vez mais zangada comigo, dizendo que eu estava fazendo tudo errado. Depois perguntou:

"Você gosta da Miss Geraldine?"

Aquela foi a primeira vez, acho, em que me ocorreu pensar num guardião em termos de gostar ou não gostar. No fim, falei: "Claro que gosto dela".

"Mas você gosta *mesmo* dela? Como se ela fosse especial? Como se ela fosse a sua favorita?"

"É, gosto. Ela é a minha favorita."

Ruth continuou me fitando por um bom tempo antes de me dizer: "Tudo bem, então. Nesse caso vou deixar você entrar para a guarda secreta dela".

Começamos a andar de volta para o casarão, eu achando que ela iria me explicar o que era aquilo, mas Ruth não disse nada. Fui descobrindo tudo, porém, no decorrer dos dias seguintes.

5.

Não tenho bem certeza de quanto tempo durou aquela história de "guarda secreta". Quando conversamos sobre o assunto, durante o período em que cuidei dela, lá em Dover, Ruth insistiu que tinha sido coisa de meras duas ou três semanas — mas isso só pode ter sido um engano. É provável que se sentisse constrangida a respeito e a coisa toda tivesse encolhido em sua lembrança. Meu palpite é que durou pelo menos uns nove meses, quem sabe até mais, por volta da época em que tínhamos de sete para oito anos.

Eu nunca soube ao certo se foi Ruth quem inventou a guarda secreta, mas nunca tive a menor dúvida sobre quem era a chefe. O grupo variava de seis a dez integrantes, dependendo de quantas meninas ela aceitava ou expulsava. Nós acreditávamos que Miss Geraldine era a melhor guardiã de Hailsham e vivíamos fazendo coisas para dar-lhe de presente — uma folha grande de papel coberta de flores prensadas grudadas com cola é algo que me vem à mente. Mas a razão principal de existirmos era, claro, protegê-la.

Até eu entrar para a guarda, Ruth e as outras meninas já sabiam havia séculos sobre o complô para sequestrar Miss Geraldine. Mas não sabíamos quem, exatamente, estava por trás da armação. Às vezes desconfiávamos de certos meninos das séries Sênior, às vezes de meninos da nossa própria série. Havia uma guardiã de quem não gostávamos muito — uma certa Miss Eileen — que durante algum tempo nos pareceu ser o cérebro por trás de tudo. Não sabíamos quando o rapto ocorreria, mas uma coisa sobre a qual tínhamos certeza absoluta era que a mata entraria na história.

A mata ficava no alto do morro que se erguia atrás de Hailsham House. A única coisa que conseguíamos ver, na verdade, era uma franja escura de árvores, mas tenho certeza absoluta de que não era a única da minha idade a sentir dia e noite a presença dessas árvores. Quando o tempo fechava, era como se elas lançassem uma sombra sobre Hailsham inteira; bastava virar a cabeça ou chegar a uma janela que lá estavam elas, assomando à distância. A área mais segura era a frente do casarão, porque das janelas daquele lado não dava para ver nenhuma árvore. Mesmo assim, você nunca se livrava por completo delas.

Havia os mais variados tipos de histórias horripilantes sobre a mata. Uma vez, pouco tempo antes de todos nós chegarmos a Hailsham, depois de um tremendo arranca-rabo com os amiguinhos, um menino fugira de lá. O corpo dele fora encontrado dois dias mais tarde, naquela mesma mata, amarrado a uma árvore, com as mãos e os pés decepados. Segundo outros rumores, o fantasma de uma menina vagava por entre as árvores. Ela tinha sido aluna de Hailsham até que um belo dia resolvera escalar a cerca só para ver como era do lado de lá. Isso acontecera muito antes do nosso tempo, numa época em que os guardiões eram bem mais severos, até mesmo cruéis, e quando ela tentara voltar, não deixaram. A menina então passara a rondar a cerca, implorando para que a deixassem voltar, só que ninguém permitiu. No fim, acabou indo para algum lugar, aconteceu alguma coisa e ela morreu. Mas seu fantasma continuou vagando pela mata, olhando comprido para Hailsham, morrendo de vontade de voltar.

Os guardiões sempre nos asseguravam que essas histórias eram todas uma grande bobagem. Mas aí vinham os alunos mais velhos dizer que aquilo era justamente o que os guardiões tinham dito para *eles*, quando eram novinhos, e que saberíamos a verdade horrenda muito em breve, assim como tinha acontecido com eles.

A mata excitava ao máximo nossa imaginação principalmente depois que escurecia, nos dormitórios, enquanto tentávamos pegar no sono. A gente quase chegava a pensar que escutava o barulho do vento nos galhos, e falar sobre o assunto parecia piorar ainda mais as coisas. Lembro-me de uma noite em que estávamos furiosas com Marge K. — naquele dia ela fizera uma coisa que no nosso entender era muito constrangedora — e, por isso, resolvemos puni-la: tiramos Marge K. à força da cama, seguramos seu rosto bem junto à vidraça e mandamos que olhasse para a mata. De início ela manteve os olhos bem fechados, mas torcemos o braço dela e a forçamos a abrir as pálpebras até que ela enxergasse os contornos distantes das árvores, de encontro ao céu enluarado, e foi o suficiente para garantir que ela passasse a noite inteira soluçando.

Não estou dizendo que ficávamos o tempo inteiro preocupadas com aquela mata. Eu, por exemplo, passava semanas sem nem pensar nela, e havia até dias em que uma onda desafiadora de bravura me fazia pensar: "Como pudemos acreditar nessas besteiras?". Entretanto, bastava uma coisinha de nada — alguém contando uma daquelas histórias, uma passagem mais assustadora num livro, até mesmo um comentário ao acaso que me fizesse tornar a pensar na mata — e pronto: lá vinha mais um período em que teria de viver sob aquela sombra. Portanto não era à toa que tínhamos como certo que a mata desempenharia papel central na trama para sequestrar Miss Geraldine.

A bem da verdade, porém, não me lembro de termos tomado

nenhuma medida prática para defender Miss Geraldine; nossas atividades sempre giravam em torno de reunir mais e mais provas referentes ao complô em si. Por algum motivo, achávamos que com isso haveríamos de mantê-la afastada de todo e qualquer perigo.

A maior parte de nossas "provas" resultava da estreita vigilância em que mantínhamos os conspiradores. Um dia pela manhã, por exemplo, vimos da janela de uma sala de aula no segundo andar que Miss Eileen e o professor Roger conversavam com Miss Geraldine no pátio. Depois de um tempo, Miss Geraldine se despediu e se encaminhou para as Laranjeiras, mas continuamos vigiando e vimos Miss Eileen e o professor Roger aproximarem as cabeças para confabular furtivamente, de olho na silhueta de Miss Geraldine sumindo ao longe.

"Até o professor Roger", disse Ruth, na ocasião, soltando um suspiro e abanando a cabeça. "Quem iria imaginar que ele também estava metido nisso?"

Dessa forma crescia a lista de pessoas que sabíamos envolvidas na trama — guardiões e alunos que declarávamos nossos inimigos figadais. Acho que o tempo todo, porém, fazíamos uma ideia de quão precários eram os alicerces de nossa fantasia, porque sempre evitávamos todo e qualquer confronto. Podíamos até chegar à conclusão, depois de intensos debates, de que determinado aluno era um conspirador, mas logo em seguida encontrávamos um motivo para adiar o confronto — queríamos esperar até "termos reunido todas as provas". Assim como sempre concordamos que Miss Geraldine não devia ser posta a par de nada do que tínhamos descoberto, pois ficaria assustada em vão.

Seria muito fácil afirmar que era apenas Ruth quem levava adiante o negócio da guarda secreta, isso bem depois de todas nós já termos ultrapassado aquela fase. Sem dúvida, a guarda era importante para ela. Ruth soubera do complô muito antes de nós, e isso lhe dava uma autoridade imensa; ao insinuar que a *verdadeira* prova surgira muito antes de gente como eu ter ingressado — que havia coisas que ainda não nos revelara —, ela podia justificar praticamente qualquer decisão tomada em nome do grupo. Quando decidia expulsar alguém, por exemplo, e pressentia oposição, na mesma hora aludia em tom sombrio a coisas que conhecia "de antes". Não há dúvida de que Ruth tinha o maior interesse em manter a guarda secreta funcionando. Mas a verdade é que aquelas de nós que se tornaram suas amigas íntimas desempenharam cada qual um papel na preservação dessa fantasia pelo máximo de tempo possível. O que aconteceu depois daquela briga por causa do xadrez ilustra muito bem o que estou querendo dizer.

Não sei por que cargas-d'água eu havia imaginado que Ruth era craque no xadrez e que teria condições de me ensinar a jogar. Na verdade a ideia não era tão maluca assim: muitas vezes, passando por alunos mais velhos debruçados sobre os tabuleiros ou acomodados nas conversadeiras junto às janelas ou esparramados pelo gramado, Ruth dava uma parada para estudar o jogo. Quando nos afastávamos, ela sempre me falava de algum movimento que nenhum dos jogadores percebera ser possível. "Incrivelmente tapado", ela resmungava, balançando a cabeça. Esse interesse todo dela contribuiu para meu fascínio, e não demorou para que também eu começasse a ansiar pelo dia em que poderia me distrair com aquelas peças tão bonitas. De modo que quando encontrei um jogo de xadrez num Bazar e resolvi comprá-lo — apesar de custar um monte de vales —, estava contando com a ajuda de Ruth.

Só que durante vários dias, depois disso, toda vez que eu trazia o assunto à baila ela suspirava ou fingia ter outra coisa bem mais importante para fazer. Quando consegui pegá-la de jeito, numa tarde chuvosa, e armamos o tabuleiro na sala de bilhar, ela começou a me mostrar um jogo que me pareceu uma leve variação do jogo de damas. A característica principal do xadrez, segundo ela, era que as peças se moviam em L — imagino que tivesse tirado isso do movimento do cavalo —, e não no estilo carniça do jogo de damas. Não acreditei, além de ter me decepcionado bastante, mas fiz questão de não dizer nada e levei a aula adiante. Passamos vários minutos derrubando as peças uma da outra, sempre movimentando a peça do ataque em L pelo tabuleiro. A brincadeira continuou até a hora em que tentei comer uma peça dela e Ruth me disse que não valia porque eu levara a minha até a dela numa linha reta demais.

Ao ouvir isso, levantei-me, desarmei o tabuleiro e fui embora. Nunca disse em voz alta que ela não sabia jogar — por mais decepcionada que estivesse, sabia que não era aconselhável ir tão longe —, mas minha saída intempestiva foi, imagino, declaração suficiente para ela.

Um dia depois, talvez, entrei na Sala 20, no último andar do casarão, onde o professor George dava suas aulas de poesia. Não me lembro se foi antes ou depois da aula nem se a classe estava cheia ou não. Lembro-me de estar com alguns livros nas mãos e, ao ir para onde Ruth e as outras conversavam, ver o sol brilhando forte sobre os tampos das carteiras onde elas se sentavam.

Sabia, pela maneira como haviam juntado as cabeças, que estavam discutindo assuntos da guarda secreta e, como eu disse, ainda que a briga com Ruth tivesse acontecido um dia antes, não mais que isso, por algum motivo me aproximei delas sem nem pensar a respeito. Só quando já estava praticamente no meio do grupo de meninas — talvez tenha havido uma troca de olhares entre elas — é que compreendi o que estava prestes a acontecer. Foi muito parecido com aquela fração de segundo antes de você pisar numa poça d'água: de repente você percebe o que vai se passar, mas não há nada que possa fazer a respeito. Senti a rejeição antes mesmo que elas se calassem para me olhar fixamente, antes mesmo de Ruth dizer: "Oh, Kathy, como vai você? Se não se importa, temos uma questão a discutir agora mesmo. Não vamos demorar mais que um minuto. Desculpe".

Ela mal acabara de dizer a frase e eu já dera as costas e me afastara, mais brava comigo por ter ido procurá-las do que com Ruth e as outras. Fiquei perturbada, não resta dúvida quanto a isso, se bem que não sei se a ponto de chorar. Nos dias seguintes, sempre que eu via a guarda secreta confabulando nos cantos ou quando elas atravessavam um gramado qualquer, sentia uma onda de sangue subir-me à face.

Uns dois dias depois daquela esnobada na Sala 20, eu estava descendo a escadaria do casarão quando percebi que Moira B. estava bem atrás de mim. Começamos a conversar — nada de especial — e acabamos saindo juntas. Devia ser hora do almoço, porque assim que pisamos no pátio vimos uns vinte alunos por ali, conversando em grupos pequenos. Meus olhos foram direto para o outro extremo do pátio, onde Ruth e três integrantes da guarda secreta, de costas para nós, fitavam atentamente a região do Campo de Esportes Sul. Eu tentava ver o que era que tanto as interessava quando me dei conta da presença de Moira a meu lado, também observando o grupo. E aí me lembrei que apenas um mês antes também ela integrava a guarda secreta, até ser expulsa. Durante alguns poucos segundos senti-me constrangidíssima por estarmos lado a lado, unidas por nossas humilhações recentes, de cara para a rejeição, por assim dizer. Talvez Moira sentisse algo muito parecido; de todo modo, foi ela quem quebrou o silêncio ao dizer:

"É uma bobagem tão grande, essa coisa toda da guarda secreta. Como é que elas ainda podem acreditar numa coisa assim? É como se ainda estivessem no Infante."

Até hoje me sinto intrigada pela força da emoção que tomou conta de mim quando ouvi Moira dizer isso. Virei-me para ela, em fúria total.

"E o que *você* sabe sobre o assunto? Você não sabe é nada, porque já caiu fora faz um tempão! Se soubesse a metade do que nós descobrimos, não teria coragem de dizer uma coisa tão absurda!"

"Não diga asneiras." Moira nunca foi de recuar com muita facilidade. "Tudo isso não passa de mais uma daquelas invenções da Ruth, mais nada."

"Então como é que eu ouvi, com os *meus* ouvidos, quando eles falaram no assunto? Quando discutiram maneiras de levar Miss Geraldine para a mata na caminhonete do leite? Como é que eu mesma escutei o planejamento deles, sem nada que ver com a Ruth ou outra pessoa qualquer?"

Moira me olhou com uma expressão de incerteza no rosto. "Você ouviu isso tudo? Como? Onde?"

"Escutei uma conversa deles, claríssima, ouvi cada palavra que eles pronunciaram, eles não sabiam que eu estava ali perto. Foi na beira do lago, eles não sabiam que dava para eu escutar. O que mostra que você não sabe nada das coisas!"

Deixei-a ali plantada e, atravessando o pátio lotado, dei uma olhada para trás, para Ruth e as outras, ainda atentas ao que se passava no Campo de Esportes Sul, sem a menor ideia do que acabara de ocorrer entre mim e Moira. Percebi que não estava mais com um pingo de raiva da guarda secreta; apenas irritada com Moira.

Até hoje, se avanço por alguma longa estrada cinzenta e não encontro endereço certo para os pensamentos, me vejo revolvendo tudo isso de novo. Por que fui tão hostil com Moira B. justamente no momento em que ela seria minha aliada natural? O que aconteceu, imagino, foi que Moira quis sugerir que atravessássemos juntas algum limiar, mas eu ainda não estava preparada para isso. Acho que pressentia que para além daquela fronteira haveria algo mais difícil e obscuro e ainda não queria aquilo. Não para mim, não para nenhuma de nós.

Porém em outros momentos acho que não foi bem isso. Que tudo girou em torno de Ruth e de mim, e do tipo de lealdade que ela me inspirava naquele tempo. E em vários momentos, embora vontade não me faltasse, talvez tenha sido esse o motivo de eu nunca ter tocado no assunto com Ruth — no que aconteceu naquele dia com Moira — durante o tempo todo que passei com ela no centro de Dover.

Toda essa história com Miss Geraldine me fez lembrar de um fato ocorrido uns três anos mais tarde, muito depois de aquela ideia toda da guarda secreta ter sumido do mapa.

Estávamos na Sala 5, situada no térreo, na parte de trás do casarão, esperando uma aula começar. Essa Sala 5 era a menor de todas e numa manhã de inverno, como era o caso, com os enormes radiadores ligados soltando calor e condensando umidade nas vidraças das janelas, o ambiente ficava muito abafado. Talvez eu esteja exagerando, mas, na minha lembrança, para que uma classe inteira coubesse naquele aposento, os alunos precisavam literalmente se acomodar uns em cima dos outros.

Naquela manhã, Ruth estava sentada no banco atrás da carteira e eu empoleirada no tampo, com mais duas ou três do grupo amontoadas ou encostadas ali por perto. A bem da verdade, acho que foi enquanto eu me espremia e abria espaço para uma outra menina sentar do meu lado que reparei pela primeira vez no estojo de lápis.

Ainda hoje consigo vê-lo como se estivesse na minha frente.

Era brilhante como um sapato bem engraxado; de um havana profundo, com pequenos círculos vermelhos salpicados por toda a superfície. O zíper, na parte superior, tinha um pompom na ponta, para ajudar a puxar. Quase me sentei sobre o estojo de lápis quando me mexi, e Ruth rapidamente o tirou do caminho. Mas ele já fora visto, como aliás ela pretendia, e eu disse:

"Ah! Onde foi que você arrumou isto? Comprou num Bazar?"

O barulho era grande na sala, mas as meninas mais próximas ouviram, de modo que em pouco tempo já éramos quatro ou cinco admirando o estojo. Ruth ficou alguns instantes calada, examinando com atenção as fisionomias em volta. Por fim disse, muito ponderadamente: "Digamos que sim. *Digamos* que consegui isto aqui no Bazar". Em seguida lançou para todas nós um sorrisinho cheio de segundas intenções.

Essa é uma resposta que até pode soar inofensiva, mas para mim foi como se Ruth de repente tivesse se levantado da carteira e me esbofeteado, e durante os instantes seguintes senti o corpo quente e gelado ao mesmo tempo. Eu entendia muito bem o que aquela sua resposta e aquele seu sorriso queriam dizer: Ruth estava dando a entender que o estojo de lápis fora um presente de Miss Geraldine.

Quanto a isso não restava a menor dúvida, porque a cena fora preparada durante semanas. Houvera determinados sorrisos, um certo tom de voz — às vezes acompanhados de um dedo junto aos lábios ou de uma das mãos erguida, ao estilo cochicho audível —, sempre que Ruth queria sugerir algum pequeno indício de favorecimento. Miss Geraldine deixara que Ruth tocasse uma fita de música na sala de bilhar antes das quatro da tarde em pleno dia de semana; Miss Geraldine dera ordens para que a classe fizesse silêncio durante uma caminhada, mas quando Ruth chegara perto dela as duas começaram a falar e todos tiveram permissão para conversar também. Eram coisas desse tipo, sempre, nenhuma dita de forma explícita, apenas sugeridas com um sorriso e aquele ar de "não falemos mais no assunto".

Claro que, oficialmente, os guardiões não poderiam demonstrar favoritismo por ninguém, mas a verdade é que o tempo inteiro havia pequenas demonstrações de afeto, dentro de certos parâmetros; e boa parte daquilo que Ruth dava a entender se encaixava neles. Era muito difícil para mim saber ao certo se ela estava falando a verdade ou não, mas uma vez que ela não chegava a "contar" nada — Ruth apenas sugeria —, não dava para contestar. De modo que, toda vez, eu era obrigada a deixar passar batido, mordendo os lábios e torcendo para que o momento acabasse bem rápido.

Em determinadas ocasiões, pelo rumo de uma conversa eu percebia a aproximação de um deles e me preparava. Mesmo assim, eram momentos que me atingiam em cheio, tanto que durante vários minutos eu ficava incapaz de me concentrar em qualquer coisa que estivesse ocorrendo em volta. Porém naquela manhã de inverno, na Sala 5, o comentário me pegara de surpresa. Mesmo depois de ter visto o estojo de lápis, a ideia de um guardião dar um presente daqueles a um aluno era tão impensável que não consegui antever o que Ruth iria dizer. Portanto, assim que ela falou aquilo, não fui capaz, como das outras vezes, de deixar que a comoção simplesmente se esgotasse. Limitei-me a ficar olhando fixo para ela, sem a menor tentativa de disfarçar a raiva. Ruth, talvez pressentindo perigo, me disse na mesma hora, num cochicho audível: "Nem uma palavra sobre o assunto!", e sorriu outra vez. No entanto não consegui retribuir o sorriso e continuei olhando fixo para ela. Por sorte, o professor chegou e a aula começou.

Nunca fui do tipo de ficar remoendo um assunto muito tempo, quando menina. Agora é que fiquei mais propensa, mas isso é por causa do trabalho que faço e das longas horas de silêncio, enquanto rodo por estradas desertas. Nunca fui como Laura, digamos, que apesar de muito engraçada era capaz de se preocupar durante dias e dias, até mesmo semanas, com uma coisinha de nada que alguém lhe tivesse dito. Entretanto, depois daquela manhã na Sala 5 entrei numa espécie de transe. No meio de uma conversa qualquer eu perdia o fio da meada; aulas inteiras transcorriam sem que eu soubesse o que estava acontecendo. Resolvi não deixar Ruth sair incólume daquilo, porém não tomei nenhuma providência construtiva; limitei-me a repetir mentalmente cenas fantásticas em que eu a desmascarava e a obrigava a admitir que havia inventado tudo. Cheguei inclusive a fantasiar de modo um tanto nebuloso um episódio em que a própria Miss Geraldine ficava sabendo da história e passava um sermão em regra em Ruth, na frente de todo mundo.

Depois de dias e dias de devaneios, comecei a pensar mais solidamente. Se o estojo de lápis não viera de Miss Geraldine, então de onde saíra? Ela podia ter ganhado aquilo de algum outro aluno, mas era improvável. Se o estojo tivesse pertencido a alguém antes, mesmo que fosse alguém muitos anos na frente, um objeto lindo como aquele não teria passado despercebido. Ruth jamais se arriscaria a nos contar aquela história se por acaso o estojo já tivesse rodado por Hailsham. Era quase certo que o tivesse descoberto num Bazar. Mas, também nesse caso, correria o risco de alguma outra pessoa tê-lo visto antes que ela o comprasse. Mas se porventura — como acontecia às vezes, embora não fosse permitido — ela tivesse sabido que o estojo seria posto à venda e o tivesse reservado com um dos monitores antes da abertura do Bazar, então teria como se sentir razoavelmente segura de que ninguém o vira ainda.

Infelizmente para Ruth, entretanto, tudo que era adquirido nos Bazares ficava registrado, junto com o nome de quem fizera a compra. Mesmo que não fosse lá muito fácil obter esses registros — os monitores levavam tudo de volta para o gabinete de Miss Emily depois de cada Bazar —, também não eram nenhum segredo de Estado. Se eu ficasse por perto de algum monitor no Bazar seguinte, não seria tão complicado folhear as páginas do livro.

De modo que eu já tinha os contornos de um plano e creio que continuei a refiná-lo durante vários dias, até me ocorrer que na realidade não seria necessário passar por todos aqueles estágios. Desde que eu tivesse certeza de que o estojo viera de um Bazar, bastava blefar.

E foi assim que ela e eu acabamos tendo nossa conversa sob os beirais. Era um dia de neblina e garoa. Talvez nós duas estivéssemos indo dos chalés dos dormitórios para o pavilhão; não estou bem certa. De toda maneira, enquanto cruzávamos o pátio a chuva de repente apertou, e como não estávamos com pressa nos abrigamos debaixo dos beirais do casarão, a um dos lados da entrada principal.

Ficamos ali nos protegendo da chuva por um tempinho e muito de vez em quando do meio da neblina surgia um aluno que entrava no casarão; a chuva não queria saber de amainar. E quanto mais ficávamos ali, mais tensa eu me sentia, porque aquela era a minha grande oportunidade. Ruth também, tenho certeza, pressentia algo no ar. No fim, resolvi ir direto ao ponto.

"No Bazar da terça-feira passada", falei, "eu estava só dando uma espiada no livro. Você sabe qual, aquele dos registros."

"E por que você foi olhar o registro?", Ruth perguntou mais que depressa. "Por que você foi fazer uma coisa dessas?"

"Por nada. O Christopher C. é monitor e eu estava levando um papo com ele. Ele é o melhor menino do Sênior, decididamente. E eu estava folheando as páginas do registro, só para ter o que fazer."

A mente de Ruth, deu para perceber, funcionara a todo vapor

e ela já se dera conta exatamente de aonde eu queria chegar. No entanto me disse, com a maior calma: "Coisa mais chata de ficar olhando".

"Não, na verdade foi muito interessante. Dá pra saber tudo que os outros compraram."

Eu disse isso de olhos fixos na chuva. Depois dei uma olhada em Ruth e tive um verdadeiro choque. Não sei o que esperava; apesar de todas as fantasias do mês anterior, nunca cheguei a cogitar como seriam as coisas numa situação real, como a que se desenrolava naquele momento. E então vi como Ruth tinha ficado perturbada; pela primeira vez na vida não encontrara as palavras certas para dizer e se virara de lado, à beira das lágrimas. E de repente meu comportamento me pareceu totalmente incongruente. Tanto empenho, tanto planejamento, só para amolar minha melhor amiga. E daí que era só potoca, a história do estojo de lápis? Por acaso todas nós não sonhávamos de vez em quando com um guardião ou uma guardiã violando as regras para nos fazer algo especial? Um abraço espontâneo, uma cartinha secreta, um presente? Ruth não fizera mais que levar esses devaneios inofensivos um passo adiante; ela nem sequer mencionara o nome de Miss Geraldine.

Me senti mal, e confusa também. Mas, ali paradas as duas, fitando a neblina e a chuva, não consegui pensar em uma maneira de consertar o estrago feito. Acho que falei algo patético, do tipo: "Tudo bem, não vi nada de muito importante", frase que ecoou de forma cretina entre nós. Depois de uns poucos segundos mais de silêncio, Ruth partiu debaixo da chuva.

6.

Acho que eu teria me sentido bem melhor se Ruth tivesse revidado de algum jeito mais óbvio. Mas tenho a impressão de que, pelo menos naquela ocasião, ela se deu por vencida. Era quase como se estivesse envergonhada demais — *arrasada* demais — para ficar brava ou me dar o troco. Nas primeiras vezes em que nos encontramos depois da conversa sob os beirais, eu imaginava que seria tratada no mínimo com um certo azedume, mas ela se comportou de modo bastante civilizado, ainda que um tanto apático. Passou pela minha cabeça a possibilidade de que estivesse com medo de ser desmascarada — o estojo de lápis, por exemplo, nunca mais foi visto —, e eu queria dizer-lhe para ficar descansada, que eu não abriria a boca. O problema era que, como nada fora dito explicitamente, eu não conseguia achar um jeito de trazer o assunto à baila.

Nesse meio-tempo, em todas as oportunidades que se apresentaram fiz o possível para dar a entender que ela ocupava um lugar especial no coração de Miss Geraldine. Teve o dia, por exemplo, em que estávamos loucas para aproveitar o intervalo fazendo um treino de *rounders* — havíamos sido desafiadas por um time uma série na nossa frente. O problema era que estava chovendo e parecia muito improvável que nos deixassem sair. Como eu já verificara que Miss Geraldine era uma das guardiãs naquele dia, falei:

"Se a *Ruth* for pedir para Miss Geraldine, quem sabe a gente consegue."

Pelo que me lembro, a sugestão não foi acatada; talvez ninguém tenha escutado, porque estávamos falando quase todas ao mesmo tempo. Porém a questão é que eu disse isso bem ao lado de Ruth e deu para perceber que ela ficou contente.

Numa outra ocasião, estávamos saindo de uma classe com Miss Geraldine e me aconteceu de ficar logo atrás dela, na porta. O que eu fiz foi diminuir a marcha até que Ruth, que vinha logo depois de mim, pudesse passar bem ao lado de Miss Geraldine. Fiz isso sem o menor alvoroço, como se fosse a coisa mais natural e correta a fazer, como se, no fundo, aquilo fosse o que Miss Geraldine gostaria que eu tivesse feito — exatamente como eu teria feito, digamos, se me visse acidentalmente separando duas grandes amigas. Nessa ocasião específica, lembro-me bem, por uma fração de segundo Ruth deu a impressão de ter ficado aturdida, como se apanhada de surpresa, depois me fez um gesto rápido de cabeça e passou na minha frente.

Pequenas coisas como essas talvez fossem do agrado de Ruth, mas ainda estavam muito longe de chegar ao cerne do que se passara entre nós sob os beirais naquele dia de brumas, e a sensação de que eu jamais conseguiria endireitar as coisas continuou aumentando. Lembro-me em especial de uma ocasião em que me sentei num banco na frente do pavilhão tentando desesperadamente imaginar um jeito de sair daquela situação, ao mesmo tempo que uma mistura de remorso e frustração me levava à beira das lágrimas. Se as coisas tivessem continuado como estavam, não tenho certeza do que teria acontecido. Talvez algum dia tudo acabasse sendo esquecido; ou talvez Ruth e eu tivéssemos nos separado. No entanto, de repente, do nada, surgiu uma oportunidade de eu consertar tudo.

Estávamos no meio de uma aula de arte com o professor Roger, só que por algum motivo ele saíra na metade, deixando a turma sozinha. E era por isso que estávamos zanzando de um lado para o outro entre os cavaletes, conversando e espiando o trabalho dos colegas. Numa certa altura uma menina chamada Midge A. se aproximou de onde estávamos e disse para Ruth com toda a simpatia:

"Cadê aquele estojo de lápis? É tão incrível."

Ruth ficou tensa e deu uma olhada rápida em volta para ver quem estava por perto. Era a turma de sempre, talvez com uma ou duas exceções. Eu não havia comentado com ninguém a história do Registro dos Bazares, mas imagino que Ruth não tinha como saber desse fato. Sua voz saiu mais suave que de costume, ao responder para Midge:

"Não estou com ele aqui. Deixo na minha caixa de coleções."

"Mas ele é tão incrível. Onde você arrumou?"

Midge a interrogava na maior inocência, isso estava mais que óbvio. Mas quase todo mundo presente na Sala 5 no dia em que Ruth aparecera com o estojo estava de novo reunido ali, prestando atenção, e vi que ela hesitou. Só depois, quando repassei o ocorrido, tive plena consciência de quão perfeita, para mim, foi aquela oportunidade. Na hora, nem cheguei a pensar direito. Simplesmente intervim, antes que Midge ou qualquer outra tivesse oportunidade de reparar que Ruth passava por um estranho dilema.

"Não podemos contar isso."

Ruth, Midge e as outras, todo mundo me olhou, quem sabe

com uma certa dose de espanto. Mas mantive a calma e continuei, dirigindo-me só a Midge:

"Existem bons motivos para não podermos contar de onde ele veio."

Midge deu de ombros. "Quer dizer que é um mistério."

"Um *grande* mistério", falei, lançando-lhe depois um sorriso para mostrar que minha intenção não fora magoá-la.

As outras meninas balançaram a cabeça em sinal de apoio, mas a expressão de Ruth permaneceu meio vaga, como se ela tivesse ficado preocupada com coisa bem diferente. Midge deu de ombros de novo e, até onde me lembro, a história morreu ali. Ou bem ela foi embora ou começou a falar sobre outro assunto.

Agora, por razões muito semelhantes às que me impediram de conversar abertamente com Ruth sobre aquele negócio do Registro dos Bazares, ela, é claro, também não tinha como me agradecer pela intervenção durante o diálogo com Midge. Mas ficou óbvio, por seu comportamento, que estava muito contente com minha atitude. E, tendo passado havia pouco tempo pela mesma situação, para mim foi muito fácil reconhecer nela os sinais de alguém à procura de uma oportunidade de fazer alguma coisa simpática pelo outro, alguma coisa verdadeiramente especial. Foi uma sensação boa, e lembro-me de ter pensado uma ou duas vezes que seria bem melhor se durante muito tempo não aparecesse nenhuma oportunidade, para que aquele sentimento bom entre nós pudesse continuar por tempo indefinido. Acontece que a oportunidade acabou aparecendo, cerca de um mês depois do episódio com Midge. Foi quando perdi minha fita preferida.

Até hoje tenho uma cópia, e até pouco tempo atrás de vez em quando ainda escutava aquela fita no carro, em dias de garoa, rodando por pradarias desertas. Só que agora o toca-fitas anda tão ruinzinho que não tenho mais coragem de usá-lo. E parece que nunca me sobra tempo suficiente para ouvir música quando estou de volta ao meu conjugado. Seja como for, essa fita é uma de minhas posses mais preciosas. Talvez, quando o ano acabar, quando eu deixar de ser cuidadora, consiga escutá-la com mais frequência.

O álbum é o *Songs After Dark*, com a Judy Bridgewater. A fita cassete que eu tenho hoje não é a mesma que eu tinha em Hailsham, essa que eu perdi. A de agora é a que Tommy e eu encontramos em Norfolk, anos mais tarde — só que essa é outra história, que vai ficar para depois. Agora quero falar dessa primeira fita, a que sumiu.

No entanto, antes de prosseguir, acho melhor explicar o tal negócio de Norfolk, que rolou durante um tempão — virou até uma espécie de piada particular nossa, acho. Tudo começou numa aula que tivemos quando ainda éramos bem jovenzinhos.

Era a própria Miss Emily quem dava essas aulas, explicando-nos as diferenças entre os vários condados ingleses. Ela pendurava um mapa bem grande no quadro-negro e logo ao lado montava um cavalete. Se estivesse falando de Oxfordshire, por exemplo, usava o cavalete para apoiar um enorme calendário com fotos desse condado. Miss Emily tinha uma bela coleção desses calendários, e foi assim que acabamos conhecendo a maioria dos condados ingleses. Mostrando com o ponteiro determinada área do mapa, ela se virava para o cavalete e revelava mais uma página ilustrada. Havia pequenas aldeias cortadas por regatos, monumentos brancos na encosta dos morros, velhas igrejas na orla dos prados; se estivesse falando a respeito de alguma região costeira, havia praias lotadas de gente e penhascos com gaivotas. Suponho que desejava que tivéssemos uma noção geral do que existia lá fora, a nossa volta, e mesmo agora, depois de todos os quilômetros que já percorri como cuidadora, é espantoso ver até que ponto minha ideia dos vários condados continua condicionada àquelas imagens que Miss Emily punha no cavalete. Se por acaso eu estiver passando por uma aldeia de Derbyshire, digamos, é fatal que de repente me veja em busca de determinada pracinha com um pub em estilo pseudo-Tudor e um monumento aos mortos de guerra — e então me dou conta de que essa é a imagem que Miss Emily mostrou para a classe na primeira vez em que ouvi falar em Derbyshire.

De todo modo, a questão é que havia uma falha na coleção de calendários de Miss Emily: não existia um calendário que tivesse uma imagem que fosse de Norfolk. Essas aulas sobre os condados foram repisadas um bom par de vezes, e a cada repetição eu me perguntava se daquela vez haveria uma fotografia de Norfolk, mas era sempre a mesma coisa. Ela agitava o ponteiro sobre o mapa e dizia, como se tivesse acabado de pensar no assunto: "E aqui temos Norfolk. Muito bonito, por lá".

E então, numa ocasião específica, lembro-me que ela parou de falar e ficou toda pensativa, talvez porque não soubesse como dar sequência à aula, já que não havia imagens. Após alguns instantes, porém, saiu do devaneio, apontou de novo para o mapa e disse:

"Vejam só, pelo fato de estar entalado ali, bem ao leste, naquela corcova que se projeta para o mar, Norfolk não é caminho para nada. As pessoas que viajam para o norte e para o sul" — e movimentou o ponteiro para cima e para baixo — "não passam por lá. Por esse motivo, é um cantinho muito sossegado e simpático da Inglaterra. Mas é também meio que um recanto perdido do país."

Um recanto perdido. Foi o que ela disse, e foi também o que desencadeou a história toda. Porque em Hailsham tínhamos nosso próprio "Recanto", no terceiro andar, onde eram guardados todos os objetos encontrados nas dependências da escola; se você perdesse ou achasse alguma coisa, era para lá que deveria se dirigir. E alguém — não consigo me lembrar quem — falou, depois da aula, que Miss Emily havia dito que Norfolk era o "recanto dos perdidos" da Inglaterra, o local onde todos os objetos encontrados no país inteiro iam parar. Por algum motivo a ideia pegou, e em pouco tempo tornou-se fato aceito por todos os alunos do nosso ano.

Não faz muito tempo, num dia em que Tommy e eu estávamos relembrando isso tudo, ele me falou que nunca lhe passara pela cabeça que acreditássemos mesmo naquilo, que a coisa toda fora uma brincadeira desde o início. Mas tenho quase certeza de que ele se enganou a esse respeito. Claro que até completarmos doze ou treze anos a história de Norfolk *já tinha* se transformado numa grande piada. Porém a lembrança que tenho dela — e a lembrança de Ruth era igual — é que no começo a gente acreditava que Norfolk fosse de fato uma espécie de depósito de objetos perdidos; que, assim como havia caminhões que chegavam a Hailsham trazendo nossa comida e as coisas para nossos Bazares, havia uma operação parecida, só que em escala muito maior, por toda a Inglaterra, com veículos percorrendo o país inteiro e entregando tudo o que tivesse sido esquecido em trens e campinas nesse lugar chamado Norfolk. O fato de nunca termos visto uma imagem do local só fazia aumentar o enigma.

Tudo isso pode parecer pura tolice, mas é preciso ter em mente que, naquela fase da vida, qualquer lugar além de Hailsham era, para nós, uma terra de fantasia; tínhamos uma noção muito vaga do mundo exterior e do que era ou não era possível lá fora. Além disso, nunca nos demos ao trabalho de examinar em detalhe nossa teoria sobre Norfolk. O importante para nós, como bem disse Ruth certa tarde, quando estávamos sentadas naquele quarto azulejado de Dover vendo o sol se pôr, era que "quando perdíamos algo precioso e não conseguíamos encontrá-lo, mesmo depois de ter procurado por tudo quanto é canto, não precisávamos ficar completamente arrasados. Porque restava aquele último pingo de consolo de pensar que um dia, quando fôssemos grandes e livres para circular pelo país, poderíamos ir até Norfolk e recuperar o objeto perdido".

Tenho certeza de que Ruth tinha razão a esse respeito. Norfolk acabou se transformando numa fonte real de alívio para todos nós, muito provavelmente bem maior do que gostaríamos de admitir na época, e foi por essa razão que continuamos falando no assunto — ainda que meio na troça — depois de bem mais velhos. E foi por essa razão que, muitos anos mais tarde, no dia em que Tommy e eu encontramos, numa cidade do litoral de Norfolk, uma cópia daquela minha fita perdida, não só achamos muita graça no fato como, lá no fundo, ambos sentimos uma espécie de repuxão, um velho desejo de acreditar de novo numa coisa que antes nos era tão próxima.

Mas eu queria falar sobre minha fita, *Songs After Dark*, com a Judy Bridgewater. Imagino que na origem tenha sido um elepê — o ano da gravação é 1956 —, mas o que eu tinha era a fita cassete, e a caixinha mostrava o que suponho que fosse uma reprodução em tamanho reduzido da capa do disco. Judy Bridgewater está com um vestido roxo de cetim, um daqueles tomara que caia muito usados na época, e você só a vê da cintura para cima porque ela está sentada numa banqueta de bar. Acho que a ideia era sugerir algum lugar na América do Sul, porque há palmeiras e garçons morenos de paletó branco atrás dela. Você olha para Judy exatamente da posição de um barman que fosse lhe servir uma bebida, e ela olha para você de um jeito simpático, não muito sensual, nada mais que um flerte ligeiro, porque ela conhece você há muito tempo. Outra coisa sobre essa capa é que Judy está com os cotovelos sobre o balcão e segura um cigarro aceso. E foi por causa desse cigarro que fiz tanto segredo em torno da fita na hora em que a encontrei no Bazar.

Não sei como eram as coisas onde você esteve, mas em Hailsham os guardiões eram intransigentes em relação a cigarro. Tenho certeza de que teriam preferido que jamais tivéssemos sabido que cigarros existiam; mas, como isso era impossível, não perdiam uma só oportunidade de nos fazer um sermão sempre que surgia alguma referência a cigarro. Mesmo quando nos mostravam uma foto de algum escritor famoso ou de um líder mundial e acontecia de essas pessoas estarem com um cigarro na mão, a aula inteira emperrava na questão. Havia inclusive boatos de que alguns clássicos — como os romances de Sherlock Holmes — não faziam parte de nossa biblioteca porque os personagens principais fumavam demais; e sempre que você topava com algum livro ilustrado ou uma revista com uma página arrancada, podia contar que era porque ali existia a foto de alguém fumando. E havia ainda aulas inteiras em que nos mostravam imagens horrendas do que o hábito de fumar provocava no organismo das pessoas. Por isso foi tão chocante a pergunta de Marge K. para Miss Lucy, nesse dia.

Estávamos sentadas na relva, depois de uma partida de *rounders*, e Miss Lucy fazia sua preleção de hábito sobre os malefícios do fumo quando Marge de repente perguntou se ela, Miss Lucy, alguma vez já fumara. Miss Lucy ficou calada por alguns instantes. Depois disse:

"Eu gostaria de poder dizer que não. Mas, para ser sincera, fumei sim, por uns tempos. Durante uns dois anos, quando era mais jovem."

Você pode imaginar o choque que foi ouvir isso. Antes da resposta de Miss Lucy, estávamos todas lançando olhares irados para Marge, realmente bravas por ela ter feito uma pergunta tão grosseira a nossa guardiã — para nós, teria sido igualmente chocante se ela tivesse perguntado se alguma vez Miss Lucy atacara alguém com um machado. E durante muitos dias, depois do incidente, lembro-me que fizemos da vida de Marge um verdadeiro martírio; na verdade, aquele castigo que mencionei antes, o da noite em que seguramos seu rosto na janela do dormitório para obrigá-la a olhar para a mata, foi parte das punições que ela sofreu. Porém naquele momento, na hora em que Miss Lucy disse aquilo, ficamos confusas demais para pensar em Marge. Acho que apenas arregalamos os olhos, horrorizadas, à espera do que Miss Lucy diria a seguir.

Quando ela tornou a falar, parecia estar sopesando cada palavra com todo o cuidado. "Não foi bom eu ter fumado. Não era bom para mim, por isso parei. Mas o que vocês têm que entender é que para vocês, para todos vocês, fumar é muito, muito pior do que para mim."

Depois calou-se de novo. Mais tarde alguém falou que naquele momento ela entrara numa espécie de devaneio, mas eu tinha certeza absoluta, assim como Ruth, de que estava era pensando no que dizer em seguida. Por fim, falou:

"Já disseram isso a vocês. Vocês são alunos. Vocês são... *especiais*. De modo que manter a saúde em ordem, manter o corpo saudável por dentro, é muito mais importante para cada um de vocês do que é para mim."

De novo ela se calou, lançando para nós um olhar estranho. Mais tarde, ao discutir o assunto, algumas de nós disseram que na hora ela estava doida para que alguém perguntasse: "Por quê? Por que é assim tão pior para nós?". Mas ninguém perguntou. Já remoí esse assunto diversas vezes e, à luz do que houve depois, estou certa agora de que bastaria termos perguntado para que Miss Lucy tivesse nos contado uma porção de coisas. Mais uma única pergunta sobre cigarros seria suficiente.

Então por que não dissemos uma só palavra, naquele dia?

Desconfio que foi porque mesmo na idade em que estávamos — tínhamos uns nove ou dez anos — já conhecíamos o suficiente sobre o território todo para desconfiar um pouco. É muito difícil, agora, lembrar quanto sabíamos na época. Com certeza sabíamos — ainda que não com grande profundidade — que éramos diferentes dos nossos guardiões, assim como das pessoas normais que viviam fora de Hailsham; talvez até soubéssemos que, muito mais à frente, haveria doações a nossa espera. Mas não sabíamos de fato o que isso significava. Se fazíamos questão de evitar certos assuntos, devia ser muito mais porque nos sentíamos *constrangidos* com eles. Detestávamos o jeito como nossos guardiões, em geral tão seguros de tudo, sempre no controle das coisas, ficavam cheios de dedos quando nos aproximávamos desse terreno. Ficávamos perturbados ao vê-los mudar de atitude de forma tão óbvia. Acho que foi por isso que nunca chegamos a fazer aquela última pergunta, e que também foi por isso que punimos Marge K. tão cruelmente quando ela trouxe o assunto à tona, depois de uma partida de *rounders*.

Seja como for, essa foi a razão que me levou a ser tão reservada em relação à fita. Cheguei até a inverter a capa, de modo que você só enxergava Judy e seu cigarro se abrisse a caixinha de plástico. Mas o motivo de aquela fita significar tanto para mim não tinha nada a ver com cigarros, nem mesmo com a maneira como Judy Bridgewater cantava — ela era uma intérprete típica de sua época, uma cantora de boate, nada que nós, alunos de Hailsham, pudéssemos apreciar. Mas havia uma música naquela fita que, para mim, era muito especial: a faixa número três, "Não me abandone jamais".

É uma música lenta, bem coisa de madrugada, bem americana, com um refrão que toda hora volta, com Judy cantando:

"Não me abandone jamais... Ah, baby, baby... Não me abandone jamais...". Eu tinha onze anos, na época, e ainda não sabia muito de música, mas aquela me pegou de jeito. Eu procurava deixar a fita exatamente nesse ponto, para poder tocá-la quando surgisse oportunidade.

É bem verdade que não surgiam muitas, já que a aquisição da fita ocorreu alguns anos antes de os walkmans começarem a aparecer nos Bazares. A sala de bilhar contava com um aparelho enorme, mas eu o usava muito pouco porque sempre tinha muita gente por lá. Na Sala de Arte também havia um toca-fitas, mas o local era igualmente barulhento. O único lugar onde eu podia ouvir direito a minha música era no dormitório.

Àquela altura já tínhamos passado para os pequenos dormitórios de seis camas nos chalés, e no nosso tínhamos um toca--cassete portátil na prateleira em cima do radiador. Portanto era ali que eu me refugiava sempre que achava improvável haver mais alguém presente, para escutar minha música quantas vezes me desse vontade.

O que havia de tão especial nela? Bem, o fato é que eu não costumava ouvir a letra direito; ficava só esperando aquele trecho que dizia: "Baby, baby, não me abandone jamais...". E o que eu imaginava era uma mulher que não podia ter filhos, mas que queria muito ser mãe, que sempre quisera ser mãe, a vida toda. Aí então ocorre um milagre qualquer, ela tem o filho e sai cantando, com ele agarrado no colo: "Baby, não me abandone jamais...", em parte porque se sente muito feliz, mas também porque receia que algo aconteça, que seu bebê fique doente ou seja levado embora. Mesmo na época eu percebia que isso não devia estar lá muito correto, que essa minha interpretação não se encaixava com o resto da letra. Mas eu não via o menor problema nisso. A música era sobre o que eu achava que era, e gostava de escutá-la repetidas vezes, sozinha, sempre que surgia uma chance.

Mais ou menos nessa época, aconteceu um fato curioso que

acho conveniente mencionar aqui. Um fato que me deixou realmente muito perturbada e, embora eu só fosse descobrir seu verdadeiro significado anos mais tarde, imagino que tivesse pressentido já naquela época algum significado mais profundo.

Era uma tarde de sol e eu fora ao nosso dormitório buscar alguma coisa. Lembro-me que estava tudo muito claro, porque as cortinas do quarto, que não tinham sido abertas de todo, deixavam o sol entrar em grandes feixes, iluminando a poeira no ar. Não era minha intenção ouvir a fita, mas, já que estava ali sozinha, um impulso qualquer me fez tirá-la da caixa de coleções e colocar no toca-fitas.

Talvez o volume tivesse sido aumentado pela pessoa que usara o aparelho por último, não sei ao certo. O fato é que a música saiu bem mais alto do que eu costumava tocar, e foi provavelmente por causa disso que demorei a perceber a presença dela. Também pode ser que eu já estivesse me tornando meio autocomplacente. De todo modo, o que eu fazia na hora era me balançar de lá para cá bem devagar, no ritmo da música, segurando um bebê imaginário no colo. Na verdade, para tornar as coisas ainda mais embaraçosas, foi uma daquelas vezes em que peguei um travesseiro para fazer de bebê e fiquei rodopiando num bailado lento, de olhos fechados, acompanhando baixinho a letra toda vez que o refrão dizia:

"Oh, baby, *baby*, não me abandone jamais..."

A música já estava quase no fim quando alguma coisa me fez perceber que havia mais gente no quarto. Abri os olhos e me vi diante de Madame, enquadrada na soleira da porta.

O choque me deixou paralisada. Em alguns poucos segundos, porém, comecei a sentir um novo tipo de susto, porque entendi que havia algo estranho na situação. A porta estava aberta quase pela metade — era uma espécie de regra que não podíamos fechar a porta dos dormitórios por completo, a menos que fosse hora de dormir —, entretanto Madame não estava precisamente na soleira da porta. Estava no corredor, imóvel, a cabeça inclinada para o lado, para ter uma visão melhor do que eu estava fazendo lá dentro. E o esquisito é que chorava. É possível até que eu tenha despertado dos meus devaneios por causa dos soluços dela se infiltrando na música.

Quando penso nisso agora, fico achando — verdade que Madame não era guardiã, mas era um dos adultos — que ela devia ter dito ou feito alguma coisa, nem que fosse me passar um pito. Então, sim, eu saberia como me comportar. Porém ela simplesmente continuou imóvel ali no corredor, soluçando sem parar, me olhando pela abertura da porta com aquele mesmo olhar de sempre, como se estivesse vendo algo arrepiante. Só que havia um elemento mais, qualquer coisa extra naqueles olhos, que eu não conseguia decifrar.

Eu não sabia como agir, o que dizer e muito menos o que esperar. Talvez ela entrasse no quarto, gritasse comigo, me batesse, eu não fazia a mínima ideia. No entanto ela simplesmente se virou e dali a instantes escutei seus passos saindo do chalé. Percebi que a fita já passara para a faixa seguinte, desliguei o aparelho e me sentei na cama mais próxima. Quando me abaixei, vi pela janela a silhueta de Madame andando apressada na direção do casarão. Ela não olhou para trás, mas deu para ver, pela maneira como suas costas continuavam encurvadas, que ainda chorava.

Ao voltar para onde estavam minhas amigas, alguns minutos depois, não comentei com ninguém o acontecido. Alguém reparou que eu não estava bem e falou alguma coisa, mas eu me limitei a dar de ombros e continuei calada. Não era exatamente vergonha o que eu sentia; mas foi meio parecido com a sensação que tive naquela outra ocasião, quando cercamos Madame no pátio na hora em que ela descia do carro. O que eu desejava, acima de tudo, é que aquilo não tivesse acontecido, e achava que ficando quieta, não dizendo nada, estaria fazendo um favor a mim mesma e a todo mundo.

No entanto, uns dois anos mais tarde me abri com Tommy. Isso foi mais ou menos na época da nossa conversa na beira do lago, quando ele me falou pela primeira vez nas coisas que Miss Lucy lhe dissera; na época em que — da minha perspectiva atual — começamos a questionar e a fazer perguntas acerca de nós mesmos, mania que mantivemos com o correr dos anos. Quando contei a Tommy a cena com Madame no dormitório, ele me ofereceu uma explicação muito simples. Àquela altura, claro, todos nós já tomáramos conhecimento de um fato que eu ignorava na época da fita — que nenhum de nós poderia ter filhos. É possível que eu já houvesse captado a ideia, ainda bem jovem, sem, contudo, registrá-la, e é por isso que eu escutava o que escutava quando ouvia aquela música. Mas em hipótese alguma eu poderia saber com exatidão, na época, que não poderíamos ter filhos. Mas, continuando, até Tommy e eu conversarmos a respeito todos nós já estávamos bem esclarecidos. Nenhum de nós, por falar nisso, ficou especialmente aborrecido com a notícia; na verdade, lembro-me que houve gente satisfeita de saber que poderíamos fazer sexo sem ter de nos preocupar com as consequências — embora sexo propriamente dito ainda estivesse a uma certa distância de nós, naquela fase. De todo modo, quando contei a Tommy o que acontecera, ele falou:

"Madame provavelmente não é má pessoa, um pouco macabra, quem sabe, mas não má. Por isso, quando viu você dançando daquele jeito, segurando seu bebê, deve ter achado muito trágico você não poder ter filhos. Foi por isso que ela começou a chorar."

"Mas, Tommy", rebati, "como é que ela podia saber que aquela música tinha alguma coisa a ver com gente tendo filhos? Como é que ela podia saber que o travesseiro que eu estava segurando no colo representava um bebê? Isso estava só na minha cabeça."

Tommy pensou a respeito e em seguida disse, meio brincando, meio a sério: "Talvez Madame consiga ler o pensamento dos outros. Ela é estranha. Talvez tenha conseguido enxergar lá dentro de você. Eu não me espantaria com isso".

O comentário provocou um ligeiro arrepio em nós dois e, apesar de na hora termos dado risada, não tocamos mais no assunto.

A fita sumiu uns dois meses depois desse incidente com Madame. Nunca estabeleci a menor ligação entre um episódio e outro, na época, e não há por que fazê-lo agora. Eu estava no dormitório, uma noite, um pouquinho antes do apagar das luzes, remexendo nos itens da minha caixa de coleções, matando tempo até as outras meninas voltarem do banheiro. É curioso, mas assim que dei pelo sumiço o mais importante para mim foi não deixar transparecer meu imenso pânico. Na verdade, lembro-me de ter feito questão de cantarolar, fingindo distração, enquanto continuava a busca. Já pensei muito sobre essa minha reação, mas continuo sem saber como explicá-la: aquelas eram minhas amigas mais próximas, dormíamos no mesmo quarto, e mesmo assim eu não queria que soubessem da minha perturbação com o sumiço da fita.

Imagino que fosse porque se tratava de um segredo que significava muito para mim. Quem sabe todos nós em Hailsham possuíssemos segredos parecidos — pequenos retiros particulares, criados do nada, onde podíamos nos refugiar sozinhos com nossos medos e anseios. Mas o simples fato de termos tal necessidade teria nos parecido errado, na época — como se tivéssemos, de alguma maneira, frustrado os amigos.

Bom, mas o fato é que, assim que tive certeza de que a fita

desaparecera mesmo, perguntei a cada uma das meninas do dormitório, muito casualmente, se por acaso não a teriam visto. Eu ainda não perdera de todo a cabeça, porque existia a possibilidade de tê-la esquecido na sala de bilhar; se não isso, minha esperança era que alguém a tivesse pegado emprestada e fosse devolver na manhã seguinte.

Bem, a fita não apareceu no dia seguinte, e continuo sem a menor ideia do que aconteceu com ela. A verdade, suponho, é que havia muito mais furtos em Hailsham do que nós — ou os guardiões — gostaríamos de admitir. Mas o motivo de eu ter entrado nesse assunto todo agora é tentar explicar o comportamento de Ruth. O que você precisa ter em mente é que eu perdi minha fita menos de um mês depois daquele dia em que Midge fez algumas perguntas a Ruth na Sala de Arte a respeito do estojo de lápis e eu saí em seu socorro. Daquele momento em diante, como já contei, Ruth estava querendo me retribuir o gesto com alguma atitude simpática, e o sumiço da fita lhe deu uma oportunidade de ouro. É até possível dizer que só depois que minha fita sumiu é que as coisas voltaram ao normal entre nós — talvez pela primeira vez desde aquela manhã chuvosa em que mencionei o Registro dos Bazares para ela, debaixo dos beirais do casarão.

Na noite em que descobri que a fita havia desaparecido, tratei de perguntar a todas elas se tinham alguma informação, e isso, claro, incluiu Ruth. Olhando para trás, percebo agora que ela deve ter se dado conta imediatamente do que significava para mim a perda da fita e, ao mesmo tempo, de como era importante para mim que não houvesse a menor comoção a respeito. Portanto, naquela noite ela me respondeu com um dar de ombros distraído e continuou com seus afazeres. Na manhã seguinte, porém, quando eu voltava do banheiro, ouvi-a perguntar — num tom de voz muito normal, como se não fosse nada demais — se Hannah tinha certeza de não ter visto a fita.

Depois, quem sabe uns quinze dias mais tarde, quando eu já estava conformada havia um bom tempo com a perda definitiva da fita, ela foi me procurar durante o intervalo do almoço. Era o primeiro dia realmente bonito de primavera daquele ano e eu estava sentada ao ar livre, com duas meninas mais velhas. Quando Ruth apareceu e me perguntou se eu não queria dar uma voltinha, ficou óbvio para mim que ela tinha alguma coisa específica em mente. Deixei então as meninas mais velhas e fui com ela até a beira do Campo de Esportes Norte, depois morro acima até chegarmos à cerca de madeira, de onde se descortinava uma vastidão de verde salpicada por punhados de alunos. Havia uma brisa bem forte no topo do morro, naquele dia, e lembro-me de ter ficado surpresa porque não notara vento nenhum lá embaixo, no gramado. Ficamos paradas durante uns instantes olhando o panorama, depois ela me estendeu um saquinho. Ao pegá-lo, percebi que havia uma fita cassete dentro e meu coração deu um salto. Mas Ruth disse na mesma hora:

"Kathy, não é a sua. A que você perdeu. Tentei encontrá-la, mas ela sumiu mesmo."

"Pois é", falei. "Foi para Norfolk."

Nós duas rimos. Em seguida tirei a fita do saquinho com uma certa decepção no rosto e não tenho bem certeza se a decepção não continuou lá na hora em que examinei.

Era uma coisa chamada *Vinte Clássicos da Dança*. Quando fui ouvi-la, descobri que era só orquestral, coisa de baile de formatura. É claro que na hora em que ela me deu a fita eu não sabia que tipo de música era, embora soubesse que não tinha a menor semelhança com Judy Bridgewater. Também é verdade que quase no mesmo instante me dei conta de que Ruth não tinha como saber disso — de que para Ruth, que não sabia bulhufas de música, aquela fita podia sem o menor problema substituir a que eu perdera. De repente senti a decepção ir se desfazendo, substituída por um sentimento real de felicidade. Não tínhamos o hábito de trocar abraços, em Hailsham. Mas apertei uma das mãos dela entre as minhas, ao agradecer. Ela disse: "Encontrei no último Bazar. Achei que era bem o tipo de coisa que você gosta". E falei que sim, que era justamente o tipo de coisa que eu gostava.

Ainda tenho aquela fita. Não toco muito porque a música não tem nada a ver com nada. É mais como um objeto, um broche ou um anel, e, sobretudo agora que Ruth se foi, transformou-se numa de minhas posses mais preciosas.

7.

Quero passar agora para os nossos últimos anos em Hailsham. Falo do período que abrangeu dos treze anos até nossa saída de lá, aos dezesseis. Na minha lembrança, a vida em Hailsham se divide em dois grandes nacos: a última fase e tudo o que veio antes. Os primeiros anos — aqueles de que falei até agora — têm a tendência de se mesclar uns aos outros como uma espécie de época de ouro e, quando penso sobre eles, mesmo ao lembrar de coisas que não foram lá tão boas, não consigo evitar de sentir um certo arrebatamento. Porém os últimos anos me dão uma sensação diferente. Eles não foram exatamente infelizes — possuo uma série de lembranças que me são muito queridas —, mas foram mais sérios e, sob certos aspectos, mais sombrios. Talvez seja um pouco de exagero da minha parte, mas fico com a impressão de que tudo mudava muito depressa, naquele momento, com a mesma rapidez com que o dia se transforma em noite.

Aquela conversa com Tommy na beira do lago: penso nela agora como uma espécie de marco entre duas eras. Não que algo de muito significativo tenha começado a acontecer logo depois;

mas, pelo menos para mim, aquela conversa foi um momento decisivo. Sem sombra de dúvida comecei a ver tudo de um jeito bem diferente. Se antes recuava diante de situações embaraçosas, nesse novo período passei a fazer cada vez mais perguntas, se não em voz alta, ao menos para mim mesma.

Além disso, aquela conversa me fez começar a enxergar Miss Lucy sob novas luzes. Eu a vigiava atentamente sempre que possível, não só por curiosidade como também porque passara a considerá-la a mais provável fonte de dicas importantíssimas. E foi por esse motivo que, no decorrer do tempo, acabei notando várias das pequenas esquisitices que ela dizia ou fazia, e nas quais meus amigos nem reparavam.

Como por exemplo o dia, talvez algumas semanas depois da conversa à beira do lago, em que Miss Lucy nos dava uma aula de inglês. Estávamos estudando algum poema, mas por algum motivo o assunto se desviara para os soldados da Segunda Guerra Mundial encerrados em campos de prisioneiros. Um dos meninos perguntou se as cercas em volta dos campos eram elétricas, e aí alguém falou que devia ser muito estranho viver num lugar assim, onde as pessoas podiam se suicidar quando bem entendessem simplesmente se encostando numa cerca. Talvez a intenção do comentário fosse séria, mas todos nós achamos engraçadíssimo. Estávamos às gargalhadas, falando todos ao mesmo tempo, quando Laura — num gesto bem típico dela — se levantou da carteira e fez uma imitação histérica de alguém estendendo os braços para se eletrocutar. Durante alguns momentos foi só farra, com todo mundo gritando e fingindo que encostava numa cerca elétrica.

Fiquei vigiando Miss Lucy durante a encenação e vi, ainda que por um segundo apenas, a expressão fantasmagórica que cobriu seu rosto ao olhar para a classe. Depois — eu permanecia vigilante — ela se controlou, sorriu e disse: "Ainda bem que as cercas de Hailsham não são elétricas. Às vezes acidentes horríveis acontecem".

Ela disse isso num tom muito baixo, e como a classe continuava na maior gritaria, sua voz se perdeu na algazarra. Mas eu a escutei muito bem. "Às vezes acidentes horríveis acontecem." Que acidentes? Onde? Mas ninguém deu continuidade ao assunto e voltamos a discutir o poema.

Houve outros pequenos episódios como esse, e não demorei muito para começar a vê-la como alguém um pouco diferente dos outros guardiões. É até possível que tenha começado a perceber, já a partir dessa época, a natureza de suas preocupações e frustrações. Mas pode ser que eu esteja indo longe demais; o mais razoável é admitir que na época eu tenha reparado nessas coisas sem fazer a mínima ideia de como interpretá-las. E se esses episódios agora parecem coerentes e significativos, provavelmente isso se deve ao fato de eu estar olhando para eles à luz do que houve depois — sobretudo à luz do que aconteceu naquele dia no pavilhão, quando fugíamos de um pé-d'água.

Tínhamos quinze anos, então, já no nosso último ano em Hailsham. Estávamos no pavilhão nos aprontando para uma partida de *rounders*. Os meninos passavam por uma fase em que curtiam esse jogo, sendo que a intenção era flertar conosco, de forma que havia mais de trinta alunos reunidos lá, naquela tarde. A chuva começara enquanto nos trocávamos, e aos poucos fomos nos reunindo na varanda — coberta — para esperar que passasse. A tempestade, porém, não dava sinais de amainar e, quando a última jogadora apareceu, a varanda já estava lotada, com todo mundo zanzando de lá para cá, irrequieto. Lembro-me que Laura me mostrava um jeito especialmente nojento de assoar o nariz, para quando você não estivesse a fim de um menino.

    Miss Lucy era a única guardiã presente. Ela estava debruçada no parapeito da frente, olhando para fora como se tentasse ver o outro extremo do campo de esportes através da chuva. De minha parte, eu a observava com a atenção de sempre e, mesmo rindo da brincadeira de Laura, continuei vigiando suas costas. Lembro-me de ter me perguntado se não haveria algo de estranho em sua atitude, no jeito como sua cabeça se inclinava um pouco demais para a frente de modo a torná-la parecida com um animal agachado à espera de dar o bote. E, debruçada daquele jeito no parapeito, as gotas que caíam da calha passavam de raspão por ela. No entanto Miss Lucy não demonstrava o menor sinal de se importar com isso. Na verdade, lembro-me que acabei me convencendo de que não havia nada de estranho em sua atitude — que ela estava apenas ansiosa para que a chuva parasse — e voltei minha atenção para o que Laura estava me dizendo. Aí, alguns minutos mais tarde, quando eu já tinha esquecido de vigiá-la e ria feito uma doida de alguma coisa, de repente me dei conta de que todo mundo estava em silêncio e ela estava falando.

    Miss Lucy continuava parada no mesmo lugar de antes, mas agora estava virada para nós, de modo a ficar de costas para o parapeito, com o céu cinzento por trás.

    "Não, não, sinto muito, mas vou ter de interromper vocês", ela disse, e nesse momento vi que falava com dois meninos que estavam sentados no banco bem em frente a ela. Sua voz não estava exatamente estranha, mas o tom era muito alto, igual ao que usava para dar avisos gerais, e foi por isso que todos calamos a boca. "Não, Peter, vou ter que interromper você. Não posso mais ficar aqui escutando calada."

    Depois ergueu o olhar para incluir os demais e respirou fundo.

"Muito bem, vocês podem ouvir também, isto serve para todos. Já está na hora de alguém abrir o jogo."

Esperamos enquanto ela fitava um por um. Mais tarde, alguns disseram que acharam que ela ia fazer um baita de um sermão; outros, que ela estava prestes a anunciar um novo regulamento para o jogo de *rounders*. Mas eu sabia, antes de ela acrescentar qualquer coisa, que seria um assunto bem diferente.

"Meninos, desculpem-me por ter escutado a conversa de vocês. Mas é que os dois estavam bem atrás de mim, de modo que não deu para evitar. Peter, por que você não conta aos outros o que estava dizendo ao Gordon, agora há pouco?"

Peter J. me pareceu meio aturdido e previ até que estivesse começando a aprontar sua cara de inocência ferida. Mas Miss Lucy voltou a dizer, só que num tom bem mais brando:

"Vamos lá, Peter. Por favor, conte para todo mundo o que você estava dizendo."

Peter deu de ombros. "Estávamos só conversando sobre como seria se virássemos artistas. Que tipo de vida teríamos."

"Justamente", disse Miss Lucy, "e você dizia ao Gordon que teriam que ir para os Estados Unidos para ter oportunidades melhores."

Peter J. deu de ombros outra vez e resmungou baixinho: "É, Miss Lucy".

Miss Lucy, no entanto, estava passando os olhos por todos nós. "Eu sei que vocês não dizem essas coisas por mal. Mas há conversas demais como essa, por aqui. Eu ouço vocês falarem nisso o tempo todo, eles deixam vocês ficarem batendo nessa tecla, mas não está certo." Vi mais algumas gotas caindo da calha sobre os ombros dela, mas Miss Lucy pelo visto nem notou. "Se ninguém mais quer conversar com vocês", ela continuou, "então converso eu. O problema, eu acho, é que contaram e não contaram para vocês. Contaram, mas nenhum de vocês entendeu de fato, e eu diria que houve quem se desse por satisfeito com essa situação. Mas eu não. Se vocês querem ter uma vida decente, então é preciso que saibam, e que saibam direitinho. Nenhum de vocês irá para os Estados Unidos, nenhum de vocês será ator de cinema. E nenhum de vocês irá trabalhar em supermercados, como ouvi alguns planejando outro dia. Suas vidas já foram mapeadas. Vocês se tornarão adultos e, antes de ficarem velhos, antes mesmo de entrarem na meia-idade, começarão a doar órgãos vitais. Foi para isso que todos vocês foram criados. Vocês não são como os atores que veem nos vídeos, não são nem mesmo como eu. Vocês foram trazidos a este mundo com um fim, e o futuro de vocês, de todos vocês, já está decidido. De modo que não quero mais ouvir ninguém falando nisso. Daqui a pouco vocês vão embora de Hailsham e não está muito longe o dia em que começarão a se preparar para as primeiras doações. É preciso que tenham isso em mente o tempo todo. Se querem uma vida decente, é preciso que saibam quem são e o que os espera no futuro. Cada um de vocês."

Depois ela se calou, mas a impressão que me ficou foi que ela continuava falando conosco, pelo menos mentalmente, porque durante algum tempo seu olhar permaneceu pousado sobre todos nós, indo de rosto para rosto, como se estivesse conversando. Ficamos todos muito aliviados quando ela se virou de novo para o campo de esportes.

"Agora melhorou um pouco", ela disse, ainda que a chuva continuasse caindo com a mesma intensidade. "Vamos lá para fora. Aí quem sabe o sol saia também."

Acho que foi só o que ela disse. Quando conversamos sobre isso lá na clínica de Dover, Ruth e eu, ela disse que Miss Lucy falara muito mais coisas para nós, na ocasião. Disse que ela explicara que antes das doações a gente passava um tempo como cuidador, que contara qual era a sequência usual das doações, como eram os centros de recuperação e por aí afora — mas tenho certeza de que Miss Lucy não tocou em nada disso. Muito provavelmente tinha intenção de fazê-lo, quando começou a falar. Mas meu palpite é que depois de ter começado, quando viu as fisionomias intrigadas e desconfortáveis a sua frente, percebeu a impossibilidade de completar o que havia começado.

É difícil dizer com clareza que tipo de impacto a explosão de Miss Lucy teve sobre nós. A notícia se espalhou feito pólvora, é verdade, mas as conversas se concentraram quase todas na própria Miss Lucy, e não no que ela havia tentado nos dizer. Alguns alunos acharam que ela tinha pirado; outros que havia dito o que dissera a pedido de Miss Emily e dos outros guardiões; havia inclusive gente que estivera lá e que achava que Miss Lucy nos passara um pito porque estávamos fazendo barulho demais na varanda. Mas, como eu disse, houve pouquíssima discussão a respeito do que ela de fato nos contara. Se o assunto vinha à baila, as pessoas em geral diziam: "Bom, e daí? A gente já sabia".

Entretanto fora esse, justamente, o xis da questão levantada por ela. Eles "contaram e não contaram", para usar suas próprias palavras. Alguns anos atrás, quando Tommy e eu repisamos novamente esse assunto e eu o lembrei do "contaram e não contaram" de Miss Lucy, ele me veio com uma teoria.

Tommy achava possível que os guardiões, durante todo nosso período em Hailsham, tivessem regulado com muito cuidado e deliberação quando e quanto nos dizer, de tal forma que fôssemos sempre um pouco jovens demais para compreender por inteiro a última informação que nos transmitiam. Mas é claro que nós a assimilávamos em algum nível da consciência, tanto assim que não demorava para que a coisa toda se infiltrasse em nossa cabeça sem que precisássemos examiná-la muito de perto.

A teoria de Tommy, no entanto, cheira demais a conspiração, no meu entender — não creio que nossos guardiões fossem tão habilidosos assim —, mas sem dúvida existe nela um fundo de verdade. De fato, parece que eu *sempre* soube das doações, ainda que de maneira muito vaga, mesmo com apenas seis ou sete anos de idade. E é curioso que, quando ficamos mais velhos e os guardiões vieram fazer aquelas preleções todas, nada constituísse surpresa total para nós. *Era* como se já tivéssemos escutado tudo antes, em algum lugar.

Acabei de me lembrar de uma coisa: quando os guardiões começaram a nos dar aulas formais sobre sexo, costumavam misturá-las com conversas sobre doações. Na nossa idade — e de novo falo de quando tínhamos uns treze anos — estávamos todos muito preocupados e animados com sexo, e era natural que empurrássemos as outras questões lá para o fundo da mente. Em outras palavras, é possível que, utilizando a questão do sexo, os guardiões tenham conseguido contrabandear para dentro de nossa cabeça boa parte dos fatos básicos a respeito do futuro.

Para lhes fazer justiça, talvez fosse natural transmitir as duas coisas ao mesmo tempo. Se, por exemplo, estivessem nos ensinando o que fazer para evitar doenças durante o sexo, teria sido muito estranho não mencionar que tais cuidados eram muito mais importantes para nós do que para as pessoas normais que viviam lá fora. E isso, claro, nos levaria às doações.

Depois havia a questão toda de não podermos ter filhos. Miss Emily costumava dar pessoalmente grande parte das aulas sobre sexo, e lembro-me de uma vez em que ela levou um esqueleto em tamanho natural, usado nas aulas de biologia, para demonstrar como era feito. Assistimos, aparvalhados, enquanto ela colocava o esqueleto em várias posições de contorcionista, brandindo o ponteiro de um lado para outro sem o menor constrangimento. Estava nos mostrando, nos mínimos detalhes, como é que se fazia, o que entrava onde e as diversas variações, como se aquilo fosse uma aula de Geografia. De repente, com o esqueleto largado, formando uma pilha obscena de ossos sobre a mesa, ela se virou para nós e começou a dizer que precisávamos ter cuidado sobre *com quem* fazíamos sexo. Não só pelas doenças, mas também porque, segundo ela, "o sexo afeta as emoções de maneiras que nunca imaginamos". Precisávamos ter extremo cuidado ao fazer sexo no mundo exterior, sobretudo com pessoas que não eram alunos, porque lá fora o sexo significava tudo quanto é tipo de coisa. Lá fora havia gente até brigando e se matando por causa de quem fazia sexo com quem. E o sexo significava tanto — muito mais, por exemplo, do que a dança ou o pingue-pongue — porque as pessoas lá fora eram diferente de nós: podiam ter filhos, fazendo sexo. Por essa razão, o sexo era muito importante para elas, assim como a questão de quem o fazia com quem. E, como bem sabíamos, embora não houvesse a menor possibilidade de termos filhos, lá fora teríamos de nos comportar como os demais. Tínhamos de respeitar as regras e tratar o sexo como algo muito especial.

A aula de Miss Emily naquele dia foi típica do que estou tentando dizer. Estávamos concentrados em sexo e de repente o outro assunto ia se infiltrando. Imagino que tudo isso fizesse parte da maneira como eles "contaram e não contaram" para nós.

Desconfio que, no fim, devemos ter absorvido um bocado de informações, porque me lembro, por volta dessa época, de uma mudança marcante na maneira como passamos a abordar o terreno que cercava o assunto doações. Até então, como eu já disse, havíamos feito tudo ao nosso alcance para evitar a questão; recuávamos ao primeiro sinal de que estávamos entrando nesse território, e havia castigos severos para qualquer idiota — como Marge, naquela ocasião — que se descuidasse. Mas a partir dos treze anos, por aí, como já falei, as coisas começaram a mudar. Ainda não discutíamos as doações e tudo que vinha junto com elas; continuávamos achando essa parte muito embaraçosa. Mas elas se tornaram motivo de piada, mais ou menos da mesma maneira como fazíamos piada com sexo. Olhando para trás, agora, eu diria que a regra que proibia falar abertamente das doações continuava em vigor, tão rígida quanto sempre fora. Mas passou a ser aceitável, quase uma exigência, de vez em quando fazer alguma alusão jocosa ao que teríamos pela frente.

Um bom exemplo foi o que aconteceu quando Tommy fez um corte no cotovelo. Deve ter sido pouco antes da nossa conversa à beira do lago; numa época, imagino, em que ele ainda estava saindo da fase de ser o saco de pancadas dos outros.

Não foi um corte muito feio e, embora o tivessem mandado fazer um curativo com Cara de Corvo, ele voltou quase imediatamente com um quadrado de esparadrapo grudado no cotovelo. Ninguém deu muita importância ao fato até uns dois dias mais tarde, quando Tommy tirou o curativo, revelando alguma coisa num estágio entre a cicatrização e a ferida aberta. Dava para ver pedacinhos de pele começando a grudar e pontinhos vermelhos ainda aparecendo por baixo. Estávamos no meio do almoço, portanto todos se amontoaram em volta para exclamar "argh!". E então Christopher H., que estava um ano a nossa frente, falou, com a cara mais séria do mundo: "Pena que foi bem nessa parte do cotovelo. Se tivesse sido em outro lugar qualquer, não teria a menor importância".

Tommy ficou preocupado — afinal Christopher era alguém que ele respeitava muito, na época — e perguntou o que ele estava querendo dizer com aquilo. Christopher continuou a comer, depois falou, com a maior indiferença:

"Então você não sabe? Quando é bem no cotovelo, assim, ele pode se *abrir feito um zíper*. Basta você mexer o cotovelo mais depressa. E não é só essa parte, é o cotovelo inteiro que pode abrir feito o zíper de uma sacola. Pensei que você soubesse disso."

Tommy chegou a argumentar que Cara de Corvo não tinha dito nada do tipo, porém Christopher deu de ombros e falou: "Ela pensou que você soubesse, claro. Todo mundo sabe".

Várias pessoas por perto soltaram murmúrios solidários. "Você tem que manter o braço bem reto", disse um outro. "Dobrar o braço é um perigo danado."

No dia seguinte vi Tommy circulando com o braço bem esticado e um ar de grande preocupação no rosto. Estava todo mundo rindo dele e fiquei brava por causa disso, mas tive de reconhecer que havia um lado bem engraçado. Lá pelo fim da tarde, quando estávamos saindo da Sala de Arte, ele veio para mim no corredor e disse: "Kath, será que podemos conversar bem rapidinho?".

Isso foi talvez umas duas semanas depois do dia em que me aproximei dele no campo de esportes para falar da camisa polo, portanto já circulavam rumores de que éramos amigos especiais ou algo do gênero. Mesmo assim, ele ter se aproximado de mim daquela maneira, me pedindo para ter uma conversa particular, foi bastante constrangedor e me deixou sem graça. Talvez isso explique em parte eu não ter sido tão prestativa quanto poderia.

"Não estou preocupado demais nem nada", ele começou a dizer, assim que me puxou para o lado. "Eu só queria ter certeza, só isso. Todos nós temos que cuidar da saúde. E eu preciso que alguém me ajude, Kath." Aí ele explicou que estava preocupado com o que pudesse fazer enquanto dormia. Porque seria muito fácil dobrar o cotovelo durante o sono. "Vivo sonhando que estou combatendo batalhões de soldados romanos."

Depois de interrogá-lo um pouco, ficou óbvio para mim que um monte de gente — pessoas que nem estavam presentes na hora do almoço, dias antes — se aproximara dele e repetira o aviso feito por Christopher H. Na verdade, pelo visto alguns tinham levado a brincadeira mais além: Tommy ficara sabendo de um aluno que fora dormir com um corte no cotovelo igualzinho ao seu e que, ao acordar, topara com o esqueleto da parte superior do braço e da mão exposto e a pele bamba, solta do lado, "feito uma daquelas luvas compridas de *My Fair Lady*".

O que Tommy queria era que eu o ajudasse a colocar uma tala no braço para mantê-lo rígido durante a noite.

"Não confio em nenhum deles", ele falou, segurando na mão a régua que pretendia usar. "Eles podem de propósito fazer de um jeito que vai acabar soltando à noite."

Ele me olhava com um ar totalmente inocente, e eu não sabia o que dizer. Uma parte de mim queria muito contar a ele o que estava acontecendo; eu devia ter consciência de que qualquer outra atitude significaria trair a confiança que depositávamos um no outro desde o dia em que eu o alertara sobre a lama em sua camisa polo. Amarrar o braço de Tommy numa tala seria o mesmo que me tornar uma das principais autoras da blague. Até hoje sinto vergonha por não ter lhe contado nada na hora. Mas você precisa se lembrar que eu ainda era jovem e que tive apenas alguns segundos para decidir. E quando alguém lhe suplica para fazer uma coisa com aquela veemência toda, a sensação que se tem é de que não se deve dizer não.

Imagino que o principal tenha sido o fato de que eu não queria aborrecê-lo. Porque deu para perceber, apesar de toda aquela ansiedade a respeito do cotovelo, que Tommy estava comovido com a preocupação que, ele acreditava, estava sendo demonstrada com sua saúde. Claro que eu sabia que mais cedo ou mais tarde ele descobriria a verdade, mas naquele momento eu simplesmente não poderia ter contado nada a ele. O melhor que consegui foi perguntar:

"Foi a Cara de Corvo que lhe disse para fazer isso?"

"Não. Mas imagine como ela ficaria brava se meu cotovelo escapasse."

Ainda me sinto mal a respeito do assunto, mas o fato é que

prometi amarrar o braço dele — na Sala 14, meia hora antes do sino da noite — e o vi afastar-se, grato e tranquilizado.

No fim, não precisei amarrar nada porque Tommy descobriu antes. Eram umas oito da noite, eu vinha descendo a escadaria principal quando ouvi uma gargalhada subindo lá do térreo. Senti o coração apertado porque logo me dei conta de que aquilo tinha a ver com Tommy. Parei no patamar do primeiro andar e espiei por cima do corrimão a tempo de ver Tommy sair da sala de bilhar com passos tempestuosos. Lembro-me de ter pensado: "Pelo menos ele não está gritando". E de fato ele não abriu a boca durante o tempo que levou para ir até o vestiário, pegar suas coisas e sair do casarão. E durante esse tempo todo as risadas não pararam de sair da sala de bilhar, junto com vozes dizendo coisas do tipo: "Se você ficar bravo, aí sim o seu cotovelo *com certeza* salta fora!".

Cheguei a pensar em ir atrás dele e alcançá-lo antes que ele chegasse ao chalé de seu dormitório, mas depois me lembrei que havia prometido pôr seu braço numa tala e não me mexi. Apenas repeti várias vezes para mim mesma: "Pelo menos ele não teve um ataque. Pelo menos controlou o mau gênio".

Mas me afastei um pouco do ponto. Toquei nesse assunto porque a brincadeira com o cotovelo de Tommy, de que ele iria se abrir "como um zíper", passou à condição de piada sobre as doações. A ideia era que, quando chegasse a hora, você puxaria o zíper de uma parte qualquer sua e um rim ou algo parecido escorregaria para fora para você entregá-lo. Não achávamos muita graça nisso; era sobretudo uma forma de fazer alguém perder o apetite. Você abria o zíper do fígado, digamos, e largava o órgão no prato de alguém, esse tipo de coisa. Lembro-me de uma vez em que Gary B., que tinha um apetite fenomenal, vinha voltando para a mesa com a terceira porção de sobremesa e praticamente todo mundo começou a "abrir o zíper", tirar coisas de dentro de si e empilhá-las no prato de Gary, enquanto ele continuava, teimosamente, a se entupir de comida.

Tommy não gostou muito quando essa história de abrir feito zíper voltou à baila, mas, àquela altura a fase em que todo mundo o perseguia já passara e ninguém a associou à brincadeira. Aquilo, para nós, era só diversão, fazíamos a brincadeira para estragar o apetite dos outros — e, imagino, como forma de admitir por alto o que vinha pela frente. E era essa a questão que eu queria abordar. Àquela altura da vida, não recuávamos mais diante do tema das doações como costumávamos fazer um ou dois anos antes; mas tampouco pensávamos nele com muita seriedade ou procurávamos discuti-lo. Toda a conversa de "abrir feito zíper" era característica da maneira como o assunto se infiltrava e se impunha em nosso meio, lá pelos treze anos.

Portanto eu diria que Miss Lucy acertou na mosca quando disse, uns dois anos mais tarde, que haviam "contado e não contado" para nós. E mais: refletindo sobre isso agora, eu ousaria dizer que as coisas que ela falou naquela tarde produziram uma verdadeira mudança de atitude em nós. Depois daquele dia, as piadinhas sobre as doações foram morrendo e começamos a pensar melhor sobre o assunto. Verdade que elas voltaram à condição de tema a ser evitado, mas não da mesma maneira de quando éramos mais novinhos. De chato ou embaraçoso, passou a ser apenas sombrio e sério.

"Engraçado", Tommy me disse quando relembrávamos tudo isso, alguns anos atrás. "Nenhum de nós parou para pensar como *ela*, Miss Lucy, se sentia. Nunca nos preocupamos em saber se ela tinha se metido em alguma encrenca por ter dito aquilo para nós. Éramos tão egoístas, na época."

"Mas você não pode pôr a culpa em nós", falei. "Tínhamos sido ensinados a pensar uns nos outros, mas nunca nos guardiões.

A possibilidade de que houvesse divergências entre os guardiões nunca chegou a nos passar pela cabeça."

"Entretanto tínhamos idade suficiente", Tommy disse. "Naquela idade, isso *deveria* ter passado pela nossa cabeça. Mas não passou. Em nenhum momento pensamos na pobre da Miss Lucy. Nem mesmo depois daquela época, você sabe qual, quando você a viu."

Entendi na hora o que Tommy estava querendo dizer. A alusão era a uma certa manhã no começo de nosso último verão em Hailsham, quando me encontrei com ela na Sala 22. Lembrando-me disso agora, eu diria que até certo ponto Tommy estava com a razão. Depois daquele episódio, até nós deveríamos ter percebido o grau de perturbação de Miss Lucy. Mas, como disse o próprio Tommy, nunca fomos capazes de observar as coisas da perspectiva dela e nunca nos passou pela cabeça dizer ou fazer alguma coisa para apoiá-la.

8.

Muita gente já estava com dezesseis anos completos, então. Fazia uma manhã brilhante de sol e íamos descendo para o pátio, após uma aula no casarão, quando me lembrei de que havia esquecido uma coisa na classe. Voltei ao terceiro andar, e foi quando aconteceu.

Naquele tempo, eu tinha uma brincadeira secreta. Sempre que me flagrava sozinha, parava e procurava uma vista — do outro lado de uma janela, por exemplo, ou através da fresta de uma porta — onde não houvesse viva alma. O objetivo era ter, ao menos durante uns poucos segundos, a ilusão de que eu não vivia num lugar superlotado, que Hailsham era uma casa pacata, serena, onde eu morava com somente cinco ou seis alunos além de mim. Para que a coisa funcionasse, era preciso entrar numa espécie de sonho e eliminar da cabeça todos os barulhos e vozes. Em geral também era preciso uma paciência de Jó: se por exemplo eu estivesse focalizando determinado trecho do campo de esportes, muitas vezes era necessário esperar séculos na janela por aqueles dois ou três segundinhos durante os quais todo mundo desaparecia do enquadramento. Bem, mas era isso que eu estava fazendo, aquela manhã, depois de pegar o que havia esquecido na classe e sair de novo para o corredor, no terceiro piso.

Eu estava parada bem quietinha diante de uma janela, olhando para o mesmo local do pátio onde estivera momentos antes. Minhas amigas já tinham ido embora e o pátio se esvaziava aos poucos, de modo que em breve eu conseguiria o efeito desejado; mas eis que de repente escuto, bem atrás de mim, um ruído que parecia gás ou vapor escapando numa rajada forte.

Era um ruído sibilante, que durou cerca de dez segundos, parou e depois voltou. Não fiquei exatamente assustada, mas, já que pelo visto eu era a única pessoa ali, achei melhor averiguar.

Segui na direção do barulho, passei pela classe de onde acabara de sair e caminhei até a Sala 22, a penúltima do corredor. A porta estava semiaberta e, bem na hora em que cheguei, o silvo começou de novo, mais forte ainda. Não sei o que eu esperava descobrir na hora em que, com toda a cautela, espiei pela fresta, mas fiquei devidamente surpresa ao topar com Miss Lucy.

A Sala 22 era muito pouco usada pelos alunos por ser pequena demais, e, mesmo num dia de sol como aquele, recebia pouca luz. Os guardiões às vezes utilizavam o espaço para corrigir provas ou ler um livro. Na manhã em questão, estava tudo mais escuro ainda por causa das persianas baixadas quase por inteiro. Duas mesas haviam sido unidas para acomodar um grupo de alunos, mas Miss Lucy estava sozinha, sentada no fundo da classe. Também havia várias folhas soltas de um papel escuro, brilhante, espalhadas na frente dela. Debruçada sobre a mesa, muito concentrada, de cabeça baixa e braços sobre o tampo, Miss Lucy rabiscava furiosamente em uma das folhas. Por baixo das linhas pretas e grossas do lápis havia uma escrita caprichada, feita com tinta azul. Ela esfregava o lápis quase da mesma maneira como fazíamos sombreamento, nas aulas de Arte, só que com movimentos bem mais raivosos, como se não se importasse de rasgar o papel. Compreendi então, no mesmo instante, que era aquela a fonte do barulho esquisito, assim como percebi que o que a princípio me parecia folhas brilhantes de papel escuro espalhadas sobre a mesa, também tinha sido, muito recentemente, páginas escritas com tinta azul e boa caligrafia.

Miss Lucy estava tão entretida no que fazia que levou algum tempo para perceber minha presença. Quando ergueu os olhos, surpresa, notei que seu rosto estava ruborizado, mas não havia o menor vestígio de lágrimas. Ela me olhou fixo, depois largou o lápis.

"Olá, jovem", ela disse, respirando fundo. "Quer alguma coisa?"

Acho que dei as costas, só para não ter que olhar para ela ou para os papéis sobre a carteira. Não me lembro se disse alguma coisa — se expliquei que tinha escutado um barulho que me deixara preocupada e que podia ser gás. De todo modo, não houve uma conversa propriamente dita: ela não me queria ali e eu também não queria estar ali. Creio que pedi desculpas e saí, talvez esperando ser chamada de volta. Mas ela não me chamou, e agora só me lembro de que desci as escadas ardendo de vergonha e ressentimento. Naquele momento eu desejava, acima de todas as coisas, não ter visto o que acabara de ver, se bem que, se você me pedisse para definir o que tanto me perturbara, eu não seria capaz de explicar. Vergonha, como eu já disse, tinha um bocado a ver com tudo, e também fúria, embora não exatamente contra Miss Lucy. Eu estava muito confusa, e foi por esse motivo, provavelmente, que só falei sobre o assunto com minhas amigas bem mais tarde.

Depois daquela manhã, convenci-me de que havia algo — talvez algo pavoroso — à espera de todos nós, algo de alguma forma relacionado com Miss Lucy, e, por isso, resolvi ficar de olhos e orelhas bem abertos, aguardando. Porém os dias se passavam e eu não via nem ouvia nada. O que eu ignorava na época era que algo muito significativo *tinha* acontecido poucos dias depois do episódio na Sala 22 — entre Miss Lucy e Tommy, algo que o deixara perturbado e desorientado. Em outras épocas, que nem estavam tão longe assim, Tommy e eu teríamos relatado na mesma hora qualquer ocorrência do tipo; mas por volta daquele verão, justamente, havia várias coisas rolando que nos impediam de falar com a mesma liberdade de antes.

Foi por isso que demorei tanto tempo para ficar sabendo. Mais tarde eu me censuraria duramente por não ter adivinhado, por não ter ido procurar Tommy para pôr tudo em pratos limpos. Mas, como eu disse, havia um bocado de coisas acontecendo naquele momento entre Tommy e Ruth, e toda uma série de outras coisas, e eu atribuía a elas as mudanças que ele atravessava.

Talvez não seja correto dizer que Tommy se descontrolou completamente naquele verão, mas houve momentos em que fiquei de fato preocupada, achando que ele havia voltado a ser o sujeito instável e difícil de alguns anos antes. Certa vez, por exemplo, estávamos voltando do pavilhão para os chalés dos dormitórios e por acaso nos pegamos bem atrás de Tommy e de dois outros meninos. Eles estavam poucos passos na nossa frente e todos eles — inclusive Tommy — pareciam em boa forma, trocando risadas e empurrões. Na verdade eu diria que Laura, que ia do meu lado, se inspirou na fuzarca que eles faziam logo adiante. O fato é que Tommy pelo visto estivera sentado no chão, porque havia um belo torrão de lama grudado em sua camisa de rúgbi, pertinho das nádegas. Obviamente ele não tinha se dado conta e acredito que seus amigos também não, caso contrário teriam feito alguma brincadeira. De todo modo, Laura, sendo Laura, gritou algo como: "Tommy! Você está com cocô nas costas! O que andou aprontando?".

Ela fez isso de forma perfeitamente amistosa e, mesmo que algumas outras meninas também tenham criado um certo rebuliço, não me lembro ao certo, não houve nada que não fosse absolutamente normal. Qual não foi nosso choque, portanto, ao vermos Tommy estacar no meio do caminho, virar-se para Laura e encará-la com uma expressão trovejante. Paramos todos também — os meninos tão espantados quanto nós —, e durante alguns poucos segundos pensei que Tommy fosse explodir de novo, pela primeira vez em muitos anos. Entretanto ele se afastou sem dizer palavra. Continuamos por ali, trocando olhares e dando de ombros.

Outra ocasião pavorosa foi o dia em que mostrei a ele o calendário de Patrícia C. Patrícia estava dois anos atrás de nós, mas todo mundo tinha o maior respeito por sua habilidade com desenho e tudo o que ela fazia era muito procurado nas Permutas de Arte. Eu havia ficado especialmente satisfeita com o calendário que conseguira obter na última Permuta porque, semanas antes do evento, já circulavam boatos sobre sua qualidade. Era totalmente diferente dos calendários molengos de Miss Emily, por exemplo, aqueles que mostravam os condados ingleses. O calendário de Patrícia era pequeno, compacto, e para cada mês havia um fantástico desenho a lápis de alguma cena do cotidiano em Hailsham. Como eu gostaria de tê-lo ainda, sobretudo porque em alguns desenhos — como nos dos meses de junho e setembro — dava para reconhecer o rosto de alguns alunos e guardiões. Essa foi uma das coisas que eu perdi quando deixei o Casario, numa época em que minha cabeça estava ocupada com outras coisas e não prestei a menor atenção no que levei comigo — mas essa é uma outra história que ainda vai ser abordada. A questão, agora, é que o calendário de Patrícia era uma graça e, toda orgulhosa, eu quis mostrá-lo a Tommy.

Vi-o parado sob o sol do final de tarde ao lado do grande

plátano, perto do Campo de Esportes Sul, e como estava com o calendário na sacola — levara-o para a aula de música para exibi-lo —, fui até ele.

Tommy jogava futebol com alguns meninos mais novos no campinho e àquela altura parecia estar calmo e de ótimo humor. Sorriu quando me aproximei dele e conversamos um minutinho sobre isso e aquilo. Depois eu disse: "Tommy, olha só o que eu consegui". Não tentei disfarçar o triunfo em minha voz e talvez até tenha dito uma coisa do tipo "arrá" enquanto tirava o calendário da sacola e o entregava a ele. Quando ele olhou o calendário pela primeira vez, ainda havia um sorriso em sua fisionomia, mas logo que ele começou a folheá-lo, percebi uma coisa se fechando lá dentro dele.

"Essa Patrícia", comecei, mas logo depois escutei minha própria voz mudar de tom. "Ela é tão inteligente..."

Tommy, porém, já me devolvera o calendário. Em seguida, sem dizer mais nada, saiu andando em direção ao casarão.

Esse último incidente deveria ter me fornecido uma pista. Se eu tivesse refletido a respeito com meio cérebro que fosse, teria adivinhado que os azedumes recentes de Tommy tinham a ver com Miss Lucy e com seu antigo problema de "ser criativo". Mas, como eu já disse, diante de tudo o que estava acontecendo simultaneamente bem nessa época, não cheguei a pensar nesses termos. Na minha cabeça, imagino, aqueles antigos problemas tinham ficado todos para trás, junto com os primeiros anos de adolescência, e agora tínhamos que nos preocupar apenas com as grandes questões apavorantes que assomavam no horizonte.

Mas o que tanto andava acontecendo? Bem, para começo de conversa, Ruth e Tommy tiveram uma desavença muito séria. Os dois estavam juntos havia uns seis meses, ou pelo menos tinham tornado "público" o namoro havia seis meses — andando abraçados e coisa e tal. Eram respeitados como casal porque não ficavam se mostrando. Outros, como Sylvia B. e Roger D., por exemplo, davam até enjoo na gente, e às vezes precisávamos recebê-los com um coro de ruídos de vômito só para mantê-los na linha. Ruth e Tommy, entretanto, nunca fizeram nada demais na frente das pessoas, e se de vez em quando trocavam um carinho ou coisa parecida, a impressão que tínhamos era que faziam isso para agradar um ao outro, e não para se mostrar diante de uma plateia.

Olhando para aquele tempo, percebo agora que estávamos muito confusos a respeito de tudo quanto se referia a sexo. O que não chega a ser uma surpresa, considerando-se que mal tínhamos completado dezesseis anos. Mas o que piorava nossa confusão natural — agora percebo com mais clareza — era o fato de que os guardiões também se sentiam confusos. Por um lado tínhamos, por exemplo, as aulas de Miss Emily, em que ela nos dizia que era muito importante que não sentíssemos vergonha do nosso corpo, que "respeitássemos nossas necessidades físicas", que o sexo era um "dom muito lindo", desde que as duas pessoas quisessem de fato praticá-lo. Mas na hora do vamos-ver, era praticamente impossível fazer qualquer coisa sem violar os regulamentos. Não podíamos visitar o dormitório dos meninos depois das nove da noite e eles não podiam visitar o nosso. As salas de aula eram todas território oficialmente "proibido" à noite, bem como as áreas atrás dos barracões e do pavilhão. E ninguém queria fazer sexo em campo aberto, mesmo que estivesse quente, porque com quase toda a certeza as pessoas que fizessem isso acabariam descobrindo que haviam sido observadas por uma plateia de curiosos dependurados nas janelas a passar os binóculos de mão em mão. Em outras palavras, em que pese toda aquela conversa sobre o sexo ser lindo, tínhamos a nítida impressão de que entraríamos numa fria se os guardiões nos pegassem.

Digo isso mas o único caso concreto de que tive notícia pessoalmente foi o de Jenny C. e Rob D., interrompidos na Sala 14.

Eles estavam transando depois do almoço, bem ali, em cima de uma das carteiras, quando o professor Jack teve que entrar para apanhar alguma coisa. Segundo Jenny, o professor ficou roxo e saiu imediatamente da classe, mas eles perderam a vontade e pararam. Já haviam mais ou menos se vestido de novo quando o professor Jack apareceu outra vez, como se fosse a primeira, e fingiu ter ficado surpreso e chocado.

"Está muito claro para mim o que vocês dois andaram fazendo, e não acho que seja conveniente", ele disse, mandando que ambos fossem falar com Miss Emily. Mas, quando eles chegaram ao gabinete de Miss Emily, ela disse que estava de saída para uma reunião muito importante e que não tinha tempo para falar com eles.

"Porém vocês bem sabem que não deveriam estar fazendo seja lá o que for que estavam fazendo, e espero que não façam mais", ela disse, antes de sair às pressas, carregada de pastas.

Sexo gay, por falar nisso, era coisa que nos confundia mais ainda. Por algum motivo, nós o chamávamos de "sexo de guarda-chuva"; quando alguém ficava a fim de alguém do mesmo sexo, era "um guarda-chuva". Não sei como era onde você esteve, mas em Hailsham definitivamente não nutríamos a menor simpatia por nada que cheirasse a relacionamentos gays. Sobretudo os meninos, que eram capazes dos atos mais cruéis. Segundo Ruth, isso porque vários tinham feito muito troca-troca quando mais novos, antes de perceber o que isso significava. De forma que, depois, passaram a sentir-se ridiculamente tensos a respeito. Não sei se é verdade ou não o que Ruth dizia, mas uma coisa é certa: acusar alguém de "estar virando guarda-chuva" quase sempre acabava em briga.

Quando conversávamos a respeito dessas coisas — como fazíamos o tempo inteiro, na época — nunca conseguíamos chegar a uma conclusão definitiva sobre os guardiões, se eles queriam ou não que fizéssemos sexo. Havia gente que achava que sim, mas que nós só tentávamos fazer sexo nos momentos e lugares errados. Hannah tinha uma teoria própria e dizia que era dever dos guardiões obrigar-nos a ter vida sexual porque, caso contrário, depois não seríamos bons doadores. Segundo ela, coisas como rins e pâncreas não funcionam direito se a pessoa não pratica sexo o tempo todo. Alguns afirmavam que tínhamos de levar em conta que os guardiões eram "normais". Por isso eles agiam de maneira tão estranha a respeito do assunto; para eles, o sexo era para quando a pessoa queria ter filhos, e, mesmo que soubessem, intelectualmente, que *nós* não podíamos ter filhos, ainda assim se sentiam meio desconfortáveis a respeito, porque lá no fundo achavam que acabaríamos engravidando.

Annette B. tinha outra teoria: ela acreditava que os guardiões não gostavam que fizéssemos sexo entre nós porque, nesse caso, *eles* ficariam com vontade de fazer sexo conosco. Sobretudo o professor Chris, que segundo ela vivia de olho nas meninas. Laura então falou que na verdade o que Annette estava querendo dizer era que *ela* queria fazer sexo com ele. Caímos todas na maior gargalhada ao ouvir isso, porque a simples ideia de fazer sexo com o professor Chris nos parecia absurda, além de totalmente nojenta.

A teoria que mais se aproximou da verdade, acho eu, foi a que Ruth nos apresentou. "Eles estão nos contando a respeito de sexo para quando sairmos de Hailsham", ela disse. "Eles querem que a gente faça tudo direito, com alguém de quem a gente goste, e sem pegar nenhuma doença. Mas é tudo para depois que sairmos daqui. Eles não querem que a gente faça isso aqui porque é muita confusão para cima deles."

Seja como for, desconfio que havia muito mais conversa do que sexo propriamente dito. Muito amasso e bolinagem, quem sabe; e casais *dando a entender* que estavam fazendo sexo de verdade. Porém, olhando agora, me pergunto quanto de verdade existiria em todas aquelas bravatas. Se todo mundo que dizia estar transando estivesse de fato transando, então só se veria isso, andando por Hailsham: sexo a torto e a direito.

O que me lembro é que havia um acordo tácito entre nós, de não fazer perguntas demais a respeito do que tínhamos ou não tínhamos feito. Se, por exemplo, Hannah revirasse os olhos durante uma conversa sobre determinada menina e resmungasse: "Uma virgem" — o que equivalia a dizer: "Claro que *nós* não somos, mas ela é, portanto, fazer o quê?" —, não era de bom-tom perguntar: "Com quem você transou? Quando? Onde?". Não, você se limitava a balançar a cabeça com ar de quem estava sabendo de tudo. Era como se existisse um universo paralelo para onde nos dirigíamos quando queríamos praticar todo aquele sexo.

Devo ter percebido, na época, que todas aquelas insinuações a minha volta não eram lá muito razoáveis. Mesmo assim, com a aproximação do verão, fui me sentindo cada vez mais deslocada. De certa forma, o sexo substituíra a "criatividade" de alguns anos antes. A impressão que dava é que se você ainda não tivesse feito, era melhor se apressar. No meu caso, a coisa toda se complicava mais porque duas das minhas amigas mais próximas já *tinham* transado de fato. Laura com Rob D., embora nunca tenham formado um casal de verdade. E Ruth com Tommy.

Mas, apesar disso, eu vinha adiando o momento havia séculos, repetindo para mim mesma o conselho de Miss Emily — "-Se não conseguir encontrar alguém com quem tenha de fato vontade de partilhar essa experiência, então *não* partilhe!". Entretanto, lá pela primavera do ano em questão, comecei a achar que seria melhor fazer sexo com um menino. Primeiro para ver como era e depois porque eu achava, na época, que precisava me familiarizar com sexo e que, para isso, conviria fazer primeiro com um menino por quem não sentisse muita coisa. Assim, mais tarde, quando estivesse com alguém especial, teria chances bem maiores de fazer tudo certo. Ou seja, se era verdade mesmo o que Miss Emily dizia, se o sexo era de fato aquela maravilha toda entre duas pessoas, eu não queria praticá-lo pela primeira vez bem no momento em que seria de suma importância que tudo corresse à perfeição.

Acabei optando por Harry C. Escolhi-o por inúmeras razões. Primeiro, porque sabia que ela já tinha feito antes com Sharon D. Segundo, porque, mesmo não sendo muito a fim dele, eu não o achava um pavor. E também porque Harry era um menino calado e bacana, de modo que seria improvável que saísse contando para todo mundo, depois, caso eu fosse um completo desastre. Sem falar que ele já dera a entender várias vezes que gostaria de fazer sexo comigo. Claro que na época havia muita paquera, mas àquela altura já entendíamos o que era uma proposta séria e o que não passava de coisa de garoto.

Assim, eu já havia escolhido Harry e só estava adiando aqueles dois meses porque queria ter certeza de estar bem, fisicamente. Miss Emily dissera que podia doer muito e acabar sendo um enorme fiasco se não ficássemos suficientemente molhadas e, no fundo, essa era a minha única preocupação. Não me grilava o fato de que iriam me rasgar lá por dentro, como dizíamos brincando a todo momento — o grande medo secreto de muitas meninas. Contanto que ficasse molhada bem rápido, eu pensava o tempo inteiro, não haveria problema; e então fazia sozinha sem parar, só para garantir.

Percebo que quando eu digo isso fica parecendo quase obsessão; lembro-me inclusive de ter passado um tempão relendo trechos de romances em que alguém fazia sexo; voltava várias vezes às mesmas frases, na tentativa de espremer algumas dicas. O problema é que os livros que tínhamos em Hailsham não ajudavam muito. Havia bastante coisa do século XIX, de autores como Thomas Hardy e companhia, tudo completamente inútil.

Alguns livros modernos, de autoras como Edna O'Brien e Margaret Drabble, tinham um pouco de sexo no meio, mas nunca ficava muito claro o que estava acontecendo, porque pelo visto eles partiam do princípio de que você já tinha feito muito sexo e que, portanto, não havia necessidade de entrar em detalhes. Ou seja, os livros me decepcionavam e os vídeos me forneciam muito pouco. Tínhamos um videocassete na sala de bilhar fazia uns dois anos e, por volta da primavera, já havíamos juntado uma bela coleção de filmes. Quase todos tinham sexo em algum momento, só que a maioria das cenas acabava bem na hora em que o sexo ia começar, ou então só dava para ver os rostos e as costas deles. Quando *surgia* alguma cena útil, era difícil ver direito porque em geral havia vinte outras pessoas na sala assistindo junto com você. Tínhamos criado um esquema para conseguir a repetição de determinadas cenas favoritas — como por exemplo aquela em que o americano salta de moto por cima do arame farpado, em *Fugindo do Inferno*. Nesse momento soltávamos brados de "Volta! Volta!", até alguém pegar o controle remoto e voltar a fita para que assistíssemos ao trecho escolhido uma, duas, três, quatro vezes. Mas ficaria meio esquisito eu, sozinha, começar a gritar "volta, volta" para que fossem repetidas cenas de sexo.

  Assim é que fui adiando de uma semana para a outra, me preparando aos poucos, até que chegou o verão, quando então resolvi que mais pronta do que estava eu não iria ficar. Àquela altura já me sentia razoavelmente confiante a respeito e comecei a dar indiretas para Harry. Estava indo tudo bem, segundo meus planos, mas aí Ruth e Tommy brigaram e a situação ficou muito confusa.

9.

Poucos dias depois da separação deles, eu estava na Sala de Arte com mais algumas meninas, trabalhando numa natureza-morta. Lembro-me que fazia um calor de matar, naquele dia, mesmo com o ventilador zumbindo atrás de nós. Desenhávamos a carvão, e como alguém se apoderara de todos os cavaletes, tínhamos de trabalhar com as pranchetas apoiadas no colo. Eu estava sentada ao lado de Cynthia E., conversando sobre isso e aquilo e reclamando do calor. De repente, sabe-se lá por quê, começamos a falar dos meninos e ela disse, sem erguer os olhos do desenho:

"E o Tommy. Eu sabia que não ia durar, com a Ruth. Bom, mas agora imagino que você seja a sucessora natural dela."

Não houve segundas intenções na frase, mas Cynthia era uma pessoa observadora e o simples fato de não pertencer ao nosso grupinho conferia peso ao seu comentário. O que estou querendo dizer é que, para mim, sua opinião representava o que qualquer um com um certo distanciamento do assunto acharia. Afinal, eu fora amiga de Tommy por muitos e muitos anos, até começar aquela história de casais. Portanto era bastante possível que para alguém de fora eu pintasse como a "sucessora natural" de Ruth. Eu porém não disse nada, e Cynthia, que não estava tentando propor nenhuma grande ideia, também não tocou mais no assunto.

Cerca de dois dias depois, eu voltava do pavilhão junto com Hannah quando, de repente, ela me cutucou e me mostrou com a cabeça um grupo de meninos no Campo de Esportes Norte.

"Olha lá", ela disse bem baixinho. "O Tommy. Sentado sozinho."

Dei de ombros, como dizendo: "E daí?". E o assunto morreu. Mais tarde, contudo, comecei a pensar no episódio. Talvez a intenção de Hannah tivesse sido apenas ressaltar que, desde o rompimento com Ruth, Tommy andava meio macambúzio. Mas esse argumento não me convenceu; eu conhecia Hannah bem demais. A maneira como ela me cutucou e baixou a voz deixava entrever claramente o pressuposto, que aliás devia andar circulando de boca em boca, de que eu era a "sucessora natural".

Porém, como eu disse, aquilo tudo me deixou meio confusa, porque até ali eu continuava firme no plano de transar com Harry. Na verdade, pensando bem, agora, estou certa de que eu *teria* transado com ele não fosse a história de "sucessora natural". Eu já resolvera tudo e os preparativos tinham corrido bem. Ainda hoje acho que Harry teria sido uma boa escolha para aquela fase. Acho que teria sido delicado, atencioso, e que teria entendido o que eu estava querendo dele.

Encontrei-me com Harry muito rapidamente uns dois anos atrás, dando entrada no centro de recuperação de Wiltshire, após uma doação. Meu humor não estava dos melhores, porque a pessoa de quem eu tomava conta na época tinha concluído na noite anterior, depois de uma doação. Ninguém me culpava por isso — fora uma cirurgia especialmente complicada —, mas eu não me sentia lá muito bem, de qualquer jeito. Ficara acordada grande parte da noite, providenciando tudo, e estava na recepção, me preparando para partir, quando vi Harry chegando. Ele estava numa cadeira de rodas — por estar fraco demais, como eu soube depois, e não porque não estivesse conseguindo andar —, e não tenho certeza se ele me reconheceu quando me aproximei para cumprimentá-lo. Imagino que nunca tenha havido motivo para eu ocupar um lugar especial na sua memória. Nunca tivemos muito contato, a não ser naquela época. Aos olhos de Harry, se ele por acaso ainda se lembrasse de mim, eu seria apenas aquela garota meio biruta que um dia chegou perto dele, perguntou se ele queria fazer sexo e depois deu para trás. Na verdade, Harry devia ser um menino bem maduro para a idade, porque não se irritou nem saiu dizendo para deus e o mundo que eu era das que ameaçavam mas não davam. Por isso, quando o vi entrando na clínica naquele dia, senti gratidão e desejei poder ser sua cuidadora. Olhei em volta, mas a pessoa encarregada dele, fosse *quem fosse*, nem mesmo estava por perto. Os auxiliares de enfermagem estavam impacientes para levá-lo para o quarto, de modo que não conversei muito. Depois de um alô, disse apenas que esperava que melhorasse logo, e ele me deu um sorriso cansado. Quando mencionei Hailsham, ele fez um sinal de positivo com o polegar, mas não deu para saber se tinha me reconhecido ou não. Quem sabe mais tarde, quando já não estivesse tão cansado, ou quando os remédios não fossem tão fortes, ele tentaria se lembrar de quem eu era.

Bem, mas eu estava falando de antigamente, de como depois que Ruth e Tommy se separaram todos os meus planos viraram um nó. Revendo agora, sinto uma certa pena de Harry. Depois de todas as insinuações feitas uma semana antes, lá estava eu, de repente, cochichando coisas para dissuadi-lo da ideia. Devo ter achado que ele estava na maior ansiedade e que daria um trabalhão danado sossegá-lo. Digo isso porque toda vez que eu me encontrava com ele sussurrava alguma coisa bem rapidinho em seu ouvido e sumia antes que ele tivesse tempo de responder. Foi só bem mais tarde que me passou pela cabeça que talvez ele não estivesse nem pensando em sexo. Sei lá, mas talvez tivesse ficado supercontente de deixar a coisa toda de lado, só que toda vez que ele me via, num corredor ou ao ar livre, lá vinha eu cochichando alguma desculpa para não querer fazer sexo com ele, não ainda. Devo ter parecido uma completa idiota, e se Harry não fosse um menino muito decente eu teria virado a grande gozação do ano em dois tempos. Bem, o fato é que aquela fase de ir adiando meu compromisso com Harry durou umas duas semanas, quando então veio o pedido de Ruth.

Naquele verão, criamos uma maneira muito esquisita de ouvir música ao ar livre, que praticamos até o tempo esfriar de novo. Os walkmans tinham começado a aparecer em Hailsham nos Bazares do ano anterior e já havia pelo menos uns seis aparelhos em circulação. A grande onda era várias pessoas sentarem-se na grama em volta de um único walkman e ir passando os fones adiante. Certo, reconheço que é um método meio cretino de se ouvir música, mas criava um sentimento muito bom entre nós. Você escutava por uns vinte segundos, não mais, tirava o fone do ouvido e passava para o próximo da roda. Depois de um tempo, desde que repetíssemos a mesma fita várias vezes, era espantoso quão próximo ficávamos de ter ouvido a fita inteira sozinhos. E a onda pegou de fato, naquele verão; durante os intervalos do almoço, o gramado ficava salpicado de grupinhos de alunos em volta dos walkmans. Os guardiões não gostaram muito da história, diziam que íamos pegar infecção no ouvido, mas deixaram a gente continuar com a brincadeira. Não consigo me lembrar daquele último verão sem pensar também em todas as tardes que passamos em volta dos walkmans. Alguém chegava e perguntava: "Qual é o som?" e se gostava da resposta sentava na relva e esperava a vez. Quase sempre, nessas sessões, reinava uma atmosfera muito boa, e não me lembro de ninguém que tivesse sido esnobado e ficado sem o fone.

E era isso que eu estava fazendo, junto com mais algumas meninas, quando Ruth apareceu e me perguntou se podíamos conversar um pouco. Deu para perceber que devia ser algo importante, de modo que deixei o grupo e fomos as duas de volta para o chalé do dormitório. Quando chegamos ao quarto, sentei-me na beira da cama de Ruth, perto da janela — o sol havia aquecido o cobertor —, e ela sentou-se na minha, pegada à parede. Havia uma varejeira zumbindo por ali, e durante um minuto nos divertimos jogando "tênis de mosca", batendo com as mãos para obrigar o enlouquecido inseto a ir de uma para a outra até achar sua saída pela janela. E foi então que Ruth disse:

"Eu queria voltar com o Tommy, Kathy. Será que você me ajuda?" Depois acrescentou: "O que foi?".

"Nada. É que fiquei um pouco surpresa, só isso, depois do que aconteceu. Mas claro que ajudo."

"Eu não contei para mais ninguém que estou querendo voltar com o Tommy. Nem mesmo para a Hannah. Você é a única pessoa em quem eu confio."

"O que você quer que eu faça?"

"Fale com ele, só isso. Você sempre soube lidar com ele. Ele vai escutar você. E vai acreditar no que você disser sobre mim."

Durante uns momentos simplesmente ficamos ali, balançando os pés sob a cama.

"Foi muito bom você ter me dito isso", falei por fim. "É muito provável que eu seja mesmo a melhor pessoa. Para falar com o Tommy e essa coisa toda."

"O que eu queria era começar de novo do zero. Nós agora

estamos quites, ambos fizemos coisas muito cretinas só para ferir o outro, mas agora chega. Martha H., tenha a santa paciência! Talvez ele tenha feito com ela só pra eu dar boas risadas. Bom, pode dizer a ele que conseguiu, e que estamos empatados, agora. Já está mais que na hora de crescer e começar do zero. Sei que você vai saber argumentar com ele, Kathy. Ninguém melhor que você para lidar com Tommy. E se depois disso tudo ele não estiver disposto a ser sensato, então, bom, não haverá por que continuar."

Dei de ombros. "Como você mesma disse, o Tommy e eu sempre conseguimos conversar."

"Pois é, e ele respeita muito você. Eu sei porque ele já falou várias vezes que você tem muita coragem, que você sempre faz o que diz que vai fazer. Uma vez ele me disse que se algum dia se sentisse acuado, preferiria ter você dando apoio a ele do que qualquer um dos meninos." Em seguida Ruth deu uma risadinha curta. "Isso, você há de convir, é um elogio e *tanto*. É por esse motivo que preciso de você para resgatar o nosso namoro. O Tommy e eu fomos feitos um para o outro e ele vai escutar o que você disser. Você vai fazer isso por nós, não vai, Kathy?"

Fiquei calada por alguns instantes. Depois perguntei: "Ruth, é sério isso de querer voltar com o Tommy? O que eu quero saber é o seguinte: se eu conseguir convencê-lo, você nunca mais vai magoá-lo?".

Ruth soltou um suspiro impaciente. "Claro que é sério. Somos pessoas adultas, agora. Logo, logo vamos sair de Hailsham. Não é mais uma brincadeira."

"Certo. Vou falar com ele. Como você disse, vamos sair logo, logo. Não podemos nos dar ao luxo de perder tempo."

Depois disso, lembro-me que continuamos sentadas naquelas camas, conversando, durante um tempo. Ruth quis repassar tudo: disse que ele estava sendo muito burro, que os dois tinham de fato sido feitos um para o outro, que da próxima vez fariam as coisas de um jeito bem diferente, que já não se exporiam tanto, que encontrariam lugares melhores e horas mais apropriadas para fazer sexo. Conversamos bastante e para tudo ela pediu meu conselho. De repente, a certa altura, quando eu olhava pela janela para os morros ao longe, me assustei ao sentir Ruth ao meu lado, apertando meu ombro em sinal de agradecimento.

"Kathy, eu sabia que a gente podia contar com você. O Tommy tem razão. Você é a melhor pessoa para se ter quando estamos acuados num canto."

Porém, com uma coisa e outra, não tive como conversar com Tommy durante os dois dias seguintes. Até que, num intervalo para o almoço, vi-o treinando nas proximidades do Campo de Esportes Sul. Um pouco antes, estivera jogando com alguns meninos, mas àquela altura já estava sozinho, fazendo embaixadas com a bola. Aproximei-me dele, sentei na grama e apoiei as costas na cerca. Não devia fazer muito tempo que eu lhe mostrara o calendário de Patrícia C. — no dia em que ele me deixou falando sozinha —, porque me lembro que não estávamos bem certos de como andava nosso relacionamento. Ele continuou fazendo suas embaixadas, de cenho franzido, concentrado — joelho, pé, cabeça, pé —, enquanto eu, sentada no chão, colhia trevos e espiava a mata lá longe, da qual antes tínhamos tanto pavor. No fim, resolvi romper o impasse e falei:

"Tommy, vamos conversar agora. Tem uma coisa que eu queria falar com você."

Tão logo eu disse isso, ele deixou a bola rolar e veio sentar-se a meu lado. Essa era uma característica típica de Tommy: assim que percebia que eu estava disposta a falar, acabavam-se todos os vestígios de zanga; só restava era uma ansiedade cheia de gratidão. O que aliás me fazia lembrar da cara dele nos tempos do

Júnior, quando, depois da bronca, algum guardião que tivesse ficado furioso voltava ao normal. Tommy estava meio ofegante e, mesmo sabendo que era por causa do futebol, achei que aquilo acentuava a impressão geral de ansiedade. Em outras palavras, antes que trocássemos uma única palavra, Tommy já havia conseguido me dar nos nervos. Depois, quando falei: "Eu sei que você não tem andado muito feliz nos últimos tempos", ele rebateu: "Do que você está falando? Estou perfeitamente feliz. Sério". E me abriu um sorriso enorme, seguido de uma risada toda animada. E para mim aquilo foi a gota d'água. Anos mais tarde, sempre que eu percebia indícios ocasionais dessa atitude, sorria e não dizia mais nada. Mas naquela época eu ficava uma fúria. Se por acaso Tommy virasse para alguém e dissesse: "Estou superchateado com isso", ele tinha que na mesma hora adotar uma expressão amuada, muito tristonha, para apoiar suas palavras. E não era com ironia que fazia isso. Ele de fato achava que seria mais convincente. E por essa razão, para provar que estava feliz, lá vinha ele tentando cintilar de contentamento. Como eu disse, houve época em que cheguei a sentir ternura diante dessa atitude; mas naquele verão, a única coisa que eu via era que, ao adotá-la, Tommy demonstrava que ainda era uma criança e que seria muito fácil tirar proveito de sua infantilidade. Eu não sabia muita coisa sobre o mundo que teríamos de enfrentar saindo de Hailsham, mas imaginava que seria preciso estarmos muito atentos, e por isso quase entrava em pânico quando Tommy agia daquela maneira. Até aquela tarde eu deixara passar — me parecia difícil demais de explicar —, mas a explosão foi inevitável. Eu disse:

"Tommy, você parece tão *idiota* quando ri desse jeito! Se quer fingir que está feliz, saiba que não é assim que se faz! Pode acreditar, não é assim que se faz! Francamente! Olha só, você precisa crescer. E também precisa entrar nos trilhos de novo. Está tudo desmoronando a sua volta, ultimamente, e nós dois sabemos por quê."

A expressão de Tommy era de espanto. Quando ele teve certeza de que eu havia terminado, falou: "Você tem razão. As coisas andaram desmoronando em volta de mim. Só que eu não estou entendendo você, Kath. Como assim, nós dois sabemos? Não vejo como você poderia saber. Não contei a ninguém".

"Claro que eu não tenho os detalhes todos. Mas todos nós sabemos que você e a Ruth terminaram."

Tommy continuava com cara de espanto. Por fim, deu mais uma risadinha, mas dessa vez foi sincera. "Agora estou começando a entender", ele resmungou, antes de se calar outra vez para refletir mais um pouco. "Para ser franco, Kath, não é bem isso que está me incomodando no momento", ele disse afinal. "É uma outra coisa bem diferente. Não consigo parar. Eu passo o tempo todo pensando na Miss Lucy."

E foi dessa maneira que tomei conhecimento do que tinha ocorrido entre Tommy e Miss Lucy no começo daquele verão. Mais tarde, quando tive tempo de raciocinar a respeito, concluí que só podia ter sido poucos dias depois de eu tê-la visto na Sala 22, rabiscando os próprios papéis. E, como eu já disse, me censurei duramente por não ter procurado saber dele muito antes.

Tinha sido num fim de tarde, perto da "hora morta" — isto é, depois de acabadas as aulas mas ainda faltando um tempinho para o jantar. Tommy vira Miss Lucy saindo do casarão com os braços cheios de blocos e pastas e, como a impressão que ela dava era de que a qualquer momento deixaria cair tudo, ele correra e se oferecera para ajudar.

"Bom, ela então me deu uma parte dos papéis e disse que estava indo para o gabinete. Mesmo com duas pessoas carregando, tinha coisa demais para levar e deixei cair umas pastas no caminho. Aí, quando já estávamos chegando nas Laranjeiras, ela parou de repente, tanto que eu achei que tinha derrubado alguma outra coisa. Mas ela estava olhando era para mim, assim, direto, toda séria. Depois falou que precisávamos ter uma conversa, uma boa conversa. Eu disse que tudo bem. Entramos nas Laranjeiras, fomos para o gabinete dela e descarregamos o material. Aí ela me convidou para sentar e eu acabei sentando no mesmo lugar em que sentei daquela outra vez, anos atrás. E logo vi que ela também estava se lembrando, porque começou a falar no assunto como se tivesse sido no dia anterior. Sem maiores explicações, sem nada, ela simplesmente começou dizendo alguma coisa do tipo: 'Tommy, eu cometi um erro quando disse aquilo a você. Erro que eu deveria ter corrigido há muito tempo'. E aí ela se virou e me disse que era para eu esquecer tudo o que ela havia dito antes. Que me fizera um grande desserviço ao dizer que eu não precisava me preocupar em ser criativo. Que os outros guardiões estavam certos o tempo todo, e que não havia nenhuma desculpa para minha arte ser tão porcaria..."

"Espere um pouco, Tommy. Ela falou assim mesmo, que a sua arte era 'porcaria'?"

"Se não foi 'porcaria' foi algo muito parecido. Insignificante. Quem sabe foi isso. Ou então incompetente. Quer dizer, ela pode perfeitamente ter dito porcaria. Falou que sentia muito, que não deveria ter dito aquilo para mim porque se tivesse ficado quieta eu talvez já tivesse resolvido a questão àquela altura."

"E você disse o quê, esse tempo todo?"

"Eu não sabia o *que* dizer. No fim, ela acabou me perguntando. Falou: 'Tommy, no que você está pensando?'. E eu então respondi que não tinha certeza, mas que ela não precisava se preocupar porque eu estava bem. E ela então falou que não, que eu não estava bem. Que minha arte era uma porcaria e que, em parte, a culpa era dela por ter dito o que disse. Eu então perguntei que importância tinha isso tudo se eu estava bem, se ninguém mais ria de mim. Mas ela não parava de sacudir a cabeça e dizer: 'Importa, e muito. Eu não devia ter dito o que disse'. De modo que pensei que ela estivesse falando de depois, sabe como é? De quando não estivermos mais aqui. E falei: 'Mas vai dar tudo certo, Miss. Estou muito bem de saúde, sei me cuidar. Quando chegar a hora das doações, vou poder fazer tudo muito bem mesmo'. Quando eu disse isso, ela começou a sacudir a cabeça, mas com tanta força que fiquei até com medo que ela começasse a sentir tontura. E ela então me disse: 'Escute, Tommy, sua arte *é* importante. E não apenas por ser uma prova. É por você mesmo também. Você pode tirar muito proveito dela, para si mesmo'".

"Espere aí. O que ela quis dizer com 'prova'?"

"Sei lá. Mas tenho certeza de que foi essa a palavra que ela usou. Falou que a nossa arte era importante, e 'não apenas por ser uma prova'. Sabe Deus o que ela quis dizer. Na verdade eu perguntei, quando ela falou isso. Eu disse que não estava entendendo nada e se por acaso tinha alguma coisa a ver com Madame e a Galeria dela. Aí ela soltou um suspiro daqueles e disse: 'A Galeria de Madame, é, ela é importante. Muito mais importante do que eu imaginava antes. Agora eu entendo'. Depois acrescentou: 'Olha só, Tommy, tem um bocado de coisas que você não entende e que eu não posso contar. Coisas a respeito de Hailsham, a respeito do lugar que você vai ocupar no mundo, um monte de coisas. Mas, quem sabe um dia você vai tentar descobrir. Eles não vão facilitar nada para você, mas se você quiser, se quiser de verdade, talvez venha a descobrir'. Ela recomeçou a sacudir a cabeça depois disso, se bem que não com tanta força como antes, e disse: 'Mas por que você haveria de ser diferente? Os alunos que saem daqui nunca descobrem muita coisa. Por que você haveria de ser diferente?'. Eu não sabia do que ela estava falando, por isso disse apenas: 'Vai dar tudo certo, Miss'. Ela se calou durante alguns momentos, depois de repente se levantou, meio que se debruçou e me deu um abraço. Nada a ver com sexo. Mais do jeito como elas costumavam fazer quando a gente era pequeno. E eu fiquei o mais quieto possível. Depois ela se afastou e tornou a pedir desculpas por ter dito aquilo para mim, antes. E disse que não era tarde demais, que eu devia começar imediatamente para compensar o tempo perdido. Acho que não falei mais nada e ela me olhou de novo, pensei até que fosse me abraçar outra vez. Mas em vez disso ela disse: 'Faça isso nem que seja só para me agradar, Tommy'. Então eu disse que faria o possível, porque àquela altura eu só queria dar o fora dali. Provavelmente devia estar um pimentão, depois daquele abraço e tudo mais. Quer dizer, não é a mesma coisa, agora que somos mais velhos."

Até esse momento eu estivera tão envolvida na história de Tommy que me esquecera dos motivos que haviam me levado a ir conversar com ele. Mas a referência a sermos "mais velhos" me fez lembrar da missão original.

"Olha só, Tommy", falei, "precisamos conversar sobre isso tudo com muito cuidado. E logo. É de fato bem interessante, e entendo que tenha deixado você supertriste. Mas, de um jeito ou de outro, você vai ter de se controlar um pouco mais. A gente vai sair daqui no fim do verão. Você vai ter de dar um jeito na vida, e tem uma coisa que já pode ir endireitando desde já. A Ruth me disse que está disposta a dar a briga por encerrada e voltar a namorar com você. Acho que essa é uma ótima oportunidade. Veja se não estraga tudo."

Tommy permaneceu alguns momentos em silêncio antes de dizer: "Não sei não, Kath. Tenho essas outras coisas todas em que pensar".

"Tommy, vê se me escuta direito. Você tem uma sorte danada. Entre tantos outros meninos, a Ruth escolheu logo você. Depois que a gente sair daqui, se você estiver com ela do lado não terá com o que se preocupar. Ela é a melhor, você vai ficar superbem, desde que esteja com ela. Ela disse que quer começar do zero outra vez. Não jogue fora essa oportunidade."

Esperei, porém Tommy não deu resposta e uma vez mais senti o pânico tomando conta de mim. Inclinei-me para a frente e disse: "Escuta aqui, seu maluco, você não terá muitas outras oportunidades. Será que não percebe que não vamos ficar aqui todos juntos muito tempo mais?".

Para minha grande surpresa, a resposta de Tommy, quando ele a externou, foi calma e ponderada — mostrando um lado dele que iria aparecer cada vez mais, no decorrer dos anos seguintes.

"Eu sei, Kath. E é justamente por isso que não posso voltar correndo para os braços da Ruth. Nós temos que pensar nos próximos passos com o máximo cuidado." Depois suspirou e olhou direto para mim. "Como você mesma disse, Kath. Vamos sair daqui logo, logo. E aí não vai ser mais um jogo, apenas. Temos de pensar com todo o cuidado."

De repente eu não sabia o que dizer e fiquei simplesmente ali sentada, arrancando os trevos do chão. Senti os olhos dele em mim, mas não ergui os olhos. Talvez tivéssemos permanecido naquela posição um pouco mais, mas fomos interrompidos. Acho que os meninos com quem ele pouco antes jogava futebol voltaram, ou talvez alguns alunos que passavam por ali resolveram nos fazer companhia. O fato é que nosso papo terminou de um jeito meio abrupto e saí dali sentindo que não conseguira fazer aquilo que me propusera fazer — e que de alguma forma deixara Ruth na mão.

Nunca precisei avaliar que tipo de impacto teve minha conversa com Tommy porque no dia seguinte mesmo estourou a notícia. A manhã já ia alta e estávamos tendo uma aula de Iniciação Cultural, durante a qual costumávamos dramatizar as várias funções das pessoas que encontraríamos lá fora — garçons, policiais e assim por diante. Eram aulas que nos deixavam sempre muito emocionados e ao mesmo tempo preocupados, de modo que havia tensão suficiente no ar. E então, no finalzinho, quando íamos começar a sair da classe, eis que Charlotte F. entra correndo na sala e a notícia de que Miss Lucy ia deixar Hailsham se espalha em dois tempos. O professor Chris, que dera a aula para nós e que com certeza sabia de tudo, escafedeu-se com ar culpado antes que tivéssemos tempo de lhe fazer perguntas. De início achamos que talvez Charlotte estivesse apenas repetindo um mero boato, mas quanto mais ela falava, mais nos convencíamos de que era de fato verdade. No início da manhã, outra turma do Sênior fora para a Sala 12 ter aula de Apreciação Musical com Miss Lucy. Mas quem estava à frente da classe não era ela, e sim Miss Emily, que disse que Miss Lucy não poderia comparecer e que ela iria substituí-la. Durante os vinte minutos seguintes, mais ou menos, tudo transcorreu normalmente. De súbito — pelo visto no meio de uma frase —, Miss Emily interrompeu o que estava falando sobre Beethoven e anunciou que Miss Lucy deixara Hailsham e não voltaria mais. A aula terminara vários minutos antes da hora — Miss Emily fora embora com uma expressão preocupada no rosto — e a notícia começara a circular imediatamente.

Na mesma hora fui procurar Tommy, porque queria mais que tudo que ele recebesse a notícia de mim. Só que quando pisei no pátio vi que já era tarde demais. Lá estava Tommy, no outro extremo, junto a um círculo de meninos, balançando a cabeça para o que estava ouvindo. Os outros pareciam animados, quem sabe até um pouco emocionados, mas nos olhos de Tommy não havia expressão alguma. Naquela mesma noite, ele e Ruth reataram o namoro e lembro-me que Ruth foi me procurar alguns dias depois para me agradecer por ter "dado um jeito em tudo". Eu lhe disse que era bem provável que não tivesse sido de grande ajuda, mas ela não quis nem ouvir falar numa coisa dessas. Decididamente, eu caíra nas graças de Ruth. E foi mais ou menos assim que as coisas permaneceram durante nossos últimos dias em Hailsham.

SEGUNDA PARTE

10.

Às vezes, dirigindo por longas estradas sinuosas, atravessando charcos ou, quem sabe, terras recém-lavradas, com o céu imenso e cinzento, sempre o mesmo, estendendo-se quilômetro após quilômetro, me dou conta de que estou pensando naquele meu trabalho — o que eu teria de escrever no período em que fiquei no Casario. Em diversas ocasiões, durante todo o nosso último verão lá, os guardiões tocaram no assunto, tentando ajudar na escolha de um tema capaz de nos absorver de fato pelos dois anos seguintes. Mas por algum motivo — talvez pela própria atitude deles — ninguém acreditava que aqueles trabalhos escritos tivessem a propalada importância e, entre nós, raramente discutíamos a questão. Lembro-me que, quando fui procurar Miss Emily para lhe contar que tinha escolhido os romances vitorianos como tema, eu na verdade nem havia pensado muito no assunto; e ela sabia disso. Mas contentou-se em me dar um daqueles seus olhares interrogativos e não disse mais nada.

Assim que chegamos ao Casario, porém, tudo adquiriu uma dimensão nova. Nos primeiros dias, e para alguns por um período bem mais longo, agarramo-nos aos trabalhos, última tarefa recebida em Hailsham, como se fossem um presente de despedida dos guardiões. Com o tempo, a lembrança se desfez, mas, por determinado período, foi o que nos ajudou a encarar o novo ambiente.

Quando penso nisso, hoje em dia, sempre repasso os detalhes todos; e de vez em quando me ocorre uma outra abordagem que eu poderia ter usado, ou diferentes escritores e livros que eu poderia ter enfocado. Às vezes, tomando um café num posto de serviço e observando a estrada através das vidraças, de repente, sem mais nem menos, aquele trabalho me vem à cabeça. E eu bem que gosto de ficar lá sentada, fazendo uma revisão geral. Nos últimos tempos, cheguei até a brincar com a ideia de reformulá-lo por inteiro, assim que parar de ser cuidadora e estiver mais folgada. Mas desconfio que é só devaneio. Apenas um pouco de nostalgia, algo com o que me distrair. Penso nisso da mesma forma como poderia pensar numa partida de *rounders*, em Hailsham, durante a qual eu tivesse atuado de forma especialmente brilhante, ou numa discussão antiga para a qual só agora houvesse encontrado uma série de argumentos inteligentes. É assim que eu penso nisso — como um devaneio. Mas, como eu disse, as coisas não eram bem assim, logo depois que chegamos ao Casario.

Naquele verão, oito de nós fomos parar lá. Os outros se dividiram entre a Mansão Branca, nas montanhas de Gales, e a Fazenda do Álamo, em Dorset. Na época, não sabíamos que todos esses lugares tinham elos muito tênues com Hailsham. Chegamos esperando encontrar uma versão de Hailsham para alunos mais velhos e desconfio que foi assim que continuamos a encarar o lugar durante um bom tempo. O fato é que refletíamos pouquíssimo sobre como iria ser a nossa vida fora dali, sobre quem controlava essa vida e como ela se encaixaria no mundo. Nós não pensávamos dessa forma, naquele tempo.

O Casario nada mais era do que o remanescente de uma fazenda desativada anos antes, com uma casa-grande antiga e, à volta toda, galpões, barracões e estábulos devidamente convertidos em moradias para nós. Havia outras edificações mais distantes, todas praticamente caindo aos pedaços, sem muita serventia, mas pelas quais, de um jeito muito vago, nos sentíamos responsáveis — sobretudo por causa de Keffers. Keffers era um velho rabugento que aparecia umas duas ou três vezes por semana numa caminhonete coberta de barro para inspecionar tudo. Ele não falava muito conosco e, pela maneira como examinava o local, suspirando e abanando a cabeça, desgostoso, via-se que, na sua opinião, não estávamos nem de longe fazendo o que era preciso para manter a ordem. Mas nunca ficou claro o que mais queria que fizéssemos. Ele havia nos mostrado uma lista de tarefas, quando chegamos, e os alunos mais antigos — os "veteranos", como dizia Hannah — já tinham pronto um roteiro completo, que seguíamos conscienciosamente. Porém não podíamos fazer muito mais que relatar a existência de calhas furadas e puxar a água com o rodo após as inundações.

A velha sede — o ponto central do Casario — contava com diversas lareiras onde queimávamos as achas de lenha que ficavam guardadas em grandes pilhas nos barracões. Nas outras dependências, porém, tínhamos que nos contentar com uns aquecedores enormes, quadradões. O problema é que eram movidos a gás e, a menos que estivesse um frio danado, Keffers nunca nos levava bujões suficientes. Nós vivíamos pedindo a ele que nos deixasse um bom suprimento, mas ele sacudia a cabeça com uma expressão soturna, como se fôssemos desperdiçar frivolamente o combustível ou, então, provocar uma explosão. Portanto, lembro que na maior parte do tempo, tirando os meses de verão, passávamos um pouco de frio. Circulávamos com duas, até três malhas de lã no corpo, e o tecido das calças jeans ficava rígido e gelado. Às vezes ficávamos o dia inteiro de botas, deixando um rastro de lama e umidade de uma sala para outra. Keffers, ao ver isso, de novo abanava a cabeça, mas quando nós perguntávamos como ajudar, tendo em vista o estado dos assoalhos, não obtínhamos resposta.

Da forma como estou falando, parece que foi tudo um horror, mas a verdade é que não dávamos a menor bola para os desconfortos — tudo fazia parte da emoção de estarmos no Casario. Entretanto, se fôssemos usar de honestidade absoluta, teríamos de admitir que a maioria sentiu falta dos guardiões, sobretudo logo no começo. Alguns, por uns tempos, tentaram ver em Keffers uma espécie de guardião, mas ele não quis nem saber dessa história. Você ia cumprimentá-lo, quando a caminhonete parava na porta, e Keffers se comportava como se estivesse diante de malucos. Aliás, já tinham dito para nós várias vezes que, depois de Hailsham, não haveria mais guardiões, de modo que teríamos de cuidar uns dos outros. E, no geral, eu diria que Hailsham nos preparou muito bem para isso.

A nossa turminha acabou indo quase toda para lá, naquele verão. Cynthia E. — a que um dia na Sala de Arte disse que eu seria a "sucessora natural" de Ruth —, eu bem que gostaria que ela tivesse ido junto, mas Cynthia foi para Dorset com o resto da turma dela. E Harry, o menino com quem eu quase fiz sexo, foi para Gales, pelo que eu soube. Mas a nossa turma permaneceu junta. E se por acaso algum dia batesse saudade dos outros, tínhamos um bom argumento: nada nos impedia de ir visitá-los. Porém, apesar de todas as nossas aulas de leitura de mapas com Miss Emily, não fazíamos ideia de fato, naquela altura, das distâncias nem de quão fácil ou difícil seria visitar um determinado lugar. Mas falávamos muito em pegar carona com os veteranos, quando saíssem para viajar, ou divagávamos a respeito do dia em que aprenderíamos a dirigir e, então sim, poderíamos visitar quem nós quiséssemos.

Claro que, na prática, sobretudo durante os primeiros meses, era muito raro nos aventurarmos para além dos limites do Casario. Não fazíamos nem mesmo caminhadas pelas redondezas e tampouco pusemos o pé na aldeia vizinha. Não creio que fosse receio, propriamente. Sabíamos que ninguém iria nos deter, se resolvêssemos sair, desde que voltássemos no dia e na hora registrados no livro de saídas de Keffers. No verão em que chegamos lá, a toda hora víamos veteranos fazendo malas e mochilas para passar dois ou três dias fora com o que nos parecia um à vontade assustador. Olhávamos espantados para aquele pessoal e nos perguntávamos se no verão seguinte estaríamos fazendo o mesmo. Claro que sim, mas, naqueles primeiros dias, não nos parecia possível. Não se esqueça de que, até aquela altura, nunca havíamos ultrapassado os limites de Hailsham; estávamos aturdidos. Se na época você tivesse me dito que dentro de um ano eu não só teria adquirido o hábito de dar longas caminhadas sozinha, como também estaria aprendendo a dirigir um carro, eu teria achado que você havia enlouquecido.

Até Ruth parecia amedrontada naquele dia ensolarado em que o micro-ônibus nos deixou em frente à casa-grande, contornou o laguinho e sumiu no alto da ladeira. Vimos as montanhas ao longe, que nos fizeram lembrar das que divisávamos em Hailsham, só que pareciam todas estranhamente tortas, como quando você faz o retrato de um amigo e o desenho fica quase mas não completamente bom, e o rosto no papel lhe dá um certo arrepio. Mas pelo menos era verão e o Casario ainda não tinha se transformado numa geladeira de poças d'água congeladas e chão duro que nem pedra. O lugar parecia bonito e acolhedor, com grama alta por toda parte — uma novidade para nós. Paramos num amontoado compacto e ficamos observando Keffers entrar e sair da casa-grande, à espera de que em algum momento ele nos dirigisse a palavra. Mas ele não abriu a boca e tudo que ouvíamos eram resmungos ocasionais contra estudantes já moradores. A certa altura, ao sair para pegar algo na caminhonete, deu-nos uma olhada sombria, depois voltou para a sede e fechou a porta.

Entretanto, os mesmos veteranos, que antes de nos dar as boas-vindas tiraram alguns momentos para se divertir com o espetáculo patético que oferecíamos — no verão seguinte faríamos igualzinho com os novatos —, acabaram indo nos pegar pela mão. Na verdade, lembrando agora, percebo que se esforçaram de verdade para nos ajudar. De todo modo, aquelas primeiras semanas foram estranhas e estávamos felizes de ter uns aos outros. Andávamos o tempo todo juntos e parecíamos passar boa parte do dia parados meio sem graça na frente da casa-grande, sem saber o que fazer.

É engraçado lembrar como foi no início, porque, quando penso naqueles dois anos no Casario, esse começo receoso e espantado não parece se encaixar com nada do que veio depois. Se alguém fala em Casario, hoje em dia, o que me vem à mente são dias descuidados circulando de quarto em quarto e o jeito lânguido das tardes ao escurecer e a noite chegar. Lembro da minha pilha de velhos livros, as páginas já molengas e trêmulas, como se um dia tivessem pertencido ao mar. Lembro-me de como eu os lia, deitada de bruços na relva em tardes quentes, com o cabelo — que na época estava deixando crescer — sempre caindo nos olhos. Lembro-me de acordar de manhã, no topo da Tulha Negra, com o som das vozes dos outros alunos discutindo poesia ou filosofia lá fora; ou dos longos invernos, do café da manhã em cozinhas embaçadas de vapor, de discussões intermináveis em volta da mesa sobre Kafka ou Picasso. Eram sempre assuntos assim, à mesa do café da manhã; nunca com quem você havia feito sexo na noite anterior, nem por que Larry e Helen não estavam mais se falando.

Por outro lado, quando me lembro desse período, sinto que a nossa imagem naquele primeiro dia, todos amontoados numa rodinha em frente à sede, não é tão incongruente assim. Porque, de certa maneira, talvez não a tenhamos posto de lado tão radicalmente quanto imaginamos. Porque em algum lugar, lá no fundo, uma parte de nós permaneceu igual: receosos do mundo em volta e — por mais que nos envergonhássemos disso — incapazes de deixar o outro partir de uma vez por todas.

Os veteranos, que não sabiam coisa alguma sobre o relacionamento de Tommy e Ruth, claro, os trataram como um casal há muito estabelecido, o que pelo visto deixou Ruth nas nuvens. Durante as primeiras semanas, ela fez um verdadeiro estardalhaço: andava o tempo todo dependurada nele e chegou até, algumas vezes, a lhe dar uns beijos quando havia gente por perto. Mas o problema é que, se esse tipo de comportamento era bem-visto em Hailsham, no Casario parecia falta de maturidade. Os casais veteranos nunca faziam nada de muito espetacular em público, comportando-se de forma sensata, como qualquer pai e mãe dentro de uma família normal.

Aliás, por falar nisso, algo que me chamou a atenção na atitude desses casais veteranos — e que Ruth, apesar de todo seu exame minucioso, não viu — foi que boa parte dos maneirismos era copiada da televisão. Notei isso pela primeira vez observando Susie e Greg — talvez os dois alunos mais antigos do Casario e tidos, de forma geral, como o casal "encarregado" de tudo. Toda vez que Greg enveredava por um de seus discursos a respeito de Proust ou algo parecido, Susie repetia os mesmos gestos: sorria para todos nós, girava os olhos e articulava um "Deus nos acuda" muito enfaticamente com a boca, mas de forma quase inaudível. Em Hailsham, nunca demos muita bola para televisão, e ali não foi diferente — mas nada nos impedia de passar o dia todo na frente do aparelho. Havia uma televisão antiga na sede e uma outra na Tulha Negra e de vez em quando eu assistia a algum programa. E assim foi que percebi que esse "Deus nos acuda" saíra de uma série americana, uma daquelas em que a plateia ri o tempo todo de tudo quanto os atores fazem ou falam. Havia uma personagem — uma gorda que morava ao lado dos protagonistas — que fazia exatamente o que Susie fazia, ou seja, toda vez que o marido embarcava em algum discurso, a plateia ficava à espera de que ela girasse os olhos e dissesse "Deus nos acuda" para, então, responder com uma sonora gargalhada. Depois de ter notado isso, comecei a reparar em uma porção de outras pequenas atitudes que os casais veteranos tinham tirado dos programas de televisão: a forma de gesticular, o jeito de sentar num sofá, até mesmo o modo de discutir e de sair batendo portas.

Bom, mas o que eu queria dizer é que não demorou muito para que Ruth percebesse que não estava se comportando de acordo com o ambiente e começasse a mudar seu jeito de fazer as coisas em público. E teve um certo gesto que Ruth pegou dos veteranos. Em Hailsham, quando um casal se separava, mesmo que por poucos minutos, a ocasião servia de pretexto para grandes abraços e beijos. No Casario, entretanto, quando um casal se despedia, não dizia quase nada; abraços e beijos, então, nem pensar. Em vez dessas demonstrações públicas de afeto, você dava uma pancadinha no braço do parceiro, perto do cotovelo, com os nós dos dedos, como se estivesse querendo chamar sua atenção. Em geral era a menina que fazia isso, bem na hora em que o casal estava se separando. Até chegar o inverno, esse hábito já havia desaparecido, mas, quando chegamos, ainda vigorava e Ruth não demorou para começar a praticá-lo em Tommy. É bom que se diga que, de início, Tommy não fazia a menor ideia do que estava acontecendo e se virava de supetão para ela perguntando: "O quê?", de tal forma que ela era obrigada a lhe lançar olhares furiosos, como se estivessem numa peça e Tommy houvesse esquecido sua fala. Imagino que no fim Ruth deve ter tido uma conversinha com ele, porque depois de mais ou menos uma semana estavam conseguindo fazer certo, quase exatamente como os casais veteranos.

Na verdade, eu não havia assistido a nada em que aparecesse esse tapinha no cotovelo, mas tinha certeza de que a ideia viera da televisão e quase certeza de que Ruth não se dera conta. E foi por isso — na tarde em que estava lendo *Daniel Deronda* de bruços na grama e ela me irritou — que achei que já era hora de alguém lhe contar.

Estávamos entrando no outono e começava a esfriar. Os veteranos passavam cada vez mais tempo dentro de casa e, aos poucos, iam voltando à rotina de antes do verão. Mas nós, que éramos recém-chegados de Hailsham, continuávamos a passar o dia ao ar livre, sentados na grama crescida — querendo prolongar ao máximo a única rotina que tínhamos. Mesmo assim, nessa tarde em especial, havia quem sabe só umas três ou quatro pessoas além de mim lendo ao ar livre e, uma vez que eu tinha batalhado para achar um canto sossegado, estou certa de que ninguém mais escutou o que se passou entre mim e Ruth.

Eu estava deitada numa lona, lendo, como já disse, *Daniel Deronda*, quando ela apareceu e sentou do meu lado. Examinou a capa do livro e balançou a cabeça em silêncio. Depois de cerca de um minuto, como eu sabia que iria acontecer, começou a fazer um resumo da trama do romance. Até aquele momento, eu me encontrava de ótimo humor e feliz de vê-la. Mas não me contive. Ela já havia feito isso comigo umas duas vezes, e com outras pessoas também. E eu implicara com a atitude que ela assumia, ao mesmo tempo desinteressada e sincera, como se esperasse que a pessoa se sentisse de fato muito grata pela ajuda. Está certo, reconheço que mesmo na época eu fazia ideia, ainda que vaga, do que estava por trás disso. Durante aqueles primeiros meses, acabamos criando a noção de que era possível medir o nosso grau de adaptação — ou seja, se estávamos nos *virando bem* ali — pelo número de livros lidos. Pode parecer estranho, mas foi essa a ideia que surgiu entre nós, os recém-chegados de Hailsham. Nada mais simples do que circular pelas dependências do Casario dando a entender que havíamos lido isso e aquilo, meneando sabiamente a cabeça toda vez que alguém mencionava, digamos, *Guerra e paz*, porque estava subentendido que ninguém questionaria essas afirmações de modo racional. Não nos esqueçamos de que desde a chegada tínhamos permanecido grudados uns nos outros, o tempo inteiro, e que teria sido impossível a qualquer um ler *Guerra e paz* sem ser notado pelos demais. Mas, assim como acontecera com sexo em Hailsham, havia um acordo tácito que permitia a existência dessas dimensões misteriosas onde nos refugiávamos para ler todos aqueles livros.

Era, eu diria, um joguinho do qual todos nós participávamos, até certo ponto. Mas foi Ruth quem levou a brincadeira mais longe. Ela é que vivia fingindo já ter terminado qualquer livro que alguém porventura estivesse lendo; e foi a única a enfiar na cabeça que o único jeito de exibir a própria superioridade em questões de leitura era sair contando o enredo inteiro dos romances. Foi por isso que, quando ela começou a falar do *Daniel Deronda*, mesmo que eu não estivesse gostando muito do livro, fechei-o, ergui o corpo e disse a ela, sem mais nem menos:

"Ruth, faz tempo que ando querendo lhe perguntar uma coisa. Por que você sempre bate no braço do Tommy daquele jeito, quando estão se despedindo? Você sabe como."

Claro que ela disse que não sabia e eu, com toda a paciência, lhe expliquei. Ruth me ouviu e depois deu de ombros.

"Nem percebi que estava fazendo isso. Devo ter pegado de alguém."

Alguns meses antes talvez eu tivesse deixado as coisas no pé em que estavam — ou, mais provavelmente, nem teria trazido o assunto à baila. Mas, naquela tarde, insisti e expliquei a ela que devia ser alguma mania tirada de uma série de televisão. "Não vale a pena copiar esse tipo de coisa", eu disse a ela. "Não é o que as pessoas fazem de fato lá fora, na vida normal, se era isso o que você estava achando."

Ruth, deu para perceber, estava brava mas insegura quanto à forma de reagir. Desviou os olhos e tornou a dar de ombros. "E daí?", disse ela. "Grande coisa. Tem um monte de gente que faz o mesmo, aqui."

"Você quer dizer a Chrissie e o Rodney."

Assim que eu disse isso, me dei conta de ter cometido um erro; até mencionar os dois, eu tinha Ruth nas mãos, mas depois ela se safou. Aconteceu mais ou menos o que acontece quando, logo depois de fazer uma jogada e erguer a mão do tabuleiro de xadrez, você percebe que fez uma burrada e passa por aquele instante de pânico porque ainda não sabe qual será a dimensão do desastre que aquela brecha irá possibilitar. De fato, vi um brilho se acendendo nos olhos de Ruth, e quando ela voltou a falar foi num tom de voz bem diferente.

"Quer dizer então que é isso que está deixando a coitadinha da Kathy tão amolada. A Ruth não está lhe dando atenção suficiente. A Ruth arrumou uns amigos grandes e a irmãzinha pequena anda jogada às traças..."

"Pare com essa bobagem", disse eu. "Além do mais, você não sabe como funciona uma família de verdade. Você não tem a menor ideia."

"Falou Kathy, a grande especialista em famílias de verdade. Me perdoe. Mas é bem isso, não é? Você continua pensando a mesma coisa. Nós, a turma de Hailsham, temos que ficar juntos, num pequeno grupinho, não podemos jamais fazer novos amigos."

"Eu nunca falei nada disso. Estou só falando da Chrissie e do Rodney. É muito bobo o jeito como você copia tudo o que eles fazem."

"Mas eu tenho razão, não tenho?", continuou Ruth. "Você está zangada porque eu consegui ir adiante e fazer novos amigos. Tem veterano que nem consegue lembrar do seu nome, mas de quem é a culpa? Você nunca conversa com ninguém que não seja de Hailsham. Mas não pode esperar que eu fique o tempo inteiro segurando sua mão. Já faz quase dois meses que estamos aqui."

Em vez de morder a isca, eu disse: "Isto não tem a ver comigo nem com Hailsham. Você está deixando o Tommy de escanteio. Eu venho observando tudo e você já fez isso algumas vezes, esta semana. Você larga o coitado sozinho, todo macambúzio. Isso não é justo. Você e o Tommy supostamente formam um casal. E isso significa que você tem que cuidar dele".

"Você tem toda a razão, Kathy, nós somos um casal, como você mesma diz. E, já que se intrometeu, eu vou lhe contar uma coisa. Nós conversamos a respeito e chegamos a um acordo. Quando ele não estiver a fim de ficar junto com a Chrissie e o Rodney, a opção é dele. Eu é que não vou obrigá-lo a fazer o que ainda não está preparado para fazer. Mas nós concordamos que ele não deve me impedir. De todo modo foi legal, da sua parte, demonstrar preocupação." E, em seguida, ela acrescentou, num tom de voz bem diferente: "Pensando melhor, desconfio que você não foi tão lenta *assim* para fazer amizade com pelo menos *alguns* veteranos".

Ela me observou com atenção, depois soltou uma risada, como se a dizer: "Continuamos sendo amigas, certo?". Eu, porém, não achei nada engraçado esse último comentário dela. Peguei meu livro e saí sem dizer mais nem uma palavra.

11.

Acho melhor explicar por que fiquei tão chateada com o que Ruth me disse. Aqueles primeiros meses no Casario foram um período muito estranho da nossa amizade. Brigávamos por tudo quanto era tolice, mas, ao mesmo tempo, confiávamos uma na outra mais que nunca. E costumávamos ter longas conversas, só nós duas, em geral no meu quarto, no topo da Tulha Negra, pouco antes de irmos dormir. Você talvez diga que eram mera ressaca dos papos que tínhamos nos dormitórios de Hailsham, depois do apagar das luzes. Seja como for, o fato é que por mais que tivéssemos nos bicado durante o dia, quando chegava a hora de dormir — como se nunca tivesse havido a menor rusga entre nós —, Ruth e eu sentávamos lado a lado, no meu colchão, e, com uma caneca de chá na mão, falávamos sobre nossos sentimentos mais profundos a respeito da nova vida. E o que tornava possível tanta sinceridade — você poderia até dizer o que tornava nossa amizade viável, na época — era a crença de que qualquer coisa que disséssemos, nesses momentos, seria tratada com respeito e cuidado pelas duas; o pressuposto era o de que honrávamos nossas confidências e, por mais que brigássemos, jamais usaríamos, uma contra a outra, algo que tivesse sido dito durante aquelas sessões. É claro que nada disso foi estabelecido com todas as letras, mas era, decididamente, um entendimento entre nós que, até a tarde do *Daniel Deronda*, sempre fora respeitado. E foi por esse motivo que, ao ouvir Ruth dizer que eu não tinha sido lenta para fazer amizade com certos veteranos, senti mais do que raiva. Senti-me traída. Porque não restava a menor dúvida quanto ao sentido da frase: Ruth estava se referindo a algo que eu havia lhe contado em total confidência, envolvendo sexo.

Como você pode imaginar, sexo, ali, era tratado de um modo diferente. Era um assunto bem mais direto do que em Hailsham — mais "adulto". Não havia fofocas sobre quem estava transando com quem nem risadinhas por baixo do pano. Quando corria o boato de que dois alunos tinham feito sexo, ninguém se punha a especular se os dois iriam ou não formar um casal de verdade. E, se por acaso surgisse um novo casal, ninguém ficava falando nisso como se fosse um grande acontecimento. O fato era aceito com toda a calma e, dali em diante, toda vez que houvesse referência a um, haveria referência ao outro, como em "Chrissie e Rodney" ou "Ruth e Tommy". Quando alguém queria fazer sexo com você, também isso era bem mais direto. O menino chegava e perguntava se você não gostaria de passar a noite no quarto dele "pra variar", ou algo do gênero; era muito normal, isso. Às vezes porque ele tinha interesse em formar um casal com você; às vezes simplesmente porque queria uma transa passageira.

A atmosfera, como eu disse, era muito mais adulta. Porém, pensando bem, sexo, no Casario, era algo um tanto funcional demais. Talvez justamente porque não houvesse mais nem fofoca nem segredo em torno da questão. Ou quem sabe por causa do frio.

Quando me lembro do sexo que fazíamos, me vêm à lembrança quartos gelados, escuros feito breu, e nós em geral debaixo de uma tonelada de cobertores. E nem sempre eram cobertores de fato e sim uma estranha miscelânea, com cortinas velhas e até mesmo pedaços de carpete no meio. Às vezes fazia tanto frio que éramos obrigados a empilhar o que estivesse à mão em cima do corpo, e, quando você transava debaixo daquilo tudo, era como se houvesse uma montanha de cobertas martelando o corpo, de tal forma que na maior parte do tempo não dava para ter certeza se você estava fazendo sexo com um menino ou com aquela coisarada.

Bom, mas como eu ia dizendo, tive algumas transas passageiras logo depois de chegar. Eu não havia planejado as coisas dessa maneira. Meu plano era ir devagar, talvez até formar um casal com alguém que eu escolheria com todo o cuidado. Eu nunca tinha feito parte de um casal e, sobretudo depois de observar Ruth e Tommy por uns tempos, sentia curiosidade de saber por mim mesma como seria. Como eu disse, esse era o plano, e quando vi que as transas passageiras não paravam de acontecer, comecei a ficar preocupada. E por isso resolvi contar tudo para Ruth, aquela noite.

Sob vários aspectos, foi uma sessão bem típica, para as duas. Levamos nossos canecos de chá lá para cima e estávamos sentadas em meu quarto, lado a lado no colchão, com a cabeça ligeiramente inclinada por causa dos caibros do telhado. Falamos sobre vários meninos e se porventura serviriam para mim. Ruth estava se comportando de forma impecável: incentivava, fazia graça, mostrava tato e prudência. Por isso decidi contar a ela a respeito das transas passageiras. Contei-lhe que tinham acontecido sem que eu quisesse de fato que acontecessem; e que, ainda que não pudéssemos engravidar, o sexo tinha provocado emoções estranhas em mim, bem como Miss Emily avisara. Depois lhe disse:

"Ruth, eu queria lhe perguntar uma coisa. Você por acaso

fica assim de um jeito que tem porque tem de transar? Com seja lá quem for, praticamente?"

Ruth deu de ombros, depois disse: "A gente é um casal. De modo que, quando eu quero, eu simplesmente transo com o Tommy".

"É, imagino que sim. Talvez seja apenas eu. Talvez haja algo de errado comigo lá por baixo. Porque tem horas que eu preciso transar, preciso mesmo."

"Que estranho, Kathy." Ela me fitou com um olhar preocupado, o que me deixou ainda mais alarmada.

"Quer dizer que você nunca fica assim?"

Ela deu de ombros de novo. "Não a ponto de querer transar com o primeiro que aparecer. O que você me falou é meio estranho, Kathy. Mas talvez as coisas se acalmem daqui a uns tempos."

"Às vezes passa um tempão sem pintar nada. De repente, vem. Foi bem assim da primeira vez que aconteceu. O menino começou a me beijar e eu só queria me ver livre dele. De repente, senti um ímpeto vindo sei lá de onde. E tive que transar."

Ruth abanou a cabeça. "É meio esquisito mesmo. Mas provavelmente isso passa. Pode ser que tenha algo a ver com a comida que a gente está comendo aqui. É diferente."

Ruth não fora de muita ajuda, mas demonstrara compreensão e eu me senti um pouquinho melhor depois da conversa. O que explica meu choque ao vê-la de repente trazer o assunto à baila daquele jeito, no meio de uma discussão que estávamos tendo a céu aberto. Tudo bem que é muito provável que não houvesse ninguém por perto, escutando, mas, mesmo assim, havia algo que não era nem um pouco certo no que ela tinha feito. Durante aqueles primeiros meses no Casario, nossa amizade permanecera intacta porque, pelo menos da minha parte, eu chegara à conclusão de que existiam duas Ruths bem diferentes. Uma Ruth vivia tentando impressionar os veteranos e não hesitava em ignorar a mim, a Tommy e a todos os outros, se por acaso achasse que estávamos atrapalhando sua atuação. Essa era a Ruth que me desagradava, a que eu via todos os dias botando banca e fingindo — a Ruth que adotara aquele tapinha no cotovelo. Entretanto, a Ruth que se sentava em meu quartinho no sótão, no fim do dia, as pernas estendidas sobre meu colchão, a caneca fumegante segura em ambas as mãos, essa era a Ruth de Hailsham, e, a despeito do que tivesse ocorrido durante o dia, era a coisa mais fácil do mundo continuarmos a conversa do ponto em que havíamos parado na noite anterior. E, até aquele dia ao ar livre, havia sem dúvida um pressuposto, o de que as duas Ruths nunca se fundiriam numa única; a Ruth para quem eu contava tudo, antes de ir para a cama, era a Ruth em quem eu podia confiar de olhos fechados. Então, quando ela disse aquilo, sobre eu não ser "tão lenta *assim* para fazer amizade com pelo menos *alguns* veteranos", fiquei amoladíssima. Por isso apanhei meu livro e simplesmente fui embora.

Mas, quando penso nisso agora, consigo ver as coisas mais da perspectiva de Ruth. Entendo, por exemplo, que ela pode ter achado que *eu* fora a primeira a violar o nosso acordo tácito e que a sua alfinetada não passara de uma forma de revidar. Isso nunca me ocorreu na época, mas hoje percebo que é uma possibilidade e uma explicação para o que houve. Afinal de contas, imediatamente antes de ela fazer o comentário, eu falava sobre a questão do tapinha no cotovelo. É meio difícil de explicar isso, mas havia, sem dúvida, uma espécie de entendimento entre nós duas sobre a maneira como Ruth se comportava na frente dos veteranos. É verdade que muitas vezes ela blefava e dava a entender coisas que eu sabia não serem verdade. Às vezes, como eu disse, ela fazia coisas para impressionar os veteranos às nossas custas. Mas tenho a impressão de que Ruth acreditava, de alguma forma, estar fazendo isso *em nome de todos nós*. E meu papel, como amiga mais chegada, era lhe dar um apoio silencioso, como se eu estivesse na primeira fila da plateia quando ela atuava. Ruth lutava para se tornar uma outra pessoa e, talvez, sentisse mais pressão do que nós, porque, como eu disse, de algum modo assumira a responsabilidade por todos. Nesse caso, então, o jeito como eu abordara o tal tapinha no cotovelo poderia ser visto como uma traição, o que justificaria aquela retaliação. Como eu já disse, essa explicação só me ocorreu faz pouco tempo. Na época, eu não tinha uma visão abrangente da coisa e nem enxergava o meu papel naquilo tudo. Creio que, no geral, nunca dei o devido valor, na época, ao imenso esforço que Ruth fazia para progredir, para crescer e deixar Hailsham para trás. Pensando nisso agora, lembrei-me de uma coisa que ela me falou uma vez, quando eu cuidava dela no centro de recuperação de Dover. Estávamos sentadas no quarto, vendo o sol se pôr, como fazíamos sempre, curtindo a água mineral e os biscoitos que eu havia levado, quando lhe contei que ainda tinha grande parte da minha velha coleção muito bem guardada dentro de um baú de pinho, no meu conjugado. Então — eu não estava tentando levar o assunto para lado nenhum, e tampouco propor alguma ideia — eu simplesmente me vi perguntando:

"Você nunca mais teve uma coleção depois de Hailsham, teve?"

Ruth, que estava sentada na cama, permaneceu calada por um tempo enorme, com o sol se pondo na parede azulejada atrás dela. Até que por fim falou:

"Você se lembra o tanto que os guardiões insistiram conosco, antes de irmos embora, dizendo que poderíamos levar nossas coleções junto? Eu tinha tirado tudo de dentro da minha caixa de coleção e enfiado numa sacola. Meu plano era encontrar um baú bem legal de madeira assim que estivesse instalada no Casario. Mas, chegando lá, vi que nenhum veterano tinha nada parecido.

Éramos só nós, não era uma coisa geral. Acho que todos nós percebemos isso, eu não fui a única, só que ninguém comentou nada. O fato é que não saí atrás do tal baú. Minhas coisas todas continuaram dentro da sacola durante meses, até que um belo dia joguei tudo fora."

Eu a fitei espantada. "Você pôs a sua coleção no lixo?"

Ruth balançou a cabeça e, durante alguns minutos, deu a impressão de estar repassando mentalmente os diferentes itens da sua coleção. Por fim, disse:

"Eu coloquei tudo dentro de um saco de lixo, mas não conseguia me imaginar jogando aquilo fora. Então pedi ao velho Keffers, um dia em que ele já ia saindo, para levar o saco até uma loja. Eu sabia que existiam lojas beneficentes, já tinha pesquisado. Keffers remexeu um pouco no saco, ele não fazia ideia do que havia lá dentro — e por que haveria de fazer? —, depois deu uma risada e falou que loja nenhuma iria aceitar. E eu disse, mas é tudo coisa boa, coisa muito boa mesmo. Ele deve ter visto que eu comecei a me emocionar e mudou de tom. Disse algo como: 'Tá bom, mocinha, eu levo isso pro pessoal da Oxfam'. Depois, fazendo um grande esforço, acrescentou: 'Agora que eu dei uma olhada melhor, vejo que tem razão, de fato *é* coisa muito boa mesmo!'. Mas não foi muito convincente. Suponho que ele levou o saco embora e jogou na primeira lata de lixo que apareceu. Mas pelo menos eu não precisei saber disso." Depois Ruth sorriu para mim e disse: "Você era diferente, eu me lembro. Nunca se sentiu constrangida por causa da sua coleção e guardou tudo. Quem me dera ter guardado também".

O que estou querendo dizer é que estávamos lutando para nos ajustar a nossa nova vida e imagino que todos nós fizemos coisas das quais mais tarde nos arrependemos. Na época eu fiquei realmente chateada com o comentário de Ruth, mas não faz o menor sentido tentar julgá-la agora, ou qualquer outra pessoa, pela forma como se comportaram durante aqueles primeiros tempos no Casario.

À medida que o outono foi avançando, fui me familiarizando com o ambiente e comecei a reparar em coisas que até então haviam passado despercebidas. Por exemplo, na atitude muito estranha adotada em relação a todos os que tivessem ido embora recentemente. Os veteranos sempre contavam alguma piada sobre as pessoas encontradas durante suas viagens à Mansão Branca ou à Fazenda do Álamo; mas era raríssimo fazerem menção a alunos que, até pouco tempo antes, tinham sido seus amigos íntimos.

Outra coisa que eu notei — e deu para perceber que se encaixava no resto — é que um grande silêncio passava a envolver os veteranos que saíam para fazer "cursos"; e até nós sabíamos que esses cursos eram para treinar futuros cuidadores. Eles ficavam quatro, cinco dias fora, e, nesse período, seus nomes mal eram mencionados; quando voltavam, ninguém fazia perguntas. Mas acho que, quando sozinhos, eles deviam conversar com os amigos mais chegados. Porém havia um entendimento generalizado de que essas viagens não deveriam ser mencionadas às claras. Lembro-me de ter visto, um dia de manhã, através dos vidros embaçados da janela da nossa cozinha, dois veteranos saindo para um desses cursos e de ter me perguntado se, na próxima primavera ou verão, eles já teriam partido para sempre e nós estaríamos tomando o maior cuidado para nunca mais mencionar os nomes deles.

Mas talvez seja ir um pouco longe demais dizer que os que partiam se tornavam assunto tabu. Se tinham de ser mencionados, eram mencionados. O mais comum é que as pessoas se referissem a eles de modo indireto, em relação a um objeto ou tarefa.

Por exemplo, se houvesse necessidade de consertar um cano, havia muita discussão em torno de "como Mike costumava fazer". E havia um toco de árvore na frente da Tulha Negra que todo mundo chamava de "o toco do Dave", porque durante mais de três anos, até poucas semanas antes de nossa chegada, Dave sentava ali para ler e escrever, às vezes mesmo quando chovia ou fazia frio. E havia também Steve, talvez o mais memorável de todos. Nós nunca apuramos grande coisa a respeito da pessoa de Steve — a não ser o fato de que gostava de revistas pornô.

Muito de vez em quando, você encontrava uma revista de mulher pelada no Casario, jogada atrás de um sofá ou no meio de uma pilha de jornais velhos. Eram do tipo que se costuma chamar de "pornografia leve", embora na época não soubéssemos coisa alguma a respeito dessas distinções. Nunca tínhamos visto nada parecido e não sabíamos o que pensar. Em geral, quando aparecia uma, os veteranos riam, folheavam muito rapidamente com ar blasé e jogavam num canto, portanto nós fazíamos o mesmo. Quando Ruth e eu estávamos lembrando isso tudo, alguns anos atrás, ela disse que havia dezenas dessas revistas circulando no Casario. "Ninguém admitia que gostava", disse ela. "Mas você lembra bem como era. Se alguma revista aparecia num quarto, todo mundo fingia que achava o maior tédio. Quando você voltava, meia hora depois, a revista já tinha sumido."

Bem, mas a questão é que, toda vez que aparecia uma dessas revistas, as pessoas diziam que tinha sobrado da "coleção do Steve". Em outras palavras, Steve era o responsável por todas as revistas pornográficas em circulação. Como eu já disse, nunca soubemos grande coisa a respeito dele. Mas enxergávamos, mesmo na época, o lado engraçado da história, de modo que sempre que alguém apontava e comentava: "Ah, olha lá uma das revistas do Steve", dizia isso com uma certa ironia.

Essas revistas, por sinal, deixavam o velho Keffers possesso.

Corriam boatos de que ele era muito religioso e inimigo ferrenho não só de pornografia como também de sexo em geral. E de vez em quando ele tinha um acesso — dava para ver o rosto dele, debaixo das suíças grisalhas, todo avermelhado de fúria; ele saía pisando duro, vistoriando tudo quanto é canto, invadindo o quarto das pessoas, decidido a confiscar todas as "revistas do Steve". Nós fazíamos o possível para achá-lo divertido, nessas ocasiões, mas havia algo de verdadeiramente assustador em sua atitude. Entre outras coisas porque de repente os intermináveis resmungos paravam e só o silêncio dele já bastava para lhe conferir uma aura aterradora.

Lembro-me em especial de uma ocasião em que Keffers recolheu umas seis ou sete "revistas do Steve" e saiu com elas para a caminhonete. Laura e eu acompanhávamos tudo da janela do meu quarto e eu estava rindo de algo que ela tinha acabado de dizer, quando vi Keffers abrir a porta da caminhonete. Como talvez precisasse das duas mãos para mudar alguma coisa de lugar, colocou as revistas sobre uma pilha de tijolos que havia na frente do barracão da caldeira — alguns veteranos tinham tentado fazer uma churrasqueira ali, alguns meses antes. A silhueta de Keffers, com o corpo curvado, a cabeça e os ombros escondidos dentro da caminhonete, continuou fuçando dentro do veículo um tempão e algo me dizia que, apesar de toda a fúria de instantes antes, ele já tinha esquecido das revistas. E, de fato, alguns minutos depois eu o vi endireitar o corpo, sentar-se ao volante, bater a porta e partir.

Quando comentei com Laura que Keffers tinha esquecido as revistas, ela falou: "Bom, mas elas não vão ficar muito tempo paradas. E o Keffers vai ter que recolher tudo de novo da próxima vez que decidir fazer um expurgo".

Mas quando passei diante do barracão da caldeira, uma meia hora depois, vi que ninguém tinha tocado nelas. Pensei por alguns instantes em levá-las para o meu quarto, mas logo me dei conta de que, se por acaso fossem encontradas lá, seria uma gozação interminável; e também que ninguém iria entender meus motivos para fazer uma coisa dessas. Foi por isso que peguei as revistas e entrei no barracão da caldeira com elas.

O barracão da caldeira era, na verdade, apenas mais um galpão, uma extensão construída ao lado da casa-grande, cheio de velhas ceifadeiras e forcados — coisas que, no entender de Keffers, não pegariam fogo com muita facilidade se um dia a caldeira resolvesse explodir. Keffers também tinha uma bancada de marceneiro ali; coloquei as revistas em cima, afastei alguns trapos, dei um impulso e me sentei nela. A luz não era das melhores, mas havia uma janela encardida atrás de mim e, quando abri a primeira revista, vi que dava para enxergar.

Havia um monte de fotos de moças de perna aberta ou traseiro empinado. Admito que, em outras oportunidades, fotos parecidas me deixaram excitada, embora nunca tivesse sentido vontade de transar com garotas. Mas era outra coisa que eu buscava, aquela tarde. Eu folheava rapidamente a revista e não queria me distrair com os apelos do sexo que vinham das páginas ilustradas. Na verdade, mal enxergava os corpos contorcidos porque estava concentrada nos rostos. Conferia a fisionomia de cada modelo, antes de passar adiante, inclusive as dos pequenos anúncios de vídeos e coisas do gênero, enfiados nos cantos.

Só quando estava chegando ao fim da pilha é que tive certeza de haver alguém parado do lado de fora do galpão, bem na porta. Eu tinha deixado a porta aberta porque era assim que ficava, normalmente, e também porque eu queria mais luz; e por duas vezes, já, eu erguera a vista, achando ter ouvido algum barulho. Mas não tinha visto ninguém e continuei com a inspeção. Agora, porém, eu tinha certeza e, baixando a revista, suspirei bem alto, para que quem quer que fosse me escutasse.

Esperava alguma risadinha, ou quem sabe a invasão do galpão por dois ou três alunos loucos para tirar partido máximo do fato de terem me flagrado com uma pilha de revistas pornográficas. Mas não aconteceu nada. E eu então gritei, tentando dar à voz um tom de enfado:

"Encantada de que tenha vindo me fazer companhia. Mas por que tanta timidez?"

Ouvi uma risada curta e então Tommy surgiu na soleira. "Oi, Kath", ele disse com acanhamento.

"Entre, Tommy. Venha se divertir também."

Ele veio cautelosamente na minha direção, mas parou a alguns passos de distância. Depois olhou para a caldeira e disse: "Eu não sabia que você gostava desse tipo de coisa".

"As meninas também têm direito, não têm?"

Continuei olhando página por página e, durante alguns segundos, ele permaneceu calado. Depois escutei-o dizer:

"Eu não estava tentando espionar nem nada. Mas vi você da janela do meu quarto. Vi quando você passou e apanhou as revistas que o Keffers deixou."

"Pode ficar com elas depois que eu acabar."

Ele riu, sem graça. "Só tem sexo. Já devo ter visto todas." Deu mais uma risada, mas quando ergui os olhos vi que ele me olhava com uma expressão séria no rosto. E me perguntou:

"Está procurando algo, Kath?"

"Como assim? Estou vendo foto de mulher pelada, mais nada."

"Só por prazer?"

"É, pode-se dizer que sim." Larguei uma revista e comecei outra.

Então escutei os passos de Tommy chegando mais perto, até que ele ficou do meu lado. Quando tornei a erguer os olhos, ele agitava as mãos, todo aflito, como se eu estivesse executando um trabalho manual complicadíssimo e ele quisesse muito ajudar.

"Kath, você não... Bom, se é só por prazer, não é assim que se faz. Você tem que olhar as fotos com muito mais cuidado. Não funciona, se você vai muito depressa."

"Como é que você sabe o que funciona para as meninas? Mas é claro. Você deve ter visto essas revistas junto com a Ruth. Desculpe, não estou raciocinando direito."

"Kath, o que você está procurando?"

Não lhe dei atenção. Eu estava quase chegando ao fim da pilha e queria terminar. E ele então disse:

"Eu vi você fazendo a mesma coisa outro dia."

Dessa vez eu parei e olhei para ele. "O que está havendo, hein, Tommy? Será que o Keffers o recrutou para integrar a patrulha antipornografia?"

"Eu não estou querendo espionar ninguém. Mas vi você na semana passada, naquela vez que fomos todos até o quarto do Charley. Tinha uma revista dessas, lá, e você achou que nós já tínhamos saído. Mas eu voltei para pegar minha malha, as portas da Claire estavam abertas e deu para ver tudo no quarto do Charley. Foi assim que eu vi você lá dentro, folheando a revista."

"Bom, e daí? Todos nós temos que ter prazer, de algum jeito."

"Você não estava fazendo por prazer. Deu pra sacar, como agora. É a sua expressão, Kath. Naquela vez, no quarto do Charley, você estava com uma cara estranha. Como se estivesse triste, talvez. E meio assustada."

Desci da bancada, juntei as revistas e depositei-as nos braços de Tommy. "Olhe aqui. Dê para a Ruth. Veja se ela se excita."

Passei por ele e saí do galpão. Sabia que Tommy estava decepcionado com o meu silêncio, mas, naquela altura, ainda não tinha pensado direito e não estava pronta para contar a ninguém. Entretanto não fiquei brava por ele ter me seguido até o barracão da caldeira. Nem um pouco brava. Eu me senti aliviada, quase protegida. Acabei contando a ele, no fim, mas isso só alguns meses depois, quando fizemos nossa viagem a Norfolk.

12.

Agora eu quero falar da viagem a Norfolk e de tudo quanto aconteceu naquele dia, mas, antes, preciso voltar um pouco no tempo para lhe dar os antecedentes e explicar o motivo de nossa ida.

O primeiro inverno estava quase terminando, já, e nos sentíamos todos mais bem adaptados. Apesar dos pequenos tropeços, Ruth e eu mantivemos o hábito de encerrar o dia no meu quarto, conversando e tomando um chá quente, e foi numa dessas noites, em meio a alguma fuzarca, que ela de repente disse:

"Imagino que você já saiba o que a Chrissie e o Rodney andam dizendo."

Quando eu falei que não, Ruth deu uma risadinha e desconversou: "O mais provável é que seja brincadeira. Eles devem achar engraçado. Esqueça, não é nada".

Mas percebi que ela queria que eu a forçasse a falar e então continuei insistindo, até que no fim, num tom mais baixo de voz, ela me disse:

"Lembra na semana passada, quando a Chrissie e o Rodney

foram viajar? Eles foram passar o fim de semana numa cidade chamada Cromer, no litoral norte de Norfolk."

"Fazendo o quê?"

"Ah, eu acho que eles têm um amigo lá, alguém que já morou aqui. Mas a questão não é essa. A questão é que eles dizem ter visto uma... pessoa. Trabalhando num grande escritório. E... bom, você sabe. Eles acham que essa pessoa é um *possível*. Meu."

Embora desde Hailsham quase todo mundo já estivesse familiarizado com a ideia dos "possíveis", pressentíamos que não nos cabia falar sobre o assunto e portanto não falávamos — se bem que, é óbvio, o tema deixasse todo mundo intrigado e assustado. Mesmo no Casario não era um tópico a ser abordado por brincadeira. Sem a menor sombra de dúvida havia muito mais constrangimento em torno das conversas sobre os possíveis do que, por exemplo, em torno de sexo. Ao mesmo tempo, era visível o fascínio de todos pelo tema — verdadeira obsessão, em alguns casos —, portanto vira e mexe o assunto vinha à tona, em geral em discussões solenes, a muitos mundos de distância dos nossos debates sobre, digamos, James Joyce.

A ideia básica por trás da teoria dos possíveis era muito simples e não provocava grandes divergências. Segundo ela, como todos nós havíamos sido copiados, em algum momento, de uma pessoa normal, então tinha de existir, para cada um de nós, em algum lugar, um modelo original tocando a sua vida. O que significava, ao menos em tese, que seria possível encontrar essa pessoa de quem fôramos modelados. E era por isso que, sempre que saíamos para algum lugar — cidades, shoppings, restaurantes de beira de estrada —, ficávamos de olho para ver se víamos algum "possível", ou seja, pessoas que poderiam ter servido de modelo para nós e nossos amigos.

Contudo, tirando essa noção básica, não havia muito consenso. Para começar, ninguém conseguia entrar num acordo sobre o que estávamos procurando quando saíamos em busca de um possível. Alguns alunos achavam que deveríamos procurar pessoas vinte ou trinta anos mais velhas que nós — mais ou menos da mesma idade que um pai ou uma mãe normal. Entretanto alguns diziam que isso era sentimentalismo. Por que a necessidade de haver o espaço de uma geração "natural" nos separando dos modelos? Eles poderiam ter usado bebês, ou velhos. Que diferença teria feito? Outros rebatiam dizendo que é claro que eles iriam pegar, para servir de modelo, pessoas em plena forma e que, por esse motivo, com toda a probabilidade essas pessoas teriam a idade de "pais normais". Mas a essa altura todos nós sentíamos que estávamos nos aproximando de um território onde não desejávamos entrar, e as discussões murchavam.

    E havia também algumas discussões sobre o porquê de querermos descobrir o paradeiro dos nossos modelos. Uma das razões principais era que, se o encontrássemos, teríamos uma chance de vislumbrar o futuro. Não estou dizendo que alguém achava, de fato, se por exemplo seu modelo fosse um ferroviário, que acabaria fazendo a mesma coisa. Sabíamos que não era assim tão simples. Mas de qualquer modo, todos nós, ainda que em graus diferentes, acreditávamos que, quando víssemos a pessoa de quem havíamos sido copiados, teríamos uma *leve* noção de quem éramos lá no fundo e, também, quem sabe, que enxergaríamos parte do que a vida nos reservava.

    Havia ainda os que achavam burrice se preocupar com os possíveis. Nossos modelos eram uma irrelevância, uma necessidade técnica para nos trazer ao mundo, nada mais que isso. Cabia a cada um de nós fazer o máximo da própria vida. Era a esse lado que Ruth insistia em dizer que pertencia, e é provável que eu também. Mesmo assim, sempre que escutávamos alguma notícia sobre um possível — fosse de quem fosse — não conseguíamos deixar de sentir grande curiosidade.

    Pelo que me lembro, os possíveis apareciam em levas.

Passavam-se semanas sem que houvesse menção ao assunto e, de repente, a notícia de que um possível fora visto causava o surgimento de uma verdadeira fornada. Na maioria dos casos, não valia a pena levar a investigação adiante, claro; como por exemplo no caso de alguém ter sido visto passando de carro, coisa assim. Mas, muito ocasionalmente, aparecia algo com mais substância — como o caso que Ruth me contou aquela noite.

Segundo ela, Chrissie e Rodney estavam rodando por essa cidade costeira, no fim de semana, e, por alguns momentos, se separaram. Quando voltaram a se encontrar, Rodney, muito empolgado, contou a Chrissie que, andando por uma travessa da rua do Comércio, tinha passado por um escritório com um vidro enorme na frente. Havia um bocado de gente trabalhando, alguns em escrivaninhas, outros andando e falando. E foi lá que ele viu o possível de Ruth.

"A Chrissie veio me contar assim que eles voltaram. Ela fez o Rodney descrever tudo tintim por tintim. Ele até que se esforçou, mas foi impossível saber com certeza. Agora eles não param de falar em me levar até lá, mas eu não sei, não. Não sei se convém tomar alguma atitude."

Não me lembro do que eu disse a ela, aquela noite, mas o fato é que meu ceticismo a respeito era grande. Para ser sincera, estava achando que Chrissie e Rodney tinham inventado a história. Não quero com isso insinuar que os dois fossem más pessoas — isso não seria justo. Sob vários aspectos, eu até que gostava deles. Mas a verdade é que a forma como eles nos tratavam, nós, os recém-chegados, e Ruth, em especial, não era muito fácil de compreender.

Chrissie era uma moça alta e muito linda, sempre que endireitava o corpo, mas pelo visto não se dava conta disso e passava o tempo inteiro encurvada para ficar da mesma altura que nós. E por esse motivo em geral se parecia mais com a Bruxa Malvada do que com uma estrela de cinema — impressão reforçada pelo irritante hábito de cutucar o interlocutor com o dedo em riste um segundo antes de lhe dizer qualquer coisa. Estava sempre de saia comprida, em vez de jeans, e usava uns oculozinhos grudados na cara. Tinha nos recebido com muito carinho, durante o verão, e, de início, eu havia gostado muito dela; eu contava com ela para me guiar. Mas, à medida que as semanas foram passando, comecei a ver seu outro lado. Era estranho que a todo momento mencionasse o fato de sermos de Hailsham, como se aquilo pudesse explicar quase tudo a nosso respeito. E não parava de nos fazer perguntas — sobre coisas mínimas de lá, quase do mesmo jeito como fazem os meus doadores, agora —, e, embora tentasse passar a impressão de que era uma simples curiosidade, dava para perceber que havia toda uma dimensão diversa em seu interesse. Outra coisa que me irritava eram suas constantes tentativas de nos separar: chamava um só quando estávamos num grupo, fazendo algo, ou então convidava dois para alguma atividade e deixava outros dois de escanteio — esse tipo de coisa.

Era muito difícil cruzar com Chrissie sozinha, sem a companhia do namorado, Rodney, que usava o cabelo preso num rabo de cavalo, como um roqueiro dos anos 70, e falava um bocado sobre coisas como reencarnação. No fim, acabei até gostando dele, mas a verdade é que Rodney vivia mais ou menos à sombra de Chrissie. Estava sempre apoiando o ponto de vista dela, qualquer que fosse a discussão, e, caso ela dissesse algo vagamente cômico, era o primeiro a cair na risada e sacudir a cabeça, como se achasse impossível alguém ser tão engraçado.

Bom, está certo, talvez eu esteja sendo um pouco dura demais com os dois. Conversando com Tommy, não faz muito tempo, ele me disse que achava que formavam um casal bem legal.

Mas só estou lhe contando isso tudo agora para explicar por que eu me sentia tão cética a respeito do tal possível de Ruth. Como eu disse, minha primeira reação foi não acreditar naquilo e supor que Chrissie andava aprontando alguma.

Outra coisa que me fez duvidar da história toda foi a descrição dada por Chrissie e Rodney: a imagem de uma mulher trabalhando num belo escritório com fachada toda de vidro. Para mim, aquilo parecia próximo demais do que todos nós sabíamos ser, na época, o "futuro dos sonhos" de Ruth.

Acho que éramos sobretudo nós, os recém-chegados, que falávamos sobre o futuro ideal, naquele inverno, se bem que havia muito veterano interessado em discutir o assunto. Entre os mais velhos, alguns — sobretudo os que já tinham começado seu treinamento — suspiravam baixinho e saíam da sala quando começava esse tipo de papo, mas durante um bom tempo nós nem sequer reparávamos nisso. Não estou bem certa do que estaríamos pensando, naquelas ocasiões. É provável que soubéssemos que as discussões não podiam ser sérias; por outro lado, nós não as encarávamos como fantasia. Depois que deixamos Hailsham, talvez tenha sido possível, ainda que por uns seis meses, e antes de começar toda aquela história de cuidador, antes das aulas de direção, antes de tudo aquilo, quem sabe tenha sido possível esquecer por uns tempos quem nós éramos de fato; esquecer tudo o que os guardiões haviam nos contado; esquecer o desabafo de Miss Lucy naquela tarde chuvosa, no pavilhão, bem como todas as teorias que havíamos desenvolvido entre nós, com o passar dos anos. Não poderia durar, é claro, mas, como eu disse, pelo menos durante aqueles poucos meses, conseguimos viver num confortável estado de suspensão animada, no qual tínhamos permissão de refletir sobre nossas vidas sem os limites de hábito. Olhando agora, parece que passamos séculos naquela cozinha embaçada tomando o café da manhã, ou amontoados em torno de lareiras semiapagadas, imersos em discussões sobre o futuro, madrugada adentro.

É bem verdade que ninguém levava a coisa longe *demais*. Não me lembro de ninguém falando em ser estrela de cinema nem nada parecido. A conversa girava mais em torno de ser carteiro ou agricultor. Um bom número queria ser motorista de um tipo ou de outro e, muitas vezes, quando a conversa enveredava por esse caminho, alguns veteranos se punham a comparar determinadas estradas panorâmicas, certos restaurantes de beira de estrada, as rotatórias mais complicadas, esse tipo de coisa. Hoje em dia, é claro, eu poderia dar um baile em todos eles a respeito desses temas. Na época, porém, eu costumava ficar ouvindo, apenas, sem dizer nada, absorvendo cada palavra. Às vezes, quando já era tarde, eu fechava os olhos, me aninhava no braço de algum sofá — ou de algum menino, se fosse durante uma das fases-relâmpago em que eu estava oficialmente "com" alguém — e ficava entre o sono e a vigília, deixando que as imagens das estradas rolassem pela minha cabeça.

Mas, para voltar ao ponto em questão, quando esse tipo de conversa entrava em pauta, em geral era Ruth quem a levava mais longe — sobretudo quando havia veteranos por perto. Ela já vinha falando sobre escritórios desde o começo do inverno, mas essa ideia adquiriu vida de fato, tornou-se o "futuro dos sonhos" de Ruth depois de uma manhã, a caminho da aldeia.

Isso aconteceu durante uma onda de frio intenso, em que os nossos aquecedores a gás começaram a dar uma série de problemas. Passávamos horas tentando acendê-los, apertávamos mil vezes os botões e nada, de modo que fomos tendo que desistir deles um a um — e, juntamente com eles, dos quartos que deveriam aquecer. Keffers se recusava a cuidar do caso, dizendo que era responsabilidade nossa, mas, no fim, quando estava ficando realmente gelado, ele nos entregou um envelope com dinheiro e o nome de um líquido inflamável que tínhamos que comprar. Ruth e eu nos oferecemos para ir a pé até a aldeia, comprar o combustível, e era esse o motivo de estarmos seguindo pela estradinha, naquela manhã gelada. Havíamos chegado a um ponto de sebes muito altas dos dois lados, com o chão coberto de esterco congelado, quando Ruth parou de supetão alguns passos atrás de mim.

Levei alguns instantes para me dar conta e, quando me virei para falar com ela, Ruth estava bafejando os dedos, olhando para baixo, entretida com algo a seus pés. Pensei que talvez fosse alguma pobre criatura morta de frio, mas, quando me aproximei, vi que era uma revista — não uma das "revistas do Steve", e sim uma daquelas publicações muito coloridas e cheias de felicidade que costumam vir de graça junto com os jornais. Estava aberta num anúncio sedutor de página dupla e, embora o papel estivesse encharcado e houvesse barro num dos cantos, ainda dava para ver direitinho a imagem. A publicidade mostrava um lindíssimo escritório, amplo e sem divisórias, todo moderno, com três ou quatro funcionários conversando sobre alguma coisa engraçada. O lugar parecia impecável, assim como as pessoas. Ruth fitava a foto e, quando reparou em mim do seu lado, disse: "Esse *sim* é que seria o lugar *certo* para alguém trabalhar".

Depois ficou constrangida — quem sabe até zangada de ter sido pega em flagrante — e voltou a caminhar bem mais rápido que antes.

Porém algumas noites depois, quando estávamos em volta de uma das lareiras da casa-grande, Ruth começou a nos falar sobre o tipo de escritório ideal em que ela gostaria de trabalhar e, na mesma hora, eu o reconheci. Ela explicou todos os detalhes — os vasos de plantas, os equipamentos brilhantes, as cadeiras giratórias com rodinhas — e foi tudo tão real que o grupo deixou que Ruth falasse durante um tempão, sem ser interrompida. Eu a observei de perto o tempo todo, mas, pelo visto, em momento algum lhe ocorreu a possibilidade de que eu pudesse estabelecer uma ligação com o episódio da estrada — talvez tivesse até se esquecido de onde saíra a imagem daquele escritório. Chegou inclusive a dizer que as pessoas seriam todas do "tipo dinâmico e empreendedor" e eu me lembrava muito claramente daquelas mesmas palavras impressas em letras enormes no topo do anúncio: "Você é do tipo dinâmico, empreendedor?" — algo assim. Claro que não abri minha boca. Na verdade, ouvindo Ruth falar, comecei até a me perguntar se talvez não seria tudo factível, um dia; se não poderíamos ir parar num lugar como aquele e continuar vivendo todos juntos.

Chrissie e Rodney estavam presentes, naquela noite, claro, prestando atenção em cada palavra. Depois, durante dias e dias Chrissie tentou fazer Ruth falar um pouco mais a respeito. Eu passava pelas duas em algum canto e escutava as perguntas de Chrissie: "Tem certeza de que vocês não iriam dar nos nervos um do outro, trabalhando juntos num mesmo lugar?". Só para fazer Ruth deslanchar de novo.

Mas o problema com Chrissie — e isso valia para uma porção de outros veteranos — era que, apesar do arzinho de superioridade em relação a nós, os recém-chegados, ela se sentia realmente impressionada pelo fato de sermos de Hailsham. Levei um bom tempo para perceber isso. Veja a história do escritório de Ruth: Chrissie jamais teria falado, ela própria, em trabalhar num escritório, muito menos como aquele. Mas, porque Ruth era de Hailsham, a ideia passou a pertencer ao reino das possibilidades. Era assim que Chrissie via a questão, e eu desconfio que Ruth de vez em quando dizia algumas coisinhas para encorajar a ideia de que, por motivos misteriosos, em Hailsham vigoravam regras diferentes. Nunca cheguei a escutar Ruth mentindo para os veteranos; era mais o caso de não negar determinadas coisas e insinuar outras tantas. Tive várias oportunidades de desfazer os enganos. Mas, se por um lado às vezes Ruth se constrangia ao cruzar o olhar comigo no meio de uma história qualquer, por outro dava a impressão de ter certeza de que eu não entregaria o jogo. E eu, claro, não entreguei.

Portanto, eis aí os antecedentes para a afirmação de Chrissie e Rodney de que tinham visto o "possível" de Ruth, e talvez agora você entenda o porquê da minha desconfiança. Não gostei da ideia de Ruth ir com eles a Norfolk, embora não soubesse dizer exatamente o motivo. Mas, quando ficou claro que ela estava decidida a ir, eu disse que iria também. No começo, ela não me pareceu muito encantada com a ideia e houve até sugestões de que não queria nem que Tommy fosse junto. No fim, porém, fomos nós cinco: Chrissie, Rodney, Ruth, Tommy e eu.

13.

Rodney, que possuía carteira de habilitação, combinara de pegar emprestado o carro dos empregados da fazenda Metchley, uns poucos quilômetros mais adiante, para podermos viajar. Já tinha feito isso várias outras vezes, mas, naquela ocasião específica, o arranjo deu para trás bem na véspera. Embora no fim tudo tenha se resolvido sem maiores problemas — Rodney deu um pulo até a fazenda e eles prometeram lhe arrumar um outro carro —, o interessante foi ver a forma como Ruth reagiu durante aquelas poucas horas em que a viagem parecia prestes a ser cancelada.

Até então, dera a impressão de estar encarando a coisa toda meio na brincadeira, como se tivesse topado a viagem só para agradar Chrissie. Havia falado um bocado sobre não estarmos aproveitando nossa liberdade tanto quanto poderíamos, desde a saída de Hailsham; e também que sempre sentira vontade de ir a Norfolk para "encontrar todos os nossos objetos perdidos". Em outras palavras, fizera o possível para nos mostrar que não estava levando muito a sério a perspectiva de encontrar seu "possível".

Um dia antes de irmos, voltando de uma caminhada, Ruth e

eu entramos na casa-grande pela cozinha, onde Fiona e alguns veteranos preparavam um enorme ensopado de carne. E foi a própria Fiona que, sem erguer a vista daquilo que estava fazendo, nos contou que o menino da fazenda vizinha tinha vindo trazer o recado, mais cedo. Ruth estava parada na minha frente, portanto não dava para ver o rosto dela, mas todo o seu corpo se imobilizou. Depois, sem uma palavra, virou-se e saiu da casa. Vi sua fisionomia de relance e então me dei conta de como ela tinha ficado perturbada com a notícia. Fiona começou a dizer algo como: "Ah, eu não sabia...". Porém eu intervim mais que depressa: "Não é por isso que a Ruth está chateada. É por uma outra coisa. Algo que aconteceu antes". Não foi uma desculpa muito boa, mas foi a melhor que pude dar de improviso.

No fim, como eu disse, a crise da condução foi superada e, logo cedo, no dia seguinte, com tudo ainda escuro, embarcamos os cinco num Rover meio escangalhado mas ainda perfeitamente usável. Sentamo-nos os três no banco de trás; Chrissie foi na frente, com Rodney. Era essa a disposição que nos parecia natural e entramos no carro sem nem pensar a respeito de onde iríamos sentar. Mas, poucos minutos depois, assim que Rodney deixou para trás as vicinais escuras, cheias de curvas, e entrou em estradas propriamente ditas, Ruth, que estava no meio, debruçou-se para a frente, apoiou as mãos no banco dianteiro e se pôs a conversar com os dois veteranos. Tommy e eu, que estávamos cada um de um lado, não conseguíamos escutar nada do que diziam os três; tampouco podíamos falar um com o outro, já que havia Ruth no meio. Nos raros momentos em que endireitou o corpo no assento, tentei entabular uma conversa entre nós, mas Ruth nunca dava continuidade ao papo e, logo depois, já estava debruçada de novo, com a cabeça enfiada entre os dois assentos da frente.

Depois de cerca de uma hora, com o dia começando a raiar, paramos para esticar as pernas e para Rodney fazer um xixi. Estacionamos bem ao lado de uma enorme gleba de terras nuas, saltamos o barranco e passamos alguns minutos esfregando as mãos e vendo a fumaça do nosso hálito subir. A certa altura, reparei que Ruth havia se afastado de todos e olhava fixo para o nascer do dia. Então fui até ela para sugerir, já que seu único interesse era conversar com os veteranos, que trocasse de lugar comigo. Assim, ela poderia continuar conversando ao menos com Chrissie, enquanto Tommy e eu teríamos a chance de trocar algumas palavras durante a viagem. Eu mal havia acabado de falar quando Ruth me disse, num cochicho:

"Por que você tem sempre que dificultar as coisas? E bem agora, ainda por cima! Não entendo. Por que você sempre arranja alguma encrenca?" Em seguida me deu um puxão, para que ficássemos as duas de costas para os outros e ninguém visse, se por acaso começássemos a discutir. Foi a maneira como ela agiu, bem mais que as palavras, o que de repente me fez enxergar as coisas de seu prisma; percebi que Ruth fazia um esforço tremendo para fornecer a melhor imagem possível não só dela, mas de todos nós, aos dois veteranos; e lá estava eu, ameaçando estragar tudo e aprontar um escândalo embaraçoso. Percebi a situação, pus a mão de leve no ombro dela e voltei para onde estavam os demais. E, quando entramos no carro, fiz questão de sentar no mesmo lugar de antes. Mas, dali em diante, e até chegarmos a Norfolk, Ruth permaneceu mais ou menos calada, sem se mexer, e mesmo quando Chrissie ou Rodney gritavam algo para nós, do banco dianteiro, ela só respondia com monossílabos enfezados.

Entretanto tudo melhorou sensivelmente assim que entramos na cidade litorânea. Chegamos por volta da hora do almoço e deixamos o Rover estacionado ao lado de um minicampo de golfe cheio de bandeirinhas desfraldadas. O dia estava azul e gelado, sem uma nuvem, e a lembrança que tenho é que, durante a primeira hora, foi tamanho nosso deleite que nem pensamos muito nos motivos da viagem. A certa altura, Rodney chegou a soltar alguns vivas e agitar os braços, subindo uma ladeira de muitas casas e poucas lojinhas, e era possível sentir, pela vastidão do céu, que caminhávamos em direção ao mar.

Quando chegamos a ele, descobrimos que estávamos numa rua à beira de um penhasco. Parecia, de início, que haveria uma queda abrupta dali até a água, mas, ao me debruçar na amurada, deu para ver várias trilhas em zigue-zague descendo para a praia.

Àquela altura estávamos famintos e fomos até um pequeno café enroscado no topo do penhasco, bem na altura onde começava uma das trilhas. Quando entramos, só havia duas pessoas, as duas funcionárias gorduchas do café. Estavam fumando, mas se levantaram rapidamente da mesa e foram para a cozinha, deixando o lugar todinho para nós.

Escolhemos a mesa mais ao fundo — o que significava a mais próxima da beira do precipício — e, quando nos sentamos, a sensação foi a de estarmos praticamente suspensos sobre o mar. Eu não tinha como estabelecer comparações, na época, mas percebo agora que era um lugar minúsculo, com apenas três ou quatro mesas pequenas. Uma das janelas estava aberta — provavelmente para evitar que ficasse tudo cheirando a fritura —, de modo que de tempos em tempos uma rajada de vento cruzava o salão, fazendo sacudir os cartazes e seus bons negócios. Havia um logo acima do balcão, feito em cartolina e desenhado a caneta com ponta de feltro, que dizia, no alto, "de olho"; e, dentro de cada "o", tinha o desenho de um olho. Hoje em dia vejo tanto esse tipo de coisa que nem noto mais, porém naquela época nunca tinha visto nada igual. Por isso, quando percebi que Ruth também estava olhando muito admirada para o cartaz que tanto me espantara, caímos as duas na risada. Foi um momento agradável, em que parecíamos ter deixado para trás toda a animosidade surgida no carro. Mas acabou sendo nosso último bom momento pelo resto do passeio.

Não tínhamos feito a menor menção ao "possível", desde a chegada, e eu presumia que, depois de instalados, fôssemos finalmente discutir o assunto direito. Mas, assim que começamos a comer nossos sanduíches, Rodney se pôs a falar do velho amigo deles, Martin, que tinha saído do Casario um ano antes e morava na cidade. Chrissie mais que depressa entrou no papo e logo estavam os dois desfiando anedotas sobre todas as coisas hilárias que Martin aprontara. Não conseguíamos entender nem a metade, mas Chrissie e Rodney estavam se divertindo. Não paravam de se entreolhar e de rir e, ainda que fingissem o contrário, não era por nossa causa que estavam se lembrando daquilo tudo. Pensando nisso agora, fico achando que o quase tabu que existia no Casario, em relação às pessoas que iam embora, talvez os impedisse de conversar sobre esse amigo: só quando se afastavam de lá é que se sentiam liberados para se lembrar dele.

Sempre que o casal ria, eu ria também, por educação. Tommy parecia estar entendendo ainda menos que eu, mas de vez em quando soltava umas risadinhas meio hesitantes, que demoravam a sair. Ruth, entretanto, ria a mais não poder, sacudindo o tempo todo a cabeça para tudo o que era dito a respeito de Martin, como se também ela estivesse se lembrando. A certa altura, quando Chrissie fez uma referência de fato bastante obscura —dizendo algo como: "Ah, sei, o dia em que ele botou o jeans fora!" —, Ruth riu e depois fez um sinal na nossa direção, como se dizendo para Chrissie: "Vai, explica para eles, senão eles não vão achar graça". Não fiz caso disso, mas quando Chrissie e Rodney começaram a sugerir que fôssemos até o apartamento de Martin eu acabei dizendo, talvez com uma certa frieza:

"O que ele faz aqui na cidade, exatamente? Por que ele tem um apartamento?"

Fez-se silêncio, em seguida ouvi Ruth soltar um suspiro exasperado. Chrissie debruçou-se sobre a mesa e me disse bem baixinho, como se estivesse explicando algo a uma criança: "Ele agora é um cuidador. O que mais você acha que ele estaria fazendo aqui? Ele agora é um cuidador de verdade".

Houve uma certa remexida na cadeira, antes de eu falar: "Justamente. Nós não podemos pura e simplesmente ir visitá-lo".

Chrissie suspirou. "Certo. Nós não *devemos* visitar os cuidadores. No sentido absolutamente exato da palavra. Visitas não são estimuladas."

Rodney deu risada e acrescentou: "Decididamente desestimuladas. Coisa de gente levada, ir visitá-lo".

"Muito levada", Chrissie emendou, estalando a língua em sinal de reprovação.

Ruth entrou na conversa e disse: "A Kathy *detesta* ser levada. Portanto acho melhor a gente não ir visitá-lo".

Tommy olhava para Ruth, obviamente sem saber de que lado ela estava, coisa que eu também não sabia direito. Passou-me pela cabeça que ela não queria ver os objetivos da expedição desviados e que, com muita relutância, tomara meu partido, por isso sorri para ela, mas Ruth não retribuiu meu olhar. Foi então que Tommy perguntou, de repente:

"Onde foi mesmo que você viu o possível da Ruth, Rodney?"

"Ah..." Rodney não parecia mais tão interessado no possível quanto antes e eu vi a ansiedade tomar conta do rosto de Ruth. Por fim, Rodney disse: "Foi numa travessa da rua do Comércio, lá na outra ponta. Mas não se esqueçam de que hoje pode ser a folga dela". Depois, como ninguém disse nada, acrescentou: "Eles têm seus dias de folga, vocês sabem. Não ficam o tempo todo no trabalho".

Por alguns momentos, depois que ele disse isso, receei ter feito um péssimo julgamento. E se por acaso os veteranos tivessem o costume de lançar mão daquela história de possíveis só para poder viajar, mas depois não tomassem mais o menor conhecimento? Ruth talvez estivesse pensando coisa muito parecida, porque sua fisionomia parecia preocupada, mas no fim soltou uma risadinha, como se Rodney tivesse feito uma piada.

E então Chrissie falou, em tom animado: "Veja só, Ruth, talvez a gente venha até aqui daqui a alguns anos para visitar *você*. Trabalhando num belo escritório. Não vejo como alguém poderia nos impedir de vir visitá-la, nesse caso".

"Isso mesmo", Ruth disse mais que depressa. "Você podem vir me visitar, todos vocês."

"Eu imagino", disse Rodney, "que não existam regras para visitar pessoas que trabalham num escritório." E soltou uma risada inesperada. "A gente não sabe. Ainda não aconteceu isso conosco."

"Eu vou me virar muito bem", disse Ruth. "Eles vão deixar vocês virem. Vocês todos podem vir me visitar. Exceto o Tommy, bem entendido."

Tommy ficou chocado. "Por que eu não vou poder vir?"

"Porque você já vai estar comigo, seu burro", disse Ruth. "Eu vou ficar com você."

Todos nós rimos, e, de novo, Tommy um pouco atrás dos demais.

"Ouvi falar de uma moça, lá em Gales", disse Chrissie. "Ela era de Hailsham, talvez alguns anos mais velha que vocês. Consta que está trabalhando numa loja de roupas. Das bem chiques."

Houve murmúrios de admiração e, durante um tempo, todos nós fitamos as nuvens com olhos sonhadores.

"Eis aí o que Hailsham pode fazer por você", Rodney disse por fim, e abanou a cabeça, como se surpreso.

"E teve também aquele outro" — Chrissie havia se virado para Ruth —, "aquele menino sobre quem você comentou conosco, outro dia. Um que é uns dois anos mais velho que vocês e que agora trabalha como guarda florestal."

Ruth meneava a cabeça, pensativa. Passou-me pela cabeça que seria melhor lançar um olhar de advertência para Tommy, mas, antes que eu me virasse, ele já começara a falar.

"Quem é esse?", perguntou ele, com voz de espanto.

"Você sabe quem ele é, Tommy", respondi depressa. Seria arriscado demais tentar um chute por baixo da mesa e também não podia dar entonação de brincadeira: Chrissie teria percebido na hora. Portanto fiz o comentário em tom neutro, com um certo cansaço na voz, como se estivéssemos todos fartos dos esquecimentos dele. O resultado foi que Tommy não entendeu meu recado.

"Alguém que *nós* conhecíamos?"

"Tommy, não vamos entrar nessa história de novo", falei. "Você precisa dar uma examinada nesses seus miolos."

Por fim a ficha parecia estar caindo e Tommy se calou.

Chrissie então disse: "Eu sei a sorte que tenho de ter ido para o Casario. Mas vocês, que vieram de Hailsham, vocês têm uma sorte *danada*. Vocês sabem disso...". Baixou a voz e debruçou-se de novo. "Tem um negócio que eu vinha querendo conversar com vocês todos. Mas é que lá no Casario é impossível. Fica todo mundo tentando escutar tudo."

Ela olhou em volta da mesa, depois fixou o olhar em Ruth. Rodney me pareceu um pouco mais tenso e também ele se debruçou sobre a mesa. Algo me dizia que estávamos chegando ao que de fato era, para Chrissie e Rodney, o motivo central daquela expedição toda.

"Quando o Rodney e eu estávamos lá em Gales", ela disse, "na mesma época em que ficamos sabendo sobre essa garota trabalhando na loja de roupas, também ficamos sabendo de uma outra coisa, de uma coisa relacionada com os alunos de Hailsham. O que o pessoal estava dizendo é que houve alunos de Hailsham, no passado, e em circunstâncias muito especiais, que conseguiram obter um adiamento. Que dá para fazer isso se você tiver sido aluno de Hailsham. Que vocês podem pedir um adiamento de três, até de quatro anos, das doações. Dizem que não é fácil, mas que às vezes eles concedem. Desde que a pessoa consiga convencê-los. Desde que seja *qualificada*."

Chrissie calou-se e olhou no rosto de cada um de nós, talvez para efeitos dramáticos, talvez para ver se via algum sinal de reconhecimento. Tommy e eu muito provavelmente estávamos com cara de quem não tinha entendido nada, mas Ruth assumira uma daquelas suas expressões indecifráveis.

"O que eles disseram", continuou Chrissie, "foi que quando um casal está de fato apaixonado, mas apaixonado mesmo, no duro, e consegue demonstrar isso, então o pessoal de Hailsham dá um jeito nas coisas. Eles providenciam para que o casal tenha alguns anos mais de vida em comum antes de começar a fazer as doações."

Criara-se, àquela altura, uma atmosfera estranha em volta da mesa, como se estivéssemos todos com formigamento no corpo.

"Quando nós estávamos em Gales", continuou Chrissie, "o pessoal da Mansão Branca disse ter ouvido falar de um casal de Hailsham, faltavam só umas poucas semanas para o cara se tornar um cuidador. Aí eles foram falar com alguém e conseguiram adiar três anos. Receberam permissão para continuar morando juntos, lá na Mansão Branca, três anos direto, não precisaram continuar com o treinamento nem nada. Três anos só para eles, porque conseguiram provar que estavam de fato apaixonados."

Foi nessa altura que notei que Ruth meneava a cabeça com muita autoridade. Chrissie e Rodney repararam também e, durante alguns poucos segundos, observaram-na como se estivessem hipnotizados. E tive então uma espécie de visão dos dois, Chrissie e Rodney, se preparando durante longos meses para aquele desenlace, tateando o terreno, sondando o assunto entre si. Trazendo a questão à tona, de início meio a medo, dando de ombros, deixando de lado, trazendo de novo à baila, incapazes, o tempo todo, de deixar o assunto sossegado. Pude vê-los brincando com a ideia de falar conosco, apurando a forma de fazê-lo e pensando no que iriam dizer, exatamente. Olhei de novo para os dois a minha frente, fitando Ruth com intensidade, e tentei ler a expressão de seus rostos. Chrissie parecia ao mesmo tempo receosa e esperançosa. Rodney estava muito nervoso, como se temesse deixar escapar algo que não deveria.

Não era a primeira vez que eu escutava rumores a respeito de adiamentos. Durante as semanas anteriores, eu tinha ouvido um número considerável de menções ao assunto. Sempre da parte dos veteranos, conversando entre si, e, toda vez que algum de nós aparecia, eles ficavam sem graça e se calavam. Mas eu já ouvira o suficiente para entender por alto; e sabia que tinha a ver, especificamente, conosco, que éramos de Hailsham. Mesmo assim, só naquele dia, naquele café à beira-mar, compreendi de fato como era importante aquilo para alguns veteranos.

"Eu imagino", continuou Chrissie, com a voz um tanto trêmula, "que vocês saibam um bocado a respeito disso. As regras, essa coisa toda."

Ela e Rodney olharam então para cada um de nós, depois tornaram a se concentrar em Ruth.

Ruth suspirou e disse: "Bom, eles nos disseram algumas coisas, claro. Mas..." e deu de ombros, "não é algo que a gente conheça a fundo. Nós nunca falamos sobre o assunto, na verdade. De qualquer modo, a gente deve ir em breve".

"E quem é que vocês vão procurar?", interrompeu Rodney.

"Com quem é que eles disseram que vocês têm que falar se quiserem, vocês sabem, se *candidatar*?"

Ruth deu de ombros de novo. "Bom, é como eu falei. Isso não é coisa que a gente fica comentando o tempo todo." Quase por instinto, olhou para mim e para Tommy, em busca de apoio, o que provavelmente foi um erro, porque Tommy disse:

"Para falar a verdade, não faço a mínima ideia do que vocês estão falando. Que regras são essas?"

Ruth fuzilou-o com os olhos e disse mais que depressa: "Sabe sim, Tommy. Aquelas conversas todas que rolavam em Hailsham".

Tommy balançou a cabeça. "Eu não me lembro", disse ele sem rodeios. E dessa vez pude perceber — assim como Ruth — que não houve demora nenhuma na reação. "Não me lembro de nada disso em Hailsham."

Ruth virou-se para Chrissie. "O que vocês precisam entender é que, ainda que o Tommy seja de Hailsham, ele nunca se integrou de fato. Ele nunca participava de nada, ninguém deixava, e todo mundo ria à beça dele. De modo que não adianta perguntar essas coisas para ele. Mas agora o que eu quero mesmo é ir procurar essa pessoa de quem o Rodney falou."

Vi surgir no olhar de Tommy uma expressão que me assustou. Era uma expressão que eu nunca mais tinha visto, que pertencia ao Tommy que precisava ficar confinado por barricadas até acabar de chutar todas as carteiras de uma sala de aula. Logo em seguida a expressão sumiu, ele se virou para o céu e soltou um suspiro fundo.

Os veteranos não perceberam nada porque Ruth, naquele mesmo momento, tinha se levantado e estava pondo o casaco. Houve uma certa confusão porque todos nós afastamos as cadeiras da mesa ao mesmo tempo. Eu fora encarregada do dinheiro para as despesas, de modo que me levantei para pagar a conta.

Os outros saíram em fila e, enquanto eu esperava o troco, vi os quatro através de grandes vidraças embaçadas, tomando sol sem dizer nada, olhando o mar lá embaixo.

14.

Quando saí para a rua, vi logo que a animação da chegada se evaporara de todo. Caminhamos em silêncio, com Rodney à frente, por ruelas onde o sol mal entrava e calçadas tão estreitas que muitas vezes tínhamos de seguir em fila indiana. Foi um alívio sair na rua do Comércio, onde os barulhos tornavam menos patente nosso humor de cão. Quando paramos num farol para pedestres, com a intenção de atravessar para o lado ensolarado da rua, vi Rodney e Chrissie conferenciando. O que eu queria saber era quanto daquela atmosfera pesada se devia ao fato de eles acreditarem que estávamos escondendo algum fantástico segredo de Hailsham e quanto seria fruto da esnobada que Ruth dera em Tommy.

Logo depois de termos atravessado a rua, Chrissie informou que ela e Rodney queriam comprar cartões de aniversário. Ruth ficou chocada, mas Chrissie não se deu por achada:

"A gente gosta de comprar um monte de uma vez só. Sai bem mais barato, a longo prazo. E você sempre tem alguma coisa à mão, quando chega o aniversário de alguém." Ela apontou para a entrada de uma loja Woolworth. "Aí tem uns cartões ótimos e bem baratinhos."

Rodney balançava a cabeça, em sinal de assentimento, e me pareceu haver um quê de zombaria nos cantos de seu sorriso. "Claro", disse ele, "que você acaba com um monte de cartões iguaizinhos, mas sempre se pode botar um toque a mais. Sabe como é? Personalizar os cartões."

O casal havia estacado no meio da calçada, à espera de nosso assentimento, e vários carrinhos de crianças tiveram de contorná-los. Percebi que Ruth não tinha gostado nem um pouco da história, mas, sem a cooperação de Rodney, não podíamos fazer nada.

Portanto entramos na Woolworth e, no mesmo instante, senti-me bem mais alegre. Até hoje adoro lugares assim: lojas grandes, com diversos corredores exibindo brinquedos coloridos de plástico, cartões ilustrados, bateladas de cosméticos e, talvez, uma cabina de tirar fotos instantâneas. Hoje em dia, se estou em alguma cidade e com tempo de sobra, entro numa loja onde a pessoa tem direito a flanar e se divertir sem precisar comprar nada, e onde os vendedores não se importam com isso.

De toda forma, entramos e não demorou para que nos separássemos, cada um olhando um corredor diferente. Rodney havia ficado perto da entrada, ao lado de uma enorme prateleira forrada de cartões, e logo localizei Tommy, um pouco mais para dentro, debaixo de um grande cartaz de um grupo de música pop, vasculhando os cassetes. Uns dez minutos depois, quando me achava já quase nos fundos da loja, pensei ter ouvido a voz de Ruth e fui ao encontro dela. Já tinha virado no corredor — com gôndolas repletas de bichos de pelúcia e grandes caixas de quebra-cabeça — quando me dei conta de que Ruth e Chrissie estavam paradas na outra ponta, tendo uma espécie de *tête-à--tête*. Fiquei sem saber direito como agir: não queria interromper, mas já estava na hora de irmos embora e, além do mais, eu não queria dar meia-volta e recuar. Por isso apenas parei onde estava, fingi que examinava um quebra-cabeça e esperei até uma delas me ver.

Foi quando percebi que estavam falando de novo sobre aquele boato. Em voz baixa, Chrissie dizia algo como:

"Mas durante o tempo todo em que você ficou lá, o que me espanta é que não tenha pensado mais a fundo em como fazer. Em quem procurar, essa coisa toda."

"Você não entende", Ruth dizia. "Se você fosse de Hailsham, entenderia direitinho. Nunca foi algo assim tão extraordinário, para nós. Acho que nós sempre soubemos que, se algum dia quisermos entrar mais fundo nisso, bastará dar um alô para o pessoal de Hailsham..."

Nesse momento Ruth me viu e calou-se. Larguei a caixa do quebra-cabeça e, quando me virei para elas, estavam ambas me olhando com raiva. Ao mesmo tempo, foi como se tivessem sido pegas fazendo algo que não deveriam, e se separaram, constrangidas.

"É hora de irmos andando", falei, fingindo não ter escutado nada.

Mas Ruth não se deixou enganar. Quando passaram por mim, ela me deu uma olhada realmente furibunda.

Portanto, quando começamos de fato a procurar o escritório onde Rodney vira o possível de Ruth, um mês antes, a atmosfera entre nós não poderia estar mais azeda. E não melhorou quando Rodney, que era nosso guia, começou a pegar um monte de ruas erradas. Pelo menos por quatro vezes dobrou com a maior confiança uma travessa da rua do Comércio na qual lojas e escritórios iam minguando até que nos víamos obrigados a voltar. Claro que Rodney começou a se pôr na defensiva e já estava a ponto de desistir quando achamos o escritório.

Uma vez mais, tínhamos feito meia-volta e estávamos caminhando na direção da rua do Comércio quando Rodney parou de repente e indicou, sem dizer nada, um escritório do outro lado da rua.

E lá estava ele, sem dúvida. Não era exatamente igual ao do anúncio da revista que tínhamos achado no chão, aquele dia, mas também não era muito diferente. Havia uma vidraça grande, no nível da rua, de modo que qualquer pessoa passando em frente enxergava tudo que acontecia lá dentro: uma salona em plano aberto com talvez uma dúzia de escrivaninhas dispostas em L. Lá estavam as palmeirinhas nos vasos, os aparelhos brilhantes e as luminárias pendentes. Havia gente circulando entre as mesas, pessoas debruçadas sobre as divisórias, uns conversavam e riam, outros haviam aproximado as cadeiras giratórias para almoçar juntos um café e um sanduíche.

"Olha só", disse Tommy. "É horário de almoço, mas eles não saem para comer. Decisão sábia, a deles."

Continuamos parados na frente do escritório, olhando o que nos parecia um mundo elegante, aconchegante e autossuficiente. Virei-me para Ruth e vi que ela examinava ansiosamente todas as fisionomias atrás do vidro.

"E então, Rod", disse Chrissie. "Qual é o possível dela?"

Ela disse isso num tom que beirava o sarcasmo, como se tivesse certeza de que tudo não passava de um tremendo engano da parte dele. Mas Rodney respondeu em voz baixa, trêmula de emoção:

"Ali. Lá naquele canto. De roupa azul. Aquela que está falando com a gorda de vermelho, agora."

Não era óbvio, mas, quanto mais olhávamos, mais nos parecia que Rodney tinha um fundo de razão. A mulher devia ter uns cinquenta anos e mantivera o corpo em ótima forma. O cabelo era mais escuro que o de Ruth — se bem que podia ser tingido — e ela o usava preso atrás, num rabo de cavalo simples, do jeito como Ruth sempre fazia. Ela ria de alguma coisa que a amiga de roupa vermelha lhe dissera e seu rosto, sobretudo quando parou de rir, com uma sacudida de cabeça, tinha bem mais que apenas uma sugestão de Ruth.

Continuamos todos a olhar, sem dizer nada. Depois percebemos que, numa outra parte do escritório, duas outras mulheres haviam reparado em nós. Uma delas ergueu a mão e nos fez um aceno hesitante. Isso rompeu o encanto e saímos chispando de lá, num pânico cheio de riso.

Paramos de novo um pouco mais abaixo, na mesma rua, falando todos ao mesmo tempo, excitadíssimos. Quer dizer, menos Ruth, que permaneceu calada no meio daquele alvoroço todo. Era difícil decifrar seu rosto, naquele momento: obviamente não se decepcionara, mas também não parecia exultar. Exibia um meio sorriso, do tipo que as mães talvez deem numa família comum, pesando os prós e os contras enquanto os filhos saltam e berram em volta, pedindo que ela diga sim, que os deixe fazer seja o que for. De modo que lá estávamos, todos nós externando uma opinião, eu me sentindo feliz de poder dizer, com toda a honestidade, junto com os demais, que a mulher que tínhamos visto não estava em hipótese alguma fora de cogitação. A verdade é que nos sentíamos todos aliviados: sem percebermos direito, havíamos nos preparado para uma grande desilusão. Mas agora já poderíamos voltar mais tranquilos ao Casario, Ruth encorajada pelo que tinha visto e nós lhe dando apoio. De fato, a vida que a mulher parecia estar levando naquele escritório era tão próxima quanto possível da que Ruth desejava para si mesma, como tantas vezes descrevera. Em que pese tudo o que acontecera entre nós aquele dia, no fundo ninguém queria que Ruth voltasse para casa desanimada e, naquele momento, achávamos que não corríamos mais esse risco. E teríamos continuado em terreno seguro, tenho certeza absoluta, se tivéssemos colocado um ponto final na questão.

Mas Ruth falou: "Vamos sentar ali naquela mureta. Só uns minutinhos. Assim que eles se esquecerem de nós, a gente volta e dá mais uma espiada".

Concordamos com isso, porém, no caminho até a mureta em volta do pequeno estacionamento que Ruth indicara, Chrissie sugeriu, talvez um pouco ansiosa demais:

"Mas, mesmo que a gente não a veja outra vez, todos nós estamos de acordo que ela é um possível, certo? E que é um escritório maravilhoso. E é mesmo."

"Vamos esperar alguns minutos", disse Ruth. "Depois a gente volta."

Não sentei na mureta porque, além de estar úmida e meio podre, tive medo de que a qualquer momento aparecesse alguém gritando que não era para sentarmos ali. Ruth, porém, empoleirou-se lá em cima com um joelho de cada lado, como se estivesse num cavalo. E até hoje tenho essa lembrança muito vívida dos dez, quinze minutos que esperamos naquele local. Ninguém mais comenta o assunto dos possíveis. Fingimos que estamos dando um tempo, quem sabe apreciando uma vista panorâmica numa viagem turística. Rodney ensaia alguns passos de dança para mostrar que entre nós reinam os bons fluidos. Sobe na mureta, caminha feito um equilibrista e, de propósito, despenca em seguida. Tommy faz alguns comentários a respeito dos transeuntes e, ainda que não sejam muito engraçados, damos muita risada. Apenas Ruth, a cavalo no muro, permanece calada. Mantém o sorriso no rosto, mas quase não se mexe. Há uma brisa desmanchando seu cabelo e o sol brilhante de inverno a obriga a franzir a vista, de tal modo que não sabemos se ela sorri das nossas macaquices ou se está apenas fazendo careta por causa da luz.

Essas são as imagens que guardei daqueles momentos na frente do estacionamento. Desconfio que estávamos esperando que Ruth decidisse quando seria a hora de voltarmos para dar uma segunda olhada. Mas ela nunca chegou a tomar essa decisão por causa do que houve em seguida.

Tommy, que brincava em cima da mureta também, junto com Rodney, de repente saltou para o chão. Ficou imóvel por alguns momentos e depois disse: "É ela. É a mesma pessoa".

Paramos todos e ficamos observando a silhueta que vinha vindo. Ela agora usava um casacão de cor creme e tentava fechar a pasta enquanto andava. O fecho estava lhe dando um certo trabalho e, por isso, a todo momento diminuía a marcha e em seguida recomeçava. Continuamos a observá-la numa espécie de transe quando passou por nós, do outro lado da rua. Quando já ia virando na rua do Comércio, Ruth levantou-se de um salto e disse: "Vamos ver aonde ela vai".

Saímos do transe e fomos atrás dela. Na verdade, Chrissie teve de pedir para irmos mais devagar, caso contrário alguém poderia pensar que éramos um bando de trombadinhas querendo assaltar alguém. Nós a seguimos pela rua do Comércio, a uma distância razoável, rindo, desviando das pessoas, separando-nos e nos reunindo de novo. Deviam ser umas duas da tarde, àquela altura, e a calçada estava lotada de gente. Às vezes nós a perdíamos de vista, mas não desistíamos. Quando ela entrava numa loja, ficávamos de prontidão diante da vitrine, e nos espremíamos entre velhos e carrinhos de criança quando ela saía de novo.

A certa altura ela deixou a rua do Comércio e entrou numa das ruelas próximas à praia. Chrissie teve medo de que reparasse em nós, com as calçadas mais vazias, mas Ruth continuou indo atrás dela e nós a seguimos.

Por fim, chegamos a uma transversal muito estreita onde havia uma loja ou outra, mas que era, sobretudo, uma rua residencial. De novo tivemos que seguir em fila indiana e, em certo momento, quando vinha vindo uma caminhonete do outro lado, fomos obrigados a nos encostar nas casas para deixar o veículo passar. De repente, havia apenas a mulher e nós, na rua toda, e, se por acaso ela virasse o pescoço, não haveria como não reparar em nós. Mas ela continuou andando, uns doze passos à frente, mais ou menos, depois atravessou uma porta — e entrou no "Estúdio Portway".

Voltei ao Estúdio Portway várias vezes, depois dessa ocasião. O estabelecimento mudou de dono, faz alguns anos, e agora vende diversos objetos artísticos: vasos, cerâmicas, animais de barro. Naquela época, eram duas salonas brancas só com pinturas — muito bem expostas, com bastante espaço entre uma tela e outra. A placa de madeira pendurada sobre a porta continua a mesma, porém. Bom, mas continuando, acabamos resolvendo entrar depois que Rodney comentou que parecíamos muito suspeitos, parados naquela viela sossegada. Dentro da galeria, poderíamos ao menos fingir que estávamos vendo os quadros.

Ao entrarmos, vimos a mulher que estávamos seguindo conversando com uma senhora bem mais velha, de cabelos brancos, que parecia ser a encarregada. Estavam sentadas cada uma numa ponta da pequena escrivaninha que havia perto da porta e, fora elas, a galeria estava vazia. Não fizeram muito caso quando passamos pela mesa, nos espalhamos e tentamos parecer fascinados com os quadros.

Na verdade, por mais preocupada que eu estivesse com o possível de Ruth, comecei a gostar das telas que estava vendo e da paz absoluta do lugar. Parecia que estávamos a cem quilômetros da rua do Comércio. As paredes e os tetos tinham um tom de hortelã-pimenta e, aqui e ali, via-se um retalho de rede de pesca ou um pedaço podre de barco preso perto da moldura de gesso do teto. Também as telas — na maioria óleos em azuis e verdes fortes — enfocavam temas marinhos. Talvez tenha sido efeito do súbito cansaço que desceu sobre nós — afinal, estávamos viajando desde antes do amanhecer —, mas não fui a única a entrar numa espécie de devaneio, naquela galeria. Havíamos nos dispersado pelas salas, olhando tela por tela, e apenas muito de vez em quando fazíamos algum comentário do tipo: "Vem cá dar uma olhada nisto!". Durante esse tempo todo, o possível de Ruth e a senhora de cabelos brancos não pararam de conversar. Nada em tom muito alto, mas, naquele lugar, as vozes pareciam preencher o espaço inteiro. Elas estavam falando a respeito de um homem conhecido de ambas que, pelo visto, não fazia ideia de como criar os filhos. Enquanto escutávamos o papo das duas, dando algumas olhadas ocasionais na direção da mesa em que estavam, aos poucos algo começou a mudar. Aconteceu comigo e reparei que estava acontecendo com os outros. Se tivéssemos nos contentado em ver a mulher através do vidro do escritório, mesmo se a houvéssemos seguido pela cidade e depois perdido, poderíamos ter voltado para o Casario emocionados e triunfantes. Mas, naquela galeria, a mulher estava próxima demais, mais próxima do que gostaríamos. E, quanto mais nós a ouvíamos e olhávamos, menos ela se parecia com Ruth. Foi uma sensação que cresceu de forma tangível e eu sabia que, entretida com um quadro do outro lado da sala, Ruth estava sentindo o mesmo que nós. Foi por esse motivo, talvez, que continuamos tanto tempo na galeria; estávamos adiando o momento em que teríamos de comparar opiniões.

De repente, a mulher se foi e nós ficamos. Evitamos trocar olhares, porém não ocorreu a ninguém sugerir que continuássemos a segui-la. À medida que os segundos foram passando, ficou óbvio que havíamos concordado, sem dizer uma palavra, em ver a situação sob a mesma ótica.

A certa altura, a senhora de cabelos brancos levantou-se e

disse para Tommy, que era quem estava mais perto dela: "Este é um trabalho *especialmente* bonito. É um dos meus favoritos".

Tommy se virou para ela e soltou uma risada. Enquanto eu me aproximava para ajudá-lo, a senhora perguntou: "Vocês estudam arte?".

"Não exatamente", disse eu, antes que Tommy tivesse tempo de responder. "Nós só, bom, nós só estamos interessados."

A senhora de cabelos brancos abriu um belo sorriso e começou a discorrer sobre a carreira do artista cujo trabalho estávamos vendo, e que por sinal era parente dela. Com isso, pelo menos, rompeu-se o estado de transe em que nos encontrávamos e formamos uma rodinha em volta para ouvi-la, do mesmo jeito como teríamos feito em Hailsham, se um guardião se pusesse a falar. Incentivada, a senhora de cabelos brancos explicou onde as telas haviam sido pintadas, as horas em que o artista gostava de trabalhar, quais as que haviam sido feitas sem esboço prévio, enquanto nós sacudíamos a cabeça e soltávamos algumas exclamações. Por fim, a palestra se encerrou naturalmente, todos nós soltamos um suspiro e fomos embora.

Como a rua fosse estreita demais, não pudemos conversar direito por mais um tempinho e acho que agradecemos por isso. Enquanto nos afastávamos da galeria em fila indiana, vi Rodney, à frente de todos, esticar de forma dramática os braços, como se continuasse tão encantado quanto havíamos estado ao chegar à cidade. Mas não foi uma atuação muito convincente e, assim que pisamos numa rua mais larga, paramos todos.

Estávamos, de novo, à beira de um precipício. E, como antes, olhando pela amurada, era possível enxergar as trilhas descendo em zigue-zague até a praia, só que dessa vez dava para ver também o passeio à beira-mar e as fileiras de barracas fechadas.

Passamos alguns momentos só olhando para baixo, deixando que o vento nos batesse no rosto. Rodney continuava tentando bancar o alegrinho, como se resolvido a não permitir que alguma coisa estragasse um bom passeio. Falando com Chrissie, apontou qualquer coisa no mar, lá longe no horizonte. Chrissie porém se afastou dele e disse:

"Bom, acho que todos nós estamos de acordo, não estamos? Aquela *não é* a Ruth." Depois de soltar uma risada breve, ela colocou a mão no ombro de Ruth. "Eu sinto muito. Eu sinto muito mesmo. Mas não podemos pôr a culpa no Rodney. Até que ele tinha uma certa razão. Ninguém vai negar que, quando nós a vimos através daquela vidraça, parecia mesmo..." Chrissie não terminou a frase, mas tocou o ombro de Ruth outra vez.

Ruth não disse nada, apenas suspirou, quase como se quisesse se desvencilhar daquele toque. De olhos franzidos, olhava o horizonte, mais o céu do que o mar. Vi que estava irritada, mas alguém que não a conhecesse tão bem quanto eu poderia supor que estava apenas pensativa.

"Desculpe, Ruth", disse Rodney, e também ele deu um tapinha no ombro dela. Porém tinha o rosto sorridente, como se não esperasse, nem por um instante, ser considerado culpado de alguma coisa. Rodney pediu desculpas como alguém que tentou fazer um favor que não deu certo.

Vendo Chrissie e Rodney naquela hora, lembro-me de ter pensado, sim, eles são legais. Foram gentis à maneira deles e bem que tentaram animar Ruth. Ao mesmo tempo, porém — ainda que só eles estivessem oferecendo consolo para ela, Tommy e eu continuávamos calados —, lembro que me senti meio indignada, em nome de Ruth. Porque, por mais compreensivos que estivessem se mostrando, dava para perceber que lá no fundo o que havia era alívio. Alívio de que tudo tivesse acabado da forma como acabara: em vez de ter de ficar para trás, na esteira de tremendo estímulo às esperanças de Ruth, poderiam oferecer consolo a ela. Alívio de não precisar enfrentar, mais duramente que nunca, a ideia que tanto os fascinava, perturbava e assustava: a de que havia toda sorte de possibilidades abertas para nós, alunos de Hailsham, indisponíveis para eles. Lembro-me de ter pensado, na ocasião, em quão diferentes eles eram, Chrissie e Rodney, de nós três.

E então Tommy disse: "Não vejo que diferença isso faz. Foi só uma diversão, mais nada".

"Só uma diversão para você, talvez, Tommy", disse Ruth, com frieza, ainda fitando o horizonte em frente. "Você não acharia a mesma coisa se estivéssemos procurando o *seu* possível."

"Acho que acharia sim", disse Tommy. "Não vejo que importância pode ter isso. Mesmo que você encontrasse seu possível, o verdadeiro modelo de onde você saiu. Mesmo assim, não vejo que diferença faria."

"Muito obrigada por essa sua contribuição profunda, Tommy", disse Ruth.

"Pois eu acho que o Tommy tem razão", falei eu. "É tolice imaginar que você pode ter o mesmo tipo de vida do seu modelo. Eu concordo com o Tommy. Foi só uma diversão. Não devíamos levar a coisa assim tão a sério."

Também eu estendi o braço e toquei o ombro de Ruth. Queria que ela sentisse a diferença entre o meu toque e o de Chrissie e Rodney e, por isso, escolhi, de propósito, o mesmo ponto. O que eu esperava era alguma reação, algum sinal de que ela aceitava a minha compreensão e a de Tommy de um jeito que lhe seria impossível aceitar dos veteranos. Mas ela não me deu nada em troca, nem mesmo o encolher de ombros que tinha oferecido a Chrissie.

Atrás de mim, em algum lugar, Rodney andava para cima e para baixo, fazendo ruídos para indicar que estava ficando com frio, por causa da ventania. "Que tal se a gente fosse visitar o Martin agora?", ele disse. "O apartamento dele fica bem ali, atrás daquelas casas."

Ruth de repente soltou um suspiro, virando-se para nós. "Para ser sincera", disse ela, "eu sabia o tempo todo que era burrice."

"Pois é", disse Tommy prontamente. "Só uma diversão, mais nada."

Ruth lhe deu uma olhada irritada. "Tommy, por favor, vê se cala a boca e para com essa coisa de 'só uma diversão, mais nada'. Ninguém está prestando atenção em você." Depois, virando-se para Chrissie e Rodney, acrescentou: "Eu não queria dizer nada, quando vocês me contaram a respeito, pela primeira vez. Mas olha só, não ia dar mesmo. Eles jamais, *jamais*, usam pessoas como aquela mulher. Pensem bem. Por que ela haveria de querer? Todos nós sabemos disso, então por que não encaramos, todos nós? Nós não somos modelados daquele tipo de..."

"Ruth", interrompi com firmeza. "Ruth, não."

Mas ela não se calou. "Todos nós sabemos. Nós somos modelados da *escória*. Viciados, prostitutas, alcoólatras, vagabundos. Presidiários, quem sabe, desde que não sejam tarados. É daí que a gente vem. Todos nós sabemos disso, então por que não dizemos com todas as letras? Uma mulher como ela? Imaginem. É, tá bom, Tommy. Só uma diversão, mais nada. Vamos nos divertir um pouco, então, fingindo. Aquela outra mulher lá, a amiga, a velha na galeria. Estudantes de *arte*, foi isso que ela achou que nós éramos. Vocês acham que ela teria falado conosco como falou se soubesse o que somos de fato? O que vocês acham que ela teria dito se porventura tivéssemos perguntado: 'Com licença, mas a senhora acha que a sua amiga algum dia serviu de modelo para um clone?'. Ela nos teria posto de lá para fora. Nós todos sabemos, portanto seria melhor que disséssemos isso às claras. Se alguém quiser procurar seu possível, e se quiser fazer isso do jeito certo, então o negócio é procurar na sarjeta. Dentro das latas de lixo. Dentro da privada, porque é nesses lugares que estão as pessoas de quem nós viemos."

"Ruth" — a voz de Rodney estava calma e trazia uma advertência embutida nela —, "vamos esquecer disso tudo e dar um pulo no apartamento do Martin. Ele está de folga esta tarde. Você vai gostar dele. O Martin é bem divertido."

Chrissie enlaçou Ruth com o braço. "Vamos, Ruth. Vamos lá fazer o que o Rodney sugeriu."

Ruth levantou-se e Rodney começou a andar.

"Bom, vão vocês", falei em voz baixa. "Eu não vou."

Ruth virou-se e me olhou com cautela. "Ora, ora, vejam só. Quem é que está aborrecida, agora?"

"Não estou aborrecida coisa nenhuma. Mas às vezes você só diz besteira, Ruth."

"Ah, vejam quem ficou amolada, agora. Coitadinha da Kathy. Ela nunca gostou de conversas francas."

"Não é nada disso. Eu só não quero ir visitar um cuidador. Nós não temos permissão e eu nem conheço o cara."

Ruth deu de ombros e trocou um olhar com Chrissie. "Bom", disse, "não há nenhum motivo para que a gente passe o tempo todo grudado um no outro. Se a mocinha aqui não quer ir conosco, não vá. Que saia por aí sozinha." Depois, debruçando-se para o lado de Chrissie, Ruth acrescentou num sussurro audível: "Essa é a melhor atitude, quando a Kathy fica de mau humor. Deixá-la sozinha. Aí ela anda até melhorar".

"Esteja de volta no carro às quatro da tarde", Rodney me disse. "Caso contrário, vai ter que voltar de carona." Depois deu risada. "Para com isso, Kathy, não fica assim. Vem conosco."

"Não. Vão vocês. Eu não estou com vontade."

Rodney deu de ombros e começou a andar de novo. Ruth e Chrissie foram atrás, mas Tommy não se mexeu. Somente quando do Ruth virou-se para encará-lo é que ele falou:

"Eu fico com a Kath. Se nós vamos nos dividir, então eu fico com a Kath."

Ruth fuzilou-o com os olhos, depois virou-se e continuou andando. Chrissie e Rodney deram uma olhada sem graça para Tommy e depois também eles se puseram a andar.

15.

Tommy e eu nos debruçamos na amurada e ficamos vendo a paisagem até os três sumirem de vista.

"É só conversa", disse ele por fim. E após uma pausa acrescentou: "É bem o tipo de coisa que as pessoas dizem quando estão com pena de si mesmas. Conversa fiada. Os guardiões nunca disseram nada parecido para a gente".

Comecei a andar — na direção oposta à dos três — e deixei que Tommy me alcançasse. "Não adianta a gente se irritar", continuou ele. "A Ruth agora deu de fazer isso toda hora. Mas está só descarregando a raiva. De qualquer modo, é como nós falamos para ela: mesmo que seja verdade, ainda que haja um fundinho de verdade, não faz a menor diferença, a meu ver. Nossos modelos e como eles eram, isso não tem nada a ver conosco, Kath. Simplesmente não vale a pena se irritar."

"Certo", falei e, de propósito, dei com meu ombro no dele. "Certo, certo."

Minha impressão era a de que caminhávamos na direção do centro da cidade, mas não tinha certeza. Eu queria achar um jeito de mudar de assunto, mas Tommy foi mais rápido e disse, antes de mim:

"Sabe aquela hora em que a gente entrou na Woolworth? Quando você foi lá para trás com elas? Eu estava tentando achar uma coisa. Uma coisa para você."

"Um presente?" Olhei espantada para Tommy. "Não sei se a Ruth iria aprovar esse seu gesto. A menos que você compre um maior ainda para ela."

"Uma espécie de presente. Mas não consegui encontrar. Eu não ia lhe dizer nada, mas agora, bom, já que eu tenho mais uma chance. Só que você vai ter de me ajudar. Eu não sou muito bom de compras."

"Tommy, o que você tem em mente? Quer me dar um presente, mas também quer que eu o ajude a escolher..."

"Não, o que é eu sei. Mas é que..." Ele riu e deu de ombros. "Ah, bom, acho melhor contar logo. Naquela loja, na Woolworth, tinha uma seção cheia de discos e fitas. E aí então eu comecei a procurar aquela fita que você perdeu faz um tempão. Lembra, Kath? O problema é que eu esqueci o nome."

"Minha fita? Eu não sabia nem que você tinha ouvido falar nessa história, Tommy."

"Claro que sim. A Ruth fez todo mundo sair procurando, falou que você tinha ficado muito chateada com a perda. Eu até que tentei achar. Nunca lhe contei nada, mas fiz de tudo para encontrar a fita. Tinha um monte de lugares onde dava para eu procurar, tipo dormitórios masculinos, coisas assim, onde você não podia entrar. Lembro que procurei um tempão, mas não consegui achar."

Dei uma olhada para ele e senti o mau humor se evaporar. "Eu nunca soube disso, Tommy. Que legal que você procurou."

"É, mas não adiantou, né? E eu queria muito descobrir onde ela tinha ido parar. No fim, quando ficou meio óbvio que nunca mais ia aparecer, eu apenas disse cá comigo, um dia ainda vou até Norfolk e encontro a fita para ela."

"O canto perdido da Inglaterra", falei, e olhei em volta. "E cá estamos!"

Tommy deu também uma olhada em volta e então paramos os dois. Estávamos numa outra transversal, não tão estreita quanto a rua da galeria. Durante alguns momentos, lançamos espiadas dramáticas para os lados, depois caímos na risada.

"Portanto não foi uma ideia muito idiota, a minha", disse Tommy. "Aquela Woolworth tinha tantas fitas que eu pensei que seria fácil. Mas acho que a sua eles não têm."

"Você *acha* que eles não têm? Puxa, Tommy, quer dizer que você nem olhou direito!"

"Olhei sim, Kath. Mas é que, bom, é que eu não consegui me lembrar do nome. É gozado isso, em Hailsham eu passei um tempão abrindo as caixas de coleções dos outros, tal e coisa, procurando a fita, e agora não consigo lembrar direito. Era Julie Bridges ou algo parecido..."

"Judy Bridgewater. *Songs After Dark*."

Tommy balançou solenemente a cabeça. "Decididamente eles não tinham essa lá."

Ri e dei um soco no braço dele. Tommy me olhou espantado e então eu expliquei: "Tommy, você nunca vai achar uma fita daquelas numa Woolworth. Eles só têm os últimos sucessos. Judy Bridgewater, ela é de um outro tempo, é coisa antiga. Mas calhou de aparecer num dos nossos Bazares. Claro que não vai estar à venda numa Woolworth agora, seu bobo!"

"Bom, é como eu falei, eu não conheço muito dessas coisas. Mas eles tinham tanta fita..."

"Eles têm algumas, Tommy. Mas não importa. Foi uma ideia muito legal. Fiquei comovida. Mesmo. Foi uma grande ideia. Afinal, estamos em Norfolk."

Começamos a andar de novo e Tommy disse, meio hesitante: "Bom, mas era por isso que eu tinha que contar. Eu queria fazer uma surpresa, mas não vai dar. Não sei onde procurar, mesmo que lembrasse do nome. Mas, agora que já sabe, você vai me ajudar. Nós podemos procurar juntos".

"Tommy, que história é essa?" Eu tentei fazer uma voz de censura, mas não consegui evitar a risada.

"Bom, nós temos mais de uma hora. E uma boa chance."

"Tommy, seu tolo. Você acredita mesmo, né? Nesse negócio de canto perdido."

"Não necessariamente. Mas não custa nada darmos uma olhada, já que estamos aqui. Quer dizer, você gostaria de encontrar aquela fita de novo, não gostaria? E nós não temos nada a perder."

"Está bem. Você é um grandessíssimo tolo, mas está bem."

Tommy então abriu os braços, atordoado. "E aí, Kath, para onde a gente vai? Como eu disse, não sou muito bom de compras."

"Temos de procurar numa loja de usados", falei, depois de pensar uns momentos. "Em lugares que vendem roupas velhas, livros velhos. Eles às vezes têm uns caixotes cheios de discos e fitas."

"Certo. Mas onde ficam essas lojas?"

Quando me lembro daquele momento, hoje em dia, eu parada ao lado de Tommy numa ruazinha estreita, prestes a dar início à busca, sinto um calor bom me invadir o corpo. De repente, tudo parecia perfeito: uma hora inteira a nossa frente e nenhum jeito melhor de gastá-la. Tive de me controlar para não sair rindo feito uma boba nem começar a dar pulos na calçada como uma criança pequena. Não faz muito tempo, cuidando de Tommy, mencionei nossa viagem a Norfolk e ele me disse que sentiu exatamente o mesmo. Aquele instante em que decidimos ir atrás da minha fita perdida foi como se, de repente, todas as nuvens tivessem se dissipado e não houvesse mais nada a não ser diversão e risada nos esperando.

De início, fomos aos lugares errados: sebos ou lojas de segunda-mão cheias de aspiradores usados, onde não havia um único disco. Tommy acabou concluindo que eu entendia tanto do assunto quanto ele e resolveu liderar a expedição. Por um grande acaso, e por pura sorte, na verdade, descobriu imediatamente uma rua com quatro lojas do tipo que procurávamos, uma quase ao lado da outra. As vitrines eram cheias de vestidos, bolsas, almanaques infantis e, quando entrávamos, todas exalavam um cheiro doce de guardado. Havia pilhas de livros amarrotados, caixotes empoeirados repletos de cartões-postais ou de badulaques. Uma das lojas se especializara em artigos *hippies*, ao passo que uma outra vendia medalhas de guerra e fotos de soldados no deserto. Mas todas elas, bem ou mal, tinham ao menos uma ou duas caixas de papelão com elepês e fitas cassete. Fuçamos tudo o que havia dentro daquelas lojas e, para ser bem sincera, após os primeiros minutos, acho que Judy Bridgewater mais ou menos sumiu da nossa mente. Estávamos apenas nos divertindo muito, vendo aquela coisarada toda; nos separávamos e de repente nos víamos lado a lado de novo, às vezes competindo pela mesma caixa de bricabraque largada num canto poeirento cortado por uma réstia de sol.

De repente, é claro, achei a fita. Estava examinando uma prateleira de cassetes, o pensamento longe, quando ei-la debaixo dos meus dedos, idêntica à de antes: Judy, seu cigarro, seu olhar meio coquete para o *barman*, as palmeiras desfocadas ao fundo.

Não soltei nem mesmo uma exclamação, conforme vinha fazendo toda vez que topava com algo ligeiramente arrebatante. Continuei ali parada, muito quieta, olhando para a caixinha de plástico, sem saber ao certo se estava feliz ou não. Por uma fração de segundo, me pareceu até que fora um erro. A fita tinha sido a desculpa perfeita para alguns momentos de pura diversão e, agora que aparecera, teríamos de parar. Talvez por isso, para meu próprio espanto, mantive silêncio de início; por isso cheguei a pensar em fingir não tê-la visto. Mas com a fita ali, senti um certo embaraço, como se ela pertencesse aos meus tempos de criança. Cheguei até a flexionar o dedo e puxar o cassete seguinte da fila. Mas lá estava a lombada, com o nome escrito, me olhando, e no fim acabei chamando Tommy.

"É essa mesmo?" Ele parecia genuinamente cético, talvez por eu não ter feito muita festa. Tirei a caixinha de plástico da prateleira e a segurei com as duas mãos. De repente, senti um prazer imenso — e algo mais também, algo mais complicado que ameaçava me fazer cair no choro. Mas controlei a emoção e apenas dei um puxão no braço de Tommy.

"É, é essa mesmo", disse eu e, pela primeira vez, sorri emocionada. "Dá para acreditar numa coisa dessas? Nós achamos a fita!"

"Você acha que pode ser a mesma? Quer dizer, a mesma de antes? A que você perdeu?"

Virando a caixinha na mão, percebi que era capaz de me lembrar de todos os detalhes, do que havia no verso, dos títulos das faixas, tudo.

"Eu sei lá. Poder, pode, Tommy. Mas deve haver milhares de fitas iguais a esta espalhadas pelo mundo."

E então foi minha vez de reparar que Tommy não parecia estar tão triunfante quanto deveria.

"Tommy, você não me parece lá muito contente por mim", censurei, ainda que num tom claramente jocoso.

"Eu *estou* contente por você, Kath. É só que, bom, eu é que gostaria de ter encontrado." Depois deu uma risadinha breve e acrescentou: "Naquela época, quando você perdeu a fita, eu costumava ficar imaginando como seria se eu a encontrasse e levasse para você. O que você diria, sua cara, essa coisa toda".

    Sua voz tinha saído mais branda que de hábito e ele não tirava os olhos da caixinha que eu segurava. De repente, me senti meio constrangida de ver que éramos as únicas pessoas lá dentro, fora o velhinho atrás do balcão, na frente da loja, absorto num livro. Estávamos bem nos fundos, numa espécie de plataforma suspensa, mais escura e isolada que as outras dependências, como se o velho não quisesse pensar a respeito das mercadorias na nossa área e tivesse, mentalmente, erguido uma barreira em volta dela. Durante vários segundos, Tommy permaneceu nesse transe, repassando na mente uma daquelas suas antigas fantasias de recuperar minha fita perdida. De repente, arrancou a caixinha da minha mão.

    "Bom, pelo menos eu posso *comprá-la* para você." E, com um sorriso largo no rosto, antes que eu pudesse impedi-lo, saiu na direção do balcão.

    Continuei olhando o que havia nos fundos da loja, enquanto o velho procurava a fita que pertencia à caixinha. Eu ainda sentia uma pontada de tristeza pela rapidez com que a busca terminara e foi só mais tarde, já de volta ao Casario, sozinha no quarto, que dei o devido valor ao fato de ter recuperado a minha fita — e a minha música. Mesmo então, era mais nostalgia do que qualquer outra coisa e, hoje em dia, quando dou com ela, as lembranças que tenho daquela tarde em Norfolk são tão fortes quanto as que guardei dos tempos de Hailsham.

    Ao sairmos da loja, eu estava ansiosa para recuperar o ânimo descuidado e quase idiota em que nos encontrávamos antes. Mas quando fiz uma ou duas gracinhas, Tommy, absorto com alguma coisa, não fez caso.

Começamos a subir uma trilha muito íngreme e a certa altura — talvez uns cem metros adiante — vimos uma espécie de mirante à beira do penhasco, com bancos de frente para o mar. No verão, seria um lugar fantástico para uma família comum fazer um piquenique. Apesar do vento gelado, acabamos indo na direção dele; no entanto, quando ainda faltava um pouco para chegarmos, Tommy reduziu sensivelmente a marcha e me disse:

"A Chrissie e o Rodney têm verdadeira obsessão por essa ideia. De que as doações são adiadas quando um casal está apaixonado mesmo. Os dois enfiaram na cabeça que nós sabemos tudo a respeito do assunto, mas ninguém nunca falou nada disso conosco em Hailsham. Pelo menos eu nunca ouvi nada. Por acaso você ouviu, Kath? Claro que não. É mais uma novidade que anda circulando entre os veteranos. E certas pessoas, como a Ruth, por exemplo, estão botando lenha na fogueira."

Olhei atentamente para Tommy, mas era difícil dizer se ele tinha dito aquilo com um sentimento de simpatia ou se com uma espécie de aversão. De qualquer modo deu para ver que estava com outras coisas na cabeça, que não tinham nada a ver com Ruth, portanto não falei mais nada e esperei. No fim, ele acabou parando completamente e começou a cutucar um copo de papel já amassado jogado no chão.

"Para falar a verdade, Kath", disse ele, "andei pensando a respeito. E tenho certeza de que nós temos razão. Nunca houve menção nenhuma a esse assunto em Hailsham. Por outro lado havia um monte de coisas que não faziam muito sentido. E eu andei pensando que se forem verdade, esses rumores, então eles podem esclarecer muita coisa. Coisas que nos deixavam meio intrigados."

"Como assim? Que tipo de coisas?"

"A Galeria, por exemplo." Tommy havia baixado a voz e fui obrigada a me aproximar mais, como se ainda estivéssemos em

Hailsham, conversando na fila do almoço ou à beira do lago. "Nós nunca chegamos a esclarecer para que servia a Galeria. Por que Madame levava embora os melhores trabalhos. Mas agora acho que sei por quê. Kath, você se lembra daquela época em que todo mundo começou a discutir o problema dos vales? Se as pessoas deveriam ou não receber vales para compensar as coisas que Madame levava embora? E o Roy J. foi falar com a Miss Emily a respeito? Bom, teve uma coisa que a Miss Emily falou, uma coisa que ela deixou escapar, e é isso que me fez pensar."

Duas mulheres passavam com os cachorros nas guias e, embora fosse pura idiotice, ambos paramos de falar até que elas tivessem subido um pouco mais a ladeira e já não pudessem nos ouvir. Então eu disse:

"Que coisa, Tommy? Que coisa foi essa que a Miss Emily deixou escapar?"

"Quando o Roy J. perguntou a ela por que Madame levava nossas coisas embora. Você se lembra de qual foi a resposta dela, na ocasião?"

"Lembro de ela ter dito que era um privilégio, e que nós deveríamos sentir orgulho..."

"Mas não foi só isso." Àquela altura Tommy já estava quase sussurrando. "O que ela falou para o Roy, o que ela deixou escapar, e que provavelmente não tinha intenção de deixar escapar, você se lembra, Kath? Ela disse para o Roy que coisas como pinturas, poesia, esse tipo de coisa, *revelavam como a gente é por dentro*. Ela disse que elas *revelavam a alma*."

Quando Tommy disse isso, de repente, não sei por quê, me lembrei de um desenho que Laura havia feito, uma vez, dos próprios intestinos, e ri. Mas algo me vinha voltando.

"É verdade. Agora me lembro. E onde é que você quer chegar com isso?"

"O que eu acho é o seguinte. Suponha que seja verdade isso

que os veteranos estão dizendo. Suponha que *haja* algumas disposições especiais para os alunos de Hailsham. Suponha que duas pessoas possam mesmo dizer que estão realmente apaixonadas e que desejam um tempo extra para ficarem juntas. Pois bem, Kath, nesse caso, tem de haver um jeito de avaliar se essas duas pessoas estão de fato falando a verdade. De ver se o que elas dizem não é só para adiar as doações. Percebe que seria muito difícil decidir isso? Ou, então, um casal que acha que está superapaixonado, mas no fundo é só atração sexual. Ou paixonite passageira. Entende o que estou querendo dizer, Kath? Seria dificílimo julgar e provavelmente é impossível acertar todas as vezes. Mas seja quem for que decide, Madame ou outra pessoa qualquer, o fato é que *ela precisa de algo em que se basear.*"

Meneei devagar a cabeça. "Quer dizer que era por isso que eles levavam os nossos trabalhos..."

"Pode ter sido. Madame tem uma galeria, em algum lugar, repleta de trabalhos nossos, desde que éramos pequenos. Vamos supor que apareça um casal se dizendo apaixonado. Ela tem como encontrar os trabalhos que eles produziram durante vários e vários anos. Tem como ver se batem. Se combinam. Não se esqueça, Kath, de que as coisas que ela tem revelam a nossa alma. E ela pode decidir, sozinha, o que é um bom relacionamento e o que é paixonite boba."

Comecei a andar outra vez, bem devagar, mal olhando adiante. Tommy me seguiu, à espera de uma resposta.

"Eu não sei não", falei por fim. "O que você falou com certeza explica o que a Miss Emily disse ao Roy. E imagino que também explica por que os guardiões sempre fizeram tanta questão de que a gente soubesse pintar e coisa e tal."

"Exato. E é por isso..." Tommy suspirou, antes de prosseguir com um certo esforço. "Por isso a Miss Lucy foi obrigada a admitir que tinha se enganado quando me disse que na verdade não importava. Ela tinha dito aquilo de dó de mim, na época. Mas bem que ela *sabia* que importava sim. O grande lance de ser de Hailsham é justamente ter essa chance especial. E quem não consegue pôr um trabalho sequer na Galeria de Madame para todos os efeitos está jogando essa oportunidade no lixo."

Foi depois de ele ter dito isso que, de repente, me dei conta. Com um calafrio, percebi para onde aquela conversa nos levava. Parei e virei-me, mas, antes que eu pudesse falar, Tommy soltou uma risadinha.

"Se entendi essa história direito, bom, então parece que eu acabei com todas as minhas chances."

"Tommy, você tem *alguma* coisa na Galeria? De quando você era bem mais novo, quem sabe?"

Ele já estava sacudindo a cabeça. "Você sabe que eu sempre fui imprestável para essas coisas. E depois teve aquele negócio com a Miss Lucy. Sei que a intenção dela foi boa. Ela teve pena de mim e quis me ajudar. Tenho certeza de que foi isso. Mas, se a minha teoria estiver correta, então eu..."

"É só uma teoria, Tommy. E você sabe como são as suas teorias."

Eu queria aliviar um pouco a tensão, mas não acertei no tom e devia estar muito óbvio que eu continuava pensando a respeito do que acabara de ouvir. "Pode ser que eles tenham um monte de outras maneiras de julgar", disse após alguns momentos. "Pode ser que a arte seja apenas uma entre várias formas diferentes."

Tommy sacudiu a cabeça outra vez. "Como o quê, por exemplo? Madame nunca chegou a nos conhecer. Ela não seria capaz de se lembrar de nós, individualmente. Além do mais, não deve ser ela quem decide sozinha. Muito provavelmente tem gente acima dela, gente que nunca nem pôs os pés em Hailsham. Já pensei muito sobre esse assunto, Kath. E tudo se encaixa. É por isso que a Galeria era tão importante e que os guardiões faziam tanta questão que aperfeiçoássemos nossa arte e nossa poesia. Kath, no que você está pensando?"

De fato, eu tinha me distanciado um pouco da conversa. Na verdade, estava pensando naquela tarde em que me encontrava sozinha no dormitório, tocando a mesma fita que havíamos acabado de redescobrir; no dia em que eu me balançava de um lado para outro, com um travesseiro no peito, e Madame ficou me olhando da porta, com lágrimas nos olhos. Até mesmo aquele episódio, para o qual eu jamais havia encontrado uma explicação plausível, parecia se adequar à teoria de Tommy. Na minha cabeça, eu imaginava estar segurando um bebê, mas é claro que Madame não poderia saber disso. Deve ter imaginado que eu estava abraçando um namorado. Se a teoria de Tommy estivesse correta, se o único objetivo da ligação de Madame conosco fosse o de adiar as doações quando, mais tarde, nós nos apaixonássemos, então fazia sentido — apesar de toda a sua frieza habitual — que ela tivesse se comovido tanto com uma cena daquelas. Tudo isso me passou pela cabeça em questão de segundos e quase contei a Tommy. Mas me segurei porque desejava minimizar a importância da teoria dele.

"Eu estava só pensando no que você me disse, só isso. Acho melhor a gente começar a voltar, agora. Podemos levar um tempinho até encontrar o estacionamento."

Começamos a descer de novo a ladeira, mas sabíamos que ainda tínhamos tempo e não apertamos o passo.

"Tommy", perguntei, depois de termos caminhado um pouco. "Você já comentou isso com a Ruth?"

Ele balançou a cabeça e continuou a andar. A certa altura, disse: "O problema é que a Ruth acredita em tudo o que os veteranos estão dizendo. Verdade que ela gosta de fingir que sabe muito mais do que sabe. Mas acredita neles de fato. E, mais cedo ou mais tarde, vai querer levar adiante".

"Você está dizendo que ela vai querer..."

"Vai. Vai querer se candidatar. Só que ainda não examinou direito a questão. Não como nós fizemos agora."

"Você nunca contou para ela a sua teoria sobre a Galeria?"

Tommy sacudiu a cabeça de novo, mas não disse nada.

"Se você contar para ela a sua teoria", falei, "e ela achar plausível... Bom, aí acho que ela vai ficar uma fera."

Com ar pensativo, Tommy continuou calado. Só voltou a falar quando entramos de novo nas vielas estreitas do centro e, então, sua voz saiu receosa.

"Na verdade, Kath, eu *tenho* feito umas coisas. Só por garantia. Não contei a ninguém, nem mesmo para a Ruth. É só um começo."

Foi essa a primeira vez que ouvi falar dos animais imaginários de Tommy. Quando ele começou a contar o que estava fazendo — eu só fui ver seu trabalho semanas depois —, tive dificuldade em demonstrar entusiasmo. Na verdade, devo admitir que, na hora, me lembrei daquele elefante na relva, o desenho original que desencadeara tantos problemas para ele, em Hailsham. A inspiração, como me explicou, saíra de um velho livro infantil sem a capa que encontrara atrás de um sofá no Casario. Em seguida convencera Keffers a lhe dar um dos caderninhos pretos em que anotava as despesas, e, desde então, já fizera pelo menos uma dúzia de criaturas fantásticas.

"O negócio é que agora estou fazendo tudo bem pequeno. Minúsculo. Nunca pensei nisso, em Hailsham. Acho que talvez tenha sido meu grande erro. Quando você faz eles bem pequenos, e você é obrigado a fazer desse tamanho, porque as páginas são pequenas, tudo muda de figura. É como se eles adquirissem vida própria. E aí você tem que botar um monte de detalhes diferentes em cada um. Precisa pensar em como eles se defendem, em como eles pegam o que lhes interessa. Sério, Kath, esses desenhos não têm nada a ver com as coisas que eu fazia em Hailsham."

Ele começou a descrever seus bichos prediletos, mas não consegui me concentrar: quanto mais animado ele ficava, falando sobre suas criações, mais desconforto eu sentia. "Tommy", eu queria dizer a ele, "você vai acabar sendo ridicularizado por todo mundo de novo. Bichos imaginários? Onde você está com a cabeça?" Só que não disse. Apenas olhei muito cautelosamente para ele e repeti várias vezes: "Mas que bom, Tommy, que notícia boa".

A certa altura, ele me disse: "Mas é como eu falei, a Ruth ainda não sabe de nada sobre os meus bichos". E, ao dizer isso, pelo visto se lembrou do resto, e do porquê de termos começado a falar deles, porque a energia sumiu de sua fisionomia. Continuamos caminhando em silêncio até que saímos na rua do Comércio, quando então eu falei:

"Bom, mas mesmo que haja um fundo de verdade na sua teoria, Tommy, tem muito mais coisa que ainda precisamos descobrir. Para começo de conversa, como é que um casal faz para se candidatar? O que eles precisam fazer? Porque eu nunca vi nenhum formulário dando sopa por lá."

"Já me perguntei sobre isso também." A voz estava de novo mansa e solene. "E só vejo um caminho a seguir. O único jeito é encontrar Madame."

Pensei um pouco a respeito, depois rebati: "Isso pode não ser tão simples assim. Nós não sabemos coisa alguma a respeito dela. Não sabemos nem mesmo o nome dela. E por acaso você se lembra de como ela era? A mulher não gostava que a gente chegasse nem perto. Mesmo que vocês conseguissem descobrir seu paradeiro, não acho que ela fosse ajudar grande coisa".

Tommy suspirou. "Eu sei. Bom, mas acho que temos tempo. Ninguém está com pressa."

Até chegarmos ao estacionamento, o tempo fechara e esfriara bastante. Não havia nem sinal dos outros, ainda, portanto Tommy e eu nos encostamos no carro e ficamos olhando o minicampo de golfe. Não havia ninguém jogando e as bandeirinhas tremulavam ao vento. Eu não queria mais falar sobre Madame, nem sobre a Galeria e aquela história toda, por isso tirei a fita de Judy Bridgewater da sacolinha e lhe dei uma boa examinada.

"Obrigada pelo presente, Tommy", falei.

Tommy sorriu. "Se eu tivesse chegado até aquela caixa de fitas, e se você estivesse olhando os discos, eu teria achado antes. Foi pura falta de sorte do coitado do velho Tommy."

"Não faz a menor diferença. Nós só encontramos esta fita porque você propôs que fôssemos procurar. Eu tinha esquecido completamente o papo de canto perdido. Depois de tudo o que a Ruth falou, perdi o bom humor. Judy Bridgewater. Minha velha amiga. Parece que ela nunca se foi. Quem será que roubou a fita de mim, na época?"

Por alguns momentos, viramo-nos para a rua, tentando ver se os outros estavam se aproximando.

"Quando a Ruth disse aquilo, e eu vi como você ficou chateada..."

"Esquece, Tommy. Já estou bem de novo, passou. E não vou tocar no assunto de novo, quando ela aparecer."

"Não, não era isso que eu ia dizer." Tommy desencostou-se do carro, virou-se e comprimiu um pé no pneu da frente, como se estivesse testando a calibragem. "O que eu quis dizer foi que eu percebi, naquela hora, quando a Ruth falou aquelas coisas todas, percebi por que você vive folheando aquelas revistas de mulher pelada. Bom, está certo, eu não *percebi*. É só uma teoria. Mais uma das minhas teorias. Mas quando a Ruth falou aquilo, as coisas meio que se encaixaram."

Eu sabia que ele estava me olhando, mas mantive o olhar reto e não disse nada.

"Mas eu ainda não entendi muito bem, Kath", Tommy disse por fim. "Mesmo que seja como a Ruth falou, e eu não acho que é, por que você vive procurando seus possíveis em revistas antigas de mulher pelada? Por que seu modelo teria de ser uma daquelas garotas?"

Dei de ombros, ainda sem olhá-lo de frente. "Eu nunca disse que fazia sentido. É só algo que eu faço, mais nada." Havia algumas lágrimas ameaçando saltar dos meus olhos e tentei escondê-las de Tommy. Minha voz, porém, me traiu, quando disse: "Se irrita você tanto assim, eu não olho mais".

Não sei se Tommy viu as lágrimas. De todo modo, elas já estavam sob controle quando ele se aproximou de mim e passou o braço pelo meu ombro. Ele já havia feito isso antes, algumas vezes, e não era nada de especial nem de novo. Mas sei lá por que, senti-me melhor e dei uma risadinha. Ele me soltou, mas continuamos lado a lado, quase tocando um no outro, encostados no carro.

"Bom, certo, não tem o menor sentido", falei. "Mas todos nós fazemos a mesma coisa, é ou não é? Todos nós fazemos perguntas sobre nossos modelos. Afinal, foi por isso que viemos para cá, hoje. Todos nós fazemos isso."

"Kath, você sabe, não sabe, que eu nunca disse uma palavra para ninguém? Sobre aquela vez no barracão da caldeira. Nem para a Ruth, para ninguém. Mas eu não consigo entender. Não consigo mesmo."

"Certo, Tommy. Então eu conto. Mas pode ser que, mesmo depois de eu ter contado, continue sem sentido para você. É que às vezes, muito ocasionalmente, eu sinto uma coisa muito forte, quando quero transar. Às vezes, sem mais nem menos, me vem um ímpeto e, durante uma ou duas horas, é de assustar. A impressão que eu tenho é que posso acabar transando até com o velho

Keffers, de tão forte que é a vontade. Foi por isso... foi só por isso que eu transei com o Hughie. E com o Oliver. No fundo, não significou nada. Eu nem gosto muito deles. Eu não sei o que é, mas depois, quando passa a sensação, me dá até medo. Foi por isso que eu comecei a pensar, bom, de algum lugar isso veio. Tem que haver uma relação com o jeito como eu sou." Calei-me uns momentos, mas, vendo que Tommy não dizia nada, continuei: "Por isso comecei a achar que, encontrando a foto dela numa daquelas revistas, haveria pelo menos uma explicação. Mas nunca me passou pela cabeça ir procurá-la nem nada parecido. É só pra, você sabe, meio que explicar por que eu sou do jeito que sou".

"Eu também sinto isso, às vezes", disse Tommy. "Quando me dá realmente vontade de transar. E desconfio que todo mundo também sente, só que não admite. Não acho que haja nada de diferente com você, Kath. Para ser sincero, eu fico assim um bocado..." Calou-se e em seguida riu, mas eu não ri com ele.

"O que eu estou falando é diferente. Já observei outras pessoas. Elas ficam a fim de transar, mas isso não leva ninguém a fazer certas coisas. Ninguém faz coisas como as que eu já fiz, de transar com gente como o Hughie..."

Talvez eu tenha começado a chorar de novo, porque senti o braço de Tommy voltar ao meu ombro. Mas, por mais perturbada que estivesse, continuei consciente de onde nos encontrávamos e fiz uma rápida checagem mental para que, caso Ruth e os outros surgissem na rua e nos vissem naquela situação, não houvesse o menor espaço para mal-entendidos. Nós continuávamos lado a lado, encostados no carro, e eles veriam que eu estava chateada com alguma coisa e que Tommy me consolava. E foi quando eu o ouvi dizer:

"Não creio que seja necessariamente algo ruim. Quando você encontrar alguém, Kath, alguém com quem realmente queira estar, então talvez acabe sendo muito bom. Lembra-se do que os guardiões costumavam dizer para nós? Quando é com a pessoa certa, faz você se sentir muito bem."

Fiz um movimento com o ombro para me soltar do braço de Tommy e, em seguida, respirei fundo. "Vamos esquecer esse assunto. De todo modo, estou começando a controlar cada vez melhor esses ímpetos, quando eles vêm. Portanto, ponto final."

"Mesmo assim, Kath, é burrice ficar procurando naquelas revistas."

"É burrice, certo. Tommy, deixa isso pra lá. Agora eu já estou bem."

Não me lembro sobre o que mais conversamos até os outros chegarem. Não falamos mais a respeito de coisas sérias e, se os outros pressentiram algo no ar, não comentaram nada. Estavam de bom humor e Ruth, sobretudo, parecia decidida a oferecer compensações pelo papelão recente. Aproximou-se, tocou meu rosto, gracejou e, depois que entramos no carro, fez questão de manter uma atmosfera jovial. Ela e Chrissie acharam tudo o que se referia a Martin totalmente hilário e, agora que haviam deixado o apartamento, estavam adorando a oportunidade de poder rir abertamente dele. Rodney não parecia muito satisfeito com as chacotas e reparei que Ruth e Chrissie exageravam de propósito, só para tirá-lo do sério. Tudo, porém, numa atmosfera muito afável. O que eu notei, na verdade, foi que, se antes Ruth tinha feito tudo para nos manter na ignorância, a Tommy e a mim, agora fazia questão de se virar para o meu lado e explicar com o maior cuidado tudo o que estava sendo dito. Aliás ficou um tanto cansativo, depois de um tempo, porque era como se toda a conversa dentro daquele carro fosse para o nosso — ou pelo menos para o meu — proveito. Contudo fiquei contente com o esforço de Ruth. Compreendi — assim como Tommy — que ela sabia que tinha se comportado muito mal e aquela era sua maneira de admitir isso. Estávamos sentados como antes, com ela no meio, mas

Ruth passou o tempo todo falando comigo; vez por outra virava-
-se para Tommy para lhe fazer um carinho ou até mesmo lhe dar
um beijo. A atmosfera era boa e ninguém tocou no possível de
Ruth nem nada parecido. E eu também não mencionei a fita de
Judy Bridgewater que Tommy comprara para mim. Sabia que
Ruth acabaria descobrindo, mais cedo ou mais tarde, mas não
queria que ela soubesse, não ainda. Naquela viagem de volta para
casa, com a escuridão descendo sobre as longas estradas desertas,
era como se nós três estivéssemos muito próximos de novo e eu
não queria que nada interrompesse aquela sensação.

16.

O esquisito a respeito dessa nossa viagem a Norfolk foi que, depois que voltamos, pouco falamos sobre ela. Tanto que, após um tempo, surgiram inúmeros boatos em torno do que havíamos aprontado por lá. Mas assim mesmo continuamos calados até que, aos poucos, as pessoas perderam o interesse.

Continuo sem muita certeza do porquê. Talvez achássemos que caberia a Ruth decidir o quanto dizer e estávamos esperando que ela desse a deixa. E ela, por um motivo ou outro — talvez por constrangimento, porque o resultado não fora o esperado, talvez porque estivesse curtindo o mistério —, não abrira a boca sobre o assunto. Mesmo entre nós, evitávamos falar sobre a viagem.

Esse clima de segredo tornava mais fácil, para mim, ocultar de Ruth o fato de Tommy haver me dado a fita de Judy Bridgewater. Não cheguei a esconder o presente. A fita ficava guardada ao lado das outras todas, numa das pilhas junto ao rodapé, parte da minha coleção. Mas eu sempre tomava cuidado para não deixá-la fora ou no topo da pilha. Em determinados momentos eu sentia uma vontade tremenda de lhe contar, para podermos relembrar coisas de Hailsham ao som daquela trilha musical. Porém não dizia nada, e quanto mais nos distanciávamos da viagem a Norfolk, mais culpado ficava o segredo. Claro que, no fim, bem mais tarde, Ruth acabou vendo a fita, e num momento provavelmente muito pior para ela, mas assim são os golpes de sorte, às vezes.

Com a chegada da primavera, a impressão é que havia cada vez mais veteranos indo embora para fazer o treinamento e, embora eles se fossem da maneira habitual, sem grandes comoções, os números estavam ali e não havia como negá-los. Não sei direito quais eram nossos sentimentos, ao testemunhar a partida deles. Desconfio que em certa medida sentíamos inveja dos que iam embora. A sensação era a de que estavam indo para um mundo maior e mais emocionante. Mas é claro que, sem sombra de dúvida, o fato de estarem partindo nos incomodava cada vez mais.

Depois, acho que lá por meados de abril, Alice F. tornou-se a primeira da turma de Hailsham a partir, e, logo depois disso, Gordon C. também se foi. Ambos tinham pedido para iniciar o treinamento e partiram com sorrisos alegres, mas, depois disso, e pelo menos para a nossa turma, a atmosfera no Casario mudou para sempre.

Muitos veteranos também pareciam afetados pelas despedidas frequentes e, talvez justamente por isso, tenha havido uma nova onda de rumores muito parecidos ao que Chrissie e Rodney haviam trazido à tona em Norfolk. Corriam boatos de que alunos em outras partes do país estavam obtendo adiamento por terem conseguido provar que estavam apaixonados — e agora falava-se que muito de vez em quando eram alunos sem qualquer ligação com Hailsham. E, de novo, nós cinco, que tínhamos estado em Norfolk, evitávamos o tema; até mesmo Chrissie e Rodney, que sempre participavam ativamente desse tipo de papo, começaram a desconversar, ambos meio sem graça, toda vez que começavam os boatos.

Até Tommy e eu acabamos afetados pelo "efeito Norfolk".

Eu presumira que, depois de voltarmos, aproveitaríamos toda e qualquer oportunidade, sempre que estivéssemos a sós, para trocar ideias sobre sua teoria a respeito da Galeria. Mas por algum motivo — e não por desejo dele ou meu — isso nunca aconteceu. A única exceção, acho eu, foi aquela manhã na casa das pombas, no dia em que ele me mostrou seus bichos imaginários.

O galpão que nós chamávamos de casa das pombas ficava já na área periférica do Casario e, com um telhado forrado de goteiras e uma porta permanentemente fora dos gonzos, não era usado para muita coisa além de refúgio para encontros amorosos durante os meses mais quentes. Àquela altura, eu já havia me habituado a dar longos passeios solitários e creio que saíra para um desses — estava passando pela casa das pombas — quando escutei Tommy me chamar da porta. Virei-me e lá estava ele, descalço, equilibrando-se muito desajeitadamente num trecho seco rodeado por poças enormes, uma das mãos apoiada na parede do galpão, para não cair.

"O que houve com as suas galochas, Tommy?", perguntei. Fora os pés descalços, estava vestido com a malha grossa de sempre e a calça jeans.

"Eu estava, você sabe, *desenhando*..." Riu e levantou um caderninho de capa preta, igual aos que Keffers carregava para todo canto. Fazia já uns dois meses de nossa viagem a Norfolk, mas percebi, logo que vi o caderno, do que se tratava. Entretanto esperei até que ele me dissesse:

"Se você quiser, Kath, eu lhe mostro."

Tommy entrou na frente na casa das pombas, saltitando no terreno irregular. Eu esperava um ambiente escuro, mas o sol jorrava das claraboias. Encostadas numa das paredes, havia diversas peças de mobília descartadas nos últimos anos — mesas quebradas, geladeiras velhas, esse tipo de coisa. Pelo visto Tommy arrastara para o meio do galpão um sofá de dois lugares, com o estofo escapando para fora do plástico preto, e logo percebi que devia ser ali que estava sentado, fazendo seu desenho, quando eu passei. Vi as botas dele ali pertinho, caídas para um lado, com as meias de futebol saindo para fora.

Tommy saltou de volta para o sofá e começou a esfregar o dedão. "Desculpe meu pé meio fedido. Eu tirei tudo sem perceber. E acho que me cortei. Kath, você quer ver? A Ruth viu tudo na semana passada, e de lá para cá eu vinha querendo mostrar a você. Ninguém mais viu, fora a Ruth. Dê uma olhada, Kath."

Pela primeira vez, eu estava vendo os bichos de Tommy. Em Norfolk, quando ele me contou a respeito, fui logo imaginando versões em miniatura do tipo de desenho que fazíamos quando crianças. De modo que levei um susto ao ver o grau de detalhamento de cada um deles. Na verdade, levei alguns momentos para me dar conta de que eram animais. A primeira impressão fora igual a que temos ao retirar a tampa traseira de um aparelho de rádio: cavidades diminutas, tendões sinuosos, pequenas roscas e rodas, era tudo desenhado com precisão obsessiva, e só quando você afastava o papel é que percebia estar diante de uma espécie de tatu, digamos, ou de um pássaro.

"Este é meu segundo caderno", disse Tommy. "O primeiro eu não mostro nem a pau! Levei um bom tempo até pegar o jeito."

Ele estava deitado de costas no sofá, enfiando a meia no pé e tentando parecer indiferente, mas eu sabia que estava louco para saber minha reação. Mesmo assim, demorei a fazer-lhe um elogio sincero. Talvez em parte por causa do medo de que qualquer trabalho artístico fosse metê-lo em confusão de novo. Mas também porque o que eu tinha diante de mim era completamente diferente de tudo quanto os guardiões haviam nos ensinado a fazer em Hailsham, e eu não sabia como julgar. Mas falei algo como:

"Nossa, Tommy, isso aqui deve exigir uma concentração danada. Como é que você consegue enxergar direito aqui dentro para fazer todas essas coisinhas minúsculas?" E então, enquanto continuava folheando o caderno, talvez porque ainda estivesse me debatendo para encontrar o comentário certo a fazer, me saí com: "O que será que Madame diria, se visse os seus desenhos?".

Falei isso em tom de brincadeira e Tommy respondeu com um risinho, mas de repente surgiu algo ali no ar que não existia antes. Continuei virando as páginas — ele desenhara quase um quarto do caderno — sem erguer os olhos, desejando nunca ter tocado no assunto de Madame. Por fim, ouvi-o dizer:

"Desconfio que ainda vou ter que melhorar muito até *ela* dar uma olhada nos meus desenhos."

Não tenho bem certeza se essa era a dica para que eu lhe dissesse que o trabalho era muito bom mesmo, mas, àquela altura, eu já me sentia genuinamente atraída por aquelas criaturas fantásticas. Apesar de suas silhuetas metálicas, precisas, havia algo de delicado, até mesmo de vulnerável em todas elas. Lembrei-me então de ele haver dito, em Norfolk, que se preocupava muito, enquanto criava os bichos, em como eles iriam se defender, como iriam alcançar e pegar as coisas, e, olhando para eles, naquele momento, senti o mesmo tipo de preocupação. Mesmo assim, por algum motivo que eu não conseguia decifrar, continuava me sentindo impedida de elogiá-lo. Foi então que Tommy falou:

"De qualquer modo, não é só por isso que estou fazendo esses bichos. Eu simplesmente gosto de desenhá-los. E estava me perguntando, Kath, se eu deveria continuar mantendo segredo disso. Andei pensando que talvez não haja mal nenhum em deixar que os outros saibam. A Hannah ainda faz as aquarelas dela, e tem um monte de veteranos que também fazem coisas. Não é que eu vá sair por aí *mostrando* para todo mundo, não é bem isso. Mas estive pensando, bom. Não há mais motivo para eu manter isso em segredo."

Por fim consegui erguer os olhos e encarar Tommy para lhe dizer algo com toda a convicção: "De fato, não há motivo nenhum, não mesmo. Estes desenhos são bons. Muito, mas muito bons mesmo. Na verdade, se você veio se esconder aqui para manter segredo, é tolice".

Tommy não disse uma palavra, mas uma espécie de sorrisinho maroto surgiu em seu rosto, como se estivesse se divertindo com uma piada particular; eu sabia que tinha ficado feliz com o meu comentário. Acho que não falamos mais muita coisa, depois disso. Tenho a impressão de que, logo em seguida, ele calçou as Wellingtons e nós dois saímos da casa das pombas. E, como eu disse, essa foi praticamente a única vez em que Tommy e eu nos referimos diretamente à teoria dele, naquela primavera.

Depois vieram o verão e uma nova turma e, com eles, o momento em que completamos um ano de Casario. Os estudantes chegaram num micro-ônibus, do mesmo jeito como havíamos feito, mas nenhum deles vinha de Hailsham. Sob certos aspectos, isso foi um alívio; acho que estávamos todos ficando meio ansiosos com a possibilidade de que uma nova leva de Hailsham pudesse complicar as coisas. Entretanto para mim, pelo menos, essa ausência apenas reforçou a sensação de que Hailsham ficara para trás, no passado: os laços que uniam nossa antiga turma estavam se esgarçando. Não era só pelo fato de pessoas como Hannah falarem o tempo todo em seguir o exemplo de Alice e começar o treinamento; outras, como Laura, tinham arranjado namorados que não eram de Hailsham e já nem mais pareciam ter muita coisa a ver conosco.

E também havia o jeito como Ruth vivia fingindo ter esquecido fatos ocorridos em Hailsham. Certo, reconheço que eram na grande maioria coisas triviais, mas isso foi me irritando cada vez mais. Houve o dia, por exemplo, em que estávamos sentados em volta da mesa da cozinha, depois de um comprido café da manhã, Ruth, eu e alguns veteranos. Um dos veteranos havia dito que comer queijo tarde da noite dava pesadelo e eu me virei para Ruth e disse algo como: "Lembra? Miss Geraldine sempre dizia isso para nós". Foi apenas um comentário despretensioso e teria bastado um menear de cabeça ou um sorriso de Ruth. Mas ela fez questão de me olhar como se não tivesse a menor ideia do que eu estava falando. Somente quando me voltei para os veteranos e expliquei: "Uma das nossas guardiãs", é que me fez um gesto de cabeça, com as sobrancelhas arqueadas, como se tivesse acabado de se lembrar.

Deixei passar batido, aquela vez. Mas houve uma outra ocasião em que reagi de modo diferente: na tarde em que estávamos sentadas num velho ponto de ônibus. Fiquei brava, nesse dia, porque uma coisa era fingir na frente dos veteranos e outra, bem diferente, era fingir quando estávamos só nós duas, no meio de uma conversa séria. Eu havia comentado, de passagem, que em Hailsham era proibido pegar o atalho pelo canteiro de ruibarbo para ir até o lago. Quando ela me lançou aquele seu olhar intrigado, deixei de lado o que estava falando. "Ruth, não tem como você ter se esquecido disso", disse eu. "Portanto não me venha com essa."

Talvez, se eu não a tivesse interpelado de forma tão dura — se tivesse levado na brincadeira e continuado a conversa —, ela acabasse percebendo como era absurdo seu comportamento e desse risada. Mas, como a repreendi, Ruth me fuzilou com os olhos e disse:

"E que importância tem isso, afinal? O que o canteiro de ruibarbo tem a ver com a história? Deixa isso pra lá e continua com o que você ia dizendo."

A noite vinha chegando devagar, depois de um longo entardecer de verão, e, com a tempestade recente, o ponto de ônibus parecia meio úmido, embolorado. Um dos motivos de eu não estar com cabeça para explicar a ela qual a importância. Deixei a questão de lado, continuamos com a nossa conversa, mas a atmosfera havia esfriado e não nos ajudaria a resolver a difícil questão em pauta.

Mas, para explicar sobre o que estávamos conversando, aquela tarde, é preciso voltar um pouco no tempo. Na verdade, será preciso voltar várias semanas, até o comecinho do verão. Eu estava tendo um relacionamento com um dos veteranos, um menino chamado Lenny, que, para ser franca, se concentrava mais em sexo. De repente, porém, Lenny optou por começar o treinamento e foi embora. Isso me deixou arrasada e Ruth foi formidável, zelando pelo meu bem-estar sem fazer escândalos, sempre pronta a me alegrar se eu parecia tristonha. Também me fez diversos pequenos favores, como por exemplo me preparar um sanduíche ou me substituir no rodízio da limpeza.

E então, cerca de uns quinze dias depois de Lenny ter ido embora, quando estávamos sentadas no meu quarto no sótão, após a meia-noite, conversando e tomando um chá, Ruth me fez dar boas risadas dele. Lenny não era um mau sujeito, mas, depois que contei a ela alguns fatos mais íntimos, tudo que dizia respeito a ele começou a parecer hilário, não conseguíamos parar de rir. A certa altura, Ruth se pôs a passar o dedo pelas fitas cassetes que eu guardava em pequenas pilhas, junto ao rodapé. Fazia isso de um jeito meio distraído, enquanto ria, mas, posteriormente, houve momentos em que suspeitei que a coisa não fora assim tão por acaso, que ela já tinha reparado na fita dias antes, que talvez houvesse até dado uma examinada nela, para ter certeza, antes de aguardar o melhor momento de "encontrá-la". Anos depois, com muita delicadeza, insinuei-lhe isso, mas Ruth não deu mostras de saber do que eu estava falando, de modo que talvez eu estivesse errada. De toda forma, lá estávamos nós, rindo a mais não poder toda vez que eu acrescentava um novo detalhe sobre o pobre do

Lenny, e, de uma hora para outra, foi como se tivessem puxado o plugue da tomada. Deitada de lado sobre o meu tapete, espiando o dorso dos cassetes sob uma luz muito fraca, de repente Ruth estava com Judy Bridgewater nas mãos. Depois do que pareceu uma eternidade, ela disse:

"E há quanto tempo você tem ela de novo?"

Então contei, da forma mais neutra possível, que Tommy e eu havíamos encontrado a fita na viagem, na hora em que ela saíra com os veteranos. Ruth deu mais uma examinada e disse:

"Quer dizer que foi o Tommy que achou para você."

"Não, quem achou fui eu. Eu vi primeiro."

"Nem ele nem você me disseram nada." Ruth deu de ombros. "Pelo menos eu não ouvi."

"Aquela história de Norfolk era verdade. Aquela do canto perdido da Inglaterra."

Passou-me pela cabeça que Ruth iria fingir não se lembrar da referência, mas ela fez um gesto de assentimento, pensativa.

"Eu deveria ter me lembrado disso, no dia. Talvez tivesse encontrado minha echarpe vermelha."

Demos risada e o mal-estar parecia ter passado. Mas houve algo no jeito como Ruth repôs a fita no lugar, sem comentar mais nada, que me fez desconfiar que o assunto ainda não terminara.

Não sei se, à luz do que tinha acabado de descobrir, Ruth controlou o rumo da conversa ou se estávamos caminhando para lá de qualquer maneira e só depois é que ela percebeu que poderia fazer com a sua descoberta o que de fato fez. Voltamos a falar de Lenny, com muitos comentários sobre o jeito como ele fazia sexo, e estávamos de novo às gargalhadas. Naquela altura, acho que eu me sentia apenas aliviada porque Ruth havia finalmente descoberto a fita e não aprontara nenhuma grande cena, de modo que talvez não estivesse sendo tão cuidadosa quanto poderia ter sido. Porque dali a pouco havíamos deixado de rir de Lenny para dar risada de Tommy. De início, tudo me pareceu inofensivo, como se estivéssemos apenas demonstrando nosso afeto por ele. Mas de repente estávamos rindo dos seus bichos.

Como eu disse, eu nunca soube ao certo se foi Ruth quem nos conduziu de propósito para o assunto. Para ser justa, não tenho certeza sequer de que tenha sido ela a primeira a mencionar os bichos. E, depois que começamos, eu ri tanto quanto ela — sobre um que parecia estar de cueca, outro que parecia inspirado num porco-espinho atropelado e por aí afora. Suponho que eu deveria ter dito, em algum momento da conversa, que os animais eram muito bons, que Tommy tinha se saído muitíssimo bem de ter conseguido chegar aonde chegara com eles. Mas não falei nada. Em parte por causa da fita; e, talvez, se eu quiser ser sincera, porque estava contente de achar que Ruth não levava a sério nem os bichos nem tudo mais que eles implicavam. Acho que, quando finalmente dissemos boa-noite, estávamos nos sentindo tão próximas quanto de hábito. Ela tocou em meu rosto, na saída, e disse: "É muito legal o jeito como você sempre se mantém de bom humor, Kathy".

Portanto eu não estava nem um pouco preparada para o que houve no pátio da igreja, vários dias depois. Ruth descobrira, naquele verão, uma linda igrejinha, a menos de um quilômetro do Casario, que tinha, atrás, um terreno irregular com várias lápides debruçadas sobre a relva. O mato estava tomando conta de tudo, mas reinava uma paz enorme ali, e Ruth se habituara a fazer suas leituras num banco próximo à grade dos fundos, debaixo de um enorme salgueiro. De início eu lamentei um pouco esse arranjo, pois ainda me lembrava do verão anterior, quando nos sentávamos todos juntos na grama, bem na frente da casa-grande. Mesmo assim, se estivesse indo naquela direção, numa das minhas caminhadas, e achasse que Ruth talvez estivesse por lá, acabava atravessando o portãozinho de madeira e seguia pela alameda, passando diante dos túmulos entremeados de mato. Naquela tarde fazia calor e o ar estava parado. Eu descia a alameda mergulhada em devaneios, lendo os nomes inscritos nas lápides, quando vi não só Ruth como Tommy no banco sob o salgueiro.

Na verdade apenas Ruth estava sentada nele; Tommy tinha posto o pé sobre o braço enferrujado e fazia algum exercício de alongamento enquanto conversavam. Não pareciam estar conversando nada de muito grave e não hesitei em me aproximar. Talvez eu devesse ter percebido um certo desconforto pela maneira como eles me cumprimentaram, mas tenho certeza de que não houve nenhum sinal mais óbvio. Havia uma fofoca que eu estava louca para contar a eles — algo a respeito de um dos recém-chegados —, portanto durante alguns momentos só eu tagarelei, ao passo que eles menearam a cabeça e me fizeram uma ou outra pergunta. Levei um tempo até perceber que alguma coisa estava errada e, mesmo então, quando fiz uma pausa e disse: "Será que interrompi alguma coisa, aqui?", a pergunta saiu num tom meio brincalhão.

Mas Ruth então falou: "O Tommy estava me contando daquela teoria fantástica. Me disse que já tinha conversado a respeito com você. Há muito tempo. Mas agora, muito gentilmente, resolveu me pôr a par do assunto também".

Tommy soltou um suspiro e ia dizer algo, mas Ruth interveio, num sussurro zombeteiro: "A fantástica teoria da Galeria!".

Em seguida me olharam ambos como se fosse eu o chefe da banda, cabendo a mim decidir qual seria o próximo passo.

"Não é uma má teoria", falei. "Talvez esteja certa, eu sei lá. O que você acha, Ruth?"

"Eu tive que arrancar com saca-rolhas essa história. O Gentil Garotão aqui não estava muito a fim de dividir o segredo comigo, não é verdade, meu bom-bocado? Só quando eu apertei mesmo é que ele resolveu me contar o que havia por trás de toda essa *arte*."

"Eu não estou fazendo os desenhos só por isso", disse Tommy, zangado. O pé continuava em cima do braço do banco e ele prosseguiu com seu alongamento. "Tudo que eu falei foi que, se *estivesse* correta a teoria da Galeria, então eu poderia tentar colocar meus bichos lá..."

"Tommy, docinho, não faça papel de bobo na frente da nossa amiga. Na minha frente tudo bem. Mas não na frente da nossa querida Kathy."

"Não vejo qual é a graça, aqui", disse Tommy. "É uma teoria tão boa quanto outra qualquer."

"Não é na teoria que as pessoas vão achar graça, meu bom-bocado. Talvez até engulam essa teoria, quem sabe. Mas a ideia de que você pode mudar o peso nos pratos da balança mostrando seus bichinhos para Madame..." Ruth sorriu e sacudiu a cabeça.

Tommy não disse mais nada e continuou a se esticar. Eu queria sair em defesa dele e tentava pensar em algo apropriado para lhe dizer, que o fizesse se sentir melhor sem deixar Ruth com mais raiva ainda. Mas nesse momento ela disse o que disse. Na hora foi ruim até dizer chega, mas eu não fazia ideia, no dia do cemitério, da repercussão que aquilo teria. Ruth disse o seguinte:

"Não sou só eu, meu docinho. A Kathy aqui também acha os seus animais uma grande piada."

Minha primeira reação foi negar, depois simplesmente dar risada. Mas havia um peso real no que Ruth dissera e nós três nos conhecíamos bem o bastante para saber que havia algo por trás das palavras dela. Portanto acabei ficando quieta enquanto minha cabeça revirava, desesperada, os fatos passados e, com um horror gelado, ia desenterrando aquela noite em meu quarto, nossos canecos de chá e nossa conversa. Em seguida Ruth disse:

"Desde que as pessoas pensem que você está desenhando essas criaturinhas como uma espécie de brincadeira, tudo bem. Mas nunca deixe ninguém saber que você leva esses bichos a sério. Por favor."

Tommy interrompera os exercícios e me olhava com ar de interrogação. De repente, era de novo um ser realmente infantil, sem a mínima fachada, com algo de sombrio e perturbado juntando forças por trás do olhar.

"Olha só, Tommy, você precisa entender", continuou Ruth. "Quando a Kathy e eu damos risada de você, não tem a menor importância. Porque somos só nós. Mas, por favor, vamos manter as coisas como estão, só entre nós."

Pensei sobre esse momento muitas e muitas vezes. Eu deveria ter achado algo para dizer. Eu poderia ter simplesmente negado tudo, ainda que Tommy não fosse me acreditar. Tentar explicar as coisas com toda a sinceridade seria complicado demais. Mas eu poderia ter feito alguma coisa. Poderia ter confrontado Ruth, poderia ter alegado que ela estava torcendo as coisas, que, mesmo que eu tivesse dado risada, não fora da forma como ela insinuara. Eu poderia inclusive ter chegado perto de Tommy para abraçá-lo bem ali, na frente de Ruth. Isso me ocorreu anos mais tarde e é muito provável que não fosse uma opção verdadeira, na época, tendo em vista a pessoa que eu era e o jeito como nos comportávamos uns com os outros. Mas talvez, como as palavras só nos levaram a afundar um pouco mais, isso tivesse resolvido a questão.

No entanto eu não disse nem fiz nada. Em parte, imagino, por me sentir totalmente desconcertada com o fato de Ruth ter feito aquele comentário. Lembro-me de sentir um imenso cansaço me invadindo o corpo, uma espécie de letargia diante de todo aquele imbróglio. Foi como ter de resolver um problema de matemática com a mente exausta: você sabe que existe uma solução lá longe, mas não consegue juntar energia nem mesmo para tentar. Algo dentro de mim simplesmente desistiu. Uma voz me dizia: "Tudo bem, deixa ele pensar o pior absoluto. Deixa ele pensar isso, deixa ele pensar isso". Acho que devo tê-lo olhado com ar de resignação, com uma fisionomia que dizia: "É, é verdade sim, o que mais você esperava?". E lembro-me agora, com a maior nitidez, do rosto de Tommy, da raiva recuando por alguns momentos e sendo substituída por uma expressão quase maravilhada, como se eu fosse uma borboleta rara que ele tivesse encontrado numa cerca.

Não foi porque achei que iria cair no choro ou me descontrolar nem nada disso. Apenas resolvi me virar e ir embora. No mesmo dia, um pouco mais tarde, percebi que cometera um erro feio. Tudo que posso dizer é que, naquele momento, no cemitério, o que eu mais temia, acima de qualquer outra coisa, era que um deles virasse as costas e me deixasse sozinha com o outro. Não sei por quê, mas não me parecia haver qualquer outra solução exceto a saída enfezada de um de nós, e eu quis garantir que seria eu esse alguém. De modo que dei meia-volta, saí pisando duro e atravessei a alameda cercada de túmulos na direção do portãozinho de madeira; durante os vários minutos seguintes, minha sensação foi de triunfo. Agora que tinham sido deixados na companhia um do outro, estavam tendo o destino que sempre haviam merecido.

17.

Como eu disse, só muito mais tarde — bem depois de eu ter deixado o Casario — é que me dei conta de como fora significativo aquele nosso pequeno encontro no cemitério. Eu fiquei chateada, na época, claro. Mas não acreditava que pudesse ter sido muito diferente de tantas outras rusgas anteriores. Nunca me passou pela cabeça que nossas vidas, até então tão intimamente unidas, pudessem se desemaranhar e separar por tamanha bobagem.

Mas a verdade é que havia marés fortíssimas nos puxando cada qual para um lado e bastou aquela briguinha para completar a tarefa. Se tivéssemos entendido isso na época — quem sabe? —, talvez tivéssemos mantido um contato bem mais próximo entre nós.

O número de alunos que partiam para fazer o treinamento de cuidador estava aumentando e, na nossa turma, crescia a sensação de que esse era o curso natural a seguir. Ainda tínhamos nossos trabalhos escritos para terminar, mas era sabido que não precisávamos de fato concluí-los se optássemos por começar o treinamento. Nos primeiros tempos de Casario, a simples ideia de não terminá-los teria sido impensável. Mas, quanto mais distante Hailsham ficava, menos importantes eles pareciam. Na época eu achava — e é bem provável que estivesse certa — que se perdêssemos o sentido de importância que havíamos conferido aos trabalhos, o mesmo aconteceria com os laços que nos mantinham unidos, nós os alunos de Hailsham. Foi por isso que tentei, por uns tempos, manter aceso o entusiasmo pelas leituras e anotações. Mas, sem um bom motivo para nos fazer crer que voltaríamos algum dia a ver nossos guardiões, e com tantos estudantes indo embora, logo isso começou a parecer causa perdida.

De qualquer modo, durante alguns dias depois daquela conversa no cemitério, fiz o possível para esquecer o assunto. Eu me comportava diante de Tommy e de Ruth como se nada de especial tivesse acontecido e eles faziam o mesmo. Mas dali em diante havia sempre algo presente, e não era apenas entre mim e eles. Embora continuassem fazendo questão de se apresentar como um casal — ainda davam o tapinha no cotovelo quando se separavam —, eu os conhecia bem o bastante para ver que haviam se distanciado bastante.

Claro que eu me sentia muito mal, sobretudo a respeito dos animais de Tommy. Entretanto, não era mais uma questão de simplesmente abordá-lo, pedir desculpas e explicar o que de fato havia acontecido. Alguns anos antes, até mesmo seis meses antes, talvez tivesse dado certo. Tommy e eu teríamos conversado e resolvido tudo. Mas, por algum motivo, até aquele segundo verão começar, as coisas já tinham mudado. Talvez por causa daquele relacionamento com Lenny, eu não sei. De qualquer forma, conversar com Tommy já não era mais tão fácil. À primeira vista, pelo menos, continuava tudo igualzinho, mas nós nunca mais mencionamos os bichos nem o que tinha acontecido no cemitério.

Portanto era isso que vinha se passando pouco antes de eu

ter aquela conversa com Ruth no ponto de ônibus, quando fiquei irritadíssima com ela por fingir que se esquecera do canteiro de ruibarbo de Hailsham. Como eu disse, é muito provável que eu não tivesse ficado tão brava se a ocasião fosse outra, se o comentário não viesse durante uma conversa tão séria quanto a que estávamos levando. Certo, reconheço que já havíamos encerrado a questão principal, àquela altura, mas, mesmo assim, mesmo que estivéssemos apenas relaxando e trocando abobrinhas, naquele momento, isso ainda fazia parte de estarmos tentando resolver a situação entre nós e não havia espaço para fingimentos.

Ocorrera o seguinte. Embora algo tivesse se interposto entre mim e Tommy, com Ruth não acontecera o mesmo — ou pelo menos era o que eu pensava —, e eu achava que estava na hora de conversarmos sobre o que tinha acontecido no cemitério. Havíamos tido um daqueles dias de verão cheios de tempestades trovejantes, o que nos forçara a passar a tarde recolhidas em casa, apesar do calor e da umidade. Por isso, quando o tempo deu sinais de que iria limpar, no final da tarde, com um belo pôr do sol rosado, sugeri a Ruth tomarmos um pouco de ar. Eu descobrira uma trilha íngreme que subia até o alto do vale, e bem onde a trilha desembocava na estrada havia um velho ponto de ônibus. Os ônibus haviam parado de passar por ali fazia muito tempo e, na parede dos fundos do abrigo, sobrara apenas a moldura do que devia ter sido, um dia, um quadro envidraçado com os horários. Porém o abrigo em si — parecido com uma cabaninha de madeira com um lado aberto para o campo que descia vale abaixo — continuava de pé, inclusive com o banco intacto. E era ali que Ruth e eu estávamos sentadas, recuperando o fôlego, olhando para as teias de aranha no teto e para a tarde de verão lá fora. E então eu disse algo como:

"Olha, Ruth, eu acho que nós devíamos tentar resolver o que aconteceu aquele dia."

Dei um tom conciliatório à voz e Ruth reagiu bem. Na mesma hora disse que tinha sido uma grande tolice, que nós três andávamos brigando pelas coisas mais idiotas. Ela lembrou outras ocasiões em que havíamos discutido e nós rimos um pouco a respeito. Mas na verdade eu não queria que Ruth apenas enterrasse o ocorrido daquela forma, por isso acrescentei, ainda no tom mais apaziguador possível:

"Sabe, Ruth, às vezes eu acho que, quando as pessoas formam um casal, elas não veem as coisas com a mesma clareza de alguém de fora. Não é sempre, mas às vezes acontece."

Ela concordou de cabeça. "É muito provável que você tenha razão."

"Eu não quero interferir. Mas de vez em quando, nos últimos tempos, tenho achado o Tommy meio chateado. Magoado, sabe, com certas coisas que você diz ou faz."

Eu estava preocupada que ela fosse ficar brava, mas Ruth balançou de novo a cabeça, com um suspiro. "Acho que você tem razão", disse ela, por fim. "Também ando pensando muito nisso."

"Então talvez eu não devesse ter tocado no assunto. Eu já devia saber que você enxergaria o que está acontecendo. E não é da minha conta, de fato."

"Mas é, Kathy. Você na verdade faz parte de nós, de modo que é sempre da sua conta. Você tem razão, não tem sido muito bom. Sei o que está querendo dizer. Aquela história do outro dia, sobre os animais dele. Aquilo não foi bom. Eu pedi desculpas para ele, depois."

"Fico contente de vocês terem conversado a respeito. Eu não sabia se vocês tinham voltado a falar no assunto ou não."

Ruth estava arrancando lasquinhas de madeira embolorada do banco e, durante alguns instantes, deu a impressão de estar totalmente absorvida com a tarefa. Até que disse:

"Olhe, Kathy, é bom que a gente esteja falando do Tommy. Porque tem uma coisa que eu venho querendo lhe dizer, mas que eu nunca sei nem como nem quando contar. Kathy, prometa que não vai ficar brava comigo."

Olhei para ela e disse: "Desde que não seja sobre aquelas camisetas de novo".

"Não, falando sério. Prometa para mim que não vai ficar muito brava. Porque preciso lhe contar uma coisa. Eu nunca me perdoaria se ficasse quieta por mais tempo."

"Está bem. O que é?"

"Kathy, eu venho pensando nisso já faz um tempo. Você não é nenhuma boba e acho que já percebeu que talvez eu e o Tommy não continuemos sendo um casal para sempre. O que não é nenhuma tragédia. Houve um tempo em que éramos feitos um para o outro. Se vai ser sempre assim, isso ninguém sabe. E agora andam circulando conversas de que há casais que conseguem um adiamento se puderem provar, você sabe, que são certinhos mesmo. Bom, olhe, o que eu queria dizer, Kathy, é o seguinte. Seria totalmente natural se você começasse a pensar, você sabe, no que aconteceria se eu e o Tommy decidíssemos não ficar mais juntos. Nós não estamos à beira de uma separação nem nada disso, não me entenda mal. Mas eu acharia perfeitamente natural se soubesse que você pensa nisso. Só, Kathy, que você precisa entender que o Tommy não vê você dessa forma. Ele gosta muito, muito de você, ele acha você fantástica. Mas eu sei que ele não vê você, bom, você sabe, como uma namorada de verdade. Além disso..." Ruth calou-se, suspirou e prosseguiu: "Além disso, você conhece o Tommy. Ele é bem enjoado".

Fitei-a bem de frente. "O que está querendo dizer com isso?"

"Você deve saber o que eu estou querendo dizer. O Tommy não gosta de meninas que já andaram com... bom, você sabe, com esse e aquele. É uma coisa dele, sei lá. Eu sinto muito, Kathy, mas não seria certo não lhe contar."

Pensei um pouco a respeito, depois disse: "É sempre bom saber dessas coisas".

Senti Ruth tocar em meu braço. "Eu sabia que você iria entender direitinho a minha intenção. Agora, saiba que ele acha você o máximo. Acha mesmo."

Eu queria mudar de assunto, mas, por alguns instantes, me deu um branco. Imagino que Ruth resolveu aproveitar a deixa porque esticou os braços, deu uma espécie de bocejo e falou:

"Se algum dia eu aprender a dirigir, vou levar todos nós para fazer uma viagem até algum lugar bem selvagem mesmo. Dartmoor, por exemplo. Nós três, e quem sabe a Laura e a Hannah. Eu adoraria ver aqueles charcos, aquelas coisas."

Passamos alguns minutos, depois disso, conversando sobre o que faríamos numa viagem daquelas, se algum dia a oportunidade surgisse. Perguntei onde ficaríamos hospedados e Ruth falou que poderíamos levar uma barraca emprestada, uma bem grande. Comentei que o vento às vezes sopra feroz em lugares assim e que nossa barraca poderia facilmente vir abaixo durante a noite. Nada daquela conversa tinha muito significado. Mas foi mais ou menos nessa altura que eu me lembrei de Hailsham, de quando ainda estávamos no Júnior e fomos fazer um piquenique na beira do lago com Miss Geraldine. James B. fora até o casarão buscar o bolo que havíamos assado um pouco antes, mas, quando vinha de volta com ele, uma forte rajada de vento arrancou e jogou a camada de cima do pão de ló sobre as folhas de ruibarbo. Ruth falou que se lembrava muito, muito vagamente do incidente e eu então disse, tentando refrescar-lhe a memória:

"O negócio foi que ele se meteu numa enrascada, porque o bolo provou que ele tinha passado pelo canteiro de ruibarbos."

E foi então que Ruth me olhou e disse: "Mas por quê? Qual o problema?".

A forma como ela disse isso soou tão falsa que até mesmo alguém de fora, se houvesse alguém de fora, teria visto o fingimento. Suspirei irritada e disse:

"Ruth, não me venha com essa. Não tem como você ter esquecido. Você sabe muito bem que era proibido ir por esse caminho."

Talvez tenha sido meio duro o jeito como eu disse isso a ela. De qualquer forma, Ruth não recuou. Continuou fingindo que não se lembrava de nada e isso me irritou mais ainda. E foi então que ela disse:

"E que importância tem isso, afinal? O que o canteiro de ruibarbo tem a ver com a história? Deixa isso pra lá e continua com o que você ia dizendo."

Depois disso, acho que continuamos conversando de modo mais ou menos amigável, e logo em seguida já estávamos tomando o caminho de volta, sob o lusco-fusco. O clima entre nós, entretanto, não melhorou e, quando demos boa-noite, na frente da Tulha Negra, nos separamos sem os toques de hábito nos braços e ombros.

Pouco depois, tomei minha decisão e, depois de tomá-la, não hesitei mais. Simplesmente acordei um dia e falei com Keffers que queria começar meu treinamento para me tornar cuidadora. Foi surpreendentemente fácil. Ele estava atravessando o pátio, as Wellingtons cobertas de barro, resmungando consigo mesmo, com um pedaço de cano na mão. Fui até ele, falei o que tinha para falar e Keffers apenas me olhou como se eu o estivesse incomodando por um pouco mais de lenha. Em seguida rosnou alguma coisa a respeito de ir falar com ele mais tarde, para preencher os formulários. Foi assim, fácil.

Levou um tempinho até eu ir de vez, é claro, mas as coisas tinham sido postas em movimento e, de repente, eu via tudo — o Casario e todo mundo ali — sob uma luz diferente. Eu era agora uma das que estavam de partida e, muito depressa, todo mundo ficou sabendo. Talvez Ruth tenha pensado que passaríamos horas falando sobre meu futuro; talvez tenha pensado que teria grande influência sobre eu mudar ou não de ideia. Mas mantive uma certa distância dela, assim como de Tommy. Nunca mais conversamos de verdade no Casario, e antes que eu me desse conta, estava me despedindo de todos.

TERCEIRA PARTE

18.

De forma geral, ser cuidadora veio bem a calhar, para mim. Pode-se dizer que o serviço trouxe à tona o meu melhor lado. Mas há pessoas que simplesmente não foram talhadas para esse trabalho e para quem tudo se torna um verdadeiro conflito. Às vezes, até começam com espírito positivo, mas logo vêm as longas horas passadas junto à dor e ao sofrimento. Mais cedo ou mais tarde, alguém acaba não se safando, mesmo que, por exemplo, seja só uma segunda doação e não haja previsão de complicações. Quando um doador conclui de forma assim tão repentina, tanto faz o que os enfermeiros dizem depois, assim como também pouco importa o que vem escrito naquela cartinha em que eles declaram que você fez o possível e pedem que continue com o bom trabalho. Pelo menos por uns tempos, o sentimento é de desânimo total. Alguns de nós aprendem rapidinho a lidar com a situação. Outros, porém — como Laura —, não conseguem.

E tem também a solidão. Você cresce com bandos de gente em volta, é só o que conhece da vida, e, de repente, vira cuidador. Passa horas e horas em solidão completa, dirigindo pelo país inteiro, de centro em centro, de hospital em hospital, dormindo em pernoites, sem ninguém com quem desabafar, descarregar as preocupações, ninguém para dividir uma risada. Muito de vez em quando, cruza com algum antigo aluno — cuidador ou doador, que você reconhece de outros tempos —, mas nunca há tempo suficiente. Você vive com pressa, ou em estado de quase exaustão, sem condições para manter um bom papo. Não demora e o excesso de horas trabalhadas, as constantes viagens e o sono irregular se tornam parte integrante da sua pessoa, sempre evidente, para todo mundo ver, na postura, no olhar, no jeito como você fala, na forma como se move.

Não digo que eu tenha ficado imune a isso, mas aprendi a conviver com as tensões. Em alguns cuidadores, no entanto, o problema é de atitude. Há muitos, e isso se percebe de longe, que trabalham só *pro forma* e que não veem a hora de virar doadores. Também me irrita muito a maneira como alguns "encolhem" no instante em que põem o pé num hospital. Eles não sabem o que dizer aos médicos, não conseguem reivindicar em nome dos seus doadores. Não é à toa que acabam se sentindo frustrados e culpados quando as coisas dão errado. Eu tento não ser muito chata, mas sei muito bem como me fazer ouvir, quando é preciso. Claro que fico aborrecida quando as coisas não dão certo, mas pelo menos sinto que fiz tudo o que pude.

Mesmo a solidão já não me incomoda mais e acabei até que gostando dela. Mas isso não quer dizer que não esteja ansiosa por um pouco mais de companhia, o que terei quando o ano terminar e eu encerrar meu trabalho. Mas bem que aprecio a sensação de entrar no meu carrinho sabendo que, durante algumas horas, seremos só eu, as estradas, o imenso céu cinzento e meus devaneios. E, se estou numa cidade e me vejo com tempo de sobra, gosto de sair sem rumo, vendo vitrines. Aqui no meu conjugado, tenho quatro luminárias de mesa, cada qual de uma cor, mas com o mesmo modelo — todas têm aquela haste anelada que você pode dobrar para o lado que quiser. E então, vez ou outra, procuro nas vitrines das lojas uma luminária igual — não para comprar, apenas para comparar com as que tenho em casa.

Às vezes fico tão absorta que, se cruzar inesperadamente com alguém conhecido, sou capaz de levar um certo choque e demorar algum tempo para me recuperar. Foi o que houve um dia de manhã, quando, atravessando o estacionamento gelado de um posto de beira de estrada, reconheci Laura parada dentro de um carro, fitando a rodovia com um olhar perdido. Eu ainda estava a uma certa distância e, por uma fração de segundo, senti-me tentada a ignorá-la e seguir em frente, embora não nos víssemos desde o tempo do Casario, havia sete anos. Uma reação estranha, eu sei, considerando que ela foi uma de minhas melhores amigas. Como eu disse, talvez tenha sido, em parte, por eu não gostar de ser arrancada dos meus devaneios. Mas também, acho eu, porque, ao ver Laura largada no assento daquele jeito, me dei conta de que ela havia se tornado igual aos cuidadores que descrevi há pouco; e um pedaço de mim não queria apurar muito mais a respeito.

Mas é claro que fui falar com ela. No caminho até o carro, parado longe dos outros, senti um vento gelado soprando nas minhas costas. Laura usava um anoraque azul grandão, sem cintura, e o cabelo — bem mais curto que antes — estava todo grudado na testa. Quando bati no vidro, não se assustou e nem sequer se surpreendeu ao me ver depois de tantos anos. Foi mais ou menos como se estivesse ali sentada esperando, se não exatamente a minha chegada, então a de alguém como eu, de outros tempos. E pareceu que a primeira coisa a lhe passar pela cabeça, ao me ver, foi: "Até que enfim!". Digo isso porque os ombros fizeram um movimento que lembrava um suspiro e, logo em seguida, e sem a menor hesitação, ela estendeu o braço e me abriu a porta.

Falamos durante uns vinte minutos: só fui embora no último momento. Muito do que conversamos foi sobre ela, sua exaustão, as dificuldades que andava tendo com seu doador, o quanto odiava o médico X ou a enfermeira Y. Eu esperava ver ao menos uma fagulha da antiga Laura, com seu sorriso maroto nos lábios e uma gracinha na ponta da língua, mas não veio nada. Ela falava mais rápido que antes e, embora parecesse feliz de me ver, acho que no fundo tanto fazia ser eu ou outra pessoa qualquer ali do lado, desde que tivesse com quem falar.

Talvez nós duas tenhamos achado que havia algo de perigoso em relembrar o passado, porque durante um certo tempo evitamos qualquer menção a ele. No fim, porém, começamos a falar de Ruth, com quem Laura havia se encontrado alguns anos antes, numa clínica, quando Ruth ainda era cuidadora. Comecei a lhe fazer perguntas, eu queria muito saber dela, mas Laura estava sendo tão reticente que, no fim, eu disse:

"Escute, mas vocês devem ter conversado sobre *alguma coisa*."

Laura soltou um longo suspiro. "Você sabe como são essas coisas. Estávamos as duas com pressa." Depois acrescentou: "A verdade é que, quando nos despedimos, no Casario, estávamos meio brigadas. De modo que talvez não tenha sido bem uma maravilha nos vermos de novo".

"Eu não sabia que vocês também estavam de mal."

Laura deu de ombros. "Na verdade não houve nada. Você se lembra de como ela era, na época. Aliás, depois que você foi embora, ela ficou pior ainda. Aquela coisa de ser sempre muito mandona. E eu achei melhor manter distância, só isso. Nunca tivemos nenhuma grande discussão nem nada. Quer dizer que você nunca mais viu a Ruth, desde aquela época?"

"Nunca mais. É engraçado, mas eu não vi mais a Ruth, nem de relance."

"Engraçado mesmo. Eu achava que a gente acabaria se cruzando bem mais. Já me encontrei com a Hannah algumas vezes. E com o Michael H. também." Em seguida Laura acrescentou: "Escutei uns boatos de que a primeira doação da Ruth não deu muito certo. Foi só um boato, mas várias pessoas me disseram a mesma coisa".

"Eu também soube."

"Coitada da Ruth."

Ficamos em silêncio por alguns momentos. Depois Laura perguntou: "É verdade, isso, Kathy? Que eles agora deixam você escolher os doadores?".

A pergunta não teve um tom acusatório, como às vezes vislumbro na voz de determinadas pessoas, por isso balancei a cabeça e disse: "Nem sempre. Mas é que eu cuidei direitinho de alguns doadores e, de fato, acabei tendo algum poder de decisão de vez em quando".

"Se você pode escolher", disse Laura, "então por que não se torna cuidadora da Ruth?"

Dei de ombros. "Já pensei nisso. Mas não sei direito se é uma boa ideia."

Laura fez ar de espanto. "Mas você e a Ruth eram tão próximas."

"É, acho que éramos sim. Mas aconteceu comigo o mesmo que aconteceu com você, Laura. Nós estávamos meio brigadas, no fim."

"Ah, mas isso faz muito tempo. A Ruth passou por maus bocados. E ouvi dizer que anda tendo muitos problemas com os cuidadores também. Já tiveram que substituir vários deles."

"O que não me surpreende nem um pouco. Você já imaginou? Ser cuidadora da Ruth?"

Laura riu. Por um segundo, vi em seu olhar um certo lampejo que me fez pensar que iria enfim fazer um gracejo. Mas a luz morreu rápido e ela permaneceu largada dentro do carro, com um ar exausto.

Falamos um pouco mais sobre os seus problemas — em especial a respeito de uma certa enfermeira que parecia ter uma birra danada dela. Quando chegou a hora de eu ir embora, estendi a mão para a maçaneta da porta e disse que precisávamos conversar com mais calma, da próxima vez que nos encontrássemos. Entretanto tínhamos ambas aguda consciência de que faltava falar de algo e que seria muito estranho nos despedirmos sem tocar no assunto. Na verdade, tenho certeza absoluta, agora, de que naquele momento nossas cabeças estavam seguindo a mesmíssima linha de pensamento. E então ela disse:

"É esquisito. Pensar que acabou tudo, agora."

Virei-me no banco para olhá-la de frente de novo. "É, é muito esquisito mesmo", concordei. "Mal consigo acreditar que não esteja mais lá."

"É tão esquisito", Laura repetiu. "Imagino que já não deveria fazer a menor diferença, para mim. Mas faz."

"Entendo direitinho o que você está dizendo."

Foi esse pequeno diálogo, em que finalmente mencionamos o fechamento de Hailsham, o que de repente nos aproximou de novo, e nos abraçamos com a maior espontaneidade, não tanto para nos consolar, e sim, bem mais, como uma forma de afirmar a existência de Hailsham e o fato de que Hailsham continuava viva em nossa memória. Depois tive mesmo de sair correndo e prosseguir viagem.

Eu havia começado a escutar rumores sobre o fechamento de Hailsham mais ou menos um ano antes do encontro com Laura no estacionamento. Os doadores ou cuidadores com quem eu conversava mencionavam o assunto de passagem, como se estivessem certos de que eu já sabia de tudo. "Você era de Hailsham, não era? Quer dizer então que é verdade mesmo?"

Esse tipo de coisa. Até que um belo dia, na saída de uma clínica em Suffolk, cruzei com Roger C., que estava um ano atrás de mim, e ele me contou, com absoluta certeza, o que estava prestes a ocorrer. Hailsham iria fechar a qualquer momento e havia planos de vender a casa e o terreno em volta para uma cadeia de hotéis. Lembro-me de minha primeira reação, quando ele me contou isso. Eu disse: "Mas o que vai ser de todos os alunos?". Roger naturalmente achou que eu me referia aos que ainda estavam lá, os pequerruchos dependentes de seus guardiões. Fez cara de preocupação e começou a especular sobre a forma como seriam transferidos para outras casas espalhadas pelo país, mesmo que algumas não chegassem nem aos pés de Hailsham. Só que eu tinha me referido a uma outra coisa, claro. Eu estava falando de *nós*, dos alunos que haviam crescido junto comigo e que agora rodavam por toda a parte, cuidadores e doadores, cada qual para um lado, mas, de algum modo, ligados pelo lugar de onde tinham vindo.

No mesmo dia, tentando conciliar o sono num pernoite, comecei a me virar na cama, pensando num incidente acontecido pouco tempo antes. Eu estava numa cidade litorânea do norte de Gales. Tinha chovido muito a manhã toda, mas, após o almoço, o aguaceiro parara e o sol dera uma saída. Eu voltava para o local onde havia deixado meu carro, uma daquelas avenidas compridas e retas à beira-mar. Havia pouquíssima gente em volta, portanto era possível enxergar uma linha ininterrupta de lajotas molhadas se estendendo à frente. Então, após um tempinho, uma van encostou no meio-fio, talvez uns trinta metros adiante de mim, e de dentro dela saiu um homem vestido de palhaço. Ele abriu a traseira, tirou de lá de dentro um punhado de balões de gás, cerca de uma dúzia deles, e por alguns momentos manteve os balões numa das mãos enquanto, com a outra, inclinado para dentro do veículo, remexia alguma coisa. Ao me aproximar, vi que os balões tinham caras e orelhas, pareciam uma pequena tribo a saracotear por cima do dono, esperando por ele.

O palhaço então endireitou o corpo, trancou a van e começou a andar na mesma direção que eu, vários passos a minha frente, com uma maleta numa das mãos e os balões na outra. A praia seguia sempre em linha reta e eu andei atrás daquele palhaço pelo que me pareceu um bom tempo. Houve momentos em que me senti meio constrangida e cheguei até a imaginar que ele poderia se virar e dizer algo. Mas, como eu tinha de ir naquela direção, não havia muito o que pudesse fazer. De modo que continuamos andando, o palhaço e eu, pela calçada deserta e ainda molhada de chuva, e, nesse tempo todo, os balões sorrindo para mim. Muito de vez em quando dava para ver o punho dele, para onde convergiam todos os fios, e também que estavam todos eles muito bem presos, retorcidos numa espécie de trança. Mesmo assim, eu me preocupava com a possibilidade de que se soltassem e um balão solitário partisse rumo àquele céu enfarruscado.

No dia daquela minha conversa com Roger, os balões do palhaço não me saíam da cabeça e não consegui conciliar o sono. Pensei em Hailsham e fiz uma relação de seu fechamento com alguém munido de um par de tesouras que se aproximasse e cortasse o barbante dos balões, bem onde todos eles se entrelaçavam no punho do homem. Assim que isso acontecesse, não restaria mais nenhuma evidência de que algum dia eles estiveram ligados uns aos outros. Ao me contar a novidade sobre Hailsham, Roger tinha me dito que achava que o fechamento não faria mais muita diferença para gente como nós. E, sob certos aspectos, talvez tivesse razão. Mas era inquietante pensar que as coisas não continuariam sendo como sempre haviam sido, por lá; que pessoas como Miss Geraldine não iriam mais acompanhar grupos de alunos do Júnior até o Campo de Esportes Norte.

Nos meses que se seguiram àquela conversa com Roger,

pensei um bocado no assunto, no fechamento de Hailsham e nas suas implicações todas. E comecei então a me dar conta, acho, de que para fazer várias das coisas que eu ainda imaginava fazer, e para as quais eu supunha ter um monte de tempo, seria preciso agir bem rápido ou, então, esquecer delas para sempre. Não entrei exatamente em pânico. Mas sem dúvida senti que o desaparecimento de Hailsham mudava as coisas de figura. Por isso o tremendo impacto que teve sobre mim o que Laura me disse naquele dia, sobre me tornar cuidadora de Ruth, mesmo que eu tivesse cortado relações com ela, na época. Foi quase como se uma parte de mim já tivesse resolvido e as palavras de Laura apenas houvessem retirado o véu que tampava minha decisão.

Apareci pela primeira vez no centro de recuperação onde Ruth estava internada — aquele moderno, com as paredes azulejadas — poucas semanas depois da conversa com Laura. Fazia uns dois meses que ela fizera a doação que, como Laura havia dito, não tinha dado muito certo. Quando entrei no quarto, Ruth estava sentada na beira da cama, de camisola, e me deu um enorme sorriso. Levantou-se para me abraçar, mas quase que instantaneamente voltou a sentar. Disse-me que eu estava com ótimo aspecto e que meu corte de cabelo assentava muito bem. Eu também lhe disse várias coisas gentis e, durante a meia hora seguinte, por aí, acho que estávamos de fato encantadas com o reencontro. Conversamos sobre uma porção de coisas — Hailsham, Casario, o que tínhamos feito desde então — e tive a impressão de que poderíamos continuar conversando eternamente. Em outras palavras, foi de fato um começo animador — muito melhor do que eu ousara esperar.

Mesmo assim, durante esse primeiro encontro não fizemos menção à maneira como havíamos nos separado. Talvez, quem sabe, se tivéssemos lidado com o assunto logo de cara, as coisas prosseguissem de outro modo. Mas nós pulamos a questão e, depois de termos conversado um pouco, era como se tivéssemos concordado em fingir que nada acontecera.

Isso talvez tenha funcionado muito bem para um primeiro encontro. Mas assim que me tornei cuidadora oficial dela, e comecei a vê-la com regularidade, a sensação de que algo não estava certo foi aumentando mais e mais. Criei a rotina de fazer três a quatro visitas por semana, sempre no final da tarde, levando água mineral e um pacote dos biscoitos preferidos de Ruth; em tese nossos encontros deveriam ter sido maravilhosos, mas ficaram bem aquém disso, no início. Entabulávamos uma conversa qualquer, sobre algo totalmente inocente e, sem nenhum motivo óbvio, parávamos no meio. Ou então, quando conseguíamos levar adiante um assunto, quanto mais ele se estendia, mais afetadas e cheias de dedos ficávamos.

Até que, uma tarde, eu vinha vindo pelo corredor, para visitá-la, quando escutei alguém no chuveiro. Logo imaginei que fosse Ruth, no banheiro em frente, por isso entrei no quarto e fui até a janela onde fiquei esperando por ela e olhando os telhados. Cerca de cinco minutos depois ela entrou, embrulhada numa toalha. Para lhe fazer justiça, Ruth só me esperava para dali a uma hora, e suponho que todos nós nos sentimos um tanto vulneráveis saindo de um banho embrulhados só numa toalha. Mesmo assim, o espanto com que ela me olhou me intrigou. Mas é preciso que eu explique isso melhor. É claro que achei natural ela ter ficado meio surpresa. Mas o fato é que, depois da surpresa inicial e de ter visto que era eu, houve um segundo, quem sabe mais que isso, em que continuou me encarando, não exatamente com medo, mas com verdadeira cautela. Foi como se estivesse esperando já havia muito tempo que eu fizesse algo contra ela e achasse que tinha chegado a hora.

A expressão sumiu no instante seguinte e nós continuamos a

nos comportar como de hábito, mas aquele incidente deu uma boa chacoalhada em ambas. Ele me fez perceber que Ruth não confiava em mim e que talvez ela própria não soubesse disso até aquele momento. De todo modo, depois daquele dia a atmosfera piorou ainda mais. Foi como se tivéssemos posto algo às claras, mas, em vez de limpar o ar, isso nos fez ainda mais conscientes de tudo o que se passara entre nós. A ponto de, antes de entrar para visitá-la, eu ter de ficar alguns minutos sentada dentro do carro, me preparando para a provação. Até que um dia, depois de uma sessão na qual fizemos toda a checagem num silêncio gelado e, depois, continuamos envoltas em mais silêncio, percebi que estava pronta para informar a eles que não havia dado certo e que seria melhor parar de ser cuidadora de Ruth. Mas tudo mudou outra vez, e por causa do barco.

Sabe Deus como essas coisas funcionam. Às vezes é uma determinada piada, às vezes um boato. A coisa circulou de centro em centro e, em questão de dias, já havia cruzado o país inteiro; de repente, os doadores só falavam nisso. Bem, dessa vez tinha a ver com um barco. Eu escutara a história pela primeira vez de dois de meus doadores lá no norte de Gales. Alguns dias depois, Ruth também começou a falar dele. De início, senti apenas alívio por termos encontrado algo para comentar e incentivei-a a continuar.

"O rapaz do andar de cima", ela disse. "O cuidador dele chegou a ir ver. Ele diz que não está muito longe da estrada e que qualquer um chega sem grandes dificuldades. O barco está simplesmente encalhado nos charcos."

"E foi parar lá como?", perguntei.

"E eu vou saber? Talvez alguém que queria jogar o barco fora, o dono provavelmente. Ou pode ser que em algum momento, quando houve algum alagamento, ele tenha ficado à deriva e acabou ali, encalhado. Quem é que vai saber? Tudo leva a crer que seja um velho barco de pesca. Daqueles com uma cabina onde só cabem dois pescadores bem apertados, caso venha uma tempestade."

Nas visitas seguintes, Ruth sempre dava um jeito de trazer à baila o assunto do barco. Até que numa tarde, quando ela começou a me contar que um outro doador do centro tinha ido até lá ver, com seu cuidador, eu disse a ela:

"Escuta, esse barco não está especialmente perto daqui, você sabe disso. Levaria uma hora, talvez uma hora e meia para chegar lá."

"Eu não estava sugerindo nada. Eu sei que você tem outros doadores para cuidar."

"Mas você gostaria de ir vê-lo. Você gostaria de ver esse barco, não é, Ruth?"

"Acho que sim. Acho que gostaria sim. A gente fica enfiada neste centro o tempo todo. É, seria muito bom ir ver esse barco."

"E você não acha" — eu disse isso com brandura, sem o menor vestígio de sarcasmo — "que, se nós resolvêssemos mesmo ir até lá, deveríamos pensar em chamar o Tommy também? Tendo em vista que o centro dele fica logo adiante de onde supostamente está esse barco?"

O rosto de Ruth não demonstrou nada, de início. "É, acho que podíamos pensar nisso", disse ela. Depois deu risada e acrescentou: "Sério, Kathy, esse não foi o único motivo de eu ter falado tanto no tal do barco. Eu quero muito ir vê-lo, por ele mesmo. Esse tempo todo entrando e saindo de hospital. Depois enfiada aqui. Esse tipo de coisa agora importa bem mais do que antes. Mas, admito, eu sabia sim. Eu sabia que o Tommy estava internado no centro de Kingsfield."

"E tem certeza de que quer vê-lo?"

"Tenho", disse ela, sem hesitar, olhando direto em meus

olhos. "Tenho certeza, sim." Depois acrescentou, em voz baixa: "Faz um tempão que eu não vejo aquele menino. Desde o tempo do Casario".

E então, por fim, falamos de Tommy. Não revimos o assunto a fundo e eu não fiquei sabendo muito mais coisa do que já sabia. Mas acho que nos sentimos ambas bem melhor depois de falar sobre isso. Ruth me contou que, até ela ir embora do Casario, um outono depois de mim, já não havia mais nada entre eles.

"Como nós íamos para lugares diferentes fazer o treinamento", disse ela, "não tinha muito sentido a gente se separar oficialmente. De modo que ficamos juntos até eu ir embora."

E, naquela altura, não dissemos muito mais do que isso.

Quanto à viagem para ir ver o barco, eu nem concordei nem discordei, naquela primeira vez em que discutimos a possibilidade. Mas, durante as semanas seguintes, Ruth continuou tocando no assunto, e assim nossos planos foram se delineando, até que, no fim, enviei uma mensagem para o cuidador de Tommy, através de um contato meu, dizendo que, a menos que ele nos dissesse que não, iríamos aparecer em Kingsfield numa determinada tarde da semana seguinte.

19.

Na época eu ainda não conhecia Kingsfield direito e nós duas tivemos de consultar o mapa diversas vezes durante o caminho, e assim chegamos com vários minutos de atraso. Kingsfield não é um centro muito bem equipado, se comparado aos outros, e se não fossem as associações que agora me ligam a ele, não seria um lugar que eu visitaria de bom grado. É fora de mão, o acesso é complicado e, mesmo assim, não é um lugar tranquilo, não passa uma verdadeira sensação de paz e sossego. Dia e noite se ouve o barulho do trânsito nas proximidades e a impressão predominante é a de que as reformas não chegaram a ser terminadas. Há uma série de quartos onde não se pode entrar com cadeira de rodas, ou que são muito abafados ou então gelados. Não há, nem de longe, banheiros suficientes para todos; e os poucos que existem, difíceis de manter limpos, são frios demais no inverno e quase sempre ficam muito longe dos quartos dos doadores. Kingsfield, em suma, é bem inferior a centros como o de Ruth, em Dover, com seus azulejos brilhantes e janelas de vidro duplo que isolam frio e barulho num girar da maçaneta.

Mais tarde, depois de Kingsfield ter-se transformado num

lugar muito querido e familiar, um dia eu estava no prédio da administração e vi pendurada na parede uma foto em branco e preto do centro antes da reforma, quando ainda era uma colônia de férias para famílias comuns. A fotografia, tirada muito provavelmente no fim dos anos 50 ou começo dos anos 60, mostra uma enorme piscina retangular com aquele monte de gente feliz — pais e filhos — na água, se divertindo a valer. O piso em volta da piscina era de concreto, mas as pessoas tinham cadeiras de dobrar, espreguiçadeiras e grandes guarda-sóis para mantê-las na sombra. Quando vi a foto pela primeira vez, custei a perceber que estava olhando para o que os doadores agora chamam de "a Praça" — o lugar onde você para quando chega ao centro. Claro que a piscina não existe mais, porém seu contorno continua intacto e eles não tiraram, de uma das extremidades — um bom exemplo desse ar de coisa inacabada que o centro tem —, a estrutura metálica do antigo trampolim. Só quando topei com a foto é que entendi o que era aquela estrutura e o que fazia ali; e hoje, sempre que a vejo, não consigo evitar a imagem de um nadador saltando lá do alto e se estraçalhando no cimento.

 Talvez eu não tivesse reconhecido a Praça naquela foto se não fossem os prédios brancos de dois andares, com jeito de abrigo antiaéreo, que aparecem em segundo plano nos três lados visíveis da área da piscina. Era lá que deviam ser os apartamentos de férias das famílias e, embora eu imagine que por dentro tenham mudado bastante, por fora continuam quase iguais. Sob certos aspectos, acho eu, a Praça de hoje não é muito diferente da piscina de antes. Continua sendo o centro social, o lugar onde os doadores se concentram para tomar um pouco de ar e bater um papo. Existem uns poucos bancos de madeira em volta da Praça, se bem que — sobretudo quando o sol está muito forte ou chove — os doadores preferem se abrigar sob uma cobertura de concreto, junto ao salão de recreação, que fica bem atrás do antigo trampolim.

Na tarde em que Ruth e eu fomos até Kingsfield, o céu estava nublado e fazia um pouco de frio, e, quando entramos na Praça, havia apenas um grupinho de seis ou sete figuras indistintas debaixo da cobertura. Assim que parei o carro em algum ponto da antiga piscina — de cuja existência, é claro, eu nada sabia na ocasião —, uma das figuras se separou do grupo e veio ter conosco. Era Tommy. Vestia um moletom verde meio desbotado e dava a impressão de estar bem uns seis quilos mais gordo.

A meu lado, por um segundo Ruth deu a impressão de haver entrado em pânico. "E agora, a gente faz o quê? A gente sai do carro? Não, acho melhor não sair. Fique aqui, fique aqui."

Não sei ao certo como eu pretendia agir, mas quando Ruth disse isso, por algum motivo, sem de fato pensar a respeito, simplesmente saltei do carro. Ruth ficou onde estava, e por isso, quando Tommy se aproximou, seu olhar veio primeiro para mim e, também por isso, o primeiro abraço foi para mim. Senti nele um vago cheiro de farmácia, mas não consegui identificar o que era. Depois, embora ainda não tivéssemos trocado nem uma palavra, ambos sentimos que Ruth nos vigiava do carro e nos separamos.

Havia um bocado de céu refletido no vidro do para-brisa, de modo que não deu para enxergá-la direito. Mas fiquei com a impressão de que estava com uma fisionomia séria, quase impassível, como se Tommy e eu fizéssemos parte de uma peça e ela estivesse na plateia. Havia qualquer coisa de estranho naquele seu olhar, algo que me deixou desconfortável. Tommy afastou-se de mim e foi até o carro. Abriu a porta de trás, entrou, sentou no banco traseiro e foi a minha vez de vê-los, dentro do carro, trocando algumas palavras e, depois, beijinhos polidos no rosto.

Do outro lado da Praça, os doadores debaixo da cobertura também observavam tudo, e, embora sem sentir a menor hostilidade contra eles, de repente o que eu mais queria era sair dali bem depressa. Mas me controlei e me demorei a voltar ao carro, para que Tommy e Ruth pudessem ter um pouco mais de tempo.

Começamos rodando por estradinhas estreitas e cheias de curvas. Em seguida saímos num descampado sem graça e seguimos por uma estrada quase deserta. O que eu me lembro sobre aquela parte da nossa viagem até o barco foi que, pela primeira vez depois de muito tempo, o sol começou a brilhar fraquinho por baixo do cinza; e toda vez que eu dava uma espiada para Ruth, a meu lado, ela estava com um sorrisinho silencioso nos lábios. Quanto ao que conversamos no trajeto, bem, a lembrança que tenho é de que nos comportamos como se nos víssemos com regularidade e não houvesse necessidade de falar sobre nada que não fosse o que tínhamos pela frente. Perguntei a Tommy se ele já havia visto o barco e ele disse que não, que não tinha visto ainda, mas que vários doadores do centro dele sim. Mas não por falta de oportunidades.

"Não que eu *não* quisesse ir", disse ele, debruçando-se no banco da frente. "Mas faltou saco. Uma vez eu quase fui, com dois outros doadores e os cuidadores, mas aí tive um pouco de hemorragia e não deu. Isso já faz uma data. Hoje em dia não tenho mais esses problemas."

Um pouco mais adiante, ainda atravessando o trecho descampado, Ruth virou-se no banco até ficar de frente para Tommy e começou a olhar para ele, pura e simplesmente. Continuava com o sorrisinho no rosto, mas não dizia nada e eu reparei, pelo espelho retrovisor, que Tommy estava visivelmente desconfortável. A todo momento virava-se para a janela, depois voltava a encará-la, e virava de novo para a janela. Passado um tempo, sem tirar o olho dele, Ruth se pôs a contar uma história comprida sobre alguém, acho que era uma doadora do seu centro, uma mulher de quem nunca tínhamos ouvido falar, e o tempo todo de olho pregado em Tommy, sempre com aquele sorrisinho brando no rosto. Talvez porque estivesse ficando entediada com a história, talvez porque quisesse ajudar Tommy a se livrar daquele constrangimento, eu a interrompi após um minuto, mais ou menos, dizendo:

"Tá certo, tudo bem, a gente não precisa ficar sabendo dos mínimos detalhes dela."

Falei isso sem a menor malícia e, de fato, não pretendia nada com o comentário. Mas mesmo antes que Ruth se calasse, quase antes de eu terminar a frase, Tommy deu risada, uma espécie de explosão repentina, um ruído que eu ainda não conhecia. E disse:

"Era justamente o que eu ia comentar. Já perdi o fio da meada faz tempo."

Eu estava dirigindo, de modo que não tinha certeza se ele dissera aquilo para mim ou para Ruth. De qualquer forma, Ruth parou de falar e, devagar, virou-se de volta no banco até ficar de novo de frente. Não parecia especialmente chateada, mas o sorriso desaparecera do rosto e os olhos fitavam, fixamente, algum ponto do céu a nossa frente. Mas tenho de ser sincera: naquele momento, eu não estava pensando em Ruth. Meu coração tinha dado um pequeno pulo de alegria porque, de uma tacada só, com aquela risada de anuência, senti que Tommy e eu havíamos nos reaproximado, depois de tantos anos.

Encontrei a saída que precisávamos uns vinte minutos depois de deixarmos Kingsfield. Entramos numa estrada estreita e sinuosa, protegida por sebes dos dois lados, e estacionamos perto de um grupo de plátanos. Descemos e fui na frente, até onde começava o bosque, mas, diante de três trilhas distintas através das árvores, tive de parar para consultar as instruções que levava comigo. Enquanto eu tentava decifrar a letra da pessoa que me dera as coordenadas, de repente me dei conta de Ruth e Tommy parados atrás de mim, calados, esperando, quase como crianças, que eu lhes dissesse por onde ir.

Entramos no bosque e, embora fosse uma caminhada bem fácil, reparei que Ruth respirava cada vez com mais dificuldade. Tommy, ao contrário, não parecia estar tendo nenhum problema, embora desse a impressão de mancar muito de leve ao andar. Logo adiante topamos com uma cerca de arame farpado muito bamba e enferrujada, com o arame já todo puxado e repuxado. Quando Ruth viu aquilo, parou de supetão.

"Ah, não", disse ela, muito nervosa. Depois virou-se para mim: "Você não falou nada sobre isso. Não falou que a gente teria de passar por arame farpado!".

"Mas não tem dificuldade nenhuma", disse eu. "Dá para passar por baixo. Só precisamos segurar o arame enquanto o outro passa."

Mas Ruth parecia estar de fato bastante apreensiva e não se mexeu. E foi então, com Ruth parada ali, os ombros subindo e descendo ao ritmo da respiração, que Tommy pelo visto se deu conta, pela primeira vez, de quão fraca ela estava. Talvez já tivesse reparado, mas lhe faltara vontade para assimilar. Olhou-a durante uns poucos segundos. E aí o que houve — se bem que, claro, nunca vou poder ter certeza — foi que nós dois, Tommy e eu, nos lembramos do incidente no carro, quando de certa forma havíamos nos unido contra ela. E, quase por instinto, acorremos ambos. Eu peguei num braço, Tommy apoiou-a pelo cotovelo, do outro lado, e começamos delicadamente a guiá-la para a cerca.

Só soltei o braço de Ruth para passar pela cerca. Depois ergui o arame farpado o mais alto que pude e, junto com Tommy, ajudei-a. No fim nem foi tão difícil assim para ela: era mais uma questão de confiança e, tendo o nosso apoio, pelo visto ela perdeu o medo. Já do outro lado, acabou até tentando me ajudar a segurar o arame para Tommy. Ele passou com facilidade e Ruth lhe disse:

"O problema é ter de me curvar desse jeito. Às vezes não sou muito boa nisso."

Tommy estava com um ar meio acanhado e eu me perguntava se estaria constrangido pelo que acabara de ocorrer ou se teria se lembrado de nosso complô contra Ruth, no carro. Fazendo um movimento de cabeça em direção às árvores em frente, ele disse:

"Acho que é por ali. É isso mesmo, Kath?"

Olhei para o meu papel e fui na frente de novo. Mais adiante, já entre as árvores, começou a ficar bem escuro e o chão, cada vez mais lamacento.

"Tomara que a gente não se perca", ouvi Ruth dizer a Tommy, com uma risada, mas eu já enxergava uma clareira à frente. E, com mais tempo para refletir, percebi por que razão me sentia tão amolada pelo que acontecera no carro. Não era simplesmente pelo fato de termos, Tommy e eu, nos unido contra Ruth e sim, muito mais, pelo jeito como ela recebera nossa provocação. Nos velhos tempos, seria inconcebível que ela deixasse passar uma provocação daquelas sem revidar. Quando me dei conta disso, parei na trilha, esperei até que os dois me alcançassem e pus o braço em volta dos ombros dela.

E o gesto não pareceu muito piegas; apenas coisa de cuidadora, não mais que isso, porque, àquela altura, *havia* algo de incerto no andar de Ruth e eu começava a me perguntar se não teria feito uma avaliação equivocada do seu estado de fraqueza. Ela parecia estar tendo cada vez mais dificuldade para respirar e, caminhando a meu lado, de vez em quando se apoiava em mim. Porém logo ultrapassamos as árvores, entramos na clareira e divisamos o barco.

Na verdade, não tínhamos entrado numa clareira propriamente dita; o que houve foi que a mata meio rala que havíamos atravessado acabara e à volta toda, até onde a vista alcançava, era só charco. O céu pálido parecia imenso e se refletia aqui e ali, nos trechos em que a água aflorava à superfície. Não muito tempo antes, a mata devia ter sido mais extensa, porque havia alguns troncos fantasmagóricos de árvores mortas por lá, quase todos com um metro e pouco de altura. E para além dos troncos quebrados, quem sabe a uns sessenta metros de distância, estava o barco, encalhado no charco debaixo do solzinho ralo.

"Ah, é bem do jeito que a minha amiga disse que era", comentou Ruth. "É muito lindo mesmo."

Estávamos rodeados de silêncio e, quando começamos a andar na direção do barco, deu para escutar o chape-chape que faziam os nossos sapatos no solo encharcado. Pouco depois, senti os pés afundando por baixo dos tufos de capim e gritei: "Certo, só dá para virmos até aqui".

Os dois, que estavam atrás de mim, não fizeram objeção e, quando olhei por cima do ombro, vi que Tommy segurava de novo o braço de Ruth. Estava claro, porém, que era apenas um gesto de apoio. Dei alguns passos largos até o tronco mais próximo, onde o chão estava menos encharcado, e me segurei na árvore morta para me equilibrar. Seguindo meu exemplo, Tommy e Ruth foram até um outro tronco, oco e mais mirrado que o meu, um pouco para trás, à minha esquerda. Acomodaram-se cada um de um lado e pareciam confortáveis. Então fitamos o barco encalhado. Dava para ver a pintura toda rachada e a estrutura de madeira da pequena cabine se desfazendo. Outrora pintada de azul--celeste, já parecia quase branca sob a claridade do céu.

"Como será que esse barco veio parar aqui?", disse eu. Ergui a voz, para que chegasse até eles, e esperava um eco. Mas ela soou surpreendentemente próxima, como se eu estivesse num aposento acarpetado.

Logo depois escutei Tommy dizer atrás de mim: "Vai ver é assim que Hailsham parece, agora. O que vocês acham?".

"E por que haveria de ficar assim?" Ruth parecia verdadeiramente intrigada. "Hailsham não se transformaria num charco, só porque fechou."

"Imagino que não. Falei sem pensar", disse Tommy. "Mas sempre que me lembro de Hailsham, agora, é dessa forma que eu vejo. Não tem lógica. A bem da verdade, isto aqui se parece demais com a imagem mental que eu fiz. Só que não tem barco nenhum, claro. Aliás, não seria tão ruim assim se Hailsham ficasse deste jeito."

"Que engraçado", disse Ruth, "porque eu tive um sonho, outro dia. Sonhei que estava na Sala 14. Eu sabia que o lugar tinha sido fechado, mas lá estava eu, na Sala 14, e quando fui olhar pela janela vi tudo inundado do lado de fora. Como se fosse um gigantesco lago. E dava para ver lixo flutuando debaixo da minha janela, caixinhas vazias de suco, essas coisas. Mas não havia a menor sensação de pânico nem nada. Era tudo muito tranquilo e gostoso, como agora. Eu sabia que não corria nenhum perigo, que Hailsham só estava daquele jeito porque tinha fechado."

"Vocês sabiam", disse Tommy, "que a Meg B. ficou no nosso centro por uns tempos? Ela já saiu, foi lá para o Norte, para a terceira doação. Nunca fiquei sabendo como ela se saiu. Alguma de vocês sabe?"

Sacudi a cabeça e, como não ouvi a voz de Ruth, virei-me para ela. De início pensei que continuasse fitando o barco, mas depois percebi que o olhar dela estava focado no rastro de vapor deixado por um avião bem ao longe, subindo devagar. E ela então disse:

"Eu vou contar a vocês algo que fiquei sabendo. Sobre a Chrissie. Ouvi dizer que ela concluiu durante a segunda doação."

"Também ouvi dizer isso", disse Tommy. "Deve ser verdade. Ouvi exatamente a mesma coisa. Uma pena. E já na segunda. Ainda bem que não aconteceu comigo."

"Eu acho que acontece muito mais do que eles dizem para nós", disse Ruth. "Minha cuidadora aqui. Ela provavelmente sabe que isso é verdade. Mas não diz de jeito nenhum."

"Não tem nenhuma conspiração envolvida nem nada", falei, virando-me de costas para o barco. "De vez em quando acontece. Foi de fato uma pena o que aconteceu com a Chrissie. Mas isso não é comum. Eles tomam o maior cuidado, hoje em dia."

"Aposto como acontece muito mais do que eles dizem", disse Ruth de novo. "É por esse motivo que eles ficam mudando a gente de um lugar para outro, entre as doações."

"Eu me encontrei com o Rodney, uma vez", disse eu. "Pouco depois da Chrissie ter concluído. Eu o vi numa clínica lá no norte de Gales. Estava bem."

"Mas aposto que ele ficou um caco por causa da Chrissie", disse Ruth. E depois, virando-se para Tommy, acrescentou: "Eles não contam nem a metade para nós, sabia?".

"Na verdade", disse eu, "ele não estava assim tão chateado. Estava triste, é óbvio. Mas bem. Fazia uns dois anos que eles não se viam, de todo modo. Ele me falou que achava que a Chrissie não deve ter-se importado muito. E eu desconfio que, se alguém tinha como saber uma coisa dessas, esse alguém era ele."

"E por quê?", indagou Ruth. "Como é que ele pode saber o que a Chrissie sentiu ou deixou de sentir? O que ela gostaria que tivesse acontecido? Não era ele naquela mesa, tentando se agarrar à vida. Como é que ele pode saber?"

Essa faísca de raiva estava mais de acordo com a Ruth de antes e me fez encará-la de novo. Talvez tenha sido apenas o brilho no olhar, mas tive a impressão de que ela me fitou com uma expressão dura, severa.

"Não pode ser bom", disse Tommy. "Concluir na segunda doação. Não pode ser bom."

"Não acredito que o Rodney estivesse assim tão bem quanto

você falou", disse Ruth. "Você só conversou alguns minutos com ele. Como é que deu para saber tanta coisa em tão pouco tempo?"

"É, pois é", disse Tommy, "mas se por outro lado, como a Kath disse, eles já estavam separados..."

"Isso não faria a menor diferença", interrompeu Ruth. "De certa forma, talvez até tenha piorado tudo."

"Já vi muita gente na mesma posição do Rodney", disse eu. "Todo mundo acaba aceitando."

"Como é que você sabe?", disse Ruth. "Como é que você poderia saber? Você ainda é uma cuidadora."

"Eu vejo muita coisa, como cuidadora. Muita coisa mesmo."

"Ela não tem como saber direito, tem, Tommy? Não como é de fato."

Por alguns momentos ficamos as duas olhando para Tommy, mas ele continuou fitando o barco. Depois disse:

"Tinha um cara, no meu centro. O tempo inteiro preocupado que não iria passar da segunda. Costumava dizer que sentia isso nos ossos. Mas acabou dando tudo certo. Ele saiu da terceira doação, faz pouco tempo, e está muito bem mesmo." Tommy ergueu a mão para proteger a vista. "Eu não fui grande coisa como cuidador. Não consegui nem aprender a dirigir. Acho que foi por isso que veio tão cedo a notificação para a minha primeira. Sei que não é assim que deveria funcionar, mas desconfio que foi o que aconteceu. E no fundo eu não me importei. Sou um excelente doador, mas um péssimo cuidador."

Ninguém disse nada durante algum tempo. Até que Ruth, com um tom de voz mais suave, falou:

"Acho que eu fui uma cuidadora até que bem decente. Mas cinco anos foram mais que suficientes para mim. Eu era como você, Tommy. Estava muito bem preparada, quando me tornei doadora. Parecia a coisa certa a fazer. Afinal de contas, é o que *se espera* que a gente faça, não é?"

Eu não sabia ao certo se Ruth contava com alguma reação de minha parte. A pergunta não fora capciosa, pelo menos não de forma óbvia, e é perfeitamente possível que não passasse de uma daquelas frases que a pessoa se acostuma a repetir — era o tipo de coisa que os doadores falavam entre si o tempo todo. Quando me virei de novo para ela, Tommy continuava com a mão suspensa, protegendo a vista.

"Pena que não dê para chegar mais perto do barco", disse ele. "Um dia, quando estiver mais seco, talvez a gente possa voltar."

"Estou contente de tê-lo visto", disse Ruth, baixinho. "É bem bonito. Mas acho que agora eu gostaria de voltar. O vento está ficando muito frio."

"Pelo menos agora nós o vimos", disse Tommy.

Conversamos com muito mais liberdade no caminho de volta até o carro do que na ida. Ruth e Tommy faziam comparações entre os respectivos centros — a comida, as toalhas de banho, esse tipo de coisa —, e durante o tempo inteiro participei da conversa porque a todo momento eles me faziam perguntas sobre outros centros e se isso ou aquilo era normal. O andar de Ruth estava bem mais firme e, quando chegamos à cerca e eu suspendi o arame, ela pouco hesitou.

Entramos de novo no carro, com Tommy no banco de trás, e durante um tempo reinou um sentimento bom entre nós. Talvez, lembrando agora, reinasse uma atmosfera de "algo que não está sendo dito", mas é possível que essa ideia só tenha me ocorrido em vista do que houve depois.

Tudo começou mais ou menos como um repeteco do incidente anterior. Voltamos a pegar a longa estrada semideserta e Ruth comentou qualquer coisa a respeito de um painel pelo qual passávamos. Nem sequer me lembro do tal painel, era apenas uma daquelas publicidades colossais que eles põem na beira da estrada. Ela fez o comentário quase para si própria, sem obviamente lhe dar grande importância. Disse qualquer coisa do tipo: "Ai, meu Deus, olha só aquele lá. A essa altura eles pelo menos podiam *tentar* fazer algo de novo".

Mas Tommy retrucou do banco de trás: "Pois eu gosto. E muito. Apareceu nos jornais também. Eu acho que tem um certo charme".

Pode ser que eu quisesse recuperar aquela sensação de estar de novo próxima de Tommy. Porque, embora a caminhada até o barco tivesse sido ótima, em si mesma, eu começava a achar que, tirando o nosso primeiro abraço e aquele momento no carro, na ida, Tommy e eu não tínhamos tido muito contato, ainda. Bom, mas de todo modo me vi dizendo:

"Vocês sabem que eu também gosto? É preciso muito mais esforço do que se imagina para fazer um desses painéis."

"Isso mesmo", disse Tommy. "Alguém me falou que leva semanas e semanas. Meses até. As pessoas às vezes passam noites trabalhando num desses, fazendo e refazendo, até ficar tudo certinho."

"É muito fácil", acrescentei eu, "criticar quando estamos só de passagem."

"A coisa mais fácil do mundo", Tommy arrematou.

Ruth não disse nada e continuou olhando para a estrada vazia a nossa frente. E eu disse então:

"Já que estamos falando de propaganda, reparei numa quando estávamos vindo. Daqui a pouco ela aparece. E vai estar na nossa mão, agora. Deve começar a aparecer a qualquer momento."

"Propaganda do quê?", perguntou Tommy.

"Você vai ver. Não vai demorar a aparecer."

Virei-me para Ruth, sentada a meu lado. Não havia raiva em seus olhos, apenas uma espécie de cautela. Pensei ter visto até uma certa esperança de que, quando o painel surgisse, fosse algo perfeitamente inócuo — algo que nos fizesse lembrar de Hailsham, ou coisa assim. Vi tudo isso, e também que as expressões em seu rosto não se firmavam, pulando dessa para aquela, hesitantes. Em momento algum ela tirou os olhos da estrada à frente.

Reduzi a velocidade e parei, embicada no barranco coberto de mato.

"Por que a gente parou, Kath?", perguntou Tommy.

"Porque dá para ver melhor daqui. Mais perto, nós teríamos que erguer muito a cabeça."

Escutei Tommy mudando de lugar no banco de trás, tentando ter uma visão melhor. Ruth não se mexeu, e eu não tinha nem certeza se ela estava olhando para o painel.

"Bom, verdade que não é bem o mesmo", falei após um momento. "Mas me fez lembrar. Escritório amplo, gente elegante e sorridente."

Ruth continuou calada, mas Tommy falou lá de trás: "Entendi. Você quer dizer igual àquele lugar aonde a gente foi uma vez".

"Não só isso", falei. "Este painel é muito parecido com aquele anúncio. O que nós achamos no chão. Lembra, Ruth?"

"Não tenho muita certeza se lembro", disse ela em voz baixa.

"Ah, qual é?, Ruth. Lembra sim. Nós achamos a revista na estradinha. Perto de uma poça. Você ficou fascinada. Não finja que não se lembra."

"Acho que me lembro." Já então a voz de Ruth não era mais que um sussurro. Um caminhão passou nesse momento, sacudindo nosso carro, e durante uns poucos segundos tampou nossa visão do anúncio. Ruth curvou a cabeça, como se tivesse esperança de que o caminhão apagasse a imagem para sempre, e, quando deu para ver o painel claramente de novo, não ergueu a vista.

"Engraçado", falei, "lembrar disso tudo agora. Vocês se lembram como a gente falava nesse assunto sem parar? O tempo inteiro imaginando a hora em que vocês iriam trabalhar num escritório como aquele?"

"É verdade, foi por isso que nós fomos até lá, aquela vez", disse Tommy, como se só houvesse se lembrado naquele instante. "Quando a gente foi a Norfolk. Fomos para encontrar seu possível, Ruth. Trabalhando num escritório."

"Você às vezes não acha", eu disse a Ruth, "que deveria ter investigado melhor a possibilidade? Verdade que teria sido a primeira. A primeira de que temos notícia a conseguir algo assim. Mas talvez tivesse conseguido. Você não se pergunta às vezes o que poderia ter acontecido se tivesse tentado?"

"Como é que eu poderia ter tentado?" Mal se ouvia a voz de Ruth. "Foi só algo com que eu um dia sonhei. Mais nada."

"Mas se você ao menos tivesse investigado um pouco mais, quem sabe o que não poderia ter acontecido? Eles talvez tivessem permitido."

"É mesmo, Ruth", disse Tommy. "Talvez você devesse ao menos ter tentado. Depois de falar tanto. Acho que a Kath tem razão, nesse ponto."

"Eu não falei *tanto* assim, Tommy. Pelo menos não que eu me lembre."

"Mas o Tommy tem razão, Ruth. Você deveria ao menos ter tentado. Aí, então, poderia olhar para um painel como este e lembrar que era isso que você queria ser na vida com a certeza de que, pelo menos, tinha investigado as possibilidades..."

"Investigar como, me diga?" Pela primeira vez, a voz de Ruth endureceu, mas logo depois ela soltou um suspiro e baixou os olhos. Tommy então disse:

"O tempo inteiro você falava como se pudesse obter um tratamento especial. E talvez, quem sabe, tivesse obtido mesmo. Devia ao menos ter perguntado."

"Certo", disse Ruth. "Vocês acham que eu devia ter investigado melhor. Como? A quem eu teria recorrido? Não havia como investigar a questão."

"Mas o Tommy tem razão", disse eu. "Se você acreditava que era especial, devia pelo menos ter perguntado. Devia ter ido falar com Madame e perguntado."

Assim que falei isso — assim que mencionei Madame — percebi que tinha cometido um erro. Ruth ergueu os olhos para mim e eu vi algo semelhante a triunfo passando por sua fisionomia. Às vezes a gente vê isso em filmes, quando alguém está armado, apontando o revólver, e obriga a outra pessoa a fazer tudo quanto é tipo de coisa. De repente um passo em falso, numa luta, e a arma surge nas mãos da pessoa. E ela olha para a outra com uma faísca no olhar, com uma expressão de não-acredito-que-consegui no rosto que promete todo tipo de vingança. Bem, era assim que Ruth de repente me olhava e, embora eu não tivesse aberto minha boca para falar em adiamentos, eu havia mencionado Madame e sabia que havíamos entrado em território totalmente novo.

Ruth percebeu meu pânico e mexeu-se no banco, para me olhar de frente. Eu me preparava para o ataque; dizia a mim mesma que, qualquer que fosse o argumento que ela me atirasse na cara, as coisas agora eram diferentes e sua vontade não iria prevalecer como tinha acontecido tantas vezes antes. Eu me dizia isso tudo e foi por essa razão que não me achava nem de longe preparada para o que Ruth me disse.

"Kathy, na verdade eu não espero que você me perdoe algum dia. Nem vejo por que motivo você iria me perdoar. Mas assim mesmo vou lhe pedir que me dê seu perdão."

Fiquei tão aturdida com isso que tudo o que achei para dizer foi um insípido: "Perdão pelo quê?".

"Perdão pelo quê? Bom, para começo de conversa, pelo jeito como eu sempre menti a você sobre aqueles seus ímpetos. Quando você dizia que ficava de um jeito, às vezes, que tinha vontade de transar com praticamente qualquer um."

Tommy se mexeu de novo lá atrás, porém Ruth estava inclinada para a frente, olhando direto para mim, como se fôssemos as duas únicas pessoas no carro, naquele momento.

"Eu sabia o quanto isso preocupava você. E devia ter-lhe contado. Devia ter-lhe contado que comigo acontecia a mesma coisa, do jeitinho como você descrevia. Hoje você já percebeu tudo isso, eu sei. Mas na época, não, e eu devia ter contado. Eu devia ter contado que, mesmo estando com Tommy, eu não resistia e de vez em quando transava com outros meninos. Pelo menos três outros, na época do Casario."

Disse isso ainda sem olhar na direção de Tommy. Mas não tanto porque estivesse ignorando a presença dele, e sim porque era tamanho o esforço que fazia para se comunicar comigo que tudo mais se tornara indistinto.

"Eu quase lhe contei algumas vezes. Quase. Mesmo naquela época, eu sabia que um dia, olhando o passado, você iria entender e me culpar. E ainda assim eu não contei nada. Não há motivo para que você me perdoe agora, mas mesmo assim eu queria lhe pedir perdão porque..." Ruth calou-se de supetão.

"Porque o quê?", perguntei.

Ela deu risada e disse: "Porque sim. Eu gostaria que você me perdoasse, mas não tenho grandes esperanças. Bom, mas de todo modo, isso não é nem a metade, nem uma lasca minúscula da história toda. O principal é que eu afastei vocês um do outro". A voz tinha baixado de novo até sair quase num sussurro. "Isso foi a pior coisa que eu fiz."

Virando-se um pouquinho, ela incluiu Tommy pela primeira vez em seu olhar. Logo em seguida, voltou a olhar só para mim, mas era como se falasse com os dois.

"Isso foi a pior coisa que eu fiz", ela disse de novo. "Não vou nem pedir perdão por isso. Meu Deus, eu já repeti isso na minha cabeça tantas vezes que nem acredito que agora é de verdade. Deviam ter sido vocês. Não vou fingir que eu não sabia disso. Claro que eu sabia, sempre soube. Mas afastei um do outro. Não estou pedindo que me perdoem por isso. Não é o que estou buscando no momento. O que eu quero é que vocês consertem a situação. Consertem o que eu estraguei para vocês."

"Como assim, Ruth?", perguntou Tommy. "Como assim, consertem?" A voz dele saiu branda, cheia de curiosidade infantil, e acho que foi isso que me fez começar a soluçar.

"Kathy, escute", disse Ruth. "Você e o Tommy, vocês têm de tentar obter um adiamento. Tem de haver uma chance para os dois. Uma chance de verdade."

Ela havia estendido a mão para tocar meu ombro, mas eu a afastei com um repelão e olhei-a com raiva, através das lágrimas.

"É muito tarde para isso. Tarde demais."

"Não é tarde, não. Kathy, me escute, ainda há uma chance. Verdade que o Tommy já fez duas doações. Mas quem foi que disse que isso faz diferença?"

"É tarde demais para isso tudo." Eu tinha começado a soluçar de novo. "É tolice pensar numa coisa dessas agora. Tão tolo quanto querer trabalhar naquele escritório ali. Nós já estamos muito além disso tudo."

Ruth sacudia a cabeça. "Não é tarde, não. Tommy, diga a ela."

Eu estava debruçada sobre o volante, portanto não dava para vê-lo. Tommy produziu uma espécie de zum-zum aturdido, mas não disse nada.

"Escutem só", disse Ruth. "Vocês dois, escutem. Eu queria que nós três fizéssemos esta viagem para poder dizer o que acabei de dizer. Mas eu também queria que ela acontecesse para ter a chance de dar uma coisa a vocês." Ela estivera remexendo nos bolsos do anoraque e tinha agora um papel amarrotado nas mãos. "Tommy, acho melhor ficar com isto aqui. Cuide bem. Aí, quando a Kathy mudar de ideia, vocês usam."

Tommy estendeu o braço por entre os bancos e pegou o papel. "Obrigado, Ruth", disse ele, como se tivesse recebido um tablete de chocolate. Após alguns segundos, perguntou: "Mas o que é? Eu não entendi".

"É o endereço de Madame. É como vocês estavam me dizendo agora há pouco. É preciso ao menos tentar."

"Como você descobriu?", perguntou Tommy.

"Não foi fácil. Levei um tempão e corri alguns riscos. Mas no fim consegui, e fiz isso por vocês dois. Agora cabe a vocês irem procurá-la e tentar."

A essa altura eu já tinha parado de chorar e dera a partida. "Agora já chega disso tudo", falei. "Temos de levar o Tommy de volta. E depois precisamos pensar em voltar nós também."

"Mas vocês vão pensar a respeito, vocês dois, não vão?"

"Agora a única coisa que eu quero é voltar", falei.

"Tommy, você guarda esse endereço num lugar bem seguro? Para o caso da Kathy mudar de ideia?"

"Guardo sim." Depois, com uma solenidade bem maior do que antes, Tommy disse: "Obrigado, Ruth".

"Nós vimos o barco", falei, "mas agora temos que voltar. Pode levar até duas horas até chegarmos a Dover."

Pus o carro de volta na estrada e, pelo que lembro, não falamos mais muita coisa até chegarmos a Kingsfield. Ainda havia um grupinho de doadores aglomerados sob a cobertura, quando entramos na Praça. Virei o carro antes de parar para o Tommy descer. Nenhuma de nós duas lhe deu um abraço ou um beijo, mas, ao caminhar na direção dos companheiros doadores, ele se virou, sorriu e acenou.

* * *

Pode parecer estranho, mas no caminho de volta ao centro de Ruth, não falamos sobre nada do que acabara de acontecer. Em parte porque Ruth estava exausta — aquela última conversa no acostamento parecia tê-la deixado esgotada. Mas também, acho eu, porque nós duas sentimos que já tínhamos falado sério o suficiente por um único dia e que, se tentássemos levar o assunto adiante, a atmosfera começaria a azedar. Não sei como Ruth se sentiu, na viagem de volta, mas, no que me diz respeito, depois de serenadas as emoções mais fortes, depois que a noite começou a cair e as luzes se acenderam, ao longo da estrada, eu me senti bem. Era como se algo que me perturbava havia tempo tivesse ido embora, e, mesmo que ainda faltasse muito para resolver as coisas, eu tinha a impressão de haver uma porta aberta para algum lugar melhor. Não digo que me sentisse exultante nem nada disso. Tudo entre nós três parecia realmente delicado e eu estava tensa, mas não era uma tensão de todo ruim.

Nem sequer falamos de Tommy, apenas comentamos que ele parecia muito bem e nos perguntamos quantos quilos teria engordado. Depois passamos grandes trechos vendo a estrada em total silêncio.

Só alguns dias mais tarde é que percebi a diferença que a viagem fizera. Todas as reservas, todas as suspeitas entre mim e Ruth sumiram e, de repente, parecíamos lembradas de tudo o que significávamos uma para a outra. E esse foi o início daquele período, com o verão chegando e a saúde de Ruth ao menos estabilizada, em que eu aparecia para visitá-la no final da tarde, com biscoitos e água mineral, e ficávamos sentadas lado a lado na janela, vendo o sol se pôr sobre os telhados, falando de Hailsham, do Casario, de qualquer coisa que nos passasse pela cabeça. Quando penso nela agora, claro que me sinto triste por Ruth ter ido embora; mas também me sinto realmente grata por aquele período que tivemos no fim.

Havia, entretanto, um tópico sobre o qual nunca conversávamos direito, referente ao que ela havia dito para nós na estrada, aquele dia. Muito de vez em quando, Ruth tocava no assunto. Saía-se com algo como:

"Já pensou melhor a respeito de se tornar cuidadora do Tommy? Você sabe muito bem que daria para conseguir, se quisesse."

Não demorou para que essa ideia — de eu me tornar cuidadora de Tommy — se sobrepusesse a todas as demais. Eu lhe dizia que estava pensando a respeito, mas que, de todo modo, não era assim tão simples, mesmo para mim. Depois em geral não tocávamos mais no assunto. Mas era óbvio que essa questão não lhe saía da cabeça em momento algum e foi por isso que, da última vez em que a vi, embora Ruth já não pudesse mais falar, eu sabia o que ela estava querendo me dizer.

Isso foi três dias depois de sua segunda doação, quando eles finalmente me deixaram entrar para vê-la, no comecinho da manhã. Ruth estava num quarto só seu e, pelo visto, tinham feito tudo o que era possível por ela. Já tinha ficado claro, para mim, pela maneira como os médicos, o coordenador e os enfermeiros se comportavam, que ninguém mais tinha esperança. Olhei para ela deitada naquela cama de hospital, debaixo da luz baça, e reconheci a expressão de seu rosto, que eu já tinha visto tantas outras vezes nos doadores. Era como se estivesse se forçando a enxergar dentro de si mesma, para, com isso, controlar e organizar melhor as diferentes regiões doloridas do corpo — do mesmo jeito, talvez, com que um cuidador ansioso se divide entre três ou quatro doadores enfermos internados em diferentes pontos do país. Estritamente falando, ainda se achava consciente, mas não estava mais acessível a mim, de pé ao lado da cama de metal.

Mesmo assim, puxei uma cadeira, sentei-me, peguei uma de suas mãos entre as minhas, e toda vez que uma nova onda de dor a levava a se retorcer e se afastar, eu lhe fazia um carinho.

Continuei ao lado dela dessa forma pelo tempo que eles me permitiram, três horas, quem sabe mais. E, como eu disse, durante grande parte do tempo, ela estava longe, mergulhada em si mesma. Mas uma única vez, enquanto se retorcia de um jeito assustador, eu já prestes a chamar as enfermeiras para pedir mais analgésicos, por uns poucos segundos apenas, não mais que isso, ela me olhou direto nos olhos sabendo exatamente quem eu era. Foi uma daquelas pequenas ilhas de lucidez, onde os doadores às vezes aportam no meio de uma de suas tremendas batalhas. Ela me olhou, só por aquele instante, e, embora não tenha falado nada, eu sabia qual era o significado do seu olhar. Por isso disse a ela: "Está bem, Ruth, está bem. Eu vou ficar sendo a cuidadora do Tommy assim que puder". Eu disse isso bem baixinho, porque não achava que ela fosse ouvir minhas palavras, de todo modo, mesmo que eu gritasse. Mas minha esperança era que, com os nossos olhares enredados como estavam, durante aqueles poucos segundos ela conseguiria ler minha expressão do mesmo jeito como eu havia lido a dela. Mas o momento acabou e ela se recolheu em si mesma de novo. Claro que eu jamais vou saber com certeza, mas acho que ela me entendeu. E mesmo que não tenha entendido, o que me ocorre agora é que ela provavelmente sempre soube, até mesmo antes de mim, que eu me tornaria cuidadora de Tommy e que nós iríamos "ao menos tentar", bem como ela havia aconselhado que fizéssemos, aquele dia no carro.

20.

Tornei-me cuidadora de Tommy quase um ano após a viagem para ver o barco. Sua terceira doação ainda era muito recente e, embora ele estivesse se recuperando bem, continuava necessitando de muito repouso, e, no fim, acabou não sendo em absoluto uma maneira ruim de começarmos a nova fase. Logo fui me acostumando e até gostando de Kingsfield.

Depois da terceira doação, a maioria dos doadores de Kingsfield tem um quarto só para si, e Tommy ficou com um dos mais amplos. Houve gente que, depois, andou dizendo que eu mexi os pauzinhos, mas não é verdade; foi apenas sorte e, de todo modo, não se tratava de um quarto assim tão fantástico. Acho até que já tinha sido um banheiro, nos tempos em que Kingsfield era colônia de férias, porque os vidros da única janela, situada bem lá no alto, quase no teto, eram foscos. Para olhar para fora seria preciso subir numa cadeira e abrir a vidraça, e isso para enxergar só um punhado de moitas cerradas. O quarto era em forma de L, o que significava que ali cabiam, além da cama, da cadeira e do armário de praxe, uma pequena carteira escolar, com tampo de abrir — item que veio a ser um verdadeiro bônus, como se verá logo mais.

Não quero dar uma impressão errada sobre esse período em Kingsfield. Uma boa parte foi de fato muito serena, quase idílica. Meu horário habitual de chegar era após o almoço e, quando eu entrava, Tommy estava estendido na cama estreita — sempre vestido dos pés à cabeça, porque não queria "ficar parecendo um paciente". Eu me sentava e lia em voz alta trechos de vários livros que levava para lá, coisas como A *odisseia* e As *mil e uma noites*. Ou então apenas conversávamos, por vezes sobre os velhos tempos, por vezes a respeito de outras coisas. Em geral Tommy cochilava no final da tarde, momento que eu aproveitava para pôr em dia os meus relatórios, sentada na carteira de escola. Era surpreendente, na verdade, o jeito como os anos pareciam ter-se derretido e o quão à vontade nos sentíamos um ao lado do outro.

Obviamente, no entanto, nem tudo era como antes. Para começar, Tommy e eu finalmente passamos a fazer sexo. Não sei quanto ele já havia pensado sobre o assunto, antes de começarmos. Ainda estava se recuperando, afinal de contas, e talvez sexo não fosse uma prioridade, naquele exato momento. Eu não queria lhe impingir nada, mas, por outro lado, achava que se esperássemos muito mais tempo, bem quando estávamos reatando o nosso relacionamento, ficaria cada vez mais difícil fazer do sexo uma parte natural nossa. Também me passava pela cabeça, eu suponho, que, se fôssemos dar seguimento aos planos segundo as orientações de Ruth e tentar, de fato, obter um adiamento, o fato de nunca termos tido uma relação poderia acabar sendo um obstáculo real. Não que eu achasse que, necessariamente, isso fizesse parte do questionário. Mas receava que, no fim, pudesse transparecer numa espécie de falta de intimidade.

Por isso resolvi tomar a iniciativa uma tarde, naquele quarto, de um jeito tal que Tommy poderia tanto pegar como largar. Ele estava deitado na cama, como de costume, fitando o teto, enquanto eu lia para ele. Quando terminei, aproximei-me, sentei na beirada da cama e enfiei a mão por baixo da camiseta dele. Logo já tinha descido um pouco mais minha mão e, embora ele tenha demorado um certo tempo para ficar com o pênis duro, deu para perceber que estava feliz com aquilo. Daquela primeira vez, ainda tínhamos de nos preocupar com os pontos, e, de todo modo, depois de tantos anos de proximidade sem sexo, era como se precisássemos de uma espécie de fase intermediária antes de desabrocharmos. Por isso, depois de um tempinho, eu simplesmente fiz tudo eu mesma, com a mão, e ele ficou só ali deitado, sem esboçar o menor gesto para me sentir, sem nem mesmo fazer qualquer barulho, mas com uma expressão muito serena no rosto.

No entanto, já nessa primeira vez pressenti que havia algo mais, bem ali, junto à sensação de que aquilo era um começo, um portal que estávamos atravessando. Não quis admitir a existência desse sentimento por um bom tempo e, mesmo quando o fiz, tentei me convencer de que se tratava de coisa passageira que desapareceria junto com as várias dores e desconfortos de Tommy. O que eu quero dizer é que, desde aquela primeira vez, havia um matiz de tristeza no comportamento de Tommy que parecia dizer: "Pois é, nós estamos transando agora e me alegro que seja assim. Mas que pena que deixamos para transar tão tarde".

Nos dias seguintes, já fazendo sexo de verdade e felizes com isso, senti a presença dessa mesma sensação incômoda, que não me largava. Fiz de tudo para me desvencilhar dela. Empreguei todos os esforços para que as coisas se transformassem num borrão delirante e não sobrasse espaço para mais nada. Se ele vinha por cima, eu punha meus joelhos lá no alto para ele; fosse qual fosse a posição escolhida, eu dizia ou fazia alguma coisa para tornar o sexo mais gostoso e mais apaixonado; porém, mesmo assim, a sensação não desaparecia.

Talvez houvesse relação com aquele quarto, com o jeito como o sol entrava pelos vidros foscos, dando a impressão, mesmo no início do verão, de que a luz era de outono. Ou talvez porque os ruídos difusos que vez por outra nos chegavam até o quarto eram de doadores rodando pelas dependências do centro, às voltas com seus afazeres, e não de alunos sentados num gramado discutindo romances e poesia. Ou talvez estivesse relacionado com o jeito como às vezes, mesmo depois de satisfeitos e saciados, ainda nos braços um do outro, revendo mentalmente os momentos que havíamos acabado de viver, Tommy dizia algo do tipo: "Antes eu era capaz de dar duas seguidas. Mas agora não consigo mais". E então aquela sensação vinha para primeiro plano e eu tinha de tapar-lhe a boca com a mão toda vez que ele dizia essas coisas, para podermos apenas continuar ali deitados, em paz. Tenho certeza de que Tommy também sentia o mesmo, porque sempre nos abraçávamos bem apertado, depois de momentos como esse, como se, dessa maneira, fôssemos capazes de manter aquela sensação à distância.

Durante as primeiras semanas, depois que eu cheguei, mal mencionamos Madame e tampouco falamos sobre o que Ruth tinha dito aquele dia no carro. Mas o simples fato de eu ter me tornado cuidadora dele servia como lembrete de que não estávamos ali para perder tempo. E o mesmo se aplicava, claro, aos desenhos de Tommy.

Muitas vezes, no decorrer dos anos, eu havia me perguntado que fim teriam levado seus animais, e desde o dia em que fôramos ver o barco eu me sentia tentada a lhe perguntar a respeito. Será que continuava desenhando? Será que guardara o que tinha feito no Casario? Mas a história toda que cercava os desenhos dificultava a pergunta.

E então uma tarde, talvez um mês depois de eu ter começado a cuidar dele, ao entrar no quarto encontrei Tommy na carteira escolar, debruçado sobre um dos seus desenhos, o rosto quase encostado no papel. Ele tinha me dito para entrar, quando bati, mas não ergueu a cabeça nem interrompeu o trabalho; uma única olhada, entretanto, bastou para eu ver que estava retocando uma das suas criaturas imaginárias. Parei na soleira, indecisa, sem saber se deveria ou não dar outro passo, mas no fim ele ergueu os olhos e fechou o caderno — que, como eu reparei, parecia idêntico aos cadernos de capa preta que conseguia com o Keffers, anos antes. Entrei e começamos a falar de coisas totalmente diferentes e, depois de um tempo, Tommy guardou o caderno sem que tivéssemos comentado nada. Porém, depois disso, muitas vezes, quando eu entrava, via o caderno largado sobre a escrivaninha ou ao lado do travesseiro.

Um belo dia — estávamos no quarto dele e tínhamos ainda vários minutos antes de sair para fazer alguns exames — notei que Tommy tinha um ar estranho, um misto de timidez afetada e deliberação, o que me fez imaginar que estivesse querendo fazer sexo. Mas ele me disse:

"Kath, eu só quero que você me diga. Com toda a sinceridade."

Então o caderno de capa preta saiu de dentro da carteira e ele me mostrou três versões diferentes de uma espécie de sapo — só que com um rabo comprido, como se parte dele continuasse sendo girino. Pelo menos era o que parecia, quando você segurava o desenho a uma certa distância. De perto, cada um deles era uma massa de detalhes minúsculos muito parecidos ao que eu havia visto anos antes.

"Estes dois eu criei pensando em criaturas feitas de metal", disse ele. "Olhe só, tudo tem uma superfície brilhante. Mas este aqui, a intenção foi fazê-lo como se fosse de borracha. Está vendo? Quase molenga. Agora eu quero desenhar uma versão definitiva, a melhor de todas, mas não consigo decidir. Kath, seja sincera, o que você acha?"

Não me lembro mais da resposta que dei. Mas me lembro da forte mistura de emoções que me tomou de assalto naquele momento. Percebi de imediato que aquela era a maneira que Tommy encontrara para pôr de lado de uma vez por todas o episódio do Casario, envolvendo os seus desenhos. Senti alívio, gratidão e contentamento puro. Mas eu também sabia por que motivo os animais tinham reaparecido e conhecia todas as possíveis camadas por trás da pergunta aparentemente casual de Tommy. No mínimo, estava me fazendo ver que não havia esquecido, embora nunca discutíssemos a questão abertamente; era sua forma de me dizer que não fora complacente e que se ocupava em dar prosseguimento a sua parte dos preparativos.

Porém isso não foi tudo que senti olhando para aqueles sapos tão estranhos. Porque estava lá de novo, muito tênue e de início em segundo plano, mas crescendo o tempo todo, tanto que, depois, não consegui mais tirar da cabeça. Foi inevitável, assim que olhei para aquelas páginas, a ideia me ocorrer novamente, mesmo enquanto eu tentava agarrá-la e jogá-la fora. Ocorreu-me que os desenhos de Tommy já não eram mais a novidade que tinham sido. Verdade que, sob muitos aspectos, os sapos eram semelhantes aos que eu havia visto no Casario. Mas algo se perdera para sempre e os desenhos davam a impressão de ser fruto de uma labuta intensa, quase como se tivessem sido copiados. E assim foi que aquele sentimento voltou outra vez, mesmo que eu tentasse mantê-lo à distância: o sentimento de que estávamos fazendo aquilo tudo tarde demais; que já tinha existido o momento certo, que nós deixamos passar, e que havia algo de ridículo, até mesmo censurável, no modo como estávamos pensando e planejando.

Agora que estou repassando tudo isso, imagino que talvez

essa tenha sido uma outra razão para termos demorado tanto a falar abertamente sobre nossos planos. Sem sombra de dúvida, nenhum dos outros doadores de Kingsfield jamais fora flagrado falando sobre adiamentos nem nada parecido, e é provável que nos sentíssemos um tanto constrangidos, quase como se partilhássemos um segredo vergonhoso. Talvez até temêssemos as possíveis reações, se os outros viessem a saber.

Mas, como eu disse, não quero pintar um quadro muito sombrio daquela época em Kingsfield. Durante boa parte do tempo, sobretudo depois que ele me perguntou sobre os bichos, não pairou mais nenhuma sombra do passado sobre nós e parecíamos de fato bem acomodados em nossa convivência. Embora nunca mais tivesse me pedido opinião, Tommy gostava de trabalhar comigo por perto e, em geral, era assim que passávamos as tardes: eu na cama, às vezes lendo em voz alta; Tommy na carteira, desenhando.

Talvez tivéssemos sido felizes se as coisas permanecessem daquela maneira por mais um tempo; se tivéssemos tido mais tardes para conversar, fazer sexo, ler e desenhar. Mas, com o verão chegando ao fim, Tommy dia a dia mais forte e a possibilidade cada vez mais concreta de uma quarta doação, sabíamos que não podíamos adiar indefinidamente as coisas.

Foi um período fora do normal para mim, em que estive ocupadíssima e não pude ir a Kingsfield por quase uma semana. Quando apareci, era de manhã, e lembro que chovia a cântaros. O quarto de Tommy estava quase escuro e a água caía de uma calha perto da janela fazendo estardalhaço. Tommy já tinha passado pelo refeitório, para tomar o café da manhã com seus colegas doadores, mas voltara e estava sentado na cama, olhando o vazio, sem fazer nada. Cheguei exausta — fazia um tempão que não dormia um bom sono — e simplesmente despenquei naquela cama estreitinha, empurrando Tommy para a parede. Continuei assim por alguns momentos e poderia ter pegado no sono com a maior facilidade se Tommy não tivesse ficado me cutucando os joelhos com o pé. Por fim sentei-me a seu lado e disse:

"Eu vi Madame ontem, Tommy. Não cheguei a falar com ela nem nada. Mas eu a vi."

Ele me olhou, mas continuou calado.

"Eu a vi subindo a rua e entrando em casa. A Ruth acertou. Deu o endereço certo, a porta certa, tudo."

Depois lhe contei que no dia anterior, como eu estava mesmo no litoral sul, tinha ido até Littlehampton, no final da tarde, e, assim como já havia feito em duas vezes anteriores, percorri a longa avenida de frente para o mar, passando diante de uma série de casas geminadas com nomes como "Crista da Onda" e "Vista Marinha", até dar com o banco ao lado da cabine telefônica, onde me sentei e esperei — de novo como já tinha feito antes — com os olhos grudados na casa do outro lado da rua.

"Parecia até uma daquelas histórias de detetive. Das outras vezes, eu cheguei a passar mais de meia hora plantada lá e nada, absolutamente nada. Mas algo me dizia que dessa vez eu teria mais sorte."

Eu estava tão cansada que quase cochilei ali mesmo, no banco. Mas ergui os olhos e lá estava ela, caminhando na minha direção.

"Foi meio como se eu estivesse vendo um fantasma, Tommy, porque ela está idêntica, não mudou nada. Talvez o rosto esteja um pouco mais envelhecido. Mas, fora isso, não tinha diferença nenhuma. Até as roupas eram iguais. Aquele mesmo tailleur cinza todo elegante."

"Mas não pode ser *literalmente* o mesmo tailleur."

"Não sei, não. Mas que parecia o mesmo, parecia."

"Quer dizer que você não tentou falar com ela?"

"Claro que não, seu burro. Uma coisa por vez. Ela nunca foi exatamente simpática conosco, esqueceu?"

Contei então que ela havia passado bem na minha frente, só que na outra calçada, sem sequer me olhar; que por uma fração de segundo achei que ela iria passar reto pela porta que eu vinha vigiando, que pensei até que Ruth tivesse errado o endereço. Mas Madame dobrara no portão, dera uns poucos passos até a porta e desaparecera no interior da casa.

Depois que terminei meu relato, Tommy continuou calado por um tempo. Depois disse:

"Tem certeza de que não vai se meter em encrenca? Toda hora indo para lugares onde não deveria estar?"

"Por que você acha que eu ando tão cansada? Estou trabalhando sem parar para encaixar tudo. Mas pelo menos agora nós a encontramos."

A chuva continuava a fazer barulho lá fora. Tommy virou-se de lado e pôs a cabeça em meu ombro.

"A Ruth fez muito por nós", disse ele em voz baixa. "E fez direitinho."

"É, fez mesmo. Mas agora é conosco."

"E qual é o plano, então, Kath? Aliás, existe um plano?"

"Vamos simplesmente ter que ir até lá. Vamos até lá e perguntamos a ela. Na semana que vem, quando eu for levar você para fazer os testes de laboratório. Eu digo que vamos precisar do dia todo. E aí dá tempo da gente ir a Littlehampton na volta."

Tommy suspirou e aninhou melhor a cabeça em meu ombro. Vendo de fora, alguém poderia até pensar que não estava muito entusiasmado com a ideia, mas eu sabia o que sentia. Nós vínhamos remoendo a questão dos adiamentos, a teoria da Galeria, aquilo tudo havia tanto tempo — e, de repente, estávamos quase lá. Decididamente, era meio assustador.

"Se nós conseguirmos isso", disse ele, por fim. "Vamos supor que a gente consiga. Vamos supor que eles nos deixem ter mais três anos, digamos, só para nós. O que a gente faz, exatamente? Percebe o que estou querendo dizer, Kath? Para onde a gente vai? Não podemos ficar aqui, neste centro."

"Eu não sei, Tommy. Talvez ela nos diga para voltarmos ao Casario. Mas seria melhor um outro lugar. A Mansão Branca, quem sabe. Ou talvez eles tenham algum outro local. Algum local separado, para gente como nós. Vamos ter de esperar para ver o que ela diz."

Continuamos bem quietos, deitados na cama, por mais alguns minutos, escutando a chuva. Em algum momento, comecei a cutucá-lo com o pé, do mesmo jeito como ele fizera comigo um pouco antes. Por fim ele revidou e empurrou meus pés totalmente para fora da cama.

"Se nós vamos mesmo até lá", disse ele, "vamos ter de decidir a respeito dos bichos. Você sabe, escolher os melhores para levar. Talvez uns seis ou sete. É preciso tomar o maior cuidado na escolha."

"Certo", disse eu. Depois me levantei e espreguicei. "Talvez a gente leve até mais. Quinze, quem sabe uns vinte. É, nós vamos até lá vê-la. O que ela pode fazer conosco? Nós vamos até lá falar com ela."

21.

Durante vários dias, antes de irmos, fiquei imaginando nós dois, Tommy e eu, parados diante daquela porta, juntando coragem para tocar a campainha e depois esperando com o coração disparado. No fim, do jeito como as coisas aconteceram, tivemos sorte e fomos poupados ao menos dessa provação.

Estávamos merecendo um pouco de sorte, àquela altura, porque o dia não tinha transcorrido lá muito bem. O carro dera problema na viagem e havíamos chegado com uma hora de atraso para fazer os exames de Tommy. Depois, devido a uma confusão ocorrida no laboratório, Tommy teve de refazer três exames. O que o deixou bem zonzo, e quando finalmente partimos rumo a Littlehampton, lá pelo final da tarde, ele começou a ter enjoo e a todo momento éramos obrigados a parar para ele dar uma andada.

Por fim chegamos, pouco antes das seis horas. Estacionamos o carro atrás do bingo, tiramos do porta-malas a sacola contendo os cadernos de Tommy e fomos a pé em direção ao centro da cidade. Tinha feito um dia bonito e, embora as lojas já estivessem fechando, havia muita gente nas ruas e na frente dos pubs, conversando e bebendo. Quanto mais andávamos, mais rápido Tommy se recuperava, até que acabou lembrando que não almoçara por causa dos exames e disse que queria comer alguma coisa antes de encarar o que vinha pela frente. Por isso estávamos procurando um lugar para comprar um sanduíche quando, de repente, ele agarrou meu braço com tanta força que pensei que estivesse tendo algum tipo de ataque. Mas ele falou bem baixinho no meu ouvido:

"Olha ela lá, Kath. Olha. Passando na frente do cabeleireiro."

E, sem dúvida, lá estava ela, andando na outra calçada, vestida com seu elegante tailleur cinza, exatamente igual ao que sempre usava.

Fomos atrás de Madame a uma distância razoável, primeiro pelo calçadão, depois ao longo da quase deserta rua do Comércio. Acho que ambos nos lembramos do dia em que saímos atrás do possível de Ruth pelas ruas de uma outra cidade. Dessa vez, porém, as coisas acabaram sendo muito mais simples, porque logo mais ela foi indo até aquela longa avenida à beira-mar.

Como a avenida fosse absolutamente reta, e como, ao se pôr, o sol iluminasse o caminho todo, de ponta a ponta, percebemos que poderíamos deixar Madame ir bem na frente — até virar quase um pontinho — porque não havia como perdê-la de vista. Na verdade, em momento algum deixamos de escutar o eco dos saltos de seus sapatos; e as pancadas rítmicas da sacola batendo na perna de Tommy pareciam uma espécie de resposta.

Continuamos assim por um bom tempo, passando diante de fileiras de casas idênticas. Depois as casas da calçada oposta acabaram e, no lugar delas, surgiram gramados bem aparados e, para além dos gramados, o topo de cabines de praia enfileiradas lado a lado. A água, em si, não era visível, mas dava para perceber que estava ali pelo horizonte amplo e pelo barulho das gaivotas.

As casas do outro lado, entretanto, continuaram idênticas, e depois de um tempo eu disse a Tommy:

"Não falta muito, agora. Está vendo aquele banco lá? É nele que eu sento. A casa fica bem na frente."

Até eu dizer isso, Tommy parecia razoavelmente calmo. Mas, depois, pelo visto ficou aflito e começou a andar bem mais rápido, como se quisesse alcançá-la. Entretanto não havia mais ninguém na calçada entre ela e nós, e, a cada tentativa de Tommy de encurtar distância, eu pegava no braço dele para fazê-lo ir mais devagar. O tempo todo eu tinha medo que ela se virasse e nos visse, mas Madame continuou seu caminho até entrar de chofre no portãozinho. Deu mais alguns passos e depois parou diante da porta para pegar as chaves na bolsa; de repente lá estávamos nós, parados na frente da casa dela, olhando para ela. Ainda assim, ela não se voltou e chegou a me ocorrer que talvez soubesse da nossa presença desde o começo e estivesse nos ignorando de propósito. Também pensei que Tommy estava prestes a gritar alguma coisa que não seria necessariamente a coisa mais indicada. Por isso a rapidez com que intervim, sem hesitar.

Foi apenas um educado "Com licença!", mas ela se virou na hora, como se eu tivesse lhe atirado algo em cima. E quando seu olhar pousou sobre nós, passou-me um calafrio pela espinha muito parecido ao que senti naquela vez em que nós a cercamos na entrada do casarão. Os olhos continuavam frios e o rosto talvez fosse ainda mais severo do que na minha lembrança. Não sei se já havíamos sido reconhecidos, àquela altura; mas sem dúvida ela vira e decidira num segundo *o que nós éramos*, porque enrijeceu o corpo visivelmente — como se uma dupla de aranhas enormes estivesse se preparando para atacá-la.

E então algo mudou em sua fisionomia. O olhar não ficou exatamente mais caloroso. Mas a primeira reação de repulsa foi varrida para algum canto e ela nos examinou com todo o cuidado, franzindo a vista para os reflexos do pôr do sol.

"Madame", falei, debruçando-me sobre o portão. "Não queremos chocá-la nem nada disso. Mas nós somos de Hailsham. Eu sou Kathy H., talvez a senhora se lembre. E este é Tommy D. Não viemos aqui para lhe causar nenhum problema."

Ela deu alguns passos em nossa direção. "De Hailsham", disse ela, e na verdade seus lábios esboçaram um pequeno sorriso. "Ora, mas que surpresa. Se não vieram até aqui para me causar problemas, então por que vieram?"

Tommy disse então: "Nós viemos falar com a senhora. Eu lhe trouxe umas coisas" — ergueu a sacola —, "algumas coisas que talvez queira para a sua Galeria. Precisamos de uma informação da senhora".

Madame continuou parada onde estava, mal se mexendo sob o sol poente, a cabeça inclinada para um lado, como se tentasse escutar algum som vindo do mar. Depois sorriu de novo, embora o sorriso não parecesse ser para nós e sim para ela mesma.

"Muito bem, então. Vamos entrar. Vamos ver que informação vocês querem de mim."

Ao entrarmos, reparei que a porta da frente tinha painéis de vidro colorido, e, quando Tommy a fechou, depois de passarmos, tudo escureceu bastante lá dentro. Estávamos num corredor tão estreito que a impressão é que para tocar nas laterais bastaria afastar os cotovelos. Madame tinha parado na nossa frente, e estava imóvel, de costas para nós, de novo como se tentasse ouvir algo. Dando uma espiada à frente dela, vi que o corredor, já bastante estreito, se dividia mais adiante: à esquerda havia uma escada, dando no andar de cima; à direita, uma passagem, ainda mais estreita, levava para as profundezas da casa.

Seguindo o exemplo de Madame, também apurei os ouvidos, mas só escutei o silêncio. Depois, quem sabe proveniente do andar de cima, veio um ruído abafado. Aquele barulhinho pelo visto tinha algum significado para ela, porque se virou para nós e, apontando para a escuridão do corredor, disse:

"Entrem aí e me esperem. Eu desço já."

Começou a subir a escada mas, vendo nossa hesitação, debruçou-se no corrimão e apontou de novo para o escuro.

"Aí mesmo", ela disse, sumindo de vista em seguida.

Tommy e eu avançamos um pouco mais e nos vimos no que devia ser a sala da frente da casa. Provavelmente algum criado tinha arrumado o lugar para o período da noite e ido embora: as cortinas estavam fechadas e algumas luminárias de mesa lançavam uma luz desmaiada no ambiente. Senti o cheiro de mobília antiga, provavelmente vitoriana. A chaminé da lareira fora tapada e, no lugar do fogo, havia uma tela, tecida como uma tapeçaria, de um pássaro estranho, semelhante a uma coruja, olhando fixo para nós. Tommy tocou meu braço e apontou para um quadro pendurado num canto, sobre uma mesinha redonda.

"Aquilo é Hailsham", ele me sussurrou.

Aproximamo-nos, mas eu continuava meio incerta. Deu para notar que devia ser uma aquarela bonita, mas a luminária sobre a mesinha que havia sob o quadro, além de estar com a cúpula torta e coberta de teias de aranha, só servia para criar reflexos no vidro embaçado da moldura, prejudicando a visão.

"É aquele trecho do lado de lá do lago", Tommy disse.

"Como assim?", cochichei de volta. "Não tem lago nenhum aí. Só um descampado."

"Não, o lago está atrás de você." Tommy parecia bastante irritado. "Não é possível que você não se lembre. Se estivesse do outro lado, com o lago atrás, olhando na direção do Campo de Esportes Norte..."

Fizemos silêncio de novo porque escutamos vozes em algum lugar da casa. Parecia ser a voz de um homem e talvez viesse do andar de cima. Depois ouvimos o que decididamente era a voz de Madame descendo a escada e dizendo: "É, você tem razão. Toda razão".

Esperamos Madame entrar, porém os passos dela passaram em frente à porta e foram para os fundos da casa. Cheguei a pensar que iria preparar um chá com roscas e trazer para a sala num carrinho, mas decidi que era pura tolice minha, que muito provavelmente ela havia se esquecido de nós e, quando lembrasse, viria nos dizer para irmos embora. E foi então que uma voz masculina enfezada disse qualquer coisa lá do alto, mas o som estava tão abafado que poderia vir de dois andares acima. Os passos de Madame soaram de novo no corredor e ela então berrou: "Eu já lhe disse o que fazer. Faça exatamente como eu expliquei".

Tommy e eu esperamos vários outros minutos. De repente, a parede nos fundos da sala começou a se mexer. Logo percebi que não era de fato uma parede, e sim duas portas de correr usadas para dividir uma sala bastante comprida. Madame abrira as portas até o meio e nos olhava fixo, parada entre as duas folhas. Tentei ver o que havia atrás, porém só enxerguei escuridão. Pensei que talvez esperasse uma explicação nossa, mas no fim ela disse:

"Vocês são Kathy H. e Tommy D., correto? E há quanto tempo saíram de Hailsham?"

Respondi à pergunta, porém era difícil dizer se ela se lembrava de nós ou não. Madame continuou parada na soleira, como se hesitasse em entrar, e Tommy resolveu falar de novo:

"Não queremos tomar seu tempo. Mas tem uma coisa que precisamos saber da senhora."

"Foi o que me disseram. Pois então. Acho melhor vocês se acomodarem."

Estendendo os braços, pôs as mãos nas costas de duas poltronas idênticas. Seus modos tinham algo de esquisito, como se, no fundo, não estivesse de fato nos convidando a sentar nem nada. Achei que, se fizéssemos como ela sugeria e nos sentássemos naquelas poltronas a sua frente, Madame continuaria parada atrás, sem nem mesmo tirar as mãos do encosto. Mas quando fizemos um movimento na direção dela, também ela adiantou-se e — talvez eu tenha imaginado — encolheu muito de leve os ombros, ao passar por nós. Quando nos viramos para sentar, ela estava junto a uma das janelas, diante das cortinas de veludo grosso, olhando firme para nós, como se estivéssemos numa sala de aula e ela fosse a professora. Pelo menos foi assim que me pareceu, naquele momento. Depois, Tommy me diria que achou que Madame estava se aprontando para cantar, que as cortinas atrás dela se abririam e que, em vez da rua e do gramado até a praia, surgiria uma grande montagem, como as que fazíamos em Hailsham, inclusive com um coral de apoio. Achei engraçado quando me disse isso depois, e até consegui vê-la, de mãos entrelaçadas, cotovelos espetados para fora, sem dúvida com cara de quem estava se preparando para cantar. Mas duvido que essa ideia tenha, de fato, passado pela cabeça de Tommy, naquele momento. Lembro-me de ter reparado na tensão dele e fiquei com receio de que fizesse algum comentário totalmente idiota. Foi por isso que, quando ela nos perguntou, sem grosseria, o que nós queríamos, respondi mais que depressa.

Provavelmente de início saiu tudo muito confuso, mas após uns momentos, quando aumentou minha confiança de que ela iria nos escutar, me acalmei e fui mais clara. Eu havia remoído durante semanas a fio o que lhe dizer quando o momento chegasse. Repassara tudo na cabeça durante minhas longas viagens de carro ou sentada em restaurantes tranquilos de beira de estrada. Tudo começara a me parecer muito difícil, até que resolvi lançar mão de um estratagema: decorei algumas frases fundamentais, palavra por palavra, depois elaborei um mapa mental para prosseguir de um ponto a outro. Mas ali, diante dela, grande parte do que eu preparara me pareceu desnecessária ou totalmente errada. O mais estranho — e Tommy concordou quando conversamos a respeito, mais tarde — é que, embora em Hailsham Madame nos desse a impressão de ser a estranha hostil, a forasteira, agora que estávamos de novo cara a cara, parecia mais íntima, muito mais próxima de nós que qualquer pessoa que houvéssemos conhecido nos últimos anos, mesmo sem ter dito ou feito qualquer coisa para sugerir uma maior receptividade. Foi por esse motivo que todas as coisas que eu tinha preparado na cabeça sumiram e eu falei com ela de forma honesta e simples, quase da mesma forma como teria feito, anos antes, com um guardião. Contei a ela o que tínhamos ouvido, os boatos sobre os alunos de Hailsham e sobre os adiamentos; falei que sabíamos que esses boatos poderiam não corresponder à verdade e que não estávamos nos fiando em nada.

"E mesmo que *seja* verdade", falei, "nós sabemos que a senhora deve estar cansada de receber todos esses casais que vêm procurá-la, dizendo que estão apaixonados. Tommy e eu, nós jamais viríamos perturbá-la se não tivéssemos certeza absoluta."

"Certeza?" Era a primeira vez em bastante tempo que ela se pronunciava e nós dois recuamos um pouco na poltrona, sobressaltados. "Você disse que tem *certeza*? Certeza de que estão apaixonados? E como é que você sabe disso? Então acha que o amor é coisa assim tão simples? Quer dizer então que estão apaixonados. Profundamente apaixonados. É isso que você está me dizendo?"

A voz dela soava quase sarcástica, mas então vi, com uma espécie de choque, pequenas lágrimas nos olhos que iam de mim para Tommy e voltavam.

"Você acredita nisso? Que vocês estão profundamente apaixonados? E por isso então vocês vieram falar comigo para obter... esse adiamento? Por quê? Por que vieram falar comigo?"

Se ela tivesse feito a pergunta de um certo jeito, como se a ideia fosse totalmente maluca, tenho certeza de que teria me sentido arrasada. Mas não foi bem assim. A pergunta mais parecia um teste para o qual já existia resposta; era como se ela já houvesse submetido vários outros casais a procedimento idêntico. Foi isso que me manteve esperançosa. Mas Tommy deve ter ficado aflito, porque de repente disse:

"Nós viemos ver a senhora por causa da sua Galeria. Nós achamos que sabemos para que serve a Galeria."

"Minha Galeria?" Madame se encostou no parapeito da janela, fazendo com que as cortinas oscilassem atrás dela, e respirou fundo, bem devagar. "Minha Galeria. Vocês devem estar falando da minha coleção. Todas as pinturas, os poemas, todas aquelas coisas que eu juntei de vocês, no decorrer do tempo. Foi um trabalhão, mas eu acreditava nisso, todos nós acreditávamos, na época. Quer dizer então que vocês acham que sabem para o que era e por que nós fazíamos aquilo. Bem, creio que vai ser bem interessante escutá-los. Porque devo dizer que essa é uma pergunta que eu me faço o tempo inteiro." De repente ela transferiu o olhar de Tommy para mim. "Estou falando demais?", perguntou.

Eu não sabia o que dizer, de modo que respondi apenas: "Não, não".

"Estou falando demais", disse ela. "Desculpem. Em geral falo demais, quando o assunto é este. Esqueçam o que eu disse há pouco. Meu jovem, você ia me contar alguma coisa a respeito da minha Galeria. Por favor, fale."

"É para que a senhora possa saber", disse Tommy. "Para ter algo em que se basear. Caso contrário, como é que fica quando os alunos vêm procurá-la dizendo que estão apaixonados?"

O olhar de Madame voltara a se fixar em mim, mas eu tinha a impressão de que ela fitava algo em meu braço. Cheguei a baixar a vista para ver se tinha cocô de passarinho ou coisa parecida na minha manga. E escutei-a dizer:

"Então é por isso que você acha que eu juntei aquelas coisas de vocês. Minha *Galeria*, como diziam vocês todos. Eu ri quando me contaram que era esse o nome que vocês davam. Mas, com o tempo, também eu passei a vê-la dessa forma. Minha Galeria. Agora por quê, meu jovem? Por favor, me explique. Por que minha Galeria ajudaria a reconhecer quem está de fato apaixonado?"

"Porque mostraria para a senhora como nós somos", disse Tommy. "Porque..."

"Porque" — Madame interrompeu de repente — "sua arte revela seu eu interior, claro! É isso, não é? Porque a sua arte mostra a sua *alma*!" Depois voltou-se para mim de novo e disse: "Estou falando demais?".

Ela já havia dito isso antes e, de novo, minha impressão foi a de que estava de olhos fixos numa mancha em minha manga. Mas nessa altura a leve suspeita que me surgira já na primeira vez em que ela perguntara "Estou falando demais?" começou a tomar forma. Examinei-a atentamente, mas ela pelo visto percebeu minha inspeção e virou-se para Tommy de novo.

"Está bem", disse ela. "Vamos prosseguir. O que era mesmo que estava me dizendo?"

"O problema", disse Tommy, "é que eu era meio perturbado, naquela época."

"Você estava dizendo algo a respeito da sua arte. Como a arte desnuda a alma do artista."

"Bom, o que eu estou tentando dizer", insistiu Tommy, "é que eu era tão perturbado, naquele tempo, que eu não conseguia fazer nada de arte. Eu não fazia nada. Agora sei que deveria ter feito, mas eu era muito perturbado. De modo que a senhora não tem nada meu na sua Galeria. Sei que a culpa é minha, e sei que provavelmente é tarde demais, mas trouxe algumas coisas comigo, hoje." Tommy ergueu a sacola, depois começou a abrir o zíper dela. "Uma parte foi feita recentemente, mas outra é de muito tempo atrás. A senhora já deve ter algumas coisas da Kath. Ela pôs muita coisa na Galeria. Não é verdade, Kath?"

Por uns momentos, ambos me fitaram. Até que Madame disse, numa voz que mal se ouvia:

"Pobres criaturas. O que foi que fizemos com vocês? Com todos os nossos esquemas e planos?" E deixou a pergunta no ar; pensei ter visto lágrimas de novo em seus olhos. Depois virou-se para mim e perguntou: "Continuamos com esta conversa? Você quer continuar?".

Foi quando ela disse isso que aquela ideia muito vaga de antes se tornou bem mais substancial. "Estou falando demais?" E agora: "Continuamos com esta conversa?". Percebi, com um pequeno calafrio, que essas perguntas nunca foram dirigidas a mim, ou a Tommy, e sim a alguém mais — alguém que escutava atrás de nós, na parte escura da sala.

Virei-me bem devagar e olhei as sombras. Não enxerguei nada, mas ouvi um ruído, um ruído mecânico surpreendentemente distante — a casa parecia avançar escuridão adentro por uma extensão bem maior do que eu havia imaginado. Depois divisei uma forma se movendo para nós e uma voz feminina disse: "Sim, Marie-Claude. Vamos continuar".

Eu ainda olhava para o negrume da sala quando escutei Madame soltar uma espécie de bufo ao passar por nós, rumo ao escuro. Depois vieram mais alguns barulhos mecânicos e ela surgiu empurrando uma figura numa cadeira de rodas. Passou entre nós de novo e, porque suas costas bloqueavam a visão, durante mais alguns instantes não pude ver quem era a pessoa na cadeira de rodas. Madame porém virou-a de frente e disse:

"Fale você com eles. É com você que eles vieram conversar."

"Imagino que sim."

A figura na cadeira de rodas era frágil, o corpo todo retorcido, e foi a voz, mais que qualquer outra coisa, o que me ajudou a reconhecê-la.

"Miss Emily", disse Tommy, bem baixinho.

"Fale você com eles", Madame repetiu, como se lavasse as mãos de tudo. Mas continuou parada atrás da cadeira de rodas, o olhar faiscante pregado em nós.

22.

"Marie-Claude tem razão", disse Miss Emily. "É comigo que vocês deveriam estar falando. Ela trabalhou muito pelo nosso projeto. E ficou meio desiludida com a maneira como tudo acabou. Já eu, apesar das decepções todas, não me sinto tão mal assim. Acho que o que nós conseguimos merece respeito. Olhe só para vocês dois. Dois belos jovens. Estou certa de que têm um bocado de coisas para me contar que me deixariam muito orgulhosa. Como é mesmo o nome de vocês? Não, não, esperem. Acho que consigo me lembrar. Você é o menino genioso. Genioso mas com um coração de ouro. Tommy. Acertei? E você, claro, é Kathy H. Saiu-se muito bem como cuidadora. Já ouvimos falar muito a seu respeito. Eu me lembro, viram só? Eu ousaria dizer que conseguiria me lembrar de todos vocês."

"E qual é a vantagem disso, para você ou para eles?", perguntou Madame, afastando-se em seguida tanto da cadeira de rodas como de nós e sumindo na escuridão para, pelo visto, tomar o lugar que Miss Emily ocupava antes.

"Miss Emily", disse eu, "é muito bom vê-la de novo."

"Quanta bondade sua dizer uma coisa dessas. Eu reconheci você, mas você talvez não tenha me reconhecido. Na verdade, Kathy H., um dia, não faz muito tempo, passei por você sentada naquele banco aí de fora, e você obviamente não me reconheceu. Você deu uma olhada para George, o nigeriano parrudo que estava me empurrando. Ah, sim, você deu uma boa olhada nele e ele em você. Eu não disse uma palavra e você não sabia quem eu era. Mas hoje, dentro de um contexto, por assim dizer, nós nos reconhecemos. Aliás vocês dois parecem meio chocados de me ver. Não estive nada bem, nos últimos tempos, mas tenho esperança de que esta geringonça não seja para sempre. Infelizmente, meus caros, não vou poder recebê-los pelo tempo que eu gostaria porque, daqui a pouco, alguns homens virão para levar meu criado-mudo. É um móvel maravilhoso. O George embalou e acolchoou tudo, mas mesmo assim eu quero ir junto, acompanhando. Nunca se sabe, com esse pessoal. Eles pegam sem cuidado, jogam de qualquer jeito dentro do veículo e aí o patrão deles vem e diz que a peça já estava danificada antes de sair de casa. Já aconteceu conosco, por isso desta vez eu faço questão de ir junto. É um objeto lindíssimo, esteve comigo em Hailsham, desta vez quero ver se obtenho um bom preço. Por isso, quando eles chegarem, receio que terei de deixá-los. Mas posso ver, meus caros, que vieram numa missão muito importante para ambos. Devo admitir que me alegro em vê-los. E Marie-Claude também, embora seja difícil perceber isso, olhando para ela. Não é verdade, querida? Ah, ela finge que não, mas ela ficou comovida de vocês terem vindo até aqui. Mas agora está emburrada. Ignorem-na, crianças, ignorem-na. Agora, vou tentar responder às perguntas o melhor que puder. Já ouvi esse boato inúmeras vezes. Quando Hailsham ainda existia, apareciam de dois a três casais todo ano, tentando entrar para falar conosco. Um chegou a nos escrever. Imagino que não seja tão difícil assim, achar um estabelecimento tão grande quanto era aquele, se a intenção for violar as regras. De modo que, como veem, esse boato sempre circulou, muito antes do tempo de vocês."

Miss Emily calou-se e eu disse: "O que nós queremos saber agora, Miss Emily, é se esse boato é verdade ou não".

Ela continuou nos olhando fixo por mais alguns momentos, depois respirou fundo. "Dentro de Hailsham, propriamente dito, sempre que a boataria começava, eu fazia questão de cortar o mal pela raiz. Porém, quanto ao que os alunos falavam depois de ir embora, o que eu poderia fazer? No fim, acabei chegando à conclusão — e Marie-Claude também, não é mesmo, querida? —, acabei acreditando que esse boato não era um único boato. O que estou querendo dizer é que eu acho que se trata de algo criado do zero várias e várias vezes. Você vai e elimina o boato na fonte, mas não consegue impedir que brote num outro lugar. Depois que cheguei a essa conclusão, não me preocupei mais. Já a Marie-Claude nunca se incomodou com o assunto. A opinião dela era a seguinte: 'Se eles são tolos a ponto de acreditar nisso, então que acreditem'. Ah, sim, não me faça essa cara de azedume. Era assim que você pensava, desde o começo. Depois de anos e anos, cheguei a uma opinião não exatamente igual. Mas comecei a achar, bem, que talvez não devesse me preocupar. Não era assunto meu, de todo modo. E, apesar da decepção de uns poucos casais, a grande maioria nunca chega a pôr o boato à prova. Para eles, trata-se de um sonho, de uma fantasia. Que mal há nisso? Entretanto, no caso de vocês dois, vejo que essa teoria não se aplica. Vocês falam sério. Pensaram no assunto com muito cuidado. Nutriram *esperanças* com muito cuidado. Por alunos como vocês, eu sinto remorso. Não me dá o menor prazer ter de decepcioná-los. Mas eis aí."

Eu não queria olhar para o rosto de Tommy. Sentia-me surpreendentemente calma, e mesmo que devesse estar me sentindo arrasada com as palavras de Miss Emily, havia um aspecto, nelas, que apontava para algo mais, algo que não estava sendo dito e que sugeria que ainda não havíamos chegado ao âmago da questão. Havia até mesmo a possibilidade de que ela não estivesse nos dizendo a verdade. Por isso perguntei:

"Quer dizer então que os adiamentos não existem? Não há nada que a senhora possa fazer?"

Miss Emily sacudiu a cabeça de um lado a outro. "Não há nenhuma verdade nesse boato. Eu sinto muito. Sinto mesmo."

De repente, Tommy perguntou: "Mas algum dia já foi verdade? Antes que Hailsham fechasse?".

Ela continuou sacudindo a cabeça. "Nunca foi verdade. Mesmo antes do escândalo Morningdale, mesmo no tempo em que Hailsham era tida como um modelo, um exemplo de como poderíamos passar a fazer as coisas de um jeito melhor e mais humano, mesmo então, nunca foi verdade. O melhor é esclarecer muito bem este ponto. Nunca passou de um boato sem o menor fundamento. Ai, meu Deus, será que são os homens do criado-mudo?"

A campainha havia soado e alguém desceu a escada para abrir a porta. Do corredor estreitinho vieram sons de vozes masculinas, Madame saiu da escuridão atrás de nós, atravessou a sala e saiu. Miss Emily inclinou-se na cadeira de rodas, ouvindo atentamente. Depois disse:

"Não são eles. É aquele sujeito horroroso que veio falar da pintura. A Marie-Claude vai atendê-lo. Portanto, meus caros, ainda temos alguns minutinhos. Mais alguma coisa que vocês gostariam de saber? Isso é estritamente contra o regulamento, claro, e ela jamais deveria ter convidado vocês para entrar. E, naturalmente, eu deveria ter posto vocês dois para fora assim que soube que estavam aqui. Mas a Marie-Claude não faz mais muito caso dos regulamentos, hoje em dia, e, devo dizer, eu também não ligo. De modo que, se quiserem ficar um pouco mais, sejam bem-vindos."

"Se o boato nunca foi verdade", disse Tommy, "então por que vocês levavam nossos trabalhos embora? E a Galeria, também nunca existiu?"

"A Galeria? Bem, esse rumor *tinha* um fundo de verdade. *Havia* uma Galeria. E, de certa forma, ainda há. Hoje em dia está aqui, nesta casa. Tive de reduzir muito o tamanho da coleção, o que eu lamento. Aqui não havia lugar para pôr tudo. Mas por que nós levávamos os trabalhos de vocês embora? É isso que você quer saber, não é?"

"Não apenas isso", disse eu, baixinho. "Para começar, por que nós fazíamos todos aqueles trabalhos? Por que treinar, incentivar e fazer a gente produzir tanta coisa? Se nós íamos só fazer as doações e depois morrer, de todo jeito, por que todas aquelas aulas? Por que todos aqueles livros e discussões?"

"E por que Hailsham, na verdade?" Madame havia dito isso do corredor. Passou de novo por nós e voltou à parte escurecida da sala. "Eis aí uma boa pergunta para vocês fazerem."

Miss Emily seguiu-a com os olhos e, durante alguns momentos, só prestou atenção nela. Tive vontade de me virar para ver que tipo de olhares estavam sendo trocados, mas era quase como se estivéssemos de volta a Hailsham e fôssemos obrigados a olhar para a frente, em total atenção. Depois Miss Emily disse:

"Sim, e por que Hailsham, na verdade? Marie-Claude gosta muito de se fazer essa pergunta, hoje em dia. Porém até pouco tempo atrás, e antes do escândalo Morningdale, ela nem sonharia em perguntar uma coisa dessas. Não lhe passaria pela cabeça. Você sabe que tenho razão, portanto não me olhe desse jeito! Havia uma única pessoa, naquele tempo, capaz de fazer uma pergunta como essa, e essa pessoa era eu. Muito antes de Morningdale, já desde o comecinho, eu me perguntava isso. O que facilitou muito a vida dos outros, de Marie-Claude e de todos os outros, que puderam ir em frente sem a menor preocupação. E de vocês também, os alunos. Eu me preocupava e questionava em nome de todos vocês. E, desde que eu me mantivesse firme, não haveria dúvida nenhuma na cabeça de ninguém, de nenhum de vocês. Mas você fez suas perguntas, meu caro rapaz. Vamos responder à mais simples, e talvez essa responda a todas as outras. Por que nós levávamos os trabalhos artísticos de vocês embora? Por que fazíamos isso? Você falou uma coisa bem interessante agora há pouco, Tommy. Quando estava conversando com a Marie-Claude. Você disse que era porque a arte revelaria como vocês eram. Como vocês eram por dentro. Foi isso que você disse, não foi? Bem, pois saiba que não está muito distante da verdade. Nós levávamos seus trabalhos porque achávamos que eles revelariam a alma de vocês. Ou, para esclarecer melhor a questão, fazíamos isso para *provar que vocês tinham uma alma*."

Miss Emily calou-se e pela primeira vez, depois de um tempão, Tommy e eu trocamos um olhar. Então eu perguntei:

"Por que a senhora tinha de provar uma coisa dessas, Miss Emily? Alguém por acaso achava que nós não tínhamos alma?"

Um sorriso desmaiado apareceu-lhe no rosto. "É comovente, Kathy, vê-la tão surpresa. Isso demonstra, de certa maneira, que fizemos nosso trabalho muito bem. Como você disse, por que alguém haveria de duvidar que vocês têm uma alma? Mas a verdade, minha cara, é que nem todos eram da mesma opinião, quando iniciamos as nossas atividades, muitos anos atrás. E ainda que as coisas tenham mudado bastante, de lá para cá, continua não sendo uma noção universalmente aceita, nem mesmo nos dias que correm. Vocês, alunos de Hailsham, mesmo depois de saírem e entrarem no mundo, vocês não sabem nem da metade. Por todo o país, neste exato instante, há alunos sendo criados em condições deploráveis, condições que vocês, de Hailsham, mal conseguiriam imaginar. E agora que fechamos, as coisas só tendem a piorar."

Calou-se de novo e, durante um momento, parecia estar nos examinando atentamente através da vista franzida. Por fim, continuou:

"Em que pese tudo mais, pelo menos nós garantimos que sob nossos cuidados todos crescessem num ambiente maravilhoso. E também providenciamos para que, depois de nos deixar, vocês fossem mantidos à distância do pior daqueles horrores. Fomos capazes ao menos de fazer esse tanto por vocês. Mas esse sonho de vocês, esse sonho de poder *adiar*. Isso sempre estaria muito além do nosso alcance, mesmo no auge de nossa influência. Desculpem, eu sei que o que estou dizendo não agrada a vocês. Mas não fiquem assim desanimados. Espero que saibam dar o devido valor ao que nós *pudemos* garantir para vocês. Olhe só para os dois, agora! Tiveram uma vida boa, receberam educação e instrução. Pena que não conseguimos mais do que isso, mas vocês têm que entender que, antes, as coisas eram muito piores. Quando a Marie-Claude e eu começamos, não havia estabelecimentos como Hailsham. Nós fomos um dos primeiros, junto com Glenmorgan House. Depois de alguns anos surgiu a Fundação Saunders. Juntos, nos tornamos um movimento pequeno mas com voz ativa, que se opôs ao programa de doações na forma como estava sendo gerido. Mais importante ainda, demonstramos para o mundo que, quando criados num ambiente humano e culto, os alunos podiam se tornar tão sensíveis e inteligentes quanto qualquer ser humano normal. Antes disso, todos os clones — ou *alunos*, como nós preferíamos chamá-los — existiam apenas para abastecer a ciência médica. Nos primeiros tempos, logo depois da guerra, isso era tudo que vocês representavam para a grande maioria. Objetos obscuros em tubos de ensaio. Você não concorda comigo, Marie-Claude? Ela está muito calada. Em geral é difícil fazê-la parar de falar, quando o assunto é este. A presença de vocês, meus caros, parece ter travado sua língua. Muito bem. Para responder à sua pergunta, Tommy. Era por esse motivo que colecionávamos a arte que vocês faziam. Nós selecionávamos o que havia de melhor e organizávamos mostras especiais. No final dos anos 70, no auge da nossa influência, montávamos eventos enormes por todo o país. Compareciam ministros, bispos, tudo quanto é tipo de gente famosa aparecia para nos prestigiar. Faziam discursos, concediam verbas. 'Olhem, aqui está!', nós podíamos dizer. 'Olhem só toda esta arte! Como é que vocês ousam dizer que essas crianças não são inteiramente humanas?' Ah, sim, tínhamos um apoio tremendo para o nosso movimento, naquele tempo, a maré estava a nosso favor."

Durante alguns minutos, Miss Emily relembrou diferentes eventos da época, mencionando um monte de gente cujos nomes não significavam nada para nós. Na verdade, por alguns instantes, foi quase como se estivéssemos ouvindo uma daquelas suas perorações matinais, quando se desviava por tangentes que nenhum de nós conseguia acompanhar. No entanto parecia estar se divertindo e um sorriso brando se instalou em volta do olhar. De repente, porém, como se tivesse saído de um transe, disse, num tom bem diferente:

"Mas nunca chegamos a perder contato com a realidade, não é verdade, Marie-Claude? Não como nossos colegas da Fundação Saunders. Mesmo durante a época áurea, nós sempre soubemos que estávamos travando uma batalha difícil. Mas não deu outra, veio a história de Morningdale, depois umas duas outras coisinhas e, antes que atinássemos, todo o nosso árduo trabalho foi por água abaixo."

"Mas o que eu não entendo", disse eu, "é por que motivo as pessoas iriam querer tratar tão mal os alunos, para começo de conversa."

"Do seu ponto de vista atual, Kathy, seu espanto é perfeitamente razoável. Mas é preciso que você tente ver da perspectiva histórica. Depois da guerra, no início dos anos 50, quando a ciência avançava muito rapidamente e as descobertas se sucediam em ritmo vertiginoso, não sobrava muito tempo para fazer uma avaliação, para fazer as perguntas sensatas. De repente lá estavam todas aquelas novas possibilidades à disposição, todas aquelas novas formas de cura para tantas doenças até então incuráveis. Foi nisso que o mundo mais reparou, era o que mundo mais queria. E durante muito tempo as pessoas preferiam acreditar que esses órgãos surgiam do nada ou, no máximo, que cresciam numa espécie de vácuo. Sim, *havia* debates. Mas até o cidadão comum se preocupar com... com os *alunos*, até chegar a considerar a forma como vocês eram criados, e se vocês deveriam realmente ser trazidos à luz, bem, até lá já era tarde demais. Não havia como reverter o processo. Como é que você pode pedir a um mundo que passou a olhar o câncer como moléstia curável, como você pode pedir a um mundo desses que recolha essa cura, que volte aos dias de trevas? Não havia mais volta. Por mais desconfortáveis que as pessoas se sentissem a respeito da existência de vocês, a preocupação suprema delas era que filhos, cônjuges, pais e amigos não morressem de câncer, de esclerose amiotrófica, de doenças do coração. Por esse motivo, durante algum tempo vocês foram mantidos nas sombras e as pessoas faziam o possível para não pensar no assunto. Quando pensavam, tentavam se convencer de que vocês não eram de fato como nós. Que vocês eram menos que humanos, de modo que não tinha importância. E assim permaneceu a situação até surgir o nosso movimentozinho. Mas será que vocês percebem contra o que estávamos lutando? Estávamos praticamente tentando achar a quadratura do círculo. Eis o mundo, precisando de alunos para doar. Enquanto fosse esse o caso, sempre haveria alguma barreira impedindo que o mundo visse vocês como seres humanos de verdade. Bem, nós travamos essa batalha durante muitos anos e pelo menos obtivemos algumas melhorias, se bem que, é claro, vocês tenham sido apenas um punhado de selecionados. Mas depois estourou o escândalo Morningdale, em seguida umas outras coisas e, antes que atinássemos, o clima havia dado uma guinada de cento e oitenta graus. Ninguém mais quis nos dar apoio, não ficava bem ser visto como simpatizante do nosso movimentozinho, e Hailsham, Glenmorgan, a Fundação Saunders, fomos todos varridos do mapa."

"Que escândalo Morningdale foi esse, Miss Emily?", perguntei. "Esse de que a senhora tanto fala. Precisa nos contar, porque não sabemos de nada."

"Bem, desconfio que não há motivo para vocês não saberem. O assunto nunca criou maiores polêmicas na sociedade em geral. Havia um cientista chamado James Morningdale, bastante talentoso lá do jeito dele, que foi para uma região remota da Escócia. Imagino que achava que iria atrair menos atenção do público trabalhando lá. A intenção dele era oferecer às pessoas a possibilidade de ter filhos com certas características apuradas. Inteligência superior, capacidade atlética superior, esse tipo de coisa. É claro que havia outros com ambições parecidas, mas esse Morningdale pesquisou muito mais a fundo do que qualquer cientista antes dele, e avançou muito além das fronteiras legais. Bom, mas ele acabou sendo descoberto, puseram um ponto final em seu trabalho e a coisa parece que morreu por aí mesmo. Só que, para nós, claro que não foi bem assim. Como eu disse, a questão nunca provocou grandes polêmicas. Mas acabou criando um certo clima, percebem? Fez as pessoas se lembrarem, trouxe à tona um medo que sempre existiu. Uma coisa é criar alunos como vocês, para o programa de doação. Mas uma geração de crianças criadas para tomar o nosso lugar na sociedade? Crianças comprovadamente *superiores* a todos? Ah, não. Isso assustou as pessoas. Essa possibilidade foi rejeitada."

"Mas, Miss Emily", disse eu, "o que é que nós todos temos a ver com isso? Por que é que Hailsham teve de fechar por causa de uma coisa dessas?"

"Nós também não vimos nenhuma conexão óbvia, Kathy. Não no começo. E hoje muitas vezes penso que a culpa foi nossa, por não termos enxergado com mais clareza. Se estivéssemos mais alertas, menos centrados no próprio umbigo, se tivéssemos trabalhado sério naquela fase, quando estourou o escândalo, talvez conseguíssemos evitar o fechamento. Ah, Marie-Claude discorda. Ela acha que teria dado na mesma e talvez tenha uma certa razão. Afinal, não foi apenas a questão de Morningdale. Houve outras coisas, na época. Aquela série horrenda de televisão, por exemplo. Tudo aquilo contribuiu, contribuiu para mudar a maré. Mas suponho que no frigir dos ovos a falha central tenha sido essa. Aquele nosso movimentozinho, sempre fomos muito frágeis, sempre dependentes demais dos caprichos de nossos patrocinadores. Desde que os ventos estivessem a nosso favor, desde que a empresa X ou o político Y pudessem ver algum benefício em nos fornecer apoio, nós conseguíamos nos manter à tona. Mas sempre foi difícil, e depois de Morningdale, depois que o clima mudou, nós não tínhamos mais a menor chance. O mundo não queria ser lembrado de como o programa de doações realmente funcionava. Ninguém queria pensar em vocês, os alunos, nem nas condições em que vocês eram criados. Em outras palavras, meus caros, eles queriam vocês de volta às sombras. De volta ao lugar onde vocês estavam antes de aparecerem pessoas como a Marie-Claude e eu. E toda aquela gente influente que antes fazia tanta questão de nos ajudar, bem, claro, desapareceu todo mundo. Perdemos nossos patronos, um a um, em questão de pouco mais de um ano. Continuamos funcionando até onde deu, continuamos abertos dois anos a mais que a Glenmorgan. Mas, no fim, como vocês sabem, fomos obrigados a fechar e, hoje, quase não restam vestígios do trabalho que fizemos. No país todo, não existe nada nem de longe parecido com Hailsham. A única coisa que vocês vão encontrar, como sempre, são aquelas imensas "casas" governamentais e, mesmo que sejam um pouco melhorzinhas do que eram antes, saibam, meus caros, que vocês passariam vários dias sem conseguir dormir se porventura vissem o que ainda continua acontecendo em alguns desses estabelecimentos. Quanto a Marie-Claude e eu, cá estamos nós, refugiadas nesta casa, com uma montanha de trabalhos de vocês lá em cima. É só o que nos resta para lembrar o que fizemos. Além de uma montanha de dívidas, se bem que essas não são nem de longe tão agradáveis. E das recordações que vocês nos deixaram. Sem falar da certeza de termos proporcionado a vocês uma vida melhor do que aquela que teriam tido."

"Não tente pedir-lhes um muito obrigado", disse a voz de Madame, vindo de trás. "Por que eles haveriam de se sentir gratos? Eles vieram até aqui procurando obter bem mais. O que nós lhes demos, os anos de trabalho incessante, as batalhas que travamos, o que sabem eles sobre isso? Acham que foi uma dádiva divina. Antes de virem até aqui, não sabiam de nada. E só o que sentem agora é decepção, porque não pudemos lhes dar tudo o que era possível."

Calamo-nos todos durante uns momentos. Depois houve um barulho do lado de fora e a campainha tocou de novo. Madame saiu do escuro e foi atender.

"Desta vez *tem* que ser os homens", disse Miss Emily. "Preciso me arrumar, agora. Mas vocês podem ficar mais um pouco. Os homens terão de descer dois andares com a peça. A Marie-Claude vai cuidar para que não danifiquem o móvel."

Tommy e eu não conseguíamos acreditar que fosse o fim da conversa. Nenhum dos dois se levantou da poltrona e, de qualquer modo, não havia sinal de alguém para ajudar Miss Emily a sair da cadeira de rodas. Por um instante me perguntei se por acaso tentaria se levantar sozinha, mas ela continuou imóvel, inclinada para a frente como antes, ouvindo atentamente. Tommy então disse:

"Quer dizer que não existe a menor possibilidade de nada. Nada de adiamento, nada de nada."

"Tommy", sussurrei, olhando feio para ele. Miss Emily porém interveio com delicadeza:

"Não, Tommy. Não há nada de nada. A sua vida deve agora seguir o curso que foi estabelecido para ela."

"Quer dizer então que o que a senhora está dizendo, Miss, é que tudo que nós fizemos, todas as aulas, tudo. Tudo girou em torno disso que acabou de nos contar? Nunca houve mais nada a não ser isso?"

"Percebo agora", disse Miss Emily, "que talvez você fique com a impressão de que foram todos meros joguetes. Sem dúvida que sim. Mas pensem um pouco. Vocês foram joguetes de sorte. Na época reinava um certo clima que não existe mais. Vocês precisam aceitar que às vezes é assim que as coisas se desenrolam neste mundo. As opiniões, os sentimentos, uma hora pendem para cá, outra hora para lá. Vocês calharam de crescer durante um determinado período desse processo."

"Pode até ser que tenha sido uma tendência que veio e se foi", disse eu. "Mas, para nós, é a nossa vida."

"É, isso é verdade. Mas pense. Vocês tiveram bem mais do que muita gente que veio antes. E sabe-se lá o que aqueles que virão depois de vocês terão de enfrentar. Eu sinto muito, alunos, mas agora preciso ir. George! George!"

Havia muito barulho no corredor e talvez isso tenha impedido George de escutá-la, porque não veio resposta. De repente, Tommy perguntou:

"Foi por isso que a Miss Lucy foi embora?"

De início pensei que Miss Emily, cuja atenção estava voltada para o que acontecia no corredor, não tivesse escutado. Ela recostou-se na cadeira e começou a impeli-la aos poucos na direção da porta. Havia tantas mesinhas de canto e poltronas que não me parecia que fosse conseguir passar. Estava prestes a me levantar e abrir-lhe um caminho quando ela parou de chofre.

"Lucy Wainright", disse ela. "Ah, sim. Tivemos um pequeno problema com ela." Calou-se e ajustou a cadeira de rodas para ficar de novo de frente para Tommy. "É, nós tivemos um pequeno problema com ela. Uma divergência de opiniões. Mas, para responder à sua pergunta, Tommy. A desavença com Lucy Wainright não teve nada a ver com o que eu acabei de contar a vocês. Não diretamente, pelo menos. Não, tratou-se mais, como dizer, de uma questão interna."

Pensei que ela fosse deixar as coisas no pé em que estavam, por isso perguntei: "Miss Emily, se não se importa, gostaríamos de saber o que houve, o que aconteceu com a Miss Lucy".

Miss Emily arqueou as sobrancelhas. "Lucy Wainright? Ela foi importante para vocês? Perdoem-me, meus caros alunos, quase ia me esquecendo de novo. Ela não ficou conosco muito tempo, de modo que para nós foi apenas uma figura periférica dentro da memória de Hailsham. E não deixou recordações muito felizes. Mas entendo, vocês estavam lá justamente durante aquele período..." Riu consigo mesma e deu a impressão de estar se lembrando de algo. No corredor, Madame estava passando uma descompostura nos carregadores em voz muito alta, porém Miss Emily pelo visto perdera o interesse. Estava revendo lembranças com um ar de grande concentração. Por fim, disse: "Era uma moça muito boa, a Lucy Wainright. Mas, depois de ficar conosco durante um tempo, começou a ter certas ideias. Achava que vocês, alunos, tinham de ficar mais cientes. Mais cientes do que teriam pela frente, de quem vocês eram, para que serviriam. Ela acreditava que vocês deveriam ter um quadro bem nítido da situação, tanto quanto possível. Que qualquer coisa menos que isso era, até certo ponto, uma forma de enganá-los. Nós estudamos a opinião dela e concluímos que estava enganada".

"Por quê?", perguntou Tommy. "Por que acharam isso?"

"Por quê? A intenção dela era boa, tenho certeza disso. E vejo que você gostava muito dela, Tommy. Lucy Wainright tinha tudo para ser uma excelente guardiã. Mas o que ela andava querendo realizar era tudo muito *teórico*. Nós dirigíamos Hailsham fazia muitos anos, tínhamos uma noção do que funcionava, do que era melhor para os alunos, a longo prazo — depois de Hailsham. Lucy Wainright era uma idealista, não que haja qualquer coisa de errado em sê-lo. Mas não tinha um bom domínio das coisa práticas. Vejam só, nós fomos capazes de lhes dar certas coisas, coisas que ninguém poderá tirar, nem mesmo agora, e fomos capazes de dá-las sobretudo *protegendo* vocês. Hailsham não teria sido Hailsham se não tivéssemos feito isso. Muito bem, isso significou às vezes ter de esconder algumas verdades, ter de mentir. Sim, sob vários aspectos, nós *enganamos* vocês. Imagino que vocês até possam dizer que foi isso. Mas nós os protegemos durante aqueles anos todos. E nós lhes demos uma infância. A Lucy era muito bem-intencionada. Mas, se houvéssemos escutado sua opinião, a felicidade de vocês em Hailsham se teria espatifado. Olhe só para vocês dois agora! Estou tão orgulhosa de vê-los tão bem. Vocês construíram suas vidas com base naquilo que nós lhes demos. Vocês não seriam quem são se não tivessem sido protegidos por nós. Não teriam prestado atenção às aulas, não teriam mergulhado na arte, não teriam escrito nada. Não haveria o menor motivo, se soubessem o que os aguardava mais adiante. Teriam dito que era tudo inútil e nós não encontraríamos argumentos para rebater. Foi por isso que ela precisou ir embora."

Escutamos Madame gritando com os homens. Não perdera as estribeiras, exatamente, mas a voz tinha um tom assustadoramente severo, e as vozes masculinas, que até aquele momento discutiam com ela, se calaram.

"Talvez no fim tenha sido melhor eu ficar aqui com vocês na sala", disse Miss Emily. "A Marie-Claude faz esse tipo de coisa com muito mais eficiência."

Não sei o que me levou a dizê-lo. Talvez porque soubesse que a visita teria de terminar em breve; talvez estivesse ficando curiosa para saber o que Miss Emily e Madame achavam uma da outra. Seja como for, eu disse a ela, baixando a voz e indicando a porta com um gesto de cabeça:

"Madame nunca gostou da gente. Ela sempre teve medo de nós. Do mesmo jeito como as pessoas têm medo de aranha e coisas do gênero."

Esperei para ver se Miss Emily ficaria brava, mas sem me importar mais com sua reação. De fato, ela se virou bruscamente para mim, como se eu tivesse lhe atirado uma bolinha de papel, e seus olhos faiscaram de um jeito que me fez lembrar dos tempos de Hailsham. Mas a voz estava calma e branda quando respondeu:

"A Marie-Claude sacrificou *tudo* por vocês. A vida dela foi só trabalho, trabalho, trabalho. E saiba, minha filha, que ela está do seu lado, sempre estará do seu lado. Se ela tem medo de vocês? *Todos* nós temos medo de vocês. Eu própria muitas vezes precisei reprimir o pavor que tinha de vocês. Certas horas, quando eu olhava para vocês lá fora, da janela do meu gabinete, me dava tamanha repulsa..." Calou-se, mas logo em seguida os olhos faiscaram de novo. "Mas eu estava decidida a não permitir que esses sentimentos me impedissem de fazer o que era certo. Lutei contra eles e venci. Agora, se puderem fazer a gentileza de me ajudar a levantar, o George deve estar esperando com as muletas."

Com um de nós de cada lado, ela caminhou cautelosamente até o corredor, onde um homenzarrão de uniforme de enfermeiro, com cara de assustado, esperava com um par de muletas.

A porta da frente estava aberta para a rua e me espantei ao ver que continuava claro. A voz de Madame veio lá de fora, já falando com mais calma com os homens. Parecia chegada a hora de Tommy e eu irmos andando, mas o tal do George estava ajudando Miss Emily a pôr o casaco, enquanto ela permanecia de pé, entre as muletas; sem ter como ultrapassá-la, esperamos. Suponho que também esperávamos para nos despedir dela; talvez, depois de tudo, quiséssemos lhe agradecer, mas não estou bem certa. Porém Miss Emily estava preocupada com seu criado-mudo. Começou a ressaltar alguns problemas urgentes para os carregadores na calçada, depois saiu acompanhada por George, sem olhar mais para nós.

Tommy e eu continuamos no corredor ainda um tempinho, incertos sobre o que fazer. Quando finalmente saímos da casa, reparei que as lâmpadas da rua inteira estavam acesas, ainda que o céu não tivesse escurecido. Uma van branca dava a partida no motor. Logo atrás havia um Volvo antigo enorme, com Miss Emily no banco do passageiro. Madame estava debruçada na janela, balançando a cabeça para algo que a outra lhe dizia, enquanto George fechava o porta-malas e ia sentar ao volante. Depois a van branca saiu e o carro de Miss Emily foi atrás.

Madame fitou os dois veículos durante um bom tempo. Depois virou-se, como se para entrar em casa, e, nos vendo ali na calçada, parou de supetão e quase recuou alguns passos.

"Nós já estamos indo", falei. "Obrigada por ter falado conosco. Por favor, diga a Miss Emily que deixamos um até logo."

Vi que ela me examinava no lusco-fusco, antes de falar.

"Kathy H. Eu me lembro de vocês. Claro que sim." Calou-se de novo, mas continuou me olhando.

"Acho que sei o que está pensando", acabei dizendo. "Acho que posso adivinhar."

"Muito bem." A voz saiu sonhadora e o olhar tinha perdido um pouco o foco. "Certo. Você lê pensamentos. Então me conte."

"Teve um dia que a senhora me viu, um dia de tarde, nos dormitórios. Não havia mais ninguém por lá e eu estava tocando uma fita, uma música. Eu meio que dançava de olhos fechados e a senhora me viu."

"Muito bem, meus parabéns. Uma vidente. Você deveria estar no palco. Só agora eu a reconheci de fato. É isso mesmo, eu me lembro desse dia. Até hoje, de vez em quando ainda me lembro."

"Que engraçado. Eu também."

"Entendo."

Poderíamos ter terminado a conversa aí. Poderíamos ter nos despedido e ido cada qual para o seu lado. Mas ela se aproximou um pouco mais de nós, sem tirar os olhos do meu rosto.

"Você era muito mais nova, na época. Mas é você, sim, claro."

"A senhora não precisa responder, se não quiser", disse eu. "Mas eu sempre tive vontade de saber. Posso lhe perguntar?"

"Você é a vidente. Não eu."

"Bom, a senhora ficou... chateada aquele dia. Estava me olhando e, quando eu percebi e abri os olhos, a senhora me olhava, e acho que chorava. Para falar a verdade, eu sei que chorava. Estava me olhando e chorando. Por quê?"

Madame não mudou de expressão e continuou me fitando de frente. "Eu estava chorando", acabou dizendo, muito baixinho, como se receasse que os vizinhos ouvissem, "porque quando passei por lá, escutei música. Pensei que algum aluno descuidado tivesse deixado o som ligado. Mas quando entrei no seu dormitório, vi você, sozinha, uma menina tão pequena ainda, dançando. Como você disse, de olhos fechados, muito longe, com um ar tão terno. Você dançava tão compadecida. E a música, a letra. Havia qualquer coisa naquelas palavras. Algo de muito triste."

"A música", disse eu, "chamava-se 'Não me abandone jamais'." E então cantei um trechinho para ela, bem baixinho. "*Não me abandone jamais. Ah, baby, baby... Não me abandone jamais...*"

Madame meneou a cabeça, como se concordando comigo. "É, era essa música mesmo. Ouvi uma ou duas vezes, depois disso. No rádio, na televisão. E em todas as vezes voltei a lembrar daquela menina tão novinha, dançando sozinha."

"A senhora diz que não é vidente. Mas talvez tenha sido, naquele dia. Quem sabe não foi por isso que começou a chorar? Porque, qualquer que fosse o tema, na minha cabeça, enquanto eu dançava, eu tinha a minha própria versão. E sabe qual era? Eu imaginava uma mulher a quem tinham dito, olha, você nunca vai poder ter filho. Mas aí ela consegue ter um bebê, fica supercontente e segura a criança no peito com muito medo de que algo os separe, e é por isso que ela fica dizendo *baby, baby,* não me abandone jamais. Claro que a música não é sobre nada disso, mas era o que eu imaginava, na época. Talvez a senhora tenha lido minha mente e foi por isso que ficou tão triste. Na época eu não achava tão triste assim, mas agora, quando me lembro, de fato me parece muito melancólico."

Eu falava com Madame, mas sentia a presença irrequieta de Tommy a meu lado e tinha consciência da textura de suas roupas, de tudo nele. E Madame então disse:

"Isso é muito interessante mesmo. Mas eu era tão má vidente antes quanto sou agora. Eu chorava por um motivo totalmente diferente. Quando a vi dançando aquele dia, enxerguei uma outra coisa. Enxerguei um novo mundo chegando muito rápido. Mais científico, mais eficiente, é verdade. Mais curas para as velhas doenças. Muito bem. Mas um mundo duro, um mundo cruel. E vi uma menina novinha, de olhos bem fechados, segurando no colo o mundo antigo e bom de antes, o mundo que ela sabia, lá no fundo, que não poderia continuar existindo, e ela segurando esse mundo no colo e pedindo para ele não deixá-la partir. Foi isso que eu vi. Não era propriamente você, nem o que estava fazendo, o que eu enxerguei. Mas aquela cena me partiu o coração. Nunca mais esqueci."

Aproximou-se um pouco mais, até ficar a um ou dois passos apenas de nós. "As histórias que vocês me contaram esta tarde, elas também me comoveram." Olhou para Tommy, depois voltou-se de novo para mim. "Pobres criaturas. Quem me dera poder ajudar. Mas agora vocês estão por conta própria."

Estendeu a mão, sem desviar o olhar do meu rosto, e tocou-me na face. Senti um tremor passando por todo o seu corpo, mas ela manteve a mão no lugar em que estava e, uma vez mais, vi lágrimas em seus olhos.

"Pobres criaturas", repetiu, quase num sussurro. Depois virou-se e entrou.

Mal falamos, na volta, sobre nosso encontro com Miss Emily e Madame. Nas poucas vezes em que tocamos no assunto, mencionamos o que menos importava, como o quanto as duas tinham envelhecido ou a quantidade de móveis atravancando a casa.

Eu conhecia bem a região e resolvi pegar as estradas mais obscuras, onde apenas os faróis do meu carro perturbavam a escuridão. Vez por outra, cruzávamos com algum farol em sentido contrário e, nessas ocasiões, eu ficava com a sensação de que era um outro cuidador, voltando sozinho para casa, ou quem sabe, como eu, com um doador do lado. Eu sabia, claro, que outras pessoas usavam aquelas estradas; mas, na noite em questão, parecia-me que aquelas vicinais escuras existiam apenas para gente como nós, ao passo que as autoestradas faiscantes, com seus imensos painéis luminosos e super-restaurantes eram para todos os demais. Não sei se Tommy pensava coisa semelhante. Talvez sim, porque a certa altura ele comentou:

"Kath, você conhece umas estradas muito estranhas mesmo."

Deu uma risada ao falar isso, mas depois fechou-se em si mesmo, pensativo. De repente, quando estávamos passando por um lugar especialmente escuro, no meio do nada, ele disse:

"Eu acho que quem tinha razão era a Miss Lucy. Não a Miss Emily."

Não me lembro o que respondi, na ocasião. De qualquer modo não deve ter sido nada de muito profundo. Mas foi nesse momento, talvez por algo na voz, ou quem sabe no comportamento dele que, pela primeira vez, as campainhas de alarme soaram, ainda a uma certa distância. Lembro-me de ter tirado os olhos das curvas para olhar para ele, mas Tommy continuava impassível, tranquilo, olhando fixo para a escuridão da estrada.

Alguns minutos depois, ele disse: "Kath, será que dá para parar? Desculpe, mas preciso sair um pouco do carro".

Pensando que estivesse enjoado de novo, parei quase no mesmo instante, bem junto à sebe. O local não tinha uma única luz e, mesmo com os faróis acesos, havia o perigo de que um outro veículo fizesse a curva e nos abalroasse. Foi por isso que, quando Tommy saltou e sumiu no negrume, não fui junto. Além disso, pelo jeito decidido como descera do carro, mesmo que estivesse passando mal, tudo levava a crer que preferiria lidar sozinho com a situação. Seja como for, era por isso que eu continuava dentro do carro, me perguntando se não seria melhor avançar um pouco mais e deixar o carro no topo da ladeira, quando escutei o primeiro berro.

De início nem me passou pela cabeça que fosse ele, achei que se tratava de algum maníaco rondando o mato. Eu já estava fora do carro quando escutei o segundo grito, depois um terceiro, e àquela altura já sabia que vinham de Tommy, embora isso não reduzisse a situação de emergência. Na verdade, por um momento, estive talvez muito perto do pânico, sem a menor ideia de onde ele se encontrava. Não dava para ver nada, e quando tentei ir na direção dos gritos, fui impedida por uma moita impenetrável. No fim achei uma passagem e, depois de saltar uma valeta, cheguei até uma cerca. Consegui pular e aterrissei em barro mole.

    Dali deu para enxergar melhor o que havia em volta. Era um campo aberto que, pouco mais adiante, mergulhava num declive acentuado até onde se divisavam as luzes de alguma aldeia, bem no fundo do vale. O vento soprava com vontade e uma rajada me atingiu com tamanha força que tive de me segurar num mourão de cerca. A lua não chegava a estar cheia, mas brilhava o suficiente e consegui discernir, a média distância, perto de onde começava o declive, a silhueta de Tommy, furioso, aos berros, a sacudir os punhos e chutar.

    Tentei correr até ele, mas a lama sugava e prendia meus pés. O barro também o atrapalhava porque, uma vez, quando foi dar um chute, escorregou, caiu e sumiu de vista na escuridão. A saraivada de palavrões desconexos, porém, continuou ininterrupta, e eu o alcancei justamente na hora em que se punha de pé outra vez. Vi de relance seu rosto ao luar, sujo de barro e distorcido de raiva, depois estendi as mãos e imobilizei seus braços. Tommy tentou se desvencilhar, mas continuei segurando firme, até ele parar de gritar e se aquietar. Então percebi que também ele me abraçava. E assim permanecemos ambos, na beira de um pasto, durante o que me pareceu um tempo enorme, sem dizer nada, apenas abraçados, enquanto o vento soprava furioso contra nós, puxando nossas roupas, a tal ponto que por alguns momentos parecia que estávamos agarrados um ao outro porque era a única forma de não sermos varridos para dentro da noite.

    Quando por fim nos separamos, ele resmungou: "Me desculpe. Eu sinto muito, Kath". Depois soltou uma risada trêmula e acrescentou: "Ainda bem que não tinha nenhuma vaca no pasto. Ela teria levado o maior susto".

Vi que estava fazendo o possível para me sossegar e mostrar que a crise passara, mas o peito continuava ofegante e as pernas bambas. Voltamos juntos para o carro, tentando não escorregar.

"Você está fedendo a cocô de vaca", falei por fim.

"Ai, santo Deus, Kath. Como é que eu vou explicar isto? Vamos ter que entrar pelos fundos."

"Você tem de assinar o livro de chegada."

Achei umas estopas para tirarmos o grosso da sujeira. Acontece que, na hora de procurar as estopas, eu havia tirado do porta-malas a sacola com os cadernos de desenho e, na hora de irmos embora, reparei que Tommy entrara no carro com ela.

Viajamos um bom trecho sem dizer muita coisa, a sacola no colo dele. Eu esperava que fizesse algum comentário sobre os desenhos; ocorreu-me até a possibilidade de que estivesse se preparando para mais um ataque de raiva, quando então atiraria todos os cadernos pela janela. Mas ele continuava protegendo a sacola com as mãos e olhando para a estrada escura que se estendia a nossa frente. Depois de um longo silêncio, ele disse:

"Eu sinto muito pelo que houve agora há pouco, Kath. Sinto mesmo. Eu sou um perfeito idiota." Depois acrescentou: "No que você está pensando, Kath?".

"Eu estava pensando sobre aquela época, em Hailsham, quando você pirava e a gente não conseguia entender. Não conseguia entender como é que alguém podia ficar daquele jeito. E eu estava aqui pensando, foi só uma ideia, mais nada. Estava pensando que talvez, quem sabe, você ficava daquele jeito porque de alguma forma, em algum nível da consciência, você sabia. Sempre *soube*."

Tommy pensou a respeito, depois sacudiu a cabeça. "Acho que não, Kath. Não, era só um negócio meu. Eu sendo o idiota que sou. Não passou disso." Alguns momentos depois deu uma risada e disse: "Mas é uma ideia gozada. Vai ver eu sabia mesmo, em algum lugar lá no fundo. Alguma coisa que vocês não sabiam".

23.

Nada pareceu mudar entre nós durante a semana seguinte à viagem. Eu porém não esperava que as coisas permanecessem iguais, e, de fato, por volta do início de outubro, comecei a notar pequenas diferenças. Uma delas foi que, embora Tommy continuasse desenhando seus bichos, já não gostava mais que eu estivesse por perto. Não havíamos exatamente voltado à fase inicial, quando cheguei para ser sua cuidadora oficial e toda aquela história do Casario ainda pesava sobre nossas cabeças. Mas era como se ele tivesse refletido e decidido o seguinte: continuaria fazendo seus animais quando lhe desse vontade, mas, se eu entrasse no quarto, pararia e guardaria tudo na hora. Não fiquei magoada. A bem da verdade, sob muitos aspectos foi um alívio: aqueles bichos nos encarando o tempo todo, quando estávamos juntos, só teria piorado ainda mais a situação.

Mas houve outras mudanças que eu achei menos fáceis de aceitar. Não digo que não continuássemos tendo nossos bons momentos no quarto dele. Estávamos até mesmo fazendo sexo de vez em quando. Mas o que eu não podia deixar de notar era que, cada vez mais, Tommy se identificava com os demais doadores do centro. Se, por exemplo, estávamos relembrando velhos colegas de Hailsham, em algum momento ele transferia o assunto para um de seus amigos doadores e se punha a falar de algo parecido que o sujeito tinha dito ou feito. Lembro-me de uma ocasião em especial, um dia em que cheguei depois de uma viagem muito cansativa e desci do carro. A Praça de Kingsfield estava quase igual àquela primeira vez, quando Ruth e eu fomos buscá-lo para ir ver o barco. Era uma tarde nublada de outono e não havia muita gente em volta, a não ser um punhado de doadores agrupados debaixo da cobertura, em frente ao centro de recreação. Vi que Tommy estava com eles — de pé, com o ombro apoiado num pilar — ouvindo o que dizia um doador sentado nos degraus de entrada. Avancei um pouco na direção deles, depois parei e fiquei esperando, sob o céu cinzento. Tommy, entretanto, embora tivesse me visto, continuou escutando o que dizia o amigo até que, a certa altura, ele e os outros caíram na risada. Mesmo depois disso, continuou ouvindo e sorrindo. Mais tarde disse que tinha feito sinal para eu me aproximar, mas, se fez, não foi muito óbvio. Registrei apenas o rosto dele sorrindo vagamente na minha direção e em seguida voltando a se concentrar no que o amigo dizia. Está certo que se encontrava no meio de um papo e que, depois de mais ou menos um minuto, afastou-se do grupo e subimos os dois para o quarto. Mas tinha sido uma recepção bem diferente das outras. E não só porque Tommy me deixou plantada esperando na Praça. Eu não teria me importado tanto se fosse só isso. O que mais me marcou foi ter sentido, pela primeira vez, algo próximo a ressentimento da parte dele por ter de subir comigo; e depois, no quarto, o clima entre nós não foi dos melhores.

Para não cometer injustiças, é bem possível que, em grande parte, esse clima tivesse a ver tanto comigo como com ele. Ao parar ali na Praça e ver o jeito de todos conversarem e rirem, senti uma ferroada inesperada — havia qualquer coisa na maneira como aqueles doadores haviam se reunido num quase semicírculo, qualquer coisa na pose de cada um, quase estudadamente à vontade, fosse de pé ou sentado, como se anunciassem ao mundo o quanto estavam gostando da companhia um do outro, que me fez lembrar do jeito como o nosso grupinho costumava se reunir no pavilhão. Essa comparação, como eu disse, ferroou algo lá dentro e é possível que, ao subirmos para o quarto, meu ressentimento fosse tão grande quanto o dele.

Senti uma pontada de descontentamento muito semelhante a essa todas as vezes que ele reclamou que eu não entendia isso ou aquilo porque ainda não era doadora. Mas, exceto por uma dada ocasião, a que vou chegar logo mais, foram apenas isso, pontadas. Em geral ele me falava essas coisas meio brincando, quase com afeto. E mesmo quando havia um pouco mais de ênfase no comentário, como quando ele me mandou parar de levar sua roupa para a lavanderia, porque era capaz de fazer isso sozinho, nunca chegamos a brigar. Naquela ocasião, eu havia lhe perguntado:

"Que diferença faz qual de nós dois leva as toalhas lá para baixo? Eu estou indo para lá mesmo."

Sacudindo a cabeça, Tommy havia respondido: "Olhe só, Kath, deixa que eu cuido das minhas coisas. Se você fosse doadora, entenderia".

Está bem, admito que senti uma cutucada, mas foi um comentário que esqueci muito rápido. Porém, como eu disse, houve uma determinada ocasião em que ele fez menção a eu não ser doadora que me deixou possessa.

Aconteceu cerca de uma semana depois de ele ter recebido a notificação para sua quarta doação. Já estávamos esperando e já tínhamos conversado um bocado a respeito. Na verdade, algumas de nossas conversas mais íntimas desde a viagem a Littlehampton tinham girado em torno da quarta doação. Como se sabe, os doadores reagem de maneiras diversas à quarta doação. Conheci alguns que sentiam necessidade de falar sobre o assunto o tempo todo, sem parar, e inutilmente. Outros que só queriam saber de fazer piada a respeito, e também os que não admitiam um único comentário. Sem contar que existe uma tendência curiosa entre eles de tratar a quarta doação como algo digno de congratulações. Um doador "na quarta", mesmo que até aquele momento não tenha sido dos mais bem cotados da turma, é tratado com um respeito especial. Até mesmo médicos e enfermeiros participam do jogo: um doador na quarta vai fazer os exames e é recebido por doutores sorridentes que lhe estendem a mão. Bem, Tommy e eu, nós conversávamos sobre isso tudo, às vezes na brincadeira, às vezes com seriedade e cautela. Discutíamos todas as diferentes maneiras de as pessoas encararem o fato e quais faziam mais sentido. Uma vez, deitados lado a lado na cama, com a noite caindo, ele disse:

"Você sabe o porquê disso, Kath, por que todo mundo se preocupa tanto com a quarta? É porque ninguém tem certeza se vai mesmo concluir ou não. Se você soubesse com absoluta certeza que iria concluir, seria bem mais fácil. Mas eles nunca garantem nada para a gente."

Eu já tinha me perguntado, algumas vezes, se esse assunto viria à baila, e estivera pensando de que forma responder. Porém, quando ele veio, não achei muito o que dizer. Por isso falei apenas: "É só um monte de bobagem, Tommy. Só conversa, conversa fiada. Não vale nem a pena pensar nisso".

Tommy entretanto devia saber que eu não tinha nada em que apoiar minhas palavras. Assim como também devia saber que estava levantando questões para as quais nem mesmo os médicos possuíam respostas certas. Você já deve ter ouvido a mesma conversa. Falam que às vezes, depois da quarta doação, ainda que você esteja tecnicamente concluído, continua consciente de alguma forma; e que então descobre que há muitas outras doações, um monte delas, a fazer do outro lado da linha; que não existem mais centros de recuperação, cuidadores ou amigos; que não sobra mais nada a não ser assistir às doações restantes até eles desligarem você. É coisa de filme de horror e na maior parte do tempo as pessoas não querem nem pensar a respeito. Nem os médicos, nem os cuidadores — e em geral tampouco os doadores. Mas de vez em quando um doador toca no assunto, como fez Tommy naquele final de tarde, e, pensando agora, teria sido muito melhor se tivéssemos conversado a respeito. Entretanto, depois de eu ter dito que era tudo uma grande bobagem, ambos recuamos daquele território pantanoso. Mas ao menos, depois daquela breve conversa, eu soube o que ele andava pensando e fiquei contente que confiasse em mim a tal ponto. O que estou tentando dizer é que, tudo somado, eu tinha a impressão de que estávamos lidando com a quarta doação até que bastante bem, os dois juntos, e foi por esse motivo que quase caí de quatro quando ele se saiu com aquilo, na manhã em que fomos fazer uma caminhada.

Kingsfield não tem lá uma área muito extensa onde se possa passear. A Praça é o ponto mais óbvio de reunião e os poucos trechos existentes atrás dos prédios parecem mais terrenos baldios. O trecho maior, que os doadores chamam de "pasto", é um retângulo de mato alto, cheio de picão, cercado por um aramado. Vira e mexe fala-se em transformar aquilo num gramado decente para os doadores, mas até agora não fizeram nada. E, mesmo que resolvessem tomar uma providência, ainda assim acho que não seria um lugar muito tranquilo por causa da estrada que passa ali perto. De todo modo, o fato é que, quando os doadores sentem que estão precisando espairecer um pouco, é para lá que costumam ir, apesar das urtigas e dos espinhos todos. Nessa dada manhã, uma neblina densa encobria tudo em volta e eu sabia que o pasto estaria encharcado, mas Tommy havia insistido muito para irmos até lá dar uma caminhada. Claro que só podíamos ser os únicos — fato que provavelmente veio a calhar para ele. Depois de pisotear os galhos secos por alguns minutos, Tommy parou perto da cerca, fitando a névoa esbranquiçada, até dizer:

"Kath, eu não quero que você leve a mal o meu pedido. Mas andei pensando muito a respeito. Kath, acho que eu devia arrumar um outro cuidador."

Nos poucos segundos após ele me ter dito isso, percebi que não estava nem um pouco surpresa; que, de certa maneira, por mais estranho que fosse, eu já esperava por isso. Mas fiquei brava assim mesmo e não disse nada.

"Não é só por causa da quarta doação que deve estar pintando por aí", ele continuou. "Não é só por causa disso. É por causa de coisas como a que aconteceu na semana passada. Quando eu tive todo aquele problema nos rins. Vai ter muito mais disso, daqui para a frente."

"Justamente o motivo de eu ter vindo cuidar de você", falei. "Eu vim para ajudá-lo. Ajudá-lo no que vai começar agora. E é o que a Ruth queria também."

"A Ruth queria outra coisa para nós", disse Tommy. "Ela não iria querer que você ficasse sendo minha cuidadora até o finzinho de tudo, não necessariamente."

"Tommy", disse eu, e desconfio que àquela altura eu já estava furiosa, embora a voz continuasse baixa e sob controle, "estou aqui para ajudar você. Foi por isso que eu vim."

"A Ruth queria outra coisa para nós", repetiu Tommy. "Isto aqui é bem diferente, Kath, e eu não quero que você me veja ficar imprestável."

Ele olhava para o chão, a palma de uma das mãos encostada

no aramado, e, por um momento, deu a impressão de estar ouvindo atentamente o ruído que o trânsito fazia para lá da neblina. E foi nesse momento que disse, abanando de leve a cabeça:

"A Ruth teria entendido. Ela era uma doadora, e portanto teria entendido. Não digo que fosse querer o mesmo para ela. Se pudesse, talvez optasse por ter você como cuidadora até o fim. Mas ela teria entendido essa minha vontade de fazer de um jeito diferente; Kath, tem horas que você simplesmente não percebe. E não percebe porque não é doadora."

Foi quando ele veio com essa que me virei e fui embora. Como eu disse, já estava quase preparada para aquela história de ele não me querer mais como cuidadora. O que me magoou, de fato, vindo na sequência de outras coisinhas, como quando ele me deixou plantada na Praça, foi o conteúdo do que ele falou, o jeito como ele me separou, de novo, não só dos demais doadores como também dele e de Ruth.

Isso porém nunca se transformou numa grande briga. Quando saí, enfezada, não havia muito o que fazer, a não ser subir para o quarto, e vários minutos depois lá estava ele de novo. Como eu já me sentia mais calma e ele também, pudemos conversar melhor. Faltou uma certa naturalidade, mas acabamos voltando às boas e chegamos até a ver alguns detalhes práticos para a mudança de cuidador. E então, sob a luz mortiça envolvendo a cama onde estávamos sentados, ele me disse:

"Não quero mais brigas entre a gente, Kath. Mas venho pensando um bocado em lhe perguntar isso. Você nunca se cansa de ser cuidadora? Nós todos, nós nos tornamos doadores faz um tempão. Você está nisso há anos. Você às vezes não sente vontade, Kath, de que eles se apressem e lhe mandem logo a notificação?"

Dei de ombros. "Eu não me incomodo. De toda forma, é importante que haja bons cuidadores. E eu sou uma boa cuidadora."

"Mas será que é assim tão importante mesmo? Certo, concordo que é muito legal ter um bom cuidador. Mas no fim, será que é assim tão importante? Os doadores vão todos ter que doar e, depois, vão todos concluir, do mesmo jeito."

"Claro que é importante. Um bom cuidador faz uma enorme diferença na maneira como um doador vive sua vida."

"Mas essa correria toda sua. Essa exaustão sem fim, a solidão. Eu andei observando. E vi que esse serviço está acabando com você. Kath, você às vezes não fica com vontade de que eles lhe digam para parar? Por que é que você não vai falar com eles, por que é que não pergunta para eles por que está nisso há tanto tempo?" Como eu continuasse calada, ele acrescentou: "Falei por falar, mais nada. Não vamos brigar de novo".

Pus minha cabeça em seu ombro e disse: "É, bem... Talvez não seja mais por muito tempo, de qualquer modo. Mas, por enquanto, tenho que continuar levando. Mesmo que você não me queira por perto, há outras pessoas que querem".

"Acho que você tem razão, Kath. Você *é* uma cuidadora realmente muito boa. E seria a cuidadora perfeita para mim se você não fosse você." Soltou uma risada curta e me deu um abraço, embora continuássemos sentados lado a lado. E continuou: "Não consigo parar de pensar nesse rio, não sei onde, cujas águas se movem com uma velocidade impressionante. E nas duas pessoas dentro da água, tentando se segurar uma na outra, se agarrando o máximo que podem, mas no fim não dá mais. A corrente é muito forte. Eles precisam se soltar, se separar. É assim que eu acho que acontece com a gente. É uma pena, Kath, porque nós nos amamos a vida toda. Mas, no fim, não deu para ficarmos juntos para sempre".

Quando ele disse isso, lembrei-me da maneira como ele havia se segurado em mim, naquela noite de ventania, quando voltávamos de Littlehampton. Não sei se ele estava pensando a mesma coisa que eu, ou se ainda pensava naqueles seus rios e correntes. De todo modo, continuamos sentados lado a lado na beirada da cama por um bom tempo, perdidos cada qual nos próprios pensamentos. No fim, acabei dizendo a ele:

"Desculpe ter ficado brava com você. Eu vou falar com eles. Vou tentar ver se consigo arrumar alguém que seja de fato bom."

"É uma pena, Kath", Tommy repetiu. E não creio que tenhamos voltado a falar no assunto aquela manhã.

Lembro-me das poucas semanas que vieram depois — das últimas poucas semanas antes que o novo cuidador assumisse — como tendo sido espantosamente tranquilas. Talvez Tommy e eu estivéssemos fazendo um esforço especial para sermos gentis um com o outro, mas o fato é que o tempo voou de um jeito quase feliz. Talvez houvesse, de fato, um quê de irreal em nos sentirmos daquela maneira, mas na época não parecia estranho. Eu estava bastante ocupada com dois doadores no norte de Gales, o que me manteve longe de Kingsfield mais do que eu gostaria, mas mesmo assim eu ainda conseguia aparecer umas três ou quatro vezes por semana. O tempo esfriou, mas os dias foram secos e muitas vezes ensolarados, e nós passávamos as horas em seu quarto, às vezes fazendo sexo, mas com maior frequência apenas conversando, ou então eu lia alto para Tommy. Uma ou duas vezes, ele até pegou o caderno e rabiscou algumas ideias para novos bichos, enquanto eu lia deitada na cama.

Até o dia em que cheguei para a última vez. Apareci pouco depois da uma da tarde de um dia gelado e azul de dezembro. Subi até o quarto dele, meio que esperando alguma mudança — não sei o quê. Talvez estivesse pensando que ele havia enfeitado o quarto para o Natal ou algo do gênero. Mas, é claro, continuava tudo normal e, no fim, foi um alívio. Tampouco Tommy parecia diferente, mas, quando começamos a conversar, foi difícil fingir que se tratava de apenas mais uma visita. Por outro lado, tínhamos conversado tanto nas semanas anteriores que não havia nada em especial que *precisasse* ser repassado. E acho que relutávamos em começar qualquer coisa nova que depois lamentaríamos não ter podido terminar direito. Foi por esse motivo que houve um certo vazio em nossa conversa, aquele dia.

Só uma vez, contudo, depois de vagar sem propósito pelo quarto durante um tempinho, eu lhe perguntei:

"Tommy, você acha que foi bom a Ruth ter concluído antes de descobrir tudo o que nós descobrimos?"

Ele estava deitado na cama e continuou fitando o teto por mais um tempo, antes de dizer: "Engraçado que eu pensei a mesma coisa, outro dia. O que você não pode esquecer, quando o assunto é este, é que a Ruth sempre foi muito diferente de nós. Você e eu, desde o começo, mesmo quando éramos bem pequenos ainda, nós estávamos sempre tentando descobrir coisas. Você se lembra, Kath, de todas aquelas conversas secretas que a gente tinha? A Ruth não, ela não era assim. Ela sempre quis acreditar nas coisas. Ela era diferente. Então, respondendo a sua pergunta, é, de certa forma, acho que foi melhor assim". E acrescentou logo depois: "Claro que o que nós descobrimos, a Miss Emily e tudo mais, isso não muda nada. Ela queria o melhor para nós, no final. Ela realmente queria o melhor para nós".

Eu não estava com vontade de embarcar numa discussão sobre Ruth, naquele momento, de modo que simplesmente concordei com ele. Mas, agora que tive mais tempo para pensar a respeito, já não tenho tanta certeza de como me sinto. Uma parte de mim continua até hoje desejando que, de algum modo, tivéssemos dividido todas as nossas descobertas com ela. Certo, admito que talvez fosse lhe fazer mal saber de tudo e perceber que os danos porventura causados não poderiam ser consertados com a facilidade que ela esperava. E talvez, para ser honesta, fosse esse um dos motivos, ainda que de menor importância, que explicavam por que eu gostaria que ela tivesse ficado sabendo de tudo antes de concluir. Acho que se trata de algo bem maior do que apenas me sentir vingada e má. Porque, como disse Tommy, ela queria o melhor para nós, no fim, e embora tivesse dito aquele dia no carro que eu jamais a perdoaria, estava enganada a esse respeito. Não sinto mais a menor raiva de Ruth, agora. Quando digo que gostaria que tivesse descoberto tudo, é mais porque fico triste com a ideia de ela ter terminado diferente de mim e de Tommy. Do jeito como ficaram as coisas, parece que há uma linha divisória e que estamos Tommy e eu de um lado e Ruth do outro, e isso me entristece; e acho que ela sentiria o mesmo, se soubesse.

Tommy e eu, nós não fizemos grandes despedidas, aquele dia. Quando chegou a hora, ele desceu a escada comigo, coisa que não fazia de hábito, e atravessamos juntos a Praça até o carro. Por causa da época do ano em que estávamos, o sol já ia se pondo atrás dos prédios. Havia algumas poucas figuras indistintas, como sempre, debaixo da cobertura, mas a Praça propriamente dita estava deserta. Tommy foi até o carro em silêncio. Depois deu uma risada curta e disse:

"Você sabia, Kath, que quando eu jogava futebol, lá em Hailsham, eu tinha um segredinho? Quando eu fazia um gol, eu virava assim" — e ergueu ambos os braços num gesto de triunfo — "e corria de volta para os companheiros. Nunca perdia a calma nem nada, só corria de volta até eles com os braços para cima, assim." Calou-se alguns instantes, com os braços ainda no ar. Depois baixou-os e sorriu. "Na minha cabeça, Kath, quando eu voltava correndo para eles, sempre imaginava que estava andando na água. Nada muito fundo, só até os tornozelos, no máximo. Era o que eu imaginava, toda vez. Chape-chape-chape." E tornou a erguer os braços. "Era uma sensação muito boa. Fazer um gol, se virar e... chape-chape-chape." Olhou para mim e soltou outra risadinha. "Esse tempo todo e eu nunca contei a ninguém."

Ri também e falei: "Ô garoto maluco que você é, Tommy".

Depois disso, nos beijamos — apenas um beijinho — e eu entrei no carro. Tommy continuou ali parado, enquanto eu manobrava. Quando comecei a me afastar, ele sorriu e acenou. Fiquei olhando pelo retrovisor e ele continuou ali parado quase até o último momento. Bem no fim, eu o vi erguer a mão de novo, num gesto vago, depois se virar para a cobertura. E então a Praça sumiu do espelhinho.

Conversando com um doador meu, outro dia, ele se queixou de que as nossas lembranças, até mesmo as mais queridas, desaparecem espantosamente depressa. Mas eu não concordo muito com isso. As lembranças que eu mais prezo, essas não hão de sumir nunca. Perdi Ruth, depois perdi Tommy, mas não vou perder a lembrança que tenho deles.

Imagino que perdi Hailsham também. Até hoje alguns ex--alunos ainda tentam encontrá-la ou, melhor dizendo, encontrar o lugar onde Hailsham ficava. E de vez em quando circulam boatos a respeito do que Hailsham acabou virando — hotel, escola, uma ruína. De minha parte, apesar de rodar o tempo todo por aí, nunca fiz maiores esforços para descobrir onde fica. Não estou lá muito interessada em ver no que se transformou.

Se bem que, embora eu diga que não fico procurando, o que acontece é que, às vezes, rodando por alguma estrada, de repente penso ter localizado um trecho de Hailsham. Vejo um pavilhão de esportes à distância e tenho certeza de que é o nosso. Ou uma fileira de choupos no horizonte, perto de um grande carvalho copado, e me convenço por um segundo que estou chegando ao

Campo de Esportes Sul pelo outro lado. Certa feita, numa manhã cinzenta, num longo trecho de estrada em Gloucestershire, passei por um carro enguiçado, no acostamento, e tive certeza de que a moça parada na frente do veículo, olhando na direção de onde vinham os carros, era Susanna C., que estava alguns anos na nossa frente e era uma das monitoras dos Bazares. Esses episódios me acontecem quando menos espero, quando estou pensando em coisas completamente diferentes. De modo que talvez, em algum nível da consciência, eu *esteja* à procura de Hailsham.

Mas, como eu disse, eu não saio atrás, e, de qualquer modo, até o final do ano já não estarei mais rodando para cima e para baixo, como agora. Portanto é grande a chance de nunca mais voltar a ver Hailsham e, pensando bem, é bom que seja assim. Como as minhas lembranças de Tommy e de Ruth. Tão logo eu possa levar uma vida mais calma, seja em que centro for que eles me ponham, terei Hailsham comigo, a salvo na minha cabeça, e isso é algo que ninguém jamais vai me tirar.

A única condescendência que tive comigo mesma, algumas semanas depois de ficar sabendo que Tommy concluíra, foi ir até Norfolk de carro, mesmo sem precisar. Não estava atrás de nada em especial e nem cheguei até a costa. Talvez tenha apenas sentido vontade de ver aquelas baixadas todas de novo e os imensos céus cor de chumbo. A certa altura, me vi numa estrada onde eu nunca estivera antes e, durante uma meia hora, fiquei sem a menor ideia de onde estava e não me incomodei. Passei por gleba atrás de gleba, todas planas, todas idênticas, sem praticamente nenhuma mudança a não ser quando, ao ouvir o barulho do motor do meu carro, um bando de pássaros saía dos sulcos deixados pelo arado. Por fim, divisei um arvoredo ao longe, não muito distante da estrada, de modo que fui com o carro até lá e saltei.

Eu estava diante de uma imensidão de terras preparadas para o plantio. Entre mim e elas havia uma cerca com duas fileiras de arame farpado, e reparei que essa cerca e mais umas três ou quatro árvores eram as únicas coisas capazes de barrar o vento por vários quilômetros. Ao longo da cerca, sobretudo junto ao arame de baixo, formara-se uma franja de lixo de vários tipos. Lembravam os escombros que vão dar à praia; o vento devia ter transportado parte daquilo tudo por quilômetros e quilômetros até finalmente topar com o pequeno arvoredo e aquelas duas fileiras de arame. Até pendurados nos galhos mais altos das árvores eu via pedaços de plástico e velhos sacos de supermercado. Foi a única vez, enquanto estava ali parada, olhando para aquele lixo todo, sentindo o vento atravessar aquelas terras desertas, que alimentei uma pequena fantasia, mas só porque afinal de contas ali era Norfolk e fazia duas semanas, apenas, que ele se fora. De olhos semicerrados, pensei no lixo, no plástico balançando nos galhos, na franja de objetos vários ao pé da cerca, e imaginei que esse era o lugar onde tudo o que eu havia perdido desde os tempos de infância tinha ido parar, e que se eu, ali imóvel, esperasse o suficiente, uma minúscula figura apareceria no horizonte, lá bem ao longe, e iria aumentando aos poucos, até que eu visse que essa figura era Tommy, e ele então me acenaria, talvez até me chamasse. A fantasia não passou disso — não permiti — e, muito embora as lágrimas estivessem rolando, não solucei nem perdi o controle. Dei um tempo, depois fiz manobra no carro e parti em direção a fosse qual fosse o lugar onde era para eu estar.

1ª EDIÇÃO [2005] 1 reimpressão
2ª EDIÇÃO [2016] 11 reimpressões

ESTA OBRA FOI COMPOSTA EM ELECTRA PELA SPRESS E IMPRESSA
PELA GEOGRÁFICA EM OFSETE SOBRE PAPEL PÓLEN NATURAL DA
SUZANO S.A. PARA A EDITORA SCHWARCZ EM NOVEMBRO DE 2022

A marca FSC® é a garantia de que a madeira utilizada na fabricação do papel deste livro provém de florestas que foram gerenciadas de maneira ambientalmente correta, socialmente justa e economicamente viável, além de outras fontes de origem controlada.